Weiterer Titel der Autorin:

Ruhe sanft, mein Kind

Über die Autorin

Rebecca Muddiman studierte Film- und Medienwissenschaften und legte einen Master in Creative Writing ab. 2010 gewann sie den englischen Northern Writers' Award, 2012 den Northern-Crime-Wettbewerb. Ihr Debüt *Ruhe sanft, mein Kind* sorgte in Großbritannien für große Begeisterung. Nun legt sie mit *Stilles Grab* ihren zweiten Roman vor. Rebecca Muddiman lebte eine Zeitlang in den Niederlanden auf einem Hausboot, inzwischen wohnt sie mit ihrem Freund und einem Hund in ihrer nordenglischen Heimatstadt – in einem Häuschen namens *Murder Cottage* ...

Rebecca Muddiman

STILLES GRAB

Psychothriller

Aus dem britischen Englisch
von Alexandra Kranefeld

BASTEI LÜBBE TASCHENBUCH
Band 17390

Dieser Titel ist auch als E-Book erschienen

Vollständige Taschenbuchausgabe

Deutsche Erstausgabe

Für die Originalausgabe:
Copyright © 2015 by Rebecca Muddiman
Titel der englischen Originalausgabe: »Gone«
Originalverlag: Mulholland Books, Hodder & Stoughton Ltd, London

Für die deutschsprachige Ausgabe:
Copyright © 2016 by Bastei Lübbe AG, Köln
Textredaktion: Dr. Katja Bendels
Titelillustration: © shutterstock/gordan; © shutterstock/andreiuc88
Umschlaggestaltung: Massimo Peter
Satz: two-up, Düsseldorf
Gesetzt aus der Minion
Druck und Verarbeitung: GGP Media GmbH, Pößneck
Printed in Germany
ISBN 978-3-404-17390-7

1 3 5 7 6 4 2

Sie finden uns im Internet unter www.luebbe.de
Bitte beachten Sie auch: www.lesejury.de

Ein verlagsneues Buch kostet in Deutschland und Österreich jeweils überall dasselbe.
Damit die kulturelle Vielfalt erhalten und für die Leser bezahlbar bleibt, gibt es
die gesetzliche Buchpreisbindung. Ob im Internet, in der Großbuchhandlung,
beim lokalen Buchhändler, im Dorf oder in der Großstadt – überall bekommen
Sie Ihre verlagsneuen Bücher zum selben Preis.

Für Mam und Dad

Prolog

11. Dezember 2010 · Middlesbrough

»Die Leiche wurde heute in einem Waldgebiet in der Nähe von Blyth entdeckt ...«

DI Michael Gardner verfolgte die Bilder des ihm einst so vertrauten Ortes mit gemischten Gefühlen. Eigentlich sollte es ihm nichts ausmachen. Es war nicht sein Fall, nicht sein Problem. Jetzt nicht mehr.

»Auch wenn es nach Auskunft der Polizei noch zu früh ist, um die Identität der Frau zweifelsfrei festzustellen, heißt es, bei der Toten seien persönliche Gegenstände der seit elf Jahren vermissten Emma Thorley gefunden worden. Eine zum Zeitpunkt ihres Verschwindens durchgeführte Suchaktion der Polizei war erfolglos geblieben. Ihr Vater hatte die damals Sechzehnjährige im Juli 1999 als vermisst gemeldet.«

Sowie die Nachrichten zum Wetter übergingen, schaltete Gardner den Fernseher aus; es war arschkalt, das brauchte ihm niemand zu sagen. Er lehnte sich zurück und schaute zu, wie der Schnee von seinen Schuhen rutschte und langsam in den Teppich sickerte. An Emma Thorley konnte er sich noch gut erinnern. Nicht an sie selbst, denn er war ihr nie begegnet, aber an ihren Fall. Er erinnerte sich an ihren Vater und die vielen Fotos seiner geliebten Emma, die er Gardner in die Hand gedrückt hatte. Kein einziges dieser Fotos konnte sie wieder nach Hause bringen.

Wären die Umstände damals andere gewesen, hätte er sich vielleicht tiefer in den Fall hineingekniet. Hätte genauer hingeschaut, gründlicher nachgefragt, und dann ... Hätte man dann trotzdem heute eine Leiche im Wald gefunden?

*

Louises Hand schloss sich fest um die Fernbedienung, ihr Daumen schwebte über dem Aus-Knopf. Die Nachricht erwischte sie kalt. Obwohl Emma Thorley schon seit elf Jahren spurlos verschwunden war, war es ein Schock, jetzt davon zu hören, so plötzlich. Ihr Lächeln darüber, das perfekte Weihnachtsgeschenk für Adam gefunden zu haben, war wie weggewischt. Stattdessen breitete sich Angst in ihr aus, eine blinde, bodenlose Furcht, die glühend heiß und eiskalt zugleich in ihr aufstieg.

Sie musste etwas tun, irgendetwas, konnte nicht untätig hier herumhocken, doch sie saß wie gelähmt und starrte auf die Bilder jenes Ortes, den sie einmal ihr Zuhause genannt hatte.

Das Geräusch der Haustür holte sie in die Gegenwart zurück. Schnell schaltete sie den Fernseher aus, und als Adam kurz hereinschaute, brachte sie sogar ein Lächeln zustande. Doch noch während sie ihm nachblickte und ihn in der Küche verschwinden sah, wusste sie, dass es vorbei war.

Es war nur eine Frage der Zeit. Früher oder später würde man herausfinden, was sie getan hatte.

Blyth

Lucas Yates steckte sich eine Zigarette an und spürte sein Herz rasen. Emma Thorley. Den Namen hatte er seit Jahren nicht mehr gehört – zumindest nicht von anderen. In seinem Kopf hörte er ihn dauernd. Er träumte von ihr, sogar jetzt noch, nach so langer Zeit.

Er dachte an die Tage, die sie zusammen verbracht hatten, Tage, an denen sie in der Schule hätte sein sollen. Braves Mädchen gerät auf die schiefe Bahn – soll vorkommen, so was. Aber sie war anders. Anders als die anderen kleinen Schlampen, die ihm die Bude einrannten, dauernd was von ihm wollten. Die blonde Tusse in den Nachrichten hatte gesagt, man hätte irgendwas bei der Leiche gefunden. Irgendwas, das die Bullen vermuten ließ, es könnte sich bei der Toten um Emma handeln. *Was*, hatten sie natürlich nicht gesagt. Klar, das behielten sie für sich.

Den ganzen Morgen hatte er hier rumgehangen und an das letzte Mal gedacht, als er sie gesehen hatte. An seinen rasenden Zorn. Wochenlang hatte er nach ihr gesucht. Und als er sie dann endlich gefunden hatte, konnte er sich kaum noch beherrschen. Das war mehr gewesen als nur Wut. Das war Hass. Und der war ihm geblieben, kochte immer mal wieder hoch.

Jetzt war sie wieder hier, in seinem Kopf. Lucas schlug mit der Faust gegen die Wand, bis der Spinner von nebenan zurückhämmerte.

Er drückte die Zigarette aus und stand auf. Als er ans Fenster trat, konnte er seinen eigenen Atem in der Luft sehen. Unten auf der Straße hasteten ein paar Gestalten vorbei, und er fragte sich, wann es so weit wäre. Wann die Polizei bei ihm klopfen würde. Ihn fragen würde, wann er Emma Thorley zuletzt gesehen hatte, und dann den ganzen alten Scheiß wieder ausgraben. Er wusste, dass es so kommen würde. Er wusste nur nicht, wann. Die Bullen waren nicht gerade die Hellsten, aber irgendeiner von denen würde schon auf ihn kommen. Man musste kein Einstein sein, um hier eins und eins zusammenzuzählen.

Er und Emma, das ging ziemlich lange zurück.

1

13. Dezember 2010

DS Nicola Freeman saß an ihrem Schreibtisch und schaute kurz zur Uhr über der Tür. Die Zeit drängte, und sie hatte nichts Konkretes in der Hand. Wie sie so etwas hasste! Sie waren sich so gut wie sicher, dass es sich bei der Toten um Emma Thorley handelte – soweit sich das anhand der sterblichen Überreste beurteilen ließ, hatte das Mädchen die richtige Größe und das richtige Alter. Aber Freeman brauchte Fakten, wenn sie ein offizielles Statement abgeben und Emmas Vater traurige Gewissheit geben wollte. Am einfachsten wäre natürlich ein DNA-Abgleich, aber Emma Thorley hatte keine lebenden Blutsverwandten. Zumindest waren keine bekannt. Als einziger Familienangehöriger war ihr Vater Ray geblieben, und der hatte Emma adoptiert. Freeman seufzte. Es wäre ja auch zu einfach gewesen.

Als das Telefon klingelte, stürzte sie sich darauf. »Freeman«, sagte sie ungeduldig.

»Hallo, Nicky, hier ist Tom.« Tom Beckett, der Pathologe und vermutlich der umgänglichste Mensch, dem Freeman je begegnet war. Eigentlich konnte sie es nicht ausstehen, Nicky genannt zu werden. Nur ihr kleiner Bruder Darren hatte sie so genannt – und auch das nur, um sie zu ärgern –, aber bei Tom ließ sie es durchgehen. Um ehrlich zu sein, hätte sie Tom fast alles durchgehen lassen. Der Mann verschwendete seine Fähigkeiten an die Toten. Er sollte hier oben arbeiten, mit Menschen aus Fleisch und Blut, die sein Talent zu schätzen wüssten.

»Bitte sag mir, dass du konkrete Ergebnisse hast«, kam sie gleich zur Sache.

»Habe ich, aber sie werden dir nicht gefallen. Miss Thorleys verpeilter Zahnarzt hat soeben bestätigt, dass er die Krankenakte seiner Patientin tatsächlich nicht mehr in seinen Unterlagen findet.«

»Na, super«, sagte Freeman.

»Viel hätten wir damit sowieso nicht anfangen können, nicht bei dem Zustand des Gebisses. Womit wir auch gleich beim nächsten Punkt wären: Unser Opfer wurde gleich zweimal brutal angegangen – einmal davon vermutlich erst nach ihrem Tod.«

»Will sagen?«

»Die schweren Verletzungen im Gesicht lassen vermuten, dass jemand ihr im wahrsten Sinne des Wortes den Schädel eingeschlagen hat – wie es aussieht, mit den bloßen Händen. Da steckte eine unglaubliche Aggression dahinter. Und mit großer Wahrscheinlichkeit ist unser Täter Linkshänder, denn die Verletzungen konzentrieren sich vor allem auf die rechte Gesichtshälfte. An den Zähnen habe ich allerdings Spuren gefunden, die von einem stumpfen, glatten Gegenstand stammen könnten, vermutlich einem Hammer.«

»Jemand hat also versucht, eine Identifizierung des Opfers zu verhindern?«

»Sieht so aus«, meinte Tom. »Nur haben der oder die Täter dabei keine ganze Arbeit geleistet. Einige Zähne lagen lose neben der Leiche in der Erde, als wären sie ihr erst dort, im Wald, ausgeschlagen worden. Da war unser Mörder ein bisschen nachlässig. Oder er wollte schnell wieder weg.«

Freeman seufzte. »Also nichts, womit ich Ray Thorley Gewissheit geben könnte?«

»Tut mir leid, aber ich habe ja kaum Material, das zur Identifikation taugt. Oder … Moment, der gebrochene Arm. Aber eine Überprüfung ihrer Krankenakte hat hier ebenfalls keinen Treffer gebracht, was aber wiederum nichts heißen muss. Wenn sie sich den Bruch eingehandelt hat, als sie gerade mal wieder von zu Hause ausgerissen und untergetaucht war, wurde der vielleicht nie richtig behandelt.«

»Und ihr Vater weiß dann vermutlich auch nichts davon«, schloss Freeman resigniert. »Okay. Danke, Tom.« Sie legte auf und wünschte sich, sie hätte Ray Thorley nicht schon so früh in die Ermittlungen mit einbeziehen müssen. Hätte nicht bei ihm vor der Tür stehen und alte Wunden aufreißen müssen, ohne einen abschließenden Beweis dafür zu haben, dass es sich bei der Toten tatsächlich um seine Tochter handelte. Aber nachdem an die Presse durchgesickert war, dass sich in der Trainingsjacke des Opfers ein Ausweis befunden hatte, war ihr keine andere Wahl geblieben. Wenigstens die Goldkette hatten sie nicht erwähnt. *Eine* Information, die sie ihnen voraushatte. Denn bereits jetzt ging der Tenor der Berichterstattung dahin, dass die Polizei Emma Thorley und ihren Vater damals im Stich gelassen hatte. Und wenigstens das sollte *ihr* später niemand vorwerfen können.

Freeman schaute erneut zur Uhr. Ihr knurrte der Magen, und jetzt bereute sie es, ohne Frühstück aus dem Haus gehetzt zu sein, aber um sechs Uhr morgens hatte sie einfach noch nichts hinunterbekommen. Sie griff nach ihrem Handy und suchte die Nummer ihrer Ärztin heraus, ließ den Finger einen Moment über der Wahltaste kreisen, ehe sie das Telefon vor sich auf den Schreibtisch warf und sich wieder den Unterlagen zuwandte, die sie sich zum Fall Emma Thorley herausgesucht hatte. Ihr eigener Kram konnte warten.

Emmas Vater hatte seine Tochter insgesamt drei Mal als vermisst gemeldet. Das erste Mal im Februar 1999, doch der Fall galt als erledigt, als Emma einen Monat später von sich aus nach Hause zurückkehrte. Ein weiteres Mal im April, aber hier wurde die Anzeige schon kurz darauf von ihrem Vater selbst zurückgezogen. Und schließlich im Juli desselben Jahres, als Emma endgültig verschwand. Ray Thorley hatte zu Protokoll gegeben, dass Emmas Probleme nach dem Tod seiner Frau begonnen hätten. Emma war damals fünfzehn, und der Verlust ihrer Mutter war ein schwerer Schlag für sie. Vorher hatte sie nie Schwierigkeiten gemacht. Sie lernte fleißig für die Schule, war zwar keine Einser-Schülerin, aber sie gab sich Mühe. Sie war eher still und zurückhaltend und hatte wohl auch ein paar Freundinnen, mit denen sie sich allerdings nur selten außerhalb der Schule traf. Ihr großer Traum war es, später zu studieren. Darauf hatte Ray lange gespart. Am Ende gab er das gesamte Geld für die Suche nach seiner vermissten Tochter aus, steckte es in Plakate, auf denen »Wer hat dieses Mädchen gesehen?« stand.

Freeman lehnte sich in ihrem Stuhl zurück. Es war schon seltsam, wie die Dinge, wie Menschen sich entwickeln konnten. Wie sich von einer Minute auf die andere *alles* verändern konnte. Wie Menschen, die man zu kennen glaubte, denen eine gute, vielversprechende Zukunft sicher schien, einem von einem Augenblick auf den anderen entgleiten konnten, wie sie abstürzten oder einfach verschwanden – wenn sie kaum noch wiederzuerkennen waren, wenn aus Menschen plötzlich Monster wurden.

Sie holte tief Luft. Nein, darauf würde sie sich nicht mehr einlassen. Sie wollte nicht mehr an ihn denken. Es tat zu weh. Er hatte seinen Weg gewählt, und sie konnte nichts mehr für ihn tun. Niemand konnte mehr etwas für ihn tun. Er war fort, für sie verloren. Und sie hoffte, dass er endlich seinen Frieden gefunden hatte.

DC Bob McIlroy kam ins Büro getrampelt und grüßte lauthals quer durch den Raum. Der Mann besaß einfach keinen Lautstärkeregler. Ohne auf sein übliches »Morgen, Nana« einzugehen – so nannte er sie wegen ihrer Brille (die aber, wie sie fand, kein bisschen der von Nana Mouskouri ähnelte) –, schaute sie nur kurz auf, als er an ihrem Schreibtisch vorbeiging, sah, wie seine Hemdknöpfe sich über seiner dicken Wampe spannten, und wandte sich leicht angewidert wieder Emma Thorley zu.

Eilig überflog sie die Berichte, bis sie schließlich das Gesuchte fand: den Namen des Detectives, der damals die Ermittlungen geleitet hatte, ein DC Michael Gardner.

»Hey, Bob«, rief sie, und McIlroy drehte sich sichtlich erstaunt um, dass sie mit ihm sprach.

»Was?«, fragte er und zog ein Päckchen Kaugummi aus seiner Tasche. Seit ihm jemand gesagt hatte, sein Atem würde nach verfaulten Eiern stinken, kaute er ständig Kaugummi. Geholfen hatte es nichts.

»Kennen Sie einen Ermittler namens Michael Gardner?« McIlroys Miene verdüsterte sich. »Ich deute das mal als ein Ja«, fuhr sie fort. »Ist wohl ein alter Freund von Ihnen, was?«

McIlroy schnaubte. »Bestimmt nicht. Warum? Wozu wollen Sie das wissen?«

»Weil ich mit ihm sprechen muss«, sagte sie. »Wo finde ich ihn?«

»Der ist nicht mehr da«, kam es von McIlroy.

»Im Ruhestand?«

»Nö, versetzt.«

»Ah. Und wohin?« Meine Güte, alles musste man dem Kerl aus der Nase ziehen!

»Keine Ahnung. Ist mir auch egal.«

»Was hat er Ihnen denn Schlimmes getan? Sich über die kahle Stelle an Ihrem Hinterkopf lustig gemacht?«

Sie sah, wie McIlroys Brust sich hob und senkte – ein sicheres Zeichen dafür, dass es in ihm tobte. Dieser Gardner musste sich ganz schön was geleistet haben, denn so leicht wurde McIlroy nicht wütend; Wut verbrauchte unnötig Energie, die er lieber aufs Essen verwandte.

»Er hat einen Kollegen reingeritten«, sagte er, winkte dann aber ungeduldig ab. »Nein, streichen Sie das. Er hat einen Kollegen *umgebracht*, so muss man das sagen.« Kopfschüttelnd wandte er sich ab und ging davon.

Freeman schaute ihm ungläubig hinterher. Gardner hatte einen anderen Polizisten umgebracht? Sie sah, wie McIlroy stehen blieb und etwas zu Fry sagte, mit dem er nach Feierabend gern noch einen trinken ging. Fry drehte sich zu Freeman um und brummelte etwas vor sich hin, das zweifelsohne wenig schmeichelhaft war.

Interessant, dachte sie. Was war da bloß mit diesem Michael Gardner passiert?

2

14. Januar 1999

Lucas steckte sich das Geld hinten in die Hosentasche und schaute dem miesen kleinen Penner nach, der mit seinem Stoff abzog. Er hasste diese Kaschemme und die Schwachköpfe, die sich hier rumtrieben. Am liebsten hätte er seine Deals draußen durchgezogen, auf der Straße, aber seinen Kunden schien das abgeranzte Ambiente zu gefallen, Biermief und alles. Zeit für einen kleinen Tapetenwechsel. Er trank sein Glas leer und schubste es den Tresen runter zu Tony, der sofort nachfüllte. Unbegrenzter Nachschub, immerhin. Ein Vorteil, wenn man in einem Pub arbeitete, der einer lahmen Lusche wie Tony gehörte.

Lucas schaute sich um. Es kotzte ihn an, dass hier im Januar immer noch schäbiger Weihnachtsflitter in den Ecken rumhing. Es kotzte ihn an, dass jeden Abend dieselben blöden Arschgesichter aufkreuzten, immer in der Erwartung, dass sich was verändert hätte, dass es mal was Neues gäbe. Gab es aber nicht. Und am meisten kotzte ihn an, dass er immer noch hier, dass er einer von ihnen war.

»Und, was geht, Lucas?«

Er drehte sich um und sah Jenny Taylor auf sich zu wanken. Sie war die dreckigste Schlampe in Blyth und stellte ihm dauernd nach, das alte Miststück.

»Verpiss dich«, sagte er, als sie sich an ihn ranhängte, sich sein Glas schnappte und einen kräftigen Schluck nahm, ehe sie es ihm wieder in die Hand drückte. »Scheiße, Mann«, murmelte er und stieß das Glas angewidert weg. Tony kapierte den Wink und zapfte ihm ein neues.

»Willse mit mir aufs Klo kommen?«, lallte Jenny.

Lucas stieß sie weg, und sie kippte nach hinten auf den klebrigen Boden. Er stieg über sie rüber und ging weiter zum Billardtisch, wo Dicko gerade ordentlich abräumte. Lucas sah, wie dem Typen sein selbstgefälliges Grinsen verging, als ihm klar wurde, dass alles, was er hier gewann, in Lucas' Tasche wandern würde, nicht in seine.

Irgendwer hatte einen Packen Kippen liegen lassen. Lucas nahm sich eine, zückte sein Feuerzeug und ließ dann beides in seiner Tasche verschwinden. Draußen sah er ein Mädchen über die Straße kommen – den Kopf gesenkt, die Ärmel ihres Pullis über beide Hände gezogen.

Das arme Schwein, das sich gerade von Dicko ausnehmen ließ, bat Lucas höflich, ein Stück zur Seite zu gehen, damit er seinen Stoß ausführen konnte. Lucas ignorierte ihn. Eben war ihm wieder eingefallen, wer das Mädel war. Vor ein paar Tagen war sie mit Tomo hier gewesen. Hatte kein Wort gesagt, einfach nur dagestanden und auf den Boden gestarrt. Sah noch ziemlich jung aus, die Kleine, aber Tomo meinte, sie wäre im selben Jahrgang wie er – Freiwild also. Hatte sich dauernd die blonden Haare hinter die Ohren gestrichen, waren ihr aber immer wieder ins Gesicht gefallen. Wenigstens war sie echt blond, nicht so wie die anderen Schnallen, die er kannte. Er hatte gehofft, sie würde noch länger bleiben, aber sie müsse nach Hause, hatte sie gesagt. Die ganze Nacht hatte er an sie denken müssen. Hatte Tomo sogar gefragt, wo sie wohnte. Und hier war sie wieder. Lucas grinste.

Er stieß die Tür auf und ging nach draußen. Mitten auf dem

Gehsteig blieb er stehen und beobachtete sie. Fast wäre sie mit ihm zusammengestoßen, bevor sie merkte, dass da jemand war.

»Tschuldigung«, murmelte sie und versuchte ihm auszuweichen.

»Hey, wir kennen uns doch ... Du bist Emma, oder?«

Sie blieb stehen und schaute nervös die Straße rauf und runter, als sollte sie überhaupt nicht hier sein. Schon gar nicht mit ihm.

»Ich hab dich neulich gesehen«, sagte Lucas. »Mit Tomo.«

Emma nickte und starrte wieder auf den Boden.

»Willst du was trinken?«

Sie schüttelte den Kopf. Lucas trat ganz dicht vor sie, und endlich schaute sie ihn an. »Komm schon«, sagte er. »Ist nicht gut, so allein hier draußen. Da treiben sich ziemlich üble Typen rum. Komm, nur kurz was trinken, dann bringe ich dich nach Hause – versprochen.« Er lächelte und sah, wie sie weich wurde. »So ist's gut«, sagte er.

Sie setzten sich ganz nach hinten. Jedes Mal, wenn jemand in ihre Richtung kam, hielt er sie mit Mörderblicken auf Abstand. Geschlossene Gesellschaft. Als sie mit ihrem dritten Glas halb durch war, hatte sie noch immer nicht viel gesagt, aber gelächelt, immerhin.

»Diesmal gleich zwei Doppelte«, sagte Lucas an der Theke zu Tony, ehe er sich wieder zu ihr umdrehte. »Verdammte Fotze«, murmelte er und marschierte zurück an ihren Tisch. Jenny hatte sich vor Emma aufgebaut, stierte ihr voll ins Gesicht.

»Hassu mich verstanden, Schlampe?«, brüllte Jenny, und Emma nickte. Lucas packte Jenny von hinten und zerrte sie weg, stieß sie gegen den Spielautomaten, dass es krachte. Ihre Haare fielen ihr ins Gesicht – blond, wie Emmas. Aber nicht echt, bloß gebleicht. Voll versifft halt.

»Wenn du noch einmal mit ihr redest, schlag ich dir deine scheißverfickte Fresse ein, klar?«, zischte Lucas ihr ins Gesicht. Dann schob er sie weg und ging wieder zu Emma. »Alles klar?«

Emma nickte, aber er merkte, dass sie gehen wollte. »Tut mir leid. Die hat echt einen an der Klatsche.« Lucas streckte seine Hand nach ihr aus. »Komm«, sagte er. Emma stand auf und nahm seine Hand. Er führte sie nach draußen, vorbei an Jenny, die sie beide fies anstarrte, aber keinen Mucks von sich gab. Doch nicht so blöd, wie sie aussah.

Draußen sah er, wie Emmas Wangen sich in der kalten Luft röteten. Sie stolperte, weil der Alkohol jetzt voll einschlug, und er hielt ihre Hand ganz fest. »Komm, wir gehen zu mir«, sagte er. »Ist näher.«

3

13. Dezember 2010

Lucas stand an der Straßenecke und beobachtete das Haus. Er hatte befürchtet, dass Reporter sich hier herumtreiben könnten, es war aber kein Mensch zu sehen. Vielleicht waren sie auch einfach wieder abgehauen. Konnte man ihnen echt nicht verübeln, bei dieser Kälte. Niemand zu sehen außer einem alten Muttchen, das seinen Hund ausführte, der genauso senil aussah wie sie. Hatte sich nicht viel verändert in den letzten elf Jahren, schon gar nicht zum Besseren. Wer damals kein Geld hatte, hatte jetzt wahrscheinlich noch weniger. Die Gegend war nur noch weiter heruntergekommen. Abgewrackte Rostlauben standen auf Ziegelsteine aufgebockt, und in den Vorgärten türmte sich irgendwelcher alter Schrott. Die Häuser waren das reinste Flickwerk, nichts passte zusammen. Rauputz und Waschbeton, billig und hässlich. Dafür war es ruhig, fast wie ausgestorben. Zu seiner Zeit, als er dauernd hier gewesen war, um ein Auge auf Emma zu haben, hatten sich die kleinen Rotznasen alle noch draußen herumgetrieben. Ihn wegen Stoff angehauen oder gebettelt, dass er ihnen Alk im Eckladen besorgte. Nervig. Jetzt hingen wahrscheinlich alle bloß noch zu Hause rum.

Genau hier an dieser Stelle hatte er gestanden und darauf gewartet, dass sie endlich rauskam. Er wusste, dass sie da war, denn manchmal hatte er sie oben am Fenster gesehen, hatte gesehen, wie sie zu ihm rausschaute und wusste, dass er sie beobachtete. Und zu wissen, dass sie es wusste, hatte ihm ein gutes Gefühl gegeben, ein verdammt gutes Gefühl.

Er hatte lange überlegt, ob es schlau war, sich nach all den Jahren ausgerechnet jetzt hier blicken zu lassen. Aber er musste wissen, ob ihr Vater ihn erkennen würde. Ob er von dem Alten etwas zu befürchten hätte, wenn die Bullen bei ihm aufkreuzten. Begegnet waren sie sich zwar nie, aber so oft wie er hier vor dem Haus herumgestanden hatte, war es durchaus möglich, dass der Alte sich an sein Gesicht erinnerte.

Lucas taxierte das Haus. Alles wie damals. Ob es drinnen auch noch genauso aussah? Ob Emmas Zimmer noch so aussah, wie er es kannte, alles unverändert? Eigentlich war er nur zweimal oben in ihrem Zimmer gewesen – einmal, als ihr Dad nicht zu Hause war, und einmal, als *beide* nicht da waren. Er war rauf in ihr Zimmer gegangen, hatte sich auf ihr Bett gelegt und getan, was ein Mann im Bett seiner kleinen Teenie-Braut halt so tut. Er hätte wirklich gern ihr Gesicht gesehen, hätte zu gern gewusst, wie sie sich gefühlt hatte, als sie sein kleines Souvenir fand.

Die Frau mit dem Hund schlurfte an ihm vorbei und überquerte die Straße. Endlich. Eigentlich war er heute aus zwei Gründen gekommen: zum einen, weil er wissen wollte, ob Thorley ihn noch erkannte, vor allem aber, weil er ins Haus wollte, ihre Sachen sehen wollte, sie sehen *musste*.

Er rückte seine Krawatte zurecht und überlegte kurz, ob er sie abnehmen sollte. Emmas Dad würde kaum damit rechnen, dass seine Tochter einen so seriösen Freund gehabt hatte, oder? Sie war ein kleiner Junkie gewesen, eine Ausreißerin. Aber egal, jetzt hatte er schon geklopft. Er wippte mit dem Fuß, während er wartete; schließlich sah er durch das Türglas die verschwommenen Umrisse einer Gestalt durch den düsteren Flur kommen. Lucas atmete tief durch und setzte sein bestes Sonntagsgesicht auf, als die Tür aufging.

Ein alter Mann in einer schäbigen braunen Polyesterhose und beigefarbener Strickjacke stand leicht gebeugt vor ihm. Lucas wusste nicht, was er erwartet hatte, aber das nicht. Keinen rotgesichtigen Rentner, dem noch die Essensreste von letzter Woche auf dem Hemd klebten.

Ray Thorley blickte erwartungsvoll zu ihm auf. Dachte er etwa, Lucas wäre von der Polizei?

»Mr Thorley?«

»Ja. Geht es um Emma? Gibt es Neuigkeiten?«

Lucas lächelte den Alten an und machte einen Schritt auf ihn zu. »Dürfte ich hereinkommen?«

Ray trat beiseite und winkte Lucas ins Haus. »Haben Sie etwas gehört?«, fragte er, als er die Tür hinter ihm schloss.

Lucas ging durch ins Wohnzimmer und warf einen kurzen Blick auf die vielen Fotos seiner kleinen Fickfreundin, die überall herumstanden. »Darf ich mich setzen?«, fragte er, während er genau das tat. Ray blieb stehen und schien darauf zu warten, dass sein Besucher etwas sagte. »Mr Thorley, ich möchte Ihnen mein Beileid aussprechen ...«

Worauf der Alte mit einem Geräusch, als würden alle Lebensgeister ihn verlassen, in seinen Sessel sackte. »Dann ist sie es also«, flüsterte er.

Hitze durchströmte Lucas. Die Polizei war sich demnach nicht sicher, ob es sich wirklich um Emma handelte. War das jetzt gut für ihn oder nicht? In den Nachrichten hatten sie noch keine Bestätigung gebracht, aber Lucas hatte angenommen, die Bullen würden Informationen zurückhalten, weil sie sich nicht in die Karten schauen lassen wollten. Aber vielleicht hatten sie echt keinen Schimmer. Vielleicht würden sie doch nicht bei ihm auf der Matte stehen und blöde Fragen stellen.

Lucas schaute Ray Thorley an, der auf irgendeine Antwort zu warten schien. »Ich fürchte, hier liegt ein Missverständnis vor. Emma und ich waren befreundet. Ist lange her. Aber ich war fassungslos, als ich davon hörte.«

Ray zeigte mit zittriger Hand auf Lucas. »Sie sind gar nicht von der Polizei?«

»Nein«, erwiderte Lucas. »Erinnern Sie sich nicht mehr an mich?«

»Tut mir leid, mein Junge, nein.« Ray musterte Lucas' Gesicht und schüttelte dann den Kopf. »Nein, wirklich nicht.«

Lucas musste sich ein Grinsen verkneifen. »Ich war ein Freund von Emma, aus der Schule.«

»Ah ja«, sagte Ray. »Natürlich.«

Lucas lehnte sich vor. »Noch einmal mein aufrichtiges Beileid, Mr Thorley.« Er stand auf. »Hätten Sie was dagegen, wenn ich kurz Ihre Toilette benutze?«

Ray schüttelte wieder den Kopf und deutete zur Treppe. Lucas nickte, schloss die Wohnzimmertür hinter sich und sprintete nach oben. Sofort fiel sein Blick auf dieses blöde Schild an ihrer Zimmertür.

HIER WOHNT EMMA – ZUTRITT VERBOTEN!

Hing das immer noch da, so ein trashiges Souvenirding aus irgendeinem bekackten Küstenkaff, Whitley Bay oder Scarborough. Damals war es ihm auch gleich aufgefallen; ihr war es peinlich gewesen. Eine Ecke, an der sie versucht hatte, es abzuziehen, wellte sich lose nach oben. Lucas stieß die Tür auf und ging rein. Nichts hatte sich verändert, außer dass es ein bisschen muffig roch, abgestanden. Wie der Karton mit Weihnachtskugeln, wenn man ihn vom Speicher holte. Der Geruch von billigem Deospray war längst verflogen.

Lucas setzte sich aufs Bett. Er musste daran denken, wie er sie berührt hatte. Wie sie vor ihm zurückgewichen war, weil sie Angst hatte, ihr Dad könnte früher nach Hause kommen und sie hören. Von wegen böses Mädchen – sie wär gern eins gewesen, hatte es aber nie richtig durchgezogen.

Sein Blick fiel auf das Brett am Kopfende, noch immer vollgeklebt mit Stickern von den Spice Girls und Take That. Ein paar Aufkleber hatte sie versucht abzuziehen, weil ihr Musikgeschmack sich geändert hatte. Oder weil er sich darüber lustig gemacht hatte. Er sah sie noch vor sich, wie sie dasaß, ans Kopfende gelehnt, und sich fragte, ob es vielleicht ein Fehler gewesen war zu sagen, sie hätte das alles so satt und wollte nur noch weg.

Lucas stand auf und ging zum Fenster. Es hatte wieder angefangen zu regnen, kalter Schneeregen, der über die Straße trieb. Auf dem Fensterbrett stand eine bunte Pappschachtel. Er machte sie auf, kramte in billigem Schmuck und Münzgeld, bis er die Kette mit dem silbernen Anhänger fand, die er ihr geschenkt hatte. Die Kette, die sie nicht hatte tragen wollen. Er schlang sie sich um die Finger, spürte das Metall kalt auf seiner Haut und ließ sie in seiner Hosentasche verschwinden.

Im Wohnzimmer rührte sich etwas, der Alte schien aufzustehen. Schnell klappte Lucas den Deckel zu, schlüpfte aus dem Zimmer und ging wieder nach unten zu Emmas Vater, der nun vor dem Kamin stand und ein Foto in der Hand hielt, das die Familie im Urlaub zeigte. Dass Lucas zurückgekehrt war, schien er gar nicht zu merken.

Lucas räusperte sich. »Tut mir leid, dass ich einfach so hereingeschneit bin«, sagte er, als Ray sich umdrehte. »Ich wollte Sie nicht aufregen.«

Ray schüttelte den Kopf. »All die Jahre ... Und dabei habe ich nie geglaubt, dass sie tot sein könnte. Das hätte ich gewusst, dachte ich immer. Ich hätte es gespürt, hier«, sagte er und hob seine zittrige Hand ans Herz. Dann schweifte er wieder ab und schaute auf die Uhr über dem Kamin. Lucas schaute ebenfalls auf die Uhr, die aber entweder völlig falsch ging oder längst stehen geblieben war. Er überlegte, wie lange er sich das Gequatsche anhören sollte, ehe er sich vom Acker machen konnte. »Selbst nachdem er nicht gekommen war, dachte ich, dass sie vielleicht ...«

»Er?« Lucas horchte auf. Hatte Emma einen anderen gehabt?

Ray hatte den Faden verloren und runzelte die Stirn.

»Sie meinten eben, nachdem *er* nicht gekommen war«, half Lucas ihm auf die Sprünge. Oh Mann, bestimmt war der Alte auch schon senil.

Ray nickte langsam und zeigte mit unsicherer Hand auf Lucas. »Ja, ja. Der Mann, der früher schon mal hier war. Er kam her, um mir zu sagen, dass es Emma gut gehe. Er hat ihr geholfen.«

»Wer?«, fragte Lucas.

»Er kam vorbei und sagte, es geht ihr gut und sie kann bald wieder nach Hause kommen. Ein netter junger Mann, sehr freundlich. Ich brauche mir keine Sorgen zu machen, hat er gemeint. Ich dachte, es wäre so wie beim ersten Mal, aber dann hat er mir einen Brief von ihr gebracht. Wenn ich nur wüsste ...« Ray schaute sich um, als überlegte er, wo er den Brief gelassen hatte. »Und dann, beim letzten Mal ... Ich habe gewartet und gewartet, aber es kam niemand. Da dachte ich mir schon, dass ihr bestimmt etwas passiert war, etwas Schlimmes. Aber ich habe nichts gespürt, wissen Sie? Ich dachte immer, ich würde es merken, wenn meiner Emma etwas zustößt, aber ich habe nichts gespürt. Ich dachte ...«

»Wer war er? Der Mann, der vorbeigekommen ist?«

»Oh, ich ...« Ray schüttelte den Kopf und tippte sich mit den Fingern an die Lippen. »Ach, wie hieß der noch gleich? Verflixt aber auch. Daran sollte ich mich wirklich erinnern.« Wieder schüttelte er den Kopf. »Er war von dieser Klinik. Er hat ihr geholfen ... bei ihrem Problem.«

Lucas spürte, wie etwas in ihm aufwallte. *Er* war hier gewesen, hier in ihrem Haus. Wo war er sonst noch gewesen, der Scheißkerl? Was wusste er alles?

Ray schüttelte erneut den Kopf, als könnte er so seine Erinnerungen wachrütteln. Lucas hatte genug, er reichte Ray die Hand. »Noch mal mein Beileid wegen Ihrer Tochter«, sagte er, und Ray dankte ihm. Das Laufen fiel ihm sichtlich schwer, als er seinen Besucher zur Tür brachte. Lucas verabschiedete sich und sah zu, dass er wegkam.

»Ben!«, rief Ray hinter ihm, als er schon fast an der Straße war; Lucas drehte sich um. »Der Mann von der Klinik. Er hieß Ben.«

Aber Lucas wusste längst, von wem die Rede war. Er kannte diesen kleinen Wichser, der sich wie ein übler Geruch an Emma gehängt hatte, der ständig versucht hatte, sie beide auseinanderzubringen. Aber wie viel wusste er tatsächlich? Vielleicht sollte er sich ja mal wieder beim lieben Ben melden.

4

13. Dezember 2010

Gardner kniff ein Auge zu und zielte mit einem kleinen Papierkügelchen auf DC Don Murphy. Zugegeben, man musste kein Scharfschütze sein, um das Ziel zu treffen, Murphy bot reichlich Angriffsfläche. Aber die Regeln galten trotzdem: ein Punkt für den Bauch (kaum zu verfehlen), zwei für die Stirn und drei für den Mund (Volltreffer). Gardner peilte volle Punktzahl an. Er warf und sah das Papiergeschoss quer durchs Büro fliegen, bis es genau in Murphys offenem Mund landete. Murphy hustete und setzte sich mit einem Ruck auf. Gardner riss triumphierend die Arme hoch, auch wenn DC Carl Harrington sofort versuchte, einen Regelverstoß geltend zu machen. PC Dawn Lawton schaute kurz von ihrem Schreibtisch auf, lächelte über Murphy, der gutmütig den erbosten Bären mimte, und vertiefte sich dann erneut in was auch immer sie gerade beschäftigte. Wenigstens eine, die arbeitete. Normalerweise hätte Gardner Murphy einen Rüffel erteilt, ihm gesagt, dass er nicht auf der faulen Haut liegen, sondern arbeiten solle, doch die Wahrheit war, dass es im Augenblick keine Arbeit gab. Zumindest nichts *Richtiges*, keinen laufenden Fall. Aber aus Angst, irgendetwas heraufzubeschwören, wenn er es laut aussprach, hielt er lieber den Mund.

»Sollte ich echt mal der Personalstelle melden«, murrte Murphy und trollte sich zum Wasserkocher.

»Wenn ich richtig gerechnet habe, führe ich jetzt mit zehn Punkten Vorsprung«, meinte Gardner zu Harrington.

»Neun«, gab der zurück.

»Neun, meinetwegen. Soll mir auch reichen.«

Das Telefon klingelte. Harrington zeigte sich kollegial und nahm ab, schließlich wollte er kein schlechter Verlierer sein. Gardner rätselte derweil, womit Lawton sich so fleißig befasste. Der letzte große Fall, den sie hatten, war eine vermisste Jugendliche, die ihren getrennt lebenden Eltern gesagt hatte, sie würde das Wochenende beim jeweils anderen verbringen, und derweil mit einem ihrer Lehrer durchgebrannt war. Nichts deutete darauf hin, dass sie zu irgendetwas gezwungen worden war, aber heikel war die Angelegenheit dennoch, denn das Mädchen war erst vierzehn. Danach nur noch Routinesachen, die binnen weniger Tage gelöst und erledigt waren. Nichts, in das man sich so richtig verbeißen konnte. Aber nach einem Fall wie dem von Abby Henshaw, der ihn – wenn auch mit Unterbrechungen – gut fünf Jahre beschäftigt hatte, sollte er sich vielleicht einfach freuen, wenn die Dinge sich so leicht klären und aus der Welt schaffen ließen.

Gardner lehnte sich in seinem Stuhl zurück und spürte, wie sein kurzfristiges Stimmungshoch wieder abflaute. Er sollte langsam aufhören, an Abby Henshaw zu denken. Es war Wochen her, dass sie zuletzt miteinander gesprochen hatten, vielleicht sogar Monate. Der Fall war erledigt, er hatte seinen Job gemacht. Es war an der Zeit, gedanklich damit abzuschließen, sich etwas Neuem zuzuwenden. Und genau das versuchte er ja.

In einem Anfall geistiger Umnachtung hatte er sich bei einer Singlebörse im Internet registriert. Stundenlang hatte er an seinem Profil herumgefeilt und war dabei längst nicht so nüchtern gewesen, wie man es vielleicht sein sollte, bevor man so etwas online stellte. Ob es wirklich so eine gute Idee gewesen war, anzugeben, dass er bei der Kripo war? Und kam es womöglich einem Vertragsbruch gleich, bezüglich seiner Hobbys gelogen zu haben? Aber was hieß schon lügen – schließlich besaß er ja ein Mountainbike; er benutzte es nur nie. Das Profilbild war auf jeden Fall ein Fehler gewesen. Er bereute schon jetzt, es eingestellt zu haben – und das, obwohl er darauf zehn Jahre jünger war. Oder vielleicht gerade deshalb. Denn fairerweise musste man sagen, dass das längst überholte Profilbild weniger seiner Eitelkeit geschuldet war als der Tatsache, dass ihn seit zehn Jahren niemand mehr fotografiert hatte und er einfach kein neueres Foto besaß. Nachdem er sein Profil freigeschaltet hatte, bekam er plötzlich Panik, dass jemand, den er kannte, es sehen und sofort wissen würde, was für ein Versager er war. Aber dann versuchte er sich mit dem Gedanken zu beruhigen, dass jeder, der sich auf dieser Seite herumtrieb, ihm in dieser Hinsicht in nichts nachstand.

Und obwohl sich noch kein nennenswerter Erfolg abzeichnete und die einzige in den drei Wochen seit seiner Registrierung an ihn gerichtete Anfrage von einer Frau in mittleren Jahren kam, die als Hobby »Mützenstricken für meine Katzen« angab, war er regelrecht süchtig danach, sein Profil regelmäßig auf neue Nachrichten zu prüfen. Auch jetzt juckte es ihn wieder in den Fingern. Aber wollte er riskieren, dass ihm einer der Kollegen über die Schulter schaute – Carl Harrington womöglich? Der Spott würde ewig an ihm kleben bleiben. Da könnte er sich gleich versetzen lassen.

»He, Champion«, rief Harrington und hielt den Hörer hoch. »Ist für Sie. Eine DS Freeman aus Blyth.«

Einen Moment schien die Zeit stillzustehen. Gardner kam es vor, als würden alle ihn anstarren und auf seine Reaktion warten. Wie konnte ein einziges Wort – *das B-Wort* – sich nach all den Jahren noch immer anfühlen wie ein Schlag in die Magengrube?

Sein eigenes Telefon klingelte, und Harrington bedeutete ihm, dass er abnehmen sollte. Aber er wollte nicht. Ja, es war kindisch, aber er *wollte nicht*, und niemand konnte ihn dazu zwingen. Was ging ihn Blyth an? Er wollte mit niemandem von dort reden, wollte sich da nicht wieder mit hineinziehen lassen.

Sein Telefon klingelte unvermindert, und mittlerweile starrten ihn tatsächlich alle an. Seufzend hob er den Hörer ab.

»Gardner.« Detective Sergeant Freeman stellte sich kurz vor, und Gardner erinnerte sich, ihren Namen in den Nachrichten gehört zu haben; er konnte sich natürlich denken, was sie von ihm wollte. Allerdings wusste er nicht, wie er ihr hätte helfen können. Wüsste er irgendetwas Erhellendes zum Fall Emma Thorley beizutragen, hätte er den Fall vermutlich schon vor elf Jahren gelöst.

Nachdem alle Fragen erschöpfend geklärt waren und DS Freeman sich endlich verabschiedete, musste Gardner erst mal tief durchatmen. Harrington schien zu einer zweiten Runde aufgelegt zu sein, aber ihm war plötzlich die Lust vergangen.

Gardner ging auf die Webseite der BBC und las sich den aktuellen Bericht über den Leichenfund in Blyth durch. Noch immer war nicht bestätigt, dass es sich um Emma Thorley handelte, aber Freeman hatte durchblicken lassen, dass alles darauf hindeutete. Das würde heißen, dass sie vermutlich die ganze Zeit dort im Wald gelegen hatte. Wahrscheinlich war sie bereits tot gewesen, während Gardner ihren Vater noch damit zu beruhigen versuchte, dass seine Sorge gewiss unbegründet sei und Emma schon wieder nach Hause käme. Sie würde zurückkehren, wenn sie dazu bereit war, genau wie auch schon die beiden Male zuvor. Aber sie war nie zurückgekehrt.

Er fragte sich, was besser wäre: Dass es sich bei der Toten um Emma Thorley handelte, damit ihr Vater nach all den Jahren endlich mit dem Verlust seiner Tochter abschließen konnte – oder dass sie es nicht wäre und noch immer Hoffnung bestand.

Gardner schloss einen Moment die Augen. Wäre er damals nicht so sehr mit seinen eigenen Problemen beschäftigt gewesen, hätte er dem Fall mehr Aufmerksamkeit geschenkt. So blieb immer das ungute Gefühl, das Mädchen vor elf Jahren im Stich gelassen zu haben.

5

12. Juli 1999

DC Gardner versuchte, sich seine Ungeduld nicht anmerken zu lassen, während Ray Thorley in einer alten Keksdose nach Fotos seiner Tochter suchte.

»Ich müsste hier irgendwo noch ein neueres haben«, sagte Ray und wühlte sich weiter durch Erinnerungen an Ferien im Wohnwagen und Geburtstage, bei denen jeweils die Torte die Hauptrolle zu spielen schien.

Gardner betrachtete das halbe Dutzend Bilder von Emma, die ihr Vater ihm bereits in die Hand gedrückt hatte. Die meisten waren schon ein paar Jahre alt – Emma mit dreizehn, vierzehn. Auffällig war allenfalls, dass sie mehr lächelte, als die meisten Teenager es für gewöhnlich auf Fotos mit ihren Eltern tun. Die Bilder zeigten ein hübsches Mädchen, das für sein Alter allerdings sehr jung wirkte.

»Hier, das ist vom letzten Jahr«, sagte Ray und reichte ihm ein weiteres Bild. Gardner nahm es in die Hand und bemerkte sofort den deutlich gesunkenen Glückspegel. Verständlich: Emma saß am Krankenhausbett ihrer Mutter und hielt deren Hand.

»Gut, vielen Dank«, sagte er und legte die Sammlung auf dem Couchtisch ab. »Mr Thorley, ich würde Ihnen jetzt gern noch ein paar Fragen zu Emmas Freund stellen, Lucas Yates.«

»Er war nicht ihr Freund«, erwiderte Ray ungewöhnlich scharf. »Entschuldigen Sie, aber dieser Junge war nicht ihr Freund. Das stimmt nicht.«

»Okay, dann berichtigen Sie mich bitte, wenn ich etwas falsch verstanden haben sollte. Als Sie Emma das erste Mal als vermisst gemeldet haben – das war im Februar –, war sie bei Lucas Yates untergetaucht. Stimmt das so oder nicht?«

Ray nickte unwillig. »Ja, aber jetzt ist sie nicht bei ihm, falls Sie darauf hinauswollen.«

»Was macht Sie da so sicher?«

»Weil sie sich in letzter Zeit nicht mehr mit ihm getroffen hat. Sie wollte ihn nicht mehr sehen. Er war nicht sehr nett zu ihr.«

»Was meinen Sie mit ›nicht sehr nett‹?«

»Ich weiß es nicht«, erwiderte Ray mit brüchiger Stimme und Tränen in den Augen. »Über solche Dinge hat sie mit mir nicht geredet. So was hat sie immer mit ihrer Mum besprochen. Aber ich kenne meine Emma. Sie ist nicht dumm und hätte sich nicht mehr mit jemandem wie ihm eingelassen.«

Ray Thorley hatte Gardners volles Mitgefühl. Wirklich, der Mann konnte einem nur leidtun. Er hatte vor nicht allzu langer Zeit seine Frau verloren, und wenig später war auch noch seine Tochter auf die schiefe Bahn geraten. Aber sein Kummer ließ ihn die Augen vor den Tatsachen verschließen.

»Mr Thorley, Emma hatte Drogenprobleme, oder nicht?«

»Nicht mehr. Sie hat damit aufgehört.«

»Okay, sehr schön. Allerdings ist es nicht immer ganz leicht, einfach aufzuhören. Vielleicht hatte sie ja wieder angefangen, und Lucas Yates ist uns als Dealer bekannt ...«

»Nein!« Ray Thorley schloss die Augen, als wollte er auch Gardner ausblenden. Gardner wartete ein paar Minuten, dann stand er auf. Er wollte ihrem Vater seinen Glauben nicht nehmen, aber Gardner war davon überzeugt, dass man nur Lucas Yates ausfindig zu machen brauchte, um auch Emma Thorley zu finden. Bislang war seine Suche zwar erfolglos gewesen, aber irgendwann würde der Kerl schon wieder auftauchen, würde aus dem Loch hervorkriechen, in dem er sich versteckt hatte.

Emma Thorley brauchte Hilfe – das stand außer Frage. Nur handelte es sich nicht um die Art von Hilfe, an die ihr Vater dachte.

Er wartete noch einen Moment und betrachtete Ray Thorley – ein gebrochener Mann, der die Wahrheit nicht hören wollte und sich allen vernünftigen Argumenten verschloss. Es war sinnlos. Sie hätten noch den ganzen Abend so weitermachen und sich immerzu im Kreis drehen können, ohne auch nur einen einzigen Fortschritt zu erzielen. Gardner würde einfach wie geplant seine Suche nach Yates fortsetzen, aber das hatte Zeit bis morgen. Er war müde und wollte nur noch nach Hause, ein bisschen ausspannen.

Gardner wandte sich zum Gehen. »Ich melde mich«, sagte er und ließ Ray mit seinen alten Fotos und Erinnerungen zurück.

*

Gardner beförderte die Essensreste in den Küchenmüll. Langsam fragte er sich, warum er sich überhaupt noch die Mühe machte, wenn doch sowieso nichts mehr gut genug für sie war – zu salzig, zu fad, zu viel Knoblauch, zu egal was. Sie war mäkelig wie ein Restauranttester. Eigentlich könnten sie sich auch jeden Abend etwas bringen lassen, dann wäre wenigstens nicht er, sondern der Lieferdienst schuld – aber vermutlich war genau das der Punkt.

Wahrscheinlich meckerte sie nur aus Prinzip, denn meistens aß sie es dann trotzdem. Heute jedoch hatte sie ihr Essen kaum angerührt. Vielleicht lag es auch gar nicht an ihm oder seinen Kochkünsten, sondern sie wollte einfach abnehmen? Immerhin hatte sie in letzter Zeit einiges an Gewicht verloren und brachte immer mehr Zeit im Fitnessstudio zu.

Er nahm eine Flasche Rotwein und zwei Gläser und ging ins Wohnzimmer, denn wenigstens am Wein fand sie nie etwas auszusetzen. Sonst saß sie um diese Zeit meist in ihre Ecke der Couch gekuschelt, wo sie sich von der Glotze berieseln ließ, doch heute war es still, und sie stand am Fenster, die Arme um sich geschlungen, als sei ihr kalt. Er sah, wie ihr Kiefer sich anspannte, als sie ihn kommen hörte. So viel zu einem ruhigen, friedlichen Feierabend, dachte er resigniert. Irgendetwas wollte sie ihm sagen. Was hatte er jetzt wieder angestellt? Im Geiste ging er seinen Tag noch einmal durch. Was mochte diesmal das Problem sein?

Sie stritten sich nie im eigentlichen Sinne des Wortes, es gab keine lauten Auseinandersetzungen zwischen ihnen, keine Wortgefechte; stattdessen gab es immer mal wieder ein paar spitze Bemerkungen und bedeutungsschwangeres Schweigen.

»Was ist los, Annie?«, fragte er und stellte Flasche und Gläser auf den Tisch, ohne sich die Mühe zu machen, Untersetzer zu holen. Sie sah es, zuckte aber nicht mal mit der Wimper. Das hätte ihn bereits stutzig machen müssen. Aber ehrlich gesagt, war ihm scheißegal, was ihr jetzt schon wieder über die Leber gelaufen war. Seufzend setzte er sich auf die alte, schon reichlich ramponierte Ledercouch. Es war ein langer Tag gewesen, und er wollte einfach nur seine Ruhe.

Sie blieb stehen, wo sie war, und er sah, dass sie mit den Tränen kämpfte. Scheiße, dachte er. Jemand gestorben, auch das noch.

Gardner beugte sich vor, um nach ihrer Hand zu greifen, aber sie entzog sich ihm und wandte sich erneut zum Fenster.

»Annie?«

»Ich treffe mich mit jemandem«, sagte sie so leise, dass es kaum mehr als ein Flüstern war. »Schon seit einiger Zeit.«

Sie traf sich mit jemandem? Was sollte das denn heißen? Musste er darüber Bescheid wissen? Hatte sie das irgendwann einmal erwähnt? »Was meinst du mit ›jemanden treffen‹? Zum Sport? Oder gehst du zu einem Therapeuten? Warum das denn?«

Sie gab einen seltsam erstickten Laut von sich, der halb Schluchzen, halb Lachen war, dann schlug sie sich die Hand vor den Mund und ließ ihren Tränen freien Lauf. Als sie sich zu ihm umdrehte, schaute sie ihn an wie einen Dreijährigen, mit dem man ganz viel Geduld haben musste.

»Nein, Michael«, sagte sie und schüttelte langsam den Kopf. »Ich gehe zu keinem Therapeuten. Ich spreche von einem anderen Mann.«

»Einem anderen Mann«, wiederholte er.

Sie nickte kaum merklich. Und plötzlich wurde ihm alles klar, alles ergab plötzlich einen Sinn und passte zusammen, wie bei einem dieser Steckwürfel für Kinder – allen war es offensichtlich, nur er, der begriffsstutzige Junge, versuchte noch immer, das eckige Klötzchen durch die kreisrunde Öffnung zu bekommen. Aber er *wollte* es nicht sehen, wollte es sich nicht eingestehen, als würde es dadurch weniger wahr. Doch er spürte es. Sein Körper wusste längst, was sein Verstand nicht begreifen wollte. Er spürte, wie die Erkenntnis sich schockartig in ihm ausbreitete, durch sein Blut rauschte, bis auch die letzte Zelle Bescheid wusste.

»Wer ist es?«

Gardner stand auf und trat zu ihr. Als sie vor ihm zurückwich, fragte er sich für den Bruchteil einer Sekunde, ob sie etwa dachte, er wollte sie schlagen. War es das? Glaubte sie allen Ernstes, er würde so etwas tun? Falls ja, stand es zwischen ihnen noch schlimmer als gedacht.

»Wer?«, fragte er erneut.

»Setz dich wieder. So werde ich nicht mit dir darüber reden.«

»Verdammt noch mal, *nein*, ich werde mich nicht wieder hinsetzen«, sagte er und spürte einen Kloß im Hals. Nicht weinen, dachte er, nicht jetzt. Er presste die Augen fest zusammen und spürte Übelkeit in sich aufsteigen. »Bitte sag mir einfach, wer es ist.« Annie wandte sich zum Gehen und wollte ohne ein weiteres Wort das Zimmer verlassen; Gardner packte sie beim Ellbogen. »Sag es mir.«

»Stuart Wallace«, stieß sie hervor und riss sich von ihm los. Dann rannte sie die Treppe hinauf.

»Stuart Wallace?«, wiederholte er ungläubig. Er war wie gelähmt. Wollte ihr nachlaufen und konnte es nicht. »Spinnst du?«, schrie er ihr hinterher. »*Stuart Wallace?!* Wallace ist ein absolutes Arschloch! Ein fettes, fieses Arschloch!«

Oben knallte die Badezimmertür zu, dann war nur noch sein eigener Atem zu hören. Gardner stand reglos und spürte den Boden unter sich schwanken.

Stuart Wallace. Er hatte ihn Annie sogar noch selbst vorgestellt, bei dieser dämlichen Weihnachtsfeier im frisch bezogenen Eigenheim der Wallaces, zu der er überhaupt nicht hatte gehen wollen, sich aus beruflichen Gründen aber gezwungen sah. Annie und er hatten sich noch über die Einrichtung lustig gemacht, diesen protzigen Neureichengeschmack.

Immerhin wusste er, wo Wallace wohnte.

Gardner schnappte sich seine Schlüssel vom Tisch, dann kehrte er noch einmal um, schnappte sich auch die Weinflasche und zerschlug sie an der Wand, an der die Fotos in den auf alt getrimmten Bilderrahmen hingen, die Annie unbedingt hatte haben wollen; den zerbrochenen Flaschenhals schmetterte er an die gegenüberliegende Wand.

»Schatz?«, brüllte er die Treppe hinauf, doch oben blieb es still. »Geh mal ins Wohnzimmer. Da ist ein fetter, fieser Rotweinfleck auf deinem *Scheißteppich!*« Damit stürmte er aus dem Haus und knallte die Tür hinter sich zu.

6

13. Dezember 2010

Freeman blieb einen Moment im Wagen sitzen und schaute zum Haus hinüber. Wie heruntergekommen es aussah, der kleine Garten, so unaufgeräumt und verwildert. Sie fragte sich, ob das der Tribut von elf Jahren Ungewissheit war. Ob das Verschwinden seiner Tochter Ray Thorley allen Lebenswillen geraubt und ihm den Antrieb genommen hatte, für sich zu sorgen, für sein Haus, seinen Garten. Doch als sie ausstieg, sah sie, dass fast alle Grundstücke in dieser Straße in einem so trostlosen Zustand waren. Den Preis für den schönsten Garten Englands würde hier keiner gewinnen. Freeman strich sich die Krümel ihres hastig verzehrten Schinken-Käse-Brötchens von der Jacke und klopfte an die Tür.

Als Ray Thorley ihr öffnete, schien er etwas verwirrt und sie im ersten Moment nicht zu erkennen. Schon beim letzten Mal hatte Freeman den Eindruck gehabt, dass er vielleicht an einer beginnenden Demenz litt. Es dauerte eine ganze Weile, bis ihm bestimmte Wörter einfielen, und nachdem er ihr etwas zu trinken angeboten hatte, war er fast eine Viertelstunde in der Küche verschwunden und schließlich mit leeren Händen zurückgekehrt. Niemand war gegen gelegentliche Aussetzer gefeit, auch sie selbst nicht, beispielsweise wenn sie einen Bericht schrieb und zum wiederholten Mal etwas nachschlagen musste oder beim Einkaufen dann doch etwas vergaß, obwohl sie es sich extra notiert hatte, aber bei Ray Thorley fühlte sie sich doch sehr an ihren Großvater erinnert. Vielleicht war er ihr ja deshalb auf Anhieb sympathisch gewesen.

Unter nur halb verständlichem Gemurmel, dass es hier ja zugehe wie im Taubenschlag, ließ er sie ins Haus. Die Presse, vermutete Freeman. Reporter waren wirklich eine Pest. Obwohl Emma noch nicht einmal zweifelsfrei identifiziert worden war, setzten sie dem alten Mann bereits zu, immer in der Hoffnung auf eine exklusive Geschichte. Wenn sie den Idioten in die Finger bekam, der den Stand der Ermittlungen an die Presse durchgereicht hatte, würde sie ihn höchstpersönlich zur Schnecke machen.

Während sie zum Wohnzimmer durchging, wickelte sie sich ihren Schal ab und steckte ihn in die Jackentasche. Ray folgte ihr dicht auf den Fersen.

»Haben Sie etwas Neues erfahren, Miss Freeman?«, wollte er wissen.

Normalerweise reagierte sie gereizt, wenn jemand sie Miss nannte. Wer sie so anredete – in aller Regel Männer, die mit Frauen in Machtpositionen ein Problem hatten –, wurde von ihr stets mit einem freundlichen, aber bestimmten »Detective Sergeant Freeman« eines Besseren belehrt. Aber bei Ray machte es ihr seltsamerweise nichts aus. Bei ihm fand sie es auf altmodische Weise charmant.

»Nein, leider noch nicht«, sagte sie. »Die Obduktion hat einen verheilten Bruch des linken Unterarms ergeben. Hatte Emma ...«

»Oh nein, sie hat sich nie etwas gebrochen«, sagte Ray und lächelte. »Ich weiß noch, wie sie einmal weinend von der Schule heimkam, und als ich wissen wollte, was denn los war, meinte sie, alle anderen Kinder in ihrer Klasse hätten schon mal einen Gips gehabt, nur sie nicht. Das fand sie furchtbar ungerecht.«

Na gut, dachte Freeman, das musste jetzt nichts heißen. Sie beließ es erst mal dabei. Es war ohnehin ein Wunder, wie ruhig und umgänglich Thorley war, wie wenig Druck er ihr machte. Kein böses Wort, kein einziger Vorwurf, dass sie doch bitte endlich Ergebnisse liefern sollte. Ob er schon immer so freundlich und geduldig, so verständnisvoll gewesen war, oder ob ihn im Laufe der Jahre nur aller Kampfgeist verlassen hatte?

»Mr Thorley, ich versuche, Emmas letzte Tage und Stunden vor ihrem Verschwinden zu rekonstruieren. Können Sie mir etwas über Emmas Freundeskreis sagen? Irgendwelche Leute, mit denen sie vor ihrem Verschwinden besonders häufig zusammen war?«

Ray schüttelte den Kopf. »Oh je, da bin ich überfragt, aber sie war schon immer ein eher schüchternes Mädchen. Schon als Kind hat sie nicht viel mit anderen Kindern gespielt. Doch, in der Schule gab es ein paar Mädchen, mit denen sie befreundet war, aber das war ... vorher. Vor ihren Problemen. Danach ist der Kontakt irgendwie abgebrochen. Aber sie war gern allein, es hat ihr nichts ausgemacht, glaube ich.«

Freeman nickte, auch wenn sie ihre Zweifel hatte, dass Emma immer nur allein gewesen war. Zumindest Lucas Yates dürfte ihr zeitweilig Gesellschaft geleistet haben, denn irgendwie musste sie ja an die Drogen gekommen sein. »Und wie sah es mit Jungs aus? Wissen Sie, ob sie einen Freund hatte?«

Sie merkte, wie Rays Miene sich ganz leicht verdüsterte, doch er schüttelte den Kopf. »Über so etwas hat sie nicht mit mir gesprochen.«

Freeman nickte erneut. »Aber meines Wissens gab es doch jemanden, als sie anfing ... als Emmas Probleme anfingen, oder?« Ihr war schon aufgefallen, dass Ray es tunlichst vermied, von »Drogen« zu sprechen.

Wieder huschte ein Anflug von Besorgnis über Rays Gesicht. »Ja, das stimmt. Da war dieser Junge ... Sie ist zu ihm gegangen, als sie das erste Mal verschwand. Das habe ich nie verstanden. Dieser Junge war nicht gut für sie, er hat ihr nur wehgetan«, sagte er und knetete seine Hände im Schoß. »Als sie zurückkam, stand sie völlig neben sich, wollte mir aber nicht erzählen, was passiert war. Wissen Sie, ich war einfach nur froh, sie wieder bei mir zu haben, und wenn sie nicht darüber reden wollte, mochte ich sie auch nicht drängen.«

»War sie danach noch einmal mit ihm zusammen?«

Ray schüttelte den Kopf. »Nein, nicht meine Emma. Das kann

ich mir nicht vorstellen. Der Junge hat nichts getaugt, das brauchte sie mir gar nicht erst zu erzählen, das wusste ich auch so. Eine Zeit lang, daran kann ich mich noch sehr gut erinnern, hat sie sich kaum aus dem Haus getraut. Sie hat ständig aus dem Fenster geschaut – hier und oben in ihrem Zimmer. Das ging den ganzen Tag so: treppauf, treppab, schauen, ob jemand draußen auf der Straße steht. Ich habe sie gefragt, ob sie auf jemanden wartet.« Ray wandte den Blick zum Fenster, dessen Gardinen längst von der Sonne vergilbt waren. »Einmal habe ich ihn draußen herumlungern sehen. Da, gleich gegenüber, auf der anderen Straßenseite. Stand einfach nur da, stundenlang, und hat zum Haus geschaut. Ich wollte die Polizei rufen, aber sie meinte, die würden sowieso nichts unternehmen. Also dachte ich mir, gehe ich selber raus und sage ihm, dass er verschwinden soll, aber das wollte sie auch nicht. Es wäre nicht weiter wichtig, hat sie gesagt, ich sollte ihn einfach nicht beachten. Und als ich später noch mal geschaut habe, war er weg.« Ray stand auf und nahm ein Foto von Emma vom Kaminsims. »Kurz darauf ist sie wieder verschwunden.«

»Das müsste im April gewesen sein. War das, als der Mann von der Klinik bei Ihnen vorbeigekommen ist?« Sie schlug kurz in ihren Notizen nach. »Ben Swales, richtig?« Ray nickte. »Aber als Emma das letzte Mal verschwunden ist, kam er nicht mehr vorbei?«

Ray Thorleys Hände zitterten, als er das Foto zurückstellte. »Nein, er ist nicht noch einmal gekommen.«

»Gab es sonst noch jemanden, mit dem Emma vor ihrem Verschwinden zusammen gewesen sein könnte? Irgendwelche Freunde, Freundinnen?«

Er setzte sich wieder. »Da gab es dieses eine Mädchen, das mit ihr in einer Klasse war. Wie hieß sie noch …?« Er schüttelte den Kopf. »Gleich fällt es mir wieder ein. Sie waren seit der Grundschule befreundet, auch wenn sie in der letzten Zeit nicht mehr so viel miteinander gemacht haben wie früher. Aber vielleicht hat Emma ihr etwas von diesem Jungen erzählt. Wenn, dann ihr.« Er schwieg einen Moment und schüttelte den Kopf, als wollte er seinem Gedächtnis auf die Sprünge helfen. »Diane«, sagt er plötzlich. »So hieß sie. Diane Royle. Bestimmt haben Ihre Kollegen damals auch mit ihr gesprochen.«

»Prima«, sagte Freeman. »Das denke ich auch, aber ich werde es noch mal überprüfen.« Sie zog ihren Schal aus der Tasche und wandte sich zum Gehen. »Und wenn Ihnen sonst noch etwas einfällt, rufen Sie mich bitte an, ja?« Sie war schon fast an der Haustür, als Ray ihr endlich in den Flur folgte.

»Es tut mir leid, dass ich Ihnen nicht weiterhelfen konnte.«

»Aber nein, Sie haben mir sehr geholfen«, sagte sie. »Vielen Dank, Mr Thorley.« Sie öffnete die Tür und zog die Schultern hoch, als ihr der nasskalte Wind entgegenschlug. Wenigstens hatte es aufgehört zu regnen.

»Vielleicht kann Ihnen ja dieser Junge weiterhelfen«, sagte Ray hinter ihr; Freeman blieb jäh stehen und drehte sich um.

»Welcher Junge?«

»Der heute Morgen hier war. Ein Freund von Emma, der mir sein Beileid aussprechen wollte. Sehr netter junger Mann.«

Freeman war plötzlich hellwach. Endlich! Vielleicht konnte besagter Freund ja Licht in die Angelegenheit bringen.

»Wie hieß er?«, fragte sie.

»Wie er hieß?«, wiederholte Ray und runzelte angestrengt die Stirn, sodass Freeman sich ein bisschen für ihre Ungeduld schämte, aber sie wünschte wirklich, der Mann wäre etwas mehr auf Zack. »Oh, ich ...« Ray schloss die Augen und schüttelte den Kopf. »Tut mir leid, ich weiß es nicht. Ich bin mir nicht mal sicher, ob er mir seinen Namen gesagt hat ... Doch, das hat er bestimmt, aber ich weiß es wirklich nicht mehr.«

»Wie sah er denn aus?«

Wieder schloss Ray die Augen, diesmal so lange, dass Freeman schon fürchtete, überhaupt keine Antwort zu bekommen. »Ein sehr netter junger Mann«, begann er schließlich. »Sehr anständig.

Gut gekleidet. Dunkelhaarig, wenn ich mich recht entsinne.« Er öffnete die Augen wieder. »Sie müssen schon entschuldigen, Miss Freeman, aber mehr weiß ich wirklich nicht mehr.«

Freeman seufzte, dann lächelte sie Ray an und hoffte, dass er ihren Unmut nicht bemerkte. »Schon in Ordnung«, versicherte sie ihm. »Aber wenn Ihnen der Name wieder einfällt oder wenn der junge Mann noch einmal vorbeikommt, dann rufen Sie mich an, okay?«

Ray nickte, doch wie er da so stand, sah er aus, als würde er die Last der Welt auf seinen Schultern tragen, als hätte er – er ganz allein – seine Tochter im Stich gelassen. Freeman schenkte ihm noch einmal ein aufmunterndes Lächeln und hätte viel darum gegeben, ihm dieses Gefühl der Ohnmacht nehmen zu können, statt es noch zu verstärken. Der Mann tat ihr wirklich leid, aber was sollte sie tun? Sie machte auch nur ihren Job.

7

13. Dezember 2010

Detective Chief Inspector Routledge lehnte sich in seinem Stuhl zurück und gähnte herzhaft. Freeman versuchte, es nicht persönlich zu nehmen, und ging einfach mal davon aus, dass sie ihn nicht langweile, sondern der DCI gestern lediglich etwas spät ins Bett gekommen war. Das würde auch sein reichlich verkatertes Aussehen erklären. Für manch einen konnten die Weihnachtsfeiern anscheinend gar nicht früh genug beginnen.

»Also«, fuhr sie unbeirrt fort, »habe ich mich mit DI Gardner in Middlesbrough in Verbindung gesetzt ...«

»DI?«, fragte Routledge und verzog das Gesicht. Freeman hätte zu gern eingehakt und ihn gefragt, welches Problem hier eigentlich alle mit diesem Gardner hatten, bezweifelte aber, dass Routledge es ihr sagen würde. Wenn er wollte, konnte er die Diskretion in Person sein.

»Allerdings«, setzte sie erneut an, »hätte ich mir das auch sparen können, denn ich habe nichts von ihm erfahren, das nicht auch schon in den Ermittlungsprotokollen gestanden hätte. Im Wesentlichen gab es damals zwei für den Fall relevante Personen: zum einen Ben Swales, ein Sozialarbeiter und Drogenberater, der Emma anscheinend zur Seite stand und als eine Art Vermittler zwischen ihr und ihrem Vater fungiert hat, als Emma das zweite Mal von zu Hause weglief. Gardner hat ihn ausführlich befragt und von der Liste der Verdächtigen gestrichen.«

»Dann würde ich vorschlagen, dass Sie noch einmal selbst mit ihm sprechen«, sagte Routledge; Freeman nickte und dachte sich ihren Teil.

»Der andere ist Lucas Yates«, fuhr sie fort, »Emmas Exfreund, und nach allem, was ich bislang über ihn gelesen habe, ein ganz reizender Zeitgenosse. Gardner hat ihn damals im Zuge der Ermittlungen ebenfalls befragt, aber viel scheint bei diesem Verhör nicht herausgekommen zu sein. So wie ich es verstanden habe, ist Gardner davon ausgegangen, dass die beiden zusammen durchgebrannt sind – auch wenn Ray Thorley das völlig anders sieht.«

»Ach ja? Inwiefern?«

»Er glaubt nicht, dass Emma sich noch einmal mit Yates eingelassen hätte. Im Gegenteil: Sie schien um jeden Preis zu versuchen, ihm aus dem Weg zu gehen. Und wenn Sie mich fragen – ich sehe die Sache genauso wie ihr Dad.«

»Und warum? Beim ersten Mal ist sie doch auch bei diesem Typen untergetaucht, oder? Die Kleine war ein Junkie, richtig?«

Freeman zählte bis fünf; für zehn blieb ihr keine Zeit, und sie hatte auch keine Lust, hier vor Routledge zu stehen und ihm zu erklären, was ihm eigentlich bekannt sein sollte. Es ärgerte sie, dass Drogenabhängige in den Augen vieler ihrer Kollegen als

Bürger zweiter Klasse galten. Und wie es aussah, scherte man sich hier einen Dreck um jemanden wie Emma Thorley – damals wie heute.

»Trotz ihrer Drogenprobleme ist Emma nie mit der Polizei in Konflikt geraten. Aktenkundig ist sie bei uns erst durch ihre Vermisstenanzeigen geworden. Yates hingegen ist ein ganz anderes Kaliber, er hat ein seitenlanges Vorstrafenregister: Drogendelikte, Körperverletzung, Einbrüche und andere Eigentumsdelikte, sexuelle Nötigung, Autodiebstahl, Fahren ohne Führerschein, Fahren unter ...«

»Ja, ja, schon verstanden. Ein kleinkriminelles Universalgenie.«

»2000 wurde er dann zu einer Haftstrafe verurteilt. Er bekam sieben Jahre. Und seit seiner Entlassung scheint er nicht mehr straffällig geworden zu sein, was ich bei seiner Vorgeschichte, gelinde gesagt, bemerkenswert finde.«

»Vielleicht hat er zu Jesus gefunden«, bemerkte Routledge lakonisch.

»Vielleicht«, erwiderte Freeman. »In jedem Fall würde ich ihn mir unbedingt noch einmal vorknöpfen wollen.«

»Na gut. Aber nachdem wir bislang nicht mal sicher wissen, ob es sich bei der Toten wirklich um die kleine Thorley handelt, sollten Sie den Ball besser ganz flach halten.«

»Natürlich. Das tue ich doch immer«, sagte Freeman und schloss die Tür hinter sich, bevor er etwas erwidern konnte.

8

9. Februar 1999

Emma hörte, wie Jenny und die anderen johlten und ein altes Ehepaar auf der anderen Straßenseite wüst beschimpften. Die

Frau hielt den Kopf gesenkt, aber der Mann drohte ihnen mit seinem Stock und rief, sie sollten sich was schämen. Emma drehte sich weg, als würde sie nicht dazugehören, was die anderen nur noch mehr anzustacheln schien. Alle außer Lucas. Lucas schaute auch bloß zu. Oder vielmehr, er schaute *sie* an. Emma konnte seinen Blick auf sich spüren, total intensiv, als würde sie richtig zu ihm gehören. Das war ein gutes Gefühl. Wenn er sie so anschaute, fühlte sie sich sicher und aufgehoben.

Aber die anderen waren einfach nur schrecklich. Sie schienen jeden Morgen – oder wohl eher Mittag – nur aus einem einzigen Grund aufzustehen: um anderen Menschen das Leben zur Hölle zu machen. Total asozial. Stress machen und sich zudröhnen, was anderes gab es für diese Idioten nicht. Emma hatte bislang immer Nein gesagt, trotz des Spotts der anderen und obwohl Lucas es ihr immer wieder angeboten hatte. Von wegen, wie gut sie sich dann fühlen würde, und dass er ihr helfen könnte, den ganzen anderen Kram zu vergessen. Ein paar Mal war sie in Versuchung geraten, mehr aber auch nicht. Sie wollte nicht so sein. Sie war stärker, besser. In so was wollte sie sich nicht mit reinziehen lassen.

Manchmal fragte sie sich, was sie überhaupt hier machte, mit diesen Leuten. Leute, die sie früher um jeden Preis gemieden, auf die sie herabgeschaut hatte. Aber das war eben früher. Und war es wirklich besser, zu Hause rumzuhängen und mitzukriegen, wie verzweifelt ihr Dad war? Ihn weinen zu sehen? Oder im Unterricht zu sitzen und zu versuchen, die mitleidigen Blicke zu ignorieren? Sich in ihrem Zimmer zu verkriechen und sich zu fragen, warum Mam sie allein gelassen hatte?

»Fang.« Jemand warf Lucas eine Bierdose zu. Er riss sie auf und nahm einen Schluck, ehe er sie Emma hinhielt. Von dem säuerlichen, schalen Geruch des billigen Biers drehte sich ihr der Magen um. Als sie den Kopf schüttelte, trank Lucas es achselzuckend aus, zerdrückte die Dose in der bloßen Hand und warf sie über die Mauer, an der sie lehnten.

Emma schaute auf die andere Straßenseite und merkte, dass jemand sie beobachtete. Als sie Diane erkannte, wurde sie rot und hätte sich am liebsten in Luft aufgelöst. Sie hatte auf Dianes Anrufe nicht mehr reagiert und war ihr aus dem Weg gegangen. Sie wollte nicht mit ihrer alten Freundin reden, sie ertrug es einfach nicht. Diane hatte eine Mutter, wie sollte sie es denn verstehen?

»Was ist?«, fragte Lucas und fasste sie beim Kinn, damit sie ihn ansah.

»Nichts«, sagte sie und schaute ihn an. Manchmal konnte sie es selbst kaum glauben, dass er sich ausgerechnet für sie entschieden hatte. Er hätte jede haben können, aber er wollte sie. Er gab ihr das Gefühl, etwas Besonderes zu sein. Wenn bloß seine blöden Freunde nicht wären, dann wäre alles gut. Wenn es nur sie beide wären, dann könnte sie wieder glücklich sein, ganz bestimmt. Das spürte sie.

»Sag mir, was los ist«, sagte er.

Sie zuckte mit den Schultern und sah zu Boden. »Ich hab es einfach nur satt.«

»Was satt?«

»Alles. Mein Leben. Dad, er ist so ... Manchmal behandelt er mich wie eine Fünfjährige und fragt mich alle paar Minuten, ob ich irgendwas brauche, ob es mir gut geht, und dann ist er plötzlich wieder total abwesend – so, als wäre ich überhaupt nicht da. Und in der Schule ist es auch schrecklich. Alle glauben, sie wüssten ganz genau, wie ich mich fühle, aber sie haben ja keine Ahnung. Die kapieren es einfach nicht, wie sollten sie auch. Und zu Hause halte ich es nicht mehr aus. Alles erinnert mich an sie ... das ganze Haus riecht noch nach ihr, das *halte ich nicht aus*, weißt du?« Sie merkte, dass sie angefangen hatte zu weinen, und schämte sich. Jetzt hielt er sie wahrscheinlich für kindisch. Sie wischte sich mit dem Ärmel die Tränen weg und sah Diane noch immer da drüben stehen. Was wollte sie hier? Warum ging sie nicht einfach weg und ließ sie in Ruhe?

»Du könntest mit zu mir kommen, bei mir wohnen«, schlug Lucas vor. »Scheiß auf die anderen.«

Emma schaute hoch und fragte sich, ob er sie verarschen wollte. Aber in seinen Augen war dieses Leuchten, als ob er es ernst meinte. Genauso hatte er sie angeschaut, als er ihr sagte, dass er sie gern berühren würde, und sie es zugelassen hatte.

»Lucas!«, brüllte Jenny und riss Emma aus dem Bann dieses Augenblicks. Sie drehten sich um und sahen, wie Jenny einer Gruppe alter Leute ihren nackten Hintern zeigte. Sie kreischte, als die Frauen sich peinlich berührt abwandten, dann streckte sie Lucas ihren Hintern entgegen. Emma verdrehte die Augen. Die machte sich echt lächerlich.

Lucas schaute voller Verachtung auf Jenny, dann wandte er sich wieder Emma zu. Er kam ganz nah an sie heran und drängte sie gegen die Mauer. »Was meinst du?«, fragte er, legte ihr seine Hand an die Hüfte und schob seine Finger in ihre Jeans. »Nur wir beide.« Er schob seine Hand tiefer, und Emmas Herz begann zu rasen. Wenn jemand sie jetzt sah!

»Lucas … nicht«, flüsterte sie. »Nicht hier.« Sie wich zurück; ihr Gesicht glühte, obwohl der Wind eisig war.

Lucas packte ihren Arm und zog sie heftig an sich, ehe er sie gegen die Mauer stieß. Emma stockte der Atem, und sie spürte einen stechenden Schmerz im Arm. Lucas sah sie einen Moment schweigend an, und sie bemerkte wieder dieses Leuchten in seinen Augen. Dann senkte er den Blick, ließ sie los und ging zu seinen Kumpels, um sich noch ein Bier zu holen.

Emma versuchte, ihre Tränen zurückzuhalten. Bloß nicht wieder weinen. Nicht jetzt, nicht hier. Lucas kam zurück, und diesmal trank sie einen Schluck, als er es ihr anbot. Als sie noch mal zur anderen Straßenseite schaute, sah sie Diane weggehen.

9

13. Dezember 2010

Der Bewährungshelfer hatte Freeman die Anschrift der Pension gegeben, in der Lucas Yates derzeit wohnte. Sie kannte die Adresse, denn sie war früher schon einmal dort gewesen. Ein Auffangbecken für verkrachte Existenzen, das, wenn sie sich recht erinnerte, von einer alten Frau geführt wurde, die einen noch mehr das Fürchten lehren konnte als die Bewohner.

Sie parkte auf der gegenüberliegenden Straßenseite und schaute zum Haus hinüber, das vor langer Zeit einmal sehr schön gewesen sein musste. Geblieben waren drei Stockwerke verblichener viktorianischer Pracht. Im Grunde hatte die Straße sich eine gewisse Wohlanständigkeit bewahrt, aber Yates' Haus stach wie ein Schandfleck heraus. Das Tor hing schief in den Angeln, die Haustür sah demoliert aus, als habe jemand sich gewaltsam Zutritt zu verschaffen gesucht. Auf den Fensterbänken standen Bierdosen, und im Vorgarten kämpfte ein einsamer, dürrer Strauch um sein Überleben. Da passte es nur, dass gleich um die Ecke ein schmieriger Imbiss und eine Säuferkneipe lagen, was den Wohnwert noch einmal erhöhen dürfte. Müsste ich hier leben, dachte Freeman, würde ich vermutlich die nächstbeste Bank ausrauben, bloß um diesem Loch zu entkommen. Manchmal fragte sie sich, wie jemand einen neuen Anfang schaffen und ein besserer Mensch werden sollte, wenn man ihn zwang, so zu leben. Soweit die Theorie; in der Praxis reichte es ihr oft, nur zwei Sätze mit solchen Typen zu reden, um zu dem ernüchternden Schluss zu kommen, dass manche Leute es einfach nicht besser verdient hatten.

Fragen wie diese beschäftigten sie oft. Was war eine angemessene Strafe? Wie sah eine gelungene Resozialisierung aus? Und warum war sie überhaupt zur Polizei gegangen? Weil diese Typen nicht als Verbrecher zur Welt kamen, weil sie nicht bloß krimineller Bodensatz einer Gesellschaft, sondern immer auch jemandes Sohn, jemandes Bruder waren. Es fiel ihr nicht immer leicht, objektiv zu bleiben, und es gab keine einfachen Antworten. Wenn man seinen Job machen wollte, dachte man lieber nicht zu viel darüber nach. Sie versuchte, es ganz pragmatisch zu sehen: Verbrechen wurden begangen, sie konnte nur versuchen, sie bestmöglich aufzuklären. So war der Lauf der Welt, und so würde es immer sein.

Doch das sagte sich so leicht. Im Augenblick haderte sie mit sich, ob es nicht ein Fehler war, Lucas Yates beim derzeitigen Stand der Ermittlungen bereits vorzuladen. Wie wollte sie ihm einen Mord anhängen, wenn noch nicht einmal die Identität der Toten zweifelsfrei feststand? Aber sie *musste* ihn sprechen, brauchte seine Aussage, und sei es nur als Zeuge. Sie wollte sein Gesicht sehen, wenn sie ihn nach Emma fragte. Für einen Haftbefehl hatte sie nichts in der Hand, weshalb sie ihn wieder laufen lassen müsste – es sei denn, er legte ein Geständnis ab, was wenig wahrscheinlich war. Doch, sie würde es tun. Er sollte ruhig wissen, dass sie ihn im Visier hatte und er diesmal nicht davonkommen würde. Denn nach allem, was sie bislang über ihn wusste, war sie sich sicher: Sollte es sich bei der Toten wirklich um Emma Thorley handeln, war Lucas Yates ihr Mörder. Keine Mutmaßungen, keine Spekulationen, lautete eine der ersten Regeln, die man als Detective lernte. Aber handelte es sich hier nicht um mehr als einen bloßen Anfangsverdacht? Sie hatte keine Indizien, keine Beweise, aber wer, wenn nicht Yates? Wer sonst hätte Grund gehabt, Emma etwas anzutun?

Freeman sah, wie ein Pärchen sich ein Stück die Straße hinunter lauthals stritt. Die Frau stieß den Mann von sich, er taumelte gegen eine niedrige Mauer, und sie stakste auf ihren kaum zum Gehen gedachten Plateau-Absätzen davon. Der Mann zeigte ihr den Mittelfinger und verschwand in der entgegengesetzten Richtung. Noch während Freeman sich wieder einmal in all ihren Vorurteilen bestätigt sah, musste sie an den Abend denken, als sie und Brian sich ein für alle Mal verkracht hatten und sie ihn angeschrien hatte, dass er sich doch einfach verpissen sollte. Für einen außenstehenden Betrachter dürfte es ganz ähnlich ausgehen haben – abzüglich der Plateauschuhe.

Sie richtete ihr Augenmerk wieder auf die Pension, als sie jemanden die Straße entlangkommen und direkt auf das Haus zusteuern sah. Mit seinem gut sitzenden schwarzen Anzug und der blauen Krawatte fiel der junge Mann inmitten der trostlosen, heruntergekommenen Umgebung mit den ramponierten Autos am Straßenrand sichtlich aus dem Rahmen. Bestimmt ein Anwalt auf dem Weg zu seinem Klienten, dachte Freeman und wollte sich gerade wieder abwenden, als etwas sie innehalten ließ und ihr jäh aufging, *wen* sie da vor sich hatte. Interessant, dachte sie. Mal nicht der übliche Look mit ausgebeultem Trainingsanzug; Lucas Yates schien sehr auf sein Äußeres bedacht zu sein. Freeman stieg aus und überquerte die Straße.

»Mr Yates«, rief sie. Er blieb stehen und drehte sich um. »Detective Sergeant Freeman.« Sie zeigte ihren Ausweis und meinte für den Bruchteil einer Sekunde Angst in seinem Gesicht aufflackern zu sehen. Ganz kurz nur, dann hatte er sich wieder gefasst, griff beiläufig in seine Jackentasche und brachte eine Schachtel Zigaretten zum Vorschein.

Freeman blieb vor ihm stehen und fühlte sich, wie schon so oft in ihrem Leben, furchtbar klein. Das Foto von Yates, das ihr mittlerweile aus den Ermittlungsakten vertraut war, hatte allenfalls noch entfernte Ähnlichkeit mit ihm und wurde dem Mann, dem sie nun gegenüberstand, in keinster Weise gerecht. Wie es aussah, hatte er im Gefängnis trainiert und seine Muskeln gestählt. Obwohl kaum größer als eins fünfundsiebzig, gab er eine stattliche Erscheinung ab. Aber gut, im Vergleich zu ihr war praktisch jeder ein Riese. Es war ihr schon passiert, dass sie im Supermarkt zehnjährige Kinder gebeten hatte, ihr etwas aus den oberen Regalen anzureichen.

»Was kann ich für Sie tun, Officer?«, fragte Lucas und steckte sich eine Zigarette an.

»Sie könnten kurz mit aufs Revier kommen, um mir ein paar Fragen zu beantworten.«

»Fragen wozu?«

»Zu Emma Thorley.«

Freeman meinte die Andeutung eines Lächelns zu erkennen. Er nahm noch einen tiefen Zug, dann warf er die Zigarette in den verwahrlosten Vorgarten der Pension.

»Wenn es Sie glücklich macht.«

Freeman ging ihm voraus zum Auto. Sie spürte ihn dicht hinter sich, zu dicht; sie trat beiseite und ließ ihn neben sich gehen.

»Schicker Anzug«, meinte sie und hielt ihm die Tür auf. »Gerichtstermin?«

»Vorstellungsgespräch«, erwiderte er und ließ sich lässig auf den Beifahrersitz gleiten.

»Kann ich Ihnen etwas anbieten?«, fragte Freeman, als Lucas auf dem harten Plastikstuhl im Verhörraum Platz nahm. Ihr Chef hatte sie noch einmal nachdrücklich daran erinnert, den Ball schön flach zu halten, und sie hatte ihm versprochen, nur die üblichen Fragen zu stellen, die sie jedem von Emmas Bekannten stellen würde. Wann haben Sie sie zuletzt gesehen, was hatte sie bei der Gelegenheit an, mit wem war sie zusammen? Völlig unverfänglich.

Lucas schaute sich um, als hätte er noch nie ein Verhörzimmer von innen gesehen. »Ein Tee wäre jetzt nicht schlecht«, meinte er und lächelte sie an.

Freeman schlüpfte kurz aus dem Zimmer, wartete ein paar Sekunden und ging wieder hinein. »Kommt gleich«, sagte sie, zog sich einen Stuhl heran und setzte sich Yates gegenüber. »Ich nehme an, Sie haben von der Toten gehört, die im Wald gefunden wurde«, begann sie, und Lucas nickte. »Lesen Sie Zeitung?«

»Nur die Qualitätsblätter.«

Freeman lächelte. »Dann wird Ihnen nicht entgangen sein, dass besagte Blätter die Vermutung in den Raum gestellt haben, bei der Toten könne es sich um Emma Thorley handeln.« Er nickte erneut. »Das war bestimmt ein ziemlicher Schock für Sie.«

»Ich glaube nicht alles, was in der Zeitung steht.«

Freeman verzog keine Miene und wartete einfach ab – dem würde sein selbstgefälliges Grinsen schon noch vergehen.

»Dann ist sie es also?«, fragte Lucas schließlich.

Freeman ließ sich Zeit und beobachtete ihn. Irgendetwas versuchte er zu verbergen. Sie sah kurz etwas in seinen Augen aufflackern. Schuld? Gut möglich. Vielleicht auch Panik. Sie beschloss weiterzumachen, genau die Linie zu fahren, die sie ihrem Boss versprochen hatte. »Wann haben Sie Emma Thorley zuletzt gesehen?«

Lucas schaute sie lange an, zu lange. Freeman fühlte sich unter dem Blick seiner blaugrünen Augen langsam unbehaglich, aber sie würde ihm nicht den Gefallen tun, als Erste wegzuschauen. Wenn es sein musste, würden sie den ganzen Tag so weitermachen. Er wusste etwas, und sie wollte wissen, was.

Lucas zuckte die Achseln. »Kann ich mich nicht mehr dran erinnern. Das ist ewig her.«

»Eine ungefähre Vorstellung müssen Sie doch noch haben. Sie beide waren mal zusammen, oder?«

»Gewissermaßen.«

»Heißt was? Entweder Sie waren zusammen oder Sie waren nicht zusammen.«

»Wir sind mal ein paar Wochen miteinander gegangen, dann haben wir Schluss gemacht. Hat irgendwie nicht gepasst.«

»Warum?«, fragte Freeman.

Lucas zuckte wieder mit den Achseln. »So halt. Wir waren jung, noch halbe Kinder. Da probiert man halt so herum.«

»*Sie* waren damals kein halbes Kind mehr. Wie alt waren Sie … sechs oder sieben Jahre älter als Emma?«

»Was soll das geben, Detective Freeman? Wollen Sie mir vorwerfen, ich würde mich an Kindern vergreifen?« Sein Lächeln verblasste, und er lehnte sich vor. »Man kann mir ja viel nachsagen, aber *das* nicht.«

Freeman hob eine Augenbraue. »Dann lassen Sie uns doch schnell noch ein paar Punkte klären, um einen ungefähren Zeitrahmen zu haben. Als Emma das erste Mal von zu Hause weglief und für einen Monat bei Ihnen gewohnt hat, da war sie …«, Freeman sah ihn fragend an und tat, als müsse sie überlegen, »… fünfzehn, richtig?«

Lucas nahm nicht eine Sekunde den Blick von ihr, aber sein blödes Grinsen war ihm erst mal vergangen.

»Danach ist sie wieder nach Hause zurückgekehrt. War das der Grund dafür, dass Sie beide Schluss gemacht hatten?« Lucas nickte nur, aber sie hörte, wie er unter dem Tisch mit dem Fuß wippte. »Wenig später, nämlich im April desselben Jahres, wurde sie erneut vermisst gemeldet. Wissen Sie, wo Emma sich während dieser Zeit aufhielt?«

Lucas verzog das Gesicht, spannte den Kiefer an, schwieg. Schließlich schüttelte er den Kopf. »Keine Ahnung«, sagte er und sah zur Seite.

»Laut Aussage ihres Vaters tauchte sie im Mai wieder auf. Haben Sie Emma in diesem Zeitraum – also zwischen Mai und dem Zeitpunkt ihres Verschwindens im Juli 1999 – noch einmal gesehen?«

»Kann sein. Ich kann mich echt nicht mehr erinnern.«

»Waren Sie in dieser Zeit wieder zusammen?«

»Nö«, sagte er. »Mit der war ich durch.«

»Aber gesehen haben Sie sie?«

»Kann ich nicht mehr sagen. Das ist ewig her.«

»Können Sie sich vielleicht daran erinnern, sie zu einem späteren Zeitpunkt, also nach dem Juli 1999, noch mal gesehen zu haben?«

»Nein, natürlich nicht.«

»Sind Sie sicher? Obwohl Sie sich sonst kaum noch an etwas aus dieser Zeit erinnern können, sind Sie sich *absolut* sicher, sie nicht mehr gesehen zu haben, nachdem ihr Dad sie im Juli als vermisst gemeldet hatte?«

»Was jetzt – wenn sie vermisst wurde, kann ich sie wohl kaum gesehen haben, oder?«, fuhr Lucas auf. Freeman ließ ihn schmoren. Er fing an, unruhig zu werden, sehr gut. »Und überhaupt, ich war damals für 'ne Weile nicht in der Stadt. Ich *kann* sie also gar nicht gesehen haben.«

Diesmal lehnte Freeman sich vor. »Und wo waren Sie in dieser Zeit?«

Lucas schnaubte. »Wo wohl? In London. Paar Monate.«

»Warum?«

»Weil ich da 'n Job hatte.«

»Was genau haben Sie gemacht?«

Lucas schaute über Freemans Kopf hinweg auf die Uhr, die hinter ihr an der Wand hing. »Sorry, Detective, kann ich mich jetzt nicht mehr dran erinnern.«

Freeman lächelte. »Klar, ist ja auch schon ewig her.« Lucas richtete seinen Blick wieder auf sie und verschränkte die Arme vor der Brust. »Sie sind also kurz nach Emmas Verschwinden weggezogen. Haben Sie es hier, so ganz ohne sie, nicht mehr ausgehalten? Muss eine schlimme Trennung gewesen sein.«

»Ist sie da gestorben? Im Juli?«

Freeman schaute ihm in die Augen, ohne auf seine Frage einzugehen. Er wusste besser als sie, wann genau es passiert war. Sie konnte sich sehr gut vorstellen, wie ein junges Mädchen wie Emma seinem Charme, seinen strahlenden Augen erliegen konnte. Sie konnte sich ebenfalls vorstellen, wie sein Charme von einer Sekunde auf die andere ins Gegenteil umschlug und welche Angst Emma vor ihm gehabt haben musste. Lucas Yates hatte Emma auf dem Gewissen, da war sie sich mittlerweile ganz sicher. Und er wusste, dass Freeman es wusste. Er versuchte bloß zu bluffen.

Beide saßen sie das Schweigen aus; er brach es zuerst: »Wo bleibt eigentlich mein Tee?«

Freeman ging wieder nicht darauf ein. »Erkennen Sie das?«, fragte sie stattdessen und schob ihm das Foto einer Goldkette über den Tisch. Lucas starrte es an, strich kurz mit den Fingern darüber.

»Das ist Emmas«, sagte er. »Die hat sie dauernd getragen, war völlig besessen davon.«

Freeman nahm das Bild wieder an sich. Ray hatte bereits bestätigt, dass es sich um Emmas Kette handelte; ihre Mutter hatte sie ihr geschenkt. Freeman hatte ihm auch ein Foto der Trainingsjacke gezeigt. Bei deren Anblick war Ray erbleicht – was an den noch deutlich zu erkennenden Blutflecken gelegen haben mochte. Allerdings hatte er nicht mit Sicherheit sagen können, ob die Jacke einmal seiner Tochter gehört hatte. Aber das musste nichts heißen. Welcher Vater kannte sich schon mit den Klamotten seiner pubertierenden Tochter aus und hätte sie nach Jahren noch zweifelsfrei identifizieren können?

»Und das hier?«, fragte sie jetzt und holte das Foto von der Trainingsjacke heraus.

Als sie es Lucas zuschob, musterte er sie erneut mit diesem kaum verhohlen süffisanten Grinsen, das allerdings mit einem Schlag verschwand, sobald er einen Blick auf das Bild geworfen hatte. Sein Kiefer spannte sich, er schluckte und zog die Hand weg, als wollte er jeden Kontakt mit dem Bild vermeiden. Da schau an, dachte Freeman. Für so zimperlich hätte sie ihn gar nicht gehalten.

Freeman beugte sich vor. »Sie erkennen die Jacke wieder.« Und diesmal war es keine Frage. Lucas erwiderte nichts und starrte schweigend auf das Foto. »Ist das Emmas Jacke?«, hakte Freeman nach.

Lucas schob das Bild von sich weg. »Keine Ahnung«, sagte er und wandte den Blick ab. »Kann sein.«

Er hatte Panik. Damit schien er nicht gerechnet zu haben. Wahrscheinlich hatte er nicht geglaubt, dass die Jacke sich so lange halten würde, hatte darauf spekuliert, dass sie längst der Natur anheimgefallen, von Würmern und Käfern vertilgt worden war. Aber hier war sie wieder, echte Kunstfaser, bedeckt mit Emmas Blut. Der genaue Befund des Labors stand zwar noch aus, aber wenn Freeman Glück hatte, fanden sich noch weitere Spuren darauf. *Seine* Spuren.

Freeman legte das Foto zurück zu ihren Unterlagen. »Gut, das sollte dann auch fürs Erste reichen«, meinte sie und schob ihm einen Notizblock über den Tisch. »Wenn Sie mir bitte noch eine Telefonnummer geben könnten, unter der Sie gut zu erreichen sind, falls doch noch Fragen auftauchen sollten.«

Sie sah, wie er ein paar Zahlen aufs Papier kritzelte, und lächelte. Linkshänder. Wer hätte das gedacht? Sie nahm den Block wieder an sich und prüfte sicherheitshalber, ob die Nummer wenigstens genügend Stellen hatte. Festnetz. »Haben Sie kein Handy, Mr Yates?«

»Nö«, sagte er und stand auf. »Sie können mich in der Pension erreichen. Sprechen Sie einfach mit Mrs Heaney, eine ganz reizende alte Dame.«

Freeman nickte und steckte den Zettel ein.

»Na dann ... vielen Dank für Ihre Gastfreundschaft, Detective Freeman. Sollten wir bald mal wieder machen.« Damit drängelte er sich an ihr vorbei zur Tür.

Freeman schaute ihm nach und schickte ihm ein leise gemurmeltes »Du kleiner Wichser« hinterher. Jetzt erst recht, dachte sie.

Mittlerweile war sie sich so gut wie sicher, dass Yates Emma umgebracht hatte. Sie konnte nur hoffen, dass sich handfeste Indizien fanden, um ihm die Tat nach so langer Zeit noch nachzuweisen. Zurück in ihrem Büro, griff sie sofort zum Telefon. Sie ließ es lange läuten und wartete, bis am anderen Ende der Anrufbeantworter ansprang. Schon wieder, dachte sie und seufzte still. Sie hatte bereits zwei Mal eine Nachricht hinterlassen.

»Mr Swales, hier ist noch mal DS Nicola Freeman. Bitte rufen Sie mich umgehend zurück, es ist wichtig.« Dann legte sie auf. Alles, was er sonst noch zu wissen brauchte, hatte sie ihm bereits auf Band gesprochen.

Wahrscheinlich war es sowieso reine Zeitverschwendung, aber selbst wenn Ben Swales nichts über Emmas Verschwinden und ihren Tod wissen sollte, könnte er ihr vielleicht noch etwas mehr Aufschluss über Lucas Yates geben.

10

13. Dezember 2010

Gardner war gerade auf dem Sprung, sich etwas zu essen zu organisieren das genießbarer war, als die in der Kantine angebotenen Sandwiches, als Lawton ihn stellte. Nachdem er bereits mehrere Kollegen über ihre geplante Geburtstagsparty hatte reden hören, war er den ganzen Tag bemüht gewesen, ihr aus dem Weg zu gehen. Eine Party war eigentlich überhaupt nicht Lawtons Ding. Angeblich war es auch nur Harrington zu verdanken, dass ihre Einladung zu einem kleinen Umtrunk sich jetzt zu so einer Riesensache ausgewachsen hatte.

Wenn Gardner ehrlich war, hätte er nichts dagegen, mit Lawton nach Feierabend etwas trinken zu gehen. Er mochte sie. *Das* wäre überhaupt kein großes Ding, er würde ihr ein, zwei Drinks spendieren und wäre immer noch rechtzeitig zu Hause, um es sich mit einer DVD auf der Couch gemütlich zu machen. Er hatte sich schon seit einer Ewigkeit endlich mal Kieślowskis *Drei-Farben*-Trilogie anschauen wollen, aber wie er sich kannte, würde er doch wieder zu *The Dark Knight* oder Ähnlichem greifen. Egal, denn jetzt, wo aus dem kleinen Umtrunk eine Riesensache zu werden drohte, hatte er überhaupt keine Lust mehr. Seit er in Middlesbrough war, hatte er erst an vier außerdienstlichen Veranstaltungen im Kollegenkreis teilgenommen: zwei Abschiedsfeiern, zu denen er sich verpflichtet gefühlt hatte, sowie eine Weihnachtsfeier, die ihm als die schlimmste Nacht seines Lebens in Erinnerung bleiben würde – die schlimmste Nacht fern eines Tatorts, das immerhin –, und nicht zu vergessen die Überraschungsparty zu seinem Vierzigsten, die er seinen Kollegen niemals verzeihen würde.

Lawton blieb vor ihm stehen, die Hände in die Taschen geschoben, die Ponyfransen in den Augen. Gardner überlegte kurz, ob er einen Notfall vorgeben sollte, brachte es dann aber doch nicht über sich.

»Ich weiß nicht, ob Sie es schon gehört haben«, sagte sie, den Blick auf den schmutzigen Teppich gerichtet, »ein paar von uns wollen am Freitag nach der Arbeit auf meinen Geburtstag anstoßen, also, wenn Sie auch kommen wollen ...« Sie blickte kurz auf und schaute dann an ihm vorbei. »Keine große Sache. Wenn Sie Lust haben, sagen Sie einfach Bescheid.«

»Gut, danke, ich bin gerade auf dem Sprung, aber ich merke es mir schon mal vor«, sagte Gardner. Als er Lawton davonschleichen sah, hätte er sich treten können. Wenn er jetzt nicht hinging, würde er sich wirklich eine verdammt gute Entschuldigung einfallen lassen müssen.

Als er nach unten eilte, überlegte er, ob er vielleicht doch hingehen sollte. Es konnte ja nicht schaden, mal wieder unter Leute zu kommen. Ein paar Drinks mit den Kollegen. Ein bisschen über die Arbeit sprechen, bis der Alkoholpegel jede vernünftige Unterhaltung erübrigte. War das wirklich so schwer?

Seine Gedanken kehrten indes immer wieder zu DS Freeman zurück. Er fragte sich, ob sie über ihn Bescheid wusste, über seine Vergangenheit, die Sache mit Wallace. Am Telefon hatte sie eigentlich recht höflich geklungen.

Ihm war bewusst, wie irrational solche Gedanken waren. Vermutlich würde er nie wieder ein Wort mit ihr wechseln. Was machte es also, was sie von ihm dachte? Und überhaupt, was passiert war, war Geschichte. Niemand außer ihm dürfte noch groß daran denken. Gut möglich, dass die meisten Kollegen von damals längst nicht mehr dort waren. Freeman zumindest war neu. Vielleicht hatte ihr niemand davon erzählt.

Elf Jahre waren seitdem vergangen. Elf Jahre, seit er Blyth verlassen und versucht hatte, das Geschehene hinter sich zu lassen. Meist war ihm das auch gelungen. Im Grunde wusste er, dass er damals richtig gehandelt hatte. Und was danach geschehen war – wie Wallace darauf reagiert, was er getan hatte –, lag nicht mehr in seiner Verantwortung. Keines der späteren Ereignisse war ihm anzulasten. Es war nicht seine Schuld, das wusste er. Allerdings wusste er auch, wie andere darüber dachten. Er wusste, dass sie sich, ganz unabhängig davon, wie sie zu Wallace gestanden haben mochten, in ihrem Urteil über Gardner einig waren. *Er wollte sich rächen. Und er hat bekommen, was er wollte.*

Gardner wusste, dass das nicht stimmte. Er hatte damals nur seinen Job gemacht. Was er persönlich für Wallace empfand, hatte nichts damit zu tun gehabt. Das zumindest versuchte er sich seit einem Jahrzehnt einzureden, meistens auch mit Erfolg. Aber manchmal, für gewöhnlich nachts, wenn er nicht schlafen konnte, kamen ihm doch Zweifel. Dann meldete sich in ihm eine kleine, quälende Stimme und fragte, ob er das wirklich glaube. Ob sein Handeln nicht doch auch, zumindest zum Teil, von dem Wunsch nach Rache geleitet gewesen war. Meist gelang es ihm, diese Fragen auszublenden, denn er verspürte keinerlei Bedürfnis, sich über die Antwort Rechenschaft abzulegen.

Zugegeben, alles hatte mit Annies Affäre mit Stuart Wallace begonnen. Hätte er anders gehandelt, wenn es diese Affäre nicht gegeben, wenn Annie ihn nicht verlassen hätte? Hätten seine Kollegen anders reagiert, wenn diese Affäre nicht gewesen wäre? Rein hypothetische Überlegungen, die sich unmöglich beantworten ließen.

Was blieb, waren zwei unverrückbare Tatsachen: Die Affäre *hatte* stattgefunden, und wenig später war Wallace tot gewesen.

11

14. Juli 1999

Als Gardner nach Hause kam, wäre er im Flur beinah über einen Koffer gestolpert, den großen rosaroten, der ihn schon während der Flitterwochen genervt hatte.

Er hörte sie oben herumgehen, Schubladen knallten, die Schranktür krachte gegen die Wand und hinterließ vermutlich eine neue Delle im Putz. Obwohl sie gar nicht wusste, dass er zu Hause war, zog sie hier eine Riesenshow ab. Gardner schüttelte den Kopf. Typisch.

Eigentlich sollte er gleich nach oben gehen und sich den Tatsachen stellen, ging aber stattdessen erst mal in die Küche und goss sich ein Glas Wasser ein. Auf dem Tisch stand eine Flasche Wodka, deren Pegel in den letzten zwei Tagen deutlich gesunken war. Er widerstand der Versuchung und ließ sie stehen.

In der Spüle stapelte sich schmutziges Geschirr – Teller, Gläser, Besteck. Anscheinend hatte sich ihr Appetit zurückgemeldet.

Schön für sie. Und den Abwasch hatte sie für ihn stehen lassen, auch nett.

»Michael.«

Er hatte sie nicht herunterkommen hören, weshalb ihm keine Zeit geblieben war, einen angemessenen Gesichtsausdruck aufzusetzen. Ihm war nicht mal Zeit geblieben, sich zu überlegen, was in dieser Situation überhaupt angemessen war.

»Ich habe mir Sorgen gemacht.« Sie lehnte am Türrahmen, die roten Haare hingen ihr ins Gesicht. »Wo warst du?«

Gardner ging nicht auf die Frage ein. Sie brauchte nicht zu wissen, dass er die letzten beiden Nächte in einem schäbigen B&B abgestiegen war. Der Gedanke, bei irgendwelchen Bekannten Zuflucht auf dem Schlafsofa zu suchen, war ihm dann doch zu deprimierend erschienen, zu entwürdigend. Dann lieber ein kaltes, klammes Einzelzimmer in irgendeiner Pension.

»Du ziehst also aus?«, fragte er. Annie verschränkte die Arme und seufzte. »Du hältst es nicht mal für nötig, darüber zu reden? Was *ich* dazu zu sagen habe, interessiert dich wohl überhaupt nicht.«

»Ich bin nicht davon ausgegangen, dass du etwas zu sagen hättest, Michael. Du bist vor der Auseinandersetzung weggelaufen. Ich habe dich seit zwei Tagen weder gesehen noch etwas von dir gehört. Was hätte ich denn denken sollen?«

»Wie wäre es damit: Du hast mir mitgeteilt, dass du mich betrügst, und ich musste das erst mal sacken lassen?«

»Du hättest wenigstens kurz anrufen können«, sagte Annie und wollte wieder nach oben.

»Moment mal. Wer ist hier eigentlich im Unrecht? *Du* bist es doch, die fremdgeht.«

Annie schob den pinken Koffer beiseite und trampelte die Treppe hoch. Gardner ihr hinterher, wobei er schon ganz routiniert dem Gepäck auswich.

»Und wer drückt sich hier eigentlich vor der Konfrontation?

Mir einfach vor die Füße zu werfen, dass du schon eine Weile was mit Wallace laufen hast, das war's, vielen Dank, Ende der Diskussion. Keine Erklärung oder irgendwas.«

Annie fuhr mitten auf der Treppe herum. »Was gibt es denn da zu erklären? Ich habe dir gesagt, was Sache ist – der Rest dürfte doch wohl selbsterklärend sein.«

»Stimmt, Fremdgehen ist total selbsterklärend. Es war ja auch langsam mal an der Zeit. Vielleicht hätte ich einfach nur in den Kalender schauen sollen, oder wie?«

»Halt den Mund, Michael.« Sie rannte die restlichen Stufen hinauf und verschwand im Schlafzimmer.

»Ich will einfach nur wissen, warum«, sagte Gardner und folgte ihr nach oben. Du meine Güte, das Zimmer sah aus, als hätte eine Bombe eingeschlagen. Das reine Chaos. »Ist das denn zu viel verlangt?«

Annie schnappte sich ihren Kulturbeutel und drückte ihn an sich, als wäre es ein Rettungsfloß. »Was glaubst du wohl?«

Gardner zuckte mit den Achseln. Ehrlich, er hatte keine Ahnung. Ihre Ehe war nicht perfekt, aber er hatte geglaubt, sie würde funktionieren. Er und Annie taugten nicht gerade für einen Liebesroman, aber wer tat das schon? Sie waren *verheiratet*. Sie teilten Tisch und Bett. Sie hatten Sex, wenn die Woche nicht zu lang gewesen war. Gut, an den Abenden, an denen er zu Hause war, aßen sie vor dem Fernseher, redeten über irgendwelchen Mist, den sie sich gerade ansahen. Ab und an gingen sie zusammen aus. Sie waren genau wie seine Eltern, wie ihre Eltern, wie verheiratete Leute eben waren.

»Okay«, sagte sie. »Wie wäre es damit, dass du nie zu Hause bist. Oder dass sich immer alles nur um deinen Job dreht oder um diese Scheißprüfung. Oder dass du, wenn du denn mal zu Hause bist, kaum mit mir sprichst, weil du in Gedanken bei irgendwelchen Leuten bist, die gerade ihren Sohn beerdigt haben oder was weiß ich?«

Gardner lachte. »Und deshalb springst du gleich mit dem nächsten Bullen in die Kiste?«

»Stuart ist anders.«

»Ach ja? Dann warte mal ein halbes Jahr – du wirst dich wundern.«

Annie sah beiseite und spitzte die Lippen.

»Es geht also schon länger als ein halbes Jahr«, vermutete Gardner und spürte das vertraute Brennen im Hals, hinter den Augen. »Wie lange schon?« Annie blinzelte gegen ihre Tränen an. »Wie lange schon?«, wiederholte er langsam.

»Fast ein Jahr.«

Gardner schaute seine Frau an, und das Atmen fiel ihm plötzlich schwer. Seit einem Jahr log sie ihn an. Stuart Wallace musste sich seit einem Jahr hinter seinem Rücken über ihn lustig gemacht haben. Wer wusste noch davon? Er ließ sich auf das Bett fallen, inmitten der Trümmer ihrer Ehe.

»Es tut mir leid«, sagte Annie und setzte sich neben ihn. Sie legte ihre Hand auf seine. Er wollte sie wegziehen, ließ es dann aber. Wahrscheinlich war es das letzte Mal, dass sie ihn berührte.

So saßen sie eine Weile, schweigend, bis draußen die Dämmerung einsetzte. Die Nachbarskatze stolzierte über ihren Zaun. Wie er dieses Vieh hasste. Er hatte immer einen Hund haben wollen, aber Annie mochte keine Hunde, und weil Gardner ja bekanntlich Tag und Nacht arbeitete und am Ende vor allem Annie sich um das Tier hätte kümmern müssen, hatten sie sich nie einen angeschafft. Die Katze sprang vom Zaun und schlich sich davon, bis er sie im schwindenden Licht nicht mehr erkennen konnte. Annie stand auf, legte ihre Büroklamotten zusammen und packte sie in eine Reisetasche.

»Geh nicht«, sagte er.

Annie hielt inne, dann schüttelte sie den Kopf. »Doch.«

»Bitte«, sagte Gardner und nahm ihr die Reisetasche ab. »Lass uns ganz in Ruhe darüber reden. Wir schaffen das. Bitte.«

Wieder schüttelte Annie den Kopf. »Meine Entscheidung steht. Ich habe mich schon vor Wochen entschieden, Michael.«
»Deshalb hast du es mir gesagt?«
Sie nickte.
»Wohin willst du überhaupt?«
»Was glaubst du wohl?«
»Ach … Wallace' Frau und seine Tochter werden dich also mit offenen Armen in ihren trauten vier Wänden empfangen?«
Annie ballte die Hände. »Wir haben eine Wohnung. Stuart ist bereits dort.«
Gardner versuchte das Zittern aus seiner Stimme herauszuhalten und scheiterte kläglich. »Ich verstehe einfach nicht, wie du *ihm* den Vorzug vor geben kannst.«
Annie nahm ihre Reisetasche und sah sich ein letztes Mal auf dem Schlachtfeld um, das sie hinterlassen hatte.
»Weil ich ihn liebe«, sagte sie schlicht. »Den Rest hole ich später.«
Gardner schaute zu, wie sie ihre Taschen nach unten schleppte. Er wollte ihr noch etwas hinterherrufen, um sie aufzuhalten. Aber wozu? Sie liebte ihn nicht. Sie liebte *ihn*.
Als die Haustür hinter ihr zuschlug, glitt er vom Bett hinunter auf den Boden. Zum ersten Mal ließ er seinen Tränen freien Lauf; er ließ sie fließen, bis er völlig erschöpft im Dunkeln saß.
Er dachte an Ray Thorley. Wie musste der Mann sich gefühlt haben, als ihm seine Frau genommen wurde, einfach so. Vom Krebs zwar, nicht von einem fetten, fiesen Bullenschwein, einem vermeintlichen Kollegen – ha, dass er nicht lachte! –, einem *Konkurrenten*. Im Grunde seines Herzens wusste Gardner, dass der Tod in jedem Fall schlimmer war, aber im Augenblick schien es ihm kaum einen Unterschied zu machen. Weg war weg.
Er wollte aufstehen und stellte fest, dass sein Fuß eingeschlafen war. Mühsam hievte er sich hoch aufs Bett, auf dem noch Annies Klamotten lagen. Er ließ sie einfach liegen, wühlte sich mitten hi-

nein. Mein Gott, was war er müde. Während er langsam wegdämmerte, dachte er noch, dass Stuart Wallace ihm nicht so einfach davonkommen würde. Annie hatte er gehen lassen – aber Wallace würde zahlen für das, was er ihm angetan hatte.

12

13. Dezember 2010

Adam Quinn brachte die Post herein und blätterte sie schnell durch. »Langweilig, langweilig ... hier.« Er hielt einen Brief hoch. »Deine erste Weihnachtskarte.« Louise kam ins Wohnzimmer und trocknete sich mit einem Handtuch die Haare. Am Haaransatz, wo sie die Farbe aufgefrischt hatte, war ihre Haut braun gefleckt. Sie stellte die Musik leiser, die aus den Boxen dröhnte, weil sie wusste, dass Adam Lady Gaga nicht mochte. Es war ihm sowieso ein Rätsel, was Louise an ihr gut fand, zumal sie sonst nur so Singer-Songwriter-Sachen hörte. Aber so war Louise eben. Immer für eine Überraschung gut. Er reichte ihr den Umschlag, doch statt ihn gleich aufzureißen, wie sie es sonst tat, drehte sie ihn bloß unschlüssig in den Händen und stellte ihn schließlich ungeöffnet auf den Kamin.

»Was ist los?«, wollte Adam wissen, legte die Arme um sie und zog sie an sich.

»Nichts. Mir geht's nur gerade nicht so gut.«

»Muss ich dich etwa untersuchen?«, fragte er und küsste neckisch ihren Hals, doch Louise wich zurück. »Was hast du denn?«

»Nichts. Ich fühl mich gerade nur nicht so gut – hab ich doch gesagt.«

Adam sah sie besorgt an, streckte die Hand nach ihr aus und

strich ihr über die Wange. »Warum legst du dich nicht noch ein bisschen hin? Ich mache uns so lange was zu essen.«

»Für mich nicht. Ich habe keinen Hunger«, sagte Louise, und Adam ließ seine Hand sinken. Hatte er irgendetwas falsch gemacht? Gestern Abend war sie auch schon so seltsam gewesen, ruhiger als sonst, und sie war vor ihm zu Bett gegangen, was wirklich selten vorkam. Außer wenn sie richtig sauer auf ihn war.

»Okay. Sag mir Bescheid, wenn du es dir anders überlegst.« Seufzend ließ er sich aufs Sofa fallen und schaltete den Fernseher ein. Die Nachrichten liefen, irgendwas von einem Leichenfund hier in der Gegend. Weil er das gestern schon gehört hatte, wollte er gern auf etwas Erfreulicheres umschalten, aber noch ehe er nach der Fernbedienung greifen konnte, hatte Louise den Fernseher ausgemacht und sich davorgestellt, als hätte sie ihm etwas Wichtiges zu sagen. Oha, dachte Adam, jetzt kommt's. Gleich werde ich erfahren, weshalb ich in Ungnade gefallen bin.

»Ich hatte mir überlegt, den Weihnachtsbaum vielleicht schon morgen aufzustellen«, verkündete Louise und schaute zu der Stelle neben dem Fenster, wo der Baum jedes Jahr stand.

Adam versuchte, aus ihrem plötzlichen Stimmungswechsel schlau zu werden. Irgendwie kam er da jetzt nicht ganz mit, aber wenn es hieß, dass sie *nicht* sauer auf ihn war, sollte es ihm recht sein. Also beschloss er, bei dem alljährlichen Ritual mitzuspielen.

»Morgen schon? Das ist doch noch viel zu früh.«

»Nein, ist es nicht. Es ist schon Dezember.«

»Ja, der dreizehnte. Man kann Mitte Dezember noch keinen Weihnachtsbaum aufstellen, Louise.«

»Aber warum denn nicht, du alter Spielverderber?«, sagte Louise. »Ich kenne viele Leute, die ihren Baum bereits aufgestellt haben.«

»Ja und?«

»Was ja und? Wenn man ihn jetzt schon aufstellt, kriegt man wenigstens was für sein Geld.«

Adam musste über ihre unbezwingbare Logik lachen. Jedes Jahr dieselbe Diskussion. Und jedes Jahr zog er den Kürzeren.

»Na schön. Ich hole ihn morgen vom Speicher.«

»Danke«, sagte Louise.

»Gerne. Aber nur, wenn du die Lichter anbringst. Diese Lichterkette macht mich jedes Jahr wahnsinnig.«

»Aber gerne doch«, sagte sie und beugte sich über ihn, um ihm einen Kuss zu geben. Er nahm ihr Gesicht in seine Hände und hielt sie fest. Doch als er den feuchten Glanz ihrer Augen sah, wusste er, dass längst nicht alles gut war, dass es noch etwas anderes geben musste. Sie sahen sich an, und Adam überlegte, ob er sie fragen sollte, doch dann lächelte sie flüchtig, und er ließ sie los.

13

14. Dezember 2010

»Emma.«

Es kam einfach so. Jedes Mal, wenn er ihr eine reinhaute, stieß er ihren Namen aus. Wie ein Mantra. *Emma. Emma. Emma.*

Seine Hände hatten sich in ihre Haare gewühlt, sich in den blonden Strähnen verfangen wie in einer Falle. Er spürte, wie Schweiß von seinem Körper auf ihren tropfte. Aber anschauen konnte er sie nicht. Den Anblick ihres Gesichts ertrug er nicht.

Er brauchte das jetzt. Musste die ganze Wut rauslassen, den Hass.

Schlampe. Junkie. Hure. Miststück.

Emma.

Er riss seine Hände aus ihrem Haar und schloss sie um ihren Hals, konnte ihren Puls an seinen Handflächen spüren.

»Emma. Emma. Emma.«

Ihre Augenlider flatterten.

Und plötzlich ... war es vorbei.

Lucas wachte auf. Sein Atem kam keuchend. Er war wieder hier, in diesem Dreckloch. Nachdem er gestern von den Bullen zurückgekommen war, hatte er sich nur noch aufs Bett fallen lassen und war eingeschlafen. Er musste zwölf Stunden gepennt haben, vielleicht auch länger. Er setzte sich auf und vergrub das Gesicht in den Händen. Seine Ellbogen gruben sich in seine Schenkel, während er versuchte, *sie* aus seinem Kopf zu bekommen, Emma endlich aus seinen Gedanken zu löschen.

Mann, brummte ihm der Schädel! Er stand auf und drehte den Kaltwasserhahn auf. Das Wasser schoss stotternd heraus, er hielt den Kopf darunter und trank in gierigen Schlucken. Langsam beruhigte sich sein Herzschlag. Lucas schaute sich im Zimmer nach seinen Zigaretten um, nahm eine aus der Schachtel und stellte sich ans Fenster.

Hätte man jetzt auch nicht erwartet, dass man in so einer miesen Absteige nicht mal rauchen durfte, aber Mrs Heaney, seine scheintote Vermieterin, machte ihm immer mächtig Stress deswegen. Wenn Sie rauchen müssen, junger Mann, dann gehen Sie bitte nach draußen. Und er hatte genickt, ganz der brave Junge. Vielleicht, weil der alte Hausdrachen ihn an seine Oma erinnerte. Mit der war auch nicht zu spaßen gewesen. Zäh wie Leder und ein Gesicht zum Fürchten, aber immer für ihn da. Als er klein war, war sie praktisch die Einzige gewesen, die sich wirklich um ihn gekümmert hatte. Kein Wunder eigentlich, dass er kurz nach ihrem Tod dann so richtig auf die schiefe Bahn geraten war. Vielleicht sollte er auch mal seine Biografie schreiben, kräftig auf die Tränendrüse drücken und ordentlich abkassieren. Er hatte der alten Schachtel also versprochen, nicht auf seinem Zimmer zu rauchen, aber weil es viel zu kalt war, um vor die Tür zu gehen, steckte er einfach den Kopf aus dem Fenster. Dass es eiskalt reinzog, dürfte nicht weiter auffallen. Die Alte war so geizig, dass sie ihnen immer die Heizung abdrehte, sogar jetzt im Winter. Lucas verließ sich also lieber auf den kleinen Heizlüfter, den er dem Alki von oben geklaut hatte. Ohne das Teil hätte er schon längst Frostbeulen.

Er schnippte die Fluppe aus dem Fenster und lachte, als sie direkt auf dem Kopf eines Mädels landete, das gerade unten vorbeilief. Bestimmt gestern irgendwo abgestürzt, die kleine Schlampe. Warum sonst sollte jemand so früh am Morgen unterwegs sein? Er schob das Fenster zu und wärmte sich die Hände am Heizlüfter.

Seine Gedanken kehrten zu Ben zurück. Seit Emmas Vater ihn erwähnt hatte, musste er dauernd an den Typen denken. Was wusste er? Und wie konnte er ihn zum Schweigen bringen? Aber dann gestern, nach seinem kleinen Plausch mit dieser Freeman, hatte ihn so eine Ahnung beschlichen, dass Ben vielleicht noch sein kleinstes Problem war. Ehrlich, plötzlich dieses Foto zu sehen, das hatte ihn echt geschockt. Auf einmal war alles wieder da gewesen. Aber er kapierte es einfach nicht. Wie war das möglich? Er hatte ein Problem, das war ihm klar. Aber solange er den Bullen immer einen Schritt voraus war, kam er da vielleicht noch irgendwie raus. Sich mit Ben kurzzuschließen, war bestimmt nicht falsch. Mal schauen, was der so alles wusste. Der Typ war doch dauernd um Emma herumgeschlichen, hatte seine Nase in alles hineingesteckt. Sogar Jenny hatte er sich krallen wollen – oh Mann, da musste man echt schon verzweifelt sein! Doch, Ben war ein guter Anfang. Der Typ war damals dauerpräsent gewesen und wusste bestimmt auch irgendwas darüber, wie die Tote da im Wald gelandet war. Doch *was* wusste er? Das war die Frage. Lucas würde es herausfinden.

14

10. Februar 1999

Lucas schaute sich um, sah Stofftiere, Krimskrams, billige Schminksachen. Überall halbleere Dosen mit Impulse-Deospray, deren Geruch ihm den Kopf verklebte. Mädchenkram. Wenn sie glaubte, sie könnte den ganzen Scheiß hier mit zu ihm bringen, hatte sie sich geschnitten.

Er warf ihr das mit rotem Samt bezogene Kästchen zu und lehnte sich lässig auf ihrem Bett zurück. Sie war total angespannt, weil sie Angst hatte, ihr alter Herr könnte jeden Moment hereinplatzen. Es war das erste Mal, dass Lucas hier war, in ihrem Zimmer. Das erste Mal, dass er überhaupt bei ihr zu Hause war. Und wahrscheinlich auch das letzte Mal, denn sie waren nur kurz gekommen, um ein paar von ihren Sachen zu holen, und dann nichts wie weg und keinen Blick zurück.

Sie hatte Schiss, was ihr Dad sagen würde, wenn er sie dabei erwischte, wie sie ihre Sachen packte. Schon klar. Emma wollte einen auf taffes Mädchen machen, aber Lucas hatte sie längst durchschaut. Sie war Daddys kleiner Liebling. Ihre Mum war kürzlich gestorben. *Darum* ging es hier, nicht um ihn, aber das sollte ihm egal sein.

Emma hob es auf und schaute zu ihm rüber, nicht gerade begeistert. Ein Lächeln hätte jetzt echt nicht geschadet, aber Fehlanzeige. Reden war auch nicht so ihr Ding, aber sollte ihm recht sein. Wenn es nach ihm ging, brauchten die Mädels überhaupt nicht zu reden. Aber manchmal fragte er sich schon, was in ihrem Kopf so vor sich ging. Irgendwas an ihr war anders. Nicht so wie die Schlampen, mit denen er sonst abhing, die waren alle gleich. Quatschten ihm dauernd rein und waren immer nur scharf auf das Eine. Emma war anders.

Sie ließ das Kästchen aufschnappen und nahm die Kette heraus.

»Ist echt Silber«, sagte er und deutete auf den herzförmigen Anhänger. Sie drehte ihn um. »Versilbert halt.«

»Danke«, sagte Emma und legte die Kette wieder zurück.

»Mach sie doch mal um.«

Emma strich mit den Fingern über das silberne Herz; Lucas sprang auf und wollte ihr das goldene Teil abnehmen, das sie immer um den Hals hatte, aber sie wich zurück.

»Was ist?«, fragte er.

»Nichts«, sagte Emma und fasste sich an den Hals, hielt ihre Kette fest. »Es ist nur ... die ist von meiner Mam.«

»Na und? Die hier ist jetzt von mir. Mach sie um.«

Sie starrte auf den durchgelaufenen rosa Teppich und erwiderte nichts, aber er sah, wie ihre Hände sich verkrampften. Okay, es war mal wieder so weit. Sie wollte sein Geschenk nicht, die undankbare Kuh.

»Mach sie um«, sagte er ganz langsam und hielt ihr die Kette hin. Emma streckte die Hand danach aus, da zog er sie wieder zurück. »Erst nimmst du die andere ab.«

»Ich kann sie doch beide tragen«, meinte sie.

»Ich will nicht, dass du beide trägst. Mach sie ab.«

Wieder starrte sie schweigend auf den Boden. Lucas fasste sie beim Kinn und zwang sie, ihn anzusehen. Er würde warten, bis sie genau das tat, was er wollte. Er hatte Zeit, ganz viel Zeit.

»Boah, Scheiße, Mann!«, schrie er plötzlich und schmiss das Teil gegen das Fenster. Emma zuckte zusammen, und Lucas stieß sie von sich.

»Nein, nicht ... es tut mir leid.« Sie wollte nach seiner Hand greifen, doch er zog sie weg. »Sei nicht sauer auf mich, Lucas. Bitte. Mir gefällt die Kette, wirklich, aber die hier ist von meiner Mam.«

Lucas ließ sie einfach stehen und machte die Tür auf. »Los, beeil dich.«

Hastig begann Emma, Schubladen aufzuziehen und Sachen aus dem Regal zu räumen. Lucas beobachtete sie dabei und fragte sich, ob er sich nicht doch getäuscht hatte. Ob sie nicht doch war wie alle anderen. Sie machte ihn wahnsinnig, echt. Wie lange sollte das denn noch dauern?

»Komm, wir gehen«, sagte er schließlich und nahm ihre Tasche. »Diesen Scheiß braucht kein Mensch.«

»Aber ...«

Er packte sie am Ellbogen und zerrte sie aus dem Zimmer. Ihre Teddybären und den Mädchenkram konnte sie abschreiben. Dieses Leben war vorbei.

15

14. Dezember 2010

Lucas nahm einen letzten Zug von seiner Zigarette, trat sie aus und schaute kurz über die Schulter. Hätte ihn nicht gewundert, wenn Detective Freeman wieder hier herumlungern würde. Als sie ihn gestern vor der Pension abgefangen hatte, war er erst gar nicht auf die Bullen gekommen. Sie sah echt nicht so aus, eher wie eins der Goth-Kiddies, die er in der Schule immer fertiggemacht hatte. Lange schwarze Haare, vorn mit einer hellen Strähne, schwarze Klamotten – und dann auch noch so Kampflesben-Stiefel. Aber sowie sie den Mund aufgemacht hatte, war die Sache klar gewesen. Alle Bullen hatten so eine Art, irgendwie von oben herab mit einem zu reden.

Lucas behielt den Eingang im Auge. Ab und an kam jemand aus der Klinik oder ging hinein. Er sah sich die Gesichter genau an, erkannte aber kein einziges. Die Junkies, die er von früher kannte, waren wahrscheinlich längst tot oder sahen keinen Sinn mehr darin aufzuhören. Er wusste von ein paar Leuten, die es mal versucht und an einem der Programme hier teilgenommen hatten, weil sie dachten, das wäre so einfach: aufhören und was aus seinem Leben machen. War es aber nicht, hätte er ihnen gleich sagen können. Die meisten hingen nach ein paar Tagen oder Wochen wieder an der Nadel, und die wenigen, die es geschafft hatten, fristeten ein Dasein, das mindestens so beschissen war wie ihr altes Leben. Schlimmer sogar, denn früher hatten sie wenigstens noch ab und an einen Kick. Also wozu das alles? So Leute gab es eben. Total kaputte Typen, die würden sich nie ändern.

Trotzdem wollte er nicht, dass einer dieser Verlierer ihn erkannte. Bei den Betreuern war er auf der sicheren Seite, das wusste er, denn *er* hatte den Laden noch kein einziges Mal von innen gesehen. Lässig schlenderte er auf den Eingang zu, hielt sogar einem jungen Mädchen, das gerade herauskam, ganz gentlemanlike die Tür auf, doch sie schaute ihn nicht mal an, die kleine Schlampe.

»Gern geschehen«, murmelte er, ging hinein und schaute sich um. Am Empfang saß eine Frau in mittleren Jahren, eine verhuschte Maus, die ebenfalls nicht aufblickte, als er vor sie trat, sich sogar über die Theke beugte. Oh Mann, wozu die Leute clean kriegen, wenn man ihnen hier nicht mal Manieren beibringen konnte?

»Einen Moment«, sagte sie und kritzelte hastig etwas auf einen Notizblock. Lucas blieb schweigend vor ihr stehen und beobachtete ungeniert, wie ihre schmale Hand beim Schreiben zitterte.

Als sie endlich fertig war, seufzte sie. »Ja?« Fragend schaute sie zu ihm hoch – und glotzte ihn groß an. Lucas konnte sich schon denken, warum. Das Hemd und die Krawatte, so was trug sonst keiner hier. Hilfe suchend schaute sie sich um, als würde ein Hemd-und-Krawattenträger ihre Kompetenzen übersteigen. Klar, stand so bestimmt auch nicht in ihrer Stellenbeschreibung. »Kann ich Ihnen helfen?«, fragte sie, wobei unklar blieb, ob die Frage an ihn oder eher an sie selbst gerichtet war.

»Ich suche Ben«, sagte Lucas mit einem Lächeln.

Die Tante runzelte die Stirn und schüttelte den Kopf. »Tut mir leid, wen?«

»Ben, er arbeitet hier. An seinen Nachnamen kann ich mich leider nicht mehr erinnern.«

Jetzt guckte sie völlig entgeistert. »Aha. Also *ich* kenne keinen Ben.«

»Ist auch schon eine Weile her. Er hat mir geholfen, mein Leben wieder auf die Reihe zu kriegen.«

Wieder schaute sie Hilfe suchend nach hinten. Keinen Plan, die Alte.

»Ich dachte mir, ich schau mal kurz vorbei, ob er noch hier arbeitet. Oder wenn nicht, ob Sie mir vielleicht sagen können, wo ich ihn finden kann.«

Da schüttelte sie heftig den Kopf. »Selbst wenn ich es wüsste, das darf ich Ihnen gar nicht sagen. Aber ich frage mal, ob ihn hier jemand kennt. Worum genau ging es noch mal?«

Lucas lächelte. Der hatten sie bestimmt ein einwöchiges Training in Kundenbetreuung aufgedrückt. Vielleicht auch nur ein Wochenendseminar. »Ich wollte mich bei ihm bedanken. Er hat mir das Leben gerettet. Ich dachte, ich schau mal vorbei, damit er sich selbst davon überzeugen kann.«

Sie nickte vorsichtig. Vielleicht hatte er ein bisschen zu dick aufgetragen. Kam hier wahrscheinlich nicht allzu oft vor, solche Erfolgsstorys. Und bedankt hatte sich bestimmt auch noch keiner. Stand nicht im Programm, so was, Stichwort Manieren.

»Ich frage kurz meine Chefin«, sagte sie, sprang auf und öffnete eine Tür, die gleich hinter der Anmeldung in einen Büroraum führte. Lucas sah zwei Betreuer, die gerade Kaffeepause machten. Ein junger Typ, der mitten im Winter Sandalen trug und aussah, als würde er sich nicht bloß Koffein reinpfeifen, und eine Blonde in knalligen Jeans. Von hinten sah Blondie ziemlich fit aus, aber als sie sich umdrehte, stellte Lucas fest, dass sie mindestens Ende vierzig war – entweder das, oder die Drogen hatten ihr *extremst* übel mitgespielt.

Die verpeilte Tante vom Empfang hatte die Tür offen gelassen, und die beiden anderen redeten über das Fernsehprogramm vom Vorabend, irgendwas über Fettleibige. Die Empfangstante stand blöd in der Gegend rum und schien darauf zu warten, dass man sie bemerkte.

»Was gibt es, Catherine?«, fragte Blondie endlich.

»Wo ist Jessie?«

»Die ist vorhin weg. Müsste aber bald wieder da sein.«

»Frauensache – *ganz* vertraulich«, raunte der mit den Jesuslatschen. »Aber Andrea meinte gerade, sie hätte sich vielleicht was eingefangen.«

Die Blonde schubste ihn. »Hab ich gar nicht gesagt.«

Catherine versuchte sich Gehör zu verschaffen. »Also, da draußen ist jemand, der einen Ben sprechen will. Ich habe keine Ahnung, wen er meint«, sagte sie mit einem ratlosen Achselzucken. Lucas setzte sein Lächeln auf und winkte kurz, als alle drei sich zu ihm umdrehten. »Ich habe ihm gesagt, dass ich keine Informationen rausgeben darf«, fuhr Catherine fort. »Er meinte, Ben hätte ihn mal betreut und ihm geholfen, und er wollte sich bei ihm bedanken.«

»Tja, Ben arbeitet nicht mehr hier«, sagte der mit den Jesuslatschen. »Schon eine ganze Weile nicht mehr.«

»Ach, Ben! Klar, Ben Swales, an den kann ich mich noch gut erinnern. Das war so ein ganz Lieber. Ist der nicht wieder nach Hause, um seine Mum zu pflegen?«, plapperte die Blonde, woraufhin der mit den Jesuslatschen sie mit einem frostigen Blick zum Schweigen brachte, aufstand und nach vorn kam, um die Sache selbst zu regeln.

»Wie gesagt, Ben arbeitet nicht mehr hier«, meinte er zu Lucas. »Aber er hätte sich bestimmt über deinen Besuch gefreut.«

»Sie wissen nicht zufällig, wo ich ihn finden kann?«, fragte

Lucas und schaute ganz bewusst zu der drallen Blonden, die ihre Klappe nicht halten konnte.

»Das kann ich dir nicht sagen«, grätschte der mit den Jesuslatschen rein.

»Ich wollte mich einfach nur bei ihm bedanken«, sagte Lucas. »Ihre Kollegin hat eben seine Mutter erwähnt ...«

»Nee, Kumpel, tut mir leid. Und Andrea hätte gar nichts dazu sagen sollen«, blockte der mit den Jesuslatschen ab und verschränkte die Arme vor der Brust.

Lucas nickte. Hier war nichts mehr zu holen. »Okay, trotzdem danke«, sagte er und wandte sich zum Gehen. An der Tür drehte er sich noch mal um und schaute die Blonde direkt an, die nun ebenfalls nach vorn gekommen war. »Und dir auch, Andrea«, sagte er lächelnd.

Draußen kickte er eine leere Bierdose über die Straße und sah dabei den kleinen Wichser in Sandalen vor sich. Eingebildetes Arschloch. Lucas vergrub die Hände in seinen Jackentaschen. Immerhin, er hatte jetzt Bens vollständigen Namen. Ben Swales. Irgendwie würde er den Kerl schon finden. Lucas überlegte, ob die Stadtbücherei jetzt schon aufhatte. Und wo war die überhaupt

16

14. Dezember 2010

Freeman verdrehte die Augen, als sie die dritte Nachricht abhörte. »Nicola, ich bin's noch mal. Ja, ja, ich weiß, du hattest mir gesagt, ich sollte dich nicht mehr anrufen. Wahrscheinlich schickst du mir bald einen Kollegen vorbei, damit er mir die Hölle heißmacht. Aber du fehlst mir. Ruf mich bitte zurück, damit wir in

Ruhe darüber reden können. Wir könnten auch essen gehen, ich lade dich ein. Hör zu, es tut mir leid, und ich möchte dich einfach nur zurückhaben. Bitte ruf an.«

Sie löschte die Nachricht. »Leck mich, du Scheißkerl«, murmelte sie. Warum war es ihr eigentlich früher nie aufgefallen, wie nervig Brians Stimme klang? Von wegen Liebe macht blind – anscheinend machte sie auch taub. Uuh, als ob sie jemals in Brian verliebt gewesen wäre! Eigentlich mochte sie ihn nicht mal besonders. Woraus wir lernen, dass man auch aus einem akuten sexuellen Notstand heraus gewisse Standards nicht unterschreiten sollte. Sollte ihr während einer solchen Durststrecke wieder einmal der Sinn nach ein bisschen männlicher Gesellschaft stehen, würde sie einfach den Escort-Service anrufen. Dann wäre die Sache in ein paar Stunden vergessen und vorbei. *Alles* war besser, als sechs Monate irgendeinen Loser am Hals zu haben, den sie nicht einmal besonders gemocht, der aber dennoch die Unverschämtheit besessen hatte, sie zu betrügen. Und wenn er nicht aufhörte, ihr dauernd auf die Mailbox zu quatschen, konnte er sich wirklich auf etwas gefasst machen – allerdings würde sie dazu keinen ihrer Kollegen vorbeischicken.

Als sie in ihr Büro kam, fand sie einen Aktenstapel auf ihrem Schreibtisch – und dahinter DC Colin Lloyd.

»Was ist das denn?«, fragte sie.

»Das«, verkündete Lloyd, »ist alles, was Sie schon immer über Emma Thorley wissen wollten, aber nie zu fragen wagten.«

Freeman hob eine Augenbraue. »Ich fürchte, ich weiß schon mehr über Emma Thorley, als mir lieb ist, aber schön, schießen Sie los.«

»Wenn das so ist«, meinte er, »hätte ich hier noch alles über Emma Thorley, was man bereits zu wissen meinte, aber nie zu fragen wagte.«

»Zum Beispiel?«

»Zum Beispiel eine Liste all ihrer Kontaktpersonen sowie – und das dürfte für unsere Mordermittlungen noch viel spannender sein – eine Liste aller Kontakte von Lucas Yates.«

»Aha.« Freeman schob Lloyd beiseite, damit sie sich setzen konnte. »Was Neues haben Sie also nicht?«

»Doch.« Lloyd hockte sich seitlich auf den Schreibtisch. »James Thompson – *Tomo* für seine Freunde. Schulverweis, weil er im Matheunterricht mit Heroin erwischt wurde. Cleveres kleines Kerlchen, in letzter Zeit nicht aktenkundig, aber vermutlich nur, weil er Glück gehabt hat und nicht geschnappt wurde.«

»Nur weil jemand heroinabhängig ist, muss er nicht gleich kriminell sein.«

»Ihr Wort in Gottes Ohr, Mutter Teresa. Aber jetzt raten Sie mal, wann er wo zur Schule gegangen ist?«

»Dann tippe ich doch einfach mal auf Emmas Schule.«

»Volltreffer. Derselbe Jahrgang. Die beiden kannten sich von Kindesbeinen an. Jede Wette, dass *er* das Mädchen angefixt hat.«

»Was das angeht, würde ich eher auf Lucas Yates setzen.«

»Abwarten. Würde mich nicht wundern, wenn dieser Tomo die beiden überhaupt erst miteinander bekannt gemacht hätte.«

Freeman seufzte. »Ich kümmere mich drum. Wer noch?«

»Ein gewisser Christian Morton. Wurde 1998 gemeinsam mit dem kleinen Yates wegen nächtlicher Randale vor einem Pub im Stadtzentrum einkassiert. Ziemlich übler Kerl, saß vorher schon mal wegen schwerer Körperverletzung und … noch irgendwas«, sagte er und blätterte eifrig in seinen Notizen. »Hat 2006 übrigens Selbstmord begangen.«

Freeman hob genervt die Hände »Wie wäre es mit etwas, das auch für unseren Fall relevant ist?«

»Kommt gleich«, versprach Lloyd, »immer mit der Ruhe. Ich versuche nur, einen Spannungsbogen aufzubauen. Morton kam aus Morpeth. Genau wie Jenny Taylor. Hier steht, dass man sie diverse Male wegen öffentlicher Unzucht einkassiert hat, das kleine Luder. Und jetzt kommt – *tadaa* –, worauf Sie die ganze

Zeit so sehnsüchtig gewartet haben ...« Lloyd legte einen kleinen Trommelwirbel auf ihrem Schreibtisch hin, und Freeman hätte das Ganze am liebsten in seinem Gesicht wiederholt.

»Jenny Taylor *kannte Emma*. Kein besonders guter Umgang, sollte man meinen, aber die beiden gehörten alle zu derselben Clique, hingen immer zusammen im selben Pub rum. Eines Abends muss es mächtig Zoff gegeben haben, die Kneipe soll nachher das reinste Schlachtfeld gewesen sein. Die Polizei hat sich alle geschnappt – einschließlich Emma.«

»*Was?*« Freeman setzte sich auf. »Das wäre mir neu.«

»Tja, was soll ich sagen?«, erwiderte Lloyd. »Ich bin wohl einfach besser als Sie.« Aus Freemans Miene schien er zu schließen, dass sie zu derlei Späßen nicht aufgelegt war, und fuhr deutlich ernüchtert fort: »Allerdings wurde kein Haftbefehl gegen Emma erlassen. Allem Anschein nach wurde sie nicht einmal verhört. Diese Jenny übrigens auch nicht.«

»Und Lucas?«, fragte Freeman.

»Fehlanzeige. Nur Christian Morton. Soll den Pub zerlegt und dann noch einen Beamten in Uniform angegriffen haben, als der versuchte, für Ruhe zu sorgen. In seiner Aussage gibt Morton allerdings zu Protokoll, dass Jenny das Ganze vom Zaun gebrochen hätte. Anscheinend war die nämlich ziemlich scharf auf unseren lieben Lucas, und im Laufe des Abends ist wohl die Eifersucht mit ihr durchgegangen. Sie ist mit einem Glas auf Emma losgegangen und hat gedroht, ihr das Gesicht zu zerschneiden. Lucas ist daraufhin auf Jenny losgegangen, die wiederum einen Verehrer hatte, der sich auf Lucas stürzte, und der Rest ist Geschichte.«

»Was genau ist also passiert?«

»Christian Morton wurde als einziger angeklagt. Alle anderen wurden am nächsten Tag wieder freigelassen. Emma wird mit keinem weiteren Wort mehr erwähnt.«

Freeman lehnte sich zurück und dachte über das Gehörte nach. »Und das war *wann?*«

»Februar 1999.«

»Sie wissen nicht zufällig auch noch, ob Emma sich bei dieser Schlägerei den Arm gebrochen hat?«

»Oh je, da bin sogar ich überfragt. Aber ich an Ihrer Stelle würde mich mal ein bisschen mit dieser Jenny Taylor unterhalten. Die scheint mir ein ziemliches Früchtchen zu sein. Und vielleicht hat *sie* ja Emma um die Ecke gebracht.«

Freeman verdrehte zwar die Augen, fragte sich dann aber doch, ob Lloyds Szenario wirklich so unwahrscheinlich war. Könnte es sein, dass ein anderes Mädchen Emma Thorley getötet hatte? Nachdem sie Emma sogar schon tätlich bedroht hatte?

»Na schön. Schauen Sie mal, ob Sie diese Taylor finden«, sagte sie, um ihn endlich loszuwerden.

17

15. Februar 1999

In der Wohnung war es wieder eiskalt, aber sie würde ihn nicht noch mal fragen, ob sie die Heizung anstellen dürfte. Mittlerweile hatte sie kapiert, dass die Heizung nur dann angemacht wurde, wenn er fand, dass es kalt genug dazu war. Dann und wirklich erst dann und keinen Augenblick früher. Vielleicht war sie einfach zu verhätschelt. Ihre Mam hatte fast das ganze Jahr über geheizt, damit es zu Hause immer schön kuschelig war. Aber das mit der Heizung war nicht das einzige Problem. Es gab auch noch andere Sachen, die sie langsam echt aufregten. Zum Beispiel schien er zu erwarten, dass sie ihn von hinten bis vorn bediente. *Sich ihren Unterhalt verdiente*, wie er es nannte. Ja, okay, das konnte sie schon verstehen, aber musste er sich wegen jedem Scheiß so anstellen? Sogar den Abwasch machte sie falsch; anscheinend gab es da irgendwelche Regeln, die man zu befolgen hatte. Und kochen konnte sie auch nicht, klar. Meistens aßen sie irgendwelchen Fertigkram oder ließen sich was bringen. Aber das kostete Geld. *Sein* Geld.

Es gäbe auch andere Möglichkeiten, sich ihren Unterhalt zu verdienen, hatte er gesagt.

Und er wollte es andauernd. Eigentlich war ihr das egal, nur wäre es ihr lieber gewesen, wenn er ein Kondom benutzt hätte. Aber das wollte er nicht. Fände er furchtbar. Und wäre doch auch nicht so wichtig. »Du bist doch sauber«, hatte er gefragt, »oder?«

Beim ersten Mal hatte es so sehr wehgetan, dass sie fast geheult hätte. Beim zweiten Mal ging es schon besser. Und mittlerweile hatten sie es schon so oft gemacht, dass sie längst nicht mehr mitzählte, aber jetzt fing es wieder an wehzutun. Beim letzten Mal war sogar Blut gekommen, genau wie beim ersten Mal. Natürlich war er tierisch genervt gewesen und hatte rumgeschrien, weil sie sein Bett eingesaut hatte, und wenn sie ihre Periode hätte, dann hätte sie das vorher sagen sollen, denn so ein Schweinkram jetzt, das sei echt nur ätzend. Aber es war nicht ihre Periode, denn die war noch gar nicht fällig. Es musste etwas anderes sein.

Fröstelnd schob sie ihre Füße zwischen die Sofakissen, um ihre klammen Zehen etwas aufzuwärmen. Es gab noch einen anderen Grund, ihn nicht darum zu bitten, die Heizung anzustellen, denn dann würde er bloß wieder sagen: »Wenn dir kalt ist, wüsste ich schon was, um dich warmzukriegen.« Er würde von ihr verlangen, dass sie sich auszog, ganz langsam, und ihr dabei zuschauen, während ihr immer kälter wurde, und wenn sie dann so durchgefroren war, dass sie am ganzen Leib schlotterte, würde er loslegen. Wenn er fertig war, ließ er sie in Ruhe und ging fernsehen oder Playstation spielen, oder er verließ die Wohnung, ohne ihr zu sagen, wohin er ging, und überließ es ihr, an die Tür zu gehen, wenn seine Scheißkumpels hier auftauchten, weil sie Stoff brauchten.

Tränen brannten ihr in den Augen, und Emma schloss die Lider ganz fest, um sie zurückzuhalten. Sie war noch nicht mal eine Woche hier, und schon wünschte sie sich, sie wäre niemals von zu Hause weggelaufen. Außerdem hatte sie ein richtig schlechtes Gewissen wegen ihrem Dad. Sie hätte ihm ja wenigstens sagen können, wo sie war. Aber sie hatte es *niemandem* gesagt, weshalb auch niemand hier nach ihr suchen würde. Niemand würde sie retten und zurück nach Hause bringen. Eigentlich hatte sie ja gehofft, dass Lucas sie retten, sie aus ihrem beschissenen Leben herausholen würde, aber das hier war sogar noch schlimmer, und sie wollte nur noch weg. Sie wollte ihren Dad, die Schule und alles andere. Sie war zu einem Mädchen geworden, das sie nie hatte sein wollen.

»Emma«, sagte Lucas und knuffte sie am Arm. Sie öffnete die Augen und sah, wie er mit dem Kinn zur Tür deutete. Sie war in Gedanken so weit weg gewesen, dass sie es nicht klopfen gehört hatte. Sie stand auf und ließ zwei von Lucas' Kumpels herein, die wortlos an ihr vorbeistürmten. Eigentlich waren die beiden gar keine Kumpels, sie waren Kunden. Während sie da waren, tat Lucas immer so, als würden sie sich prima verstehen, riss sogar Witze mit ihnen, dass sie sich auch »die Kleine« teilen könnten; doch sobald er abkassiert hatte und sie wieder weg waren, ätzte er über sie ab und nannte sie Scheißwichser. Und *sie* sollte gefälligst nicht die kleine Schlampe spielen, wenn Besuch käme, dann würde auch niemand sie so blöd anmachen.

Emma schaute zu, wie Lucas den freundlichen Gastgeber spielte, sobald er das Geld in der Tasche hatte. Er hörte geduldig lächelnd zu, wenn sie damit angaben, wen sie mal wieder zusammengeschlagen oder was sie wann wo geklaut hatten. Manchmal ließ er sie auch gleich im Wohnzimmer drücken – aber nur, wenn es wirklich gute Kunden waren. Ansonsten war es ihm das Risiko nicht wert, dass ihm hier irgendwelche Typen abkratzten.

Wenn sie zuschaute, wie sie sich einen Schuss setzten und total glücklich und entspannt abdrifteten, fragte sie sich, ob sie vielleicht genau das auch brauchte. Ob die Drogen nicht wie eine warme, weiche Kuscheldecke wären.

Einer der Typen packte sein Besteck aus und legte alles auf dem niedrigen Couchtisch bereit. Es war wie ein Ritual, und sie versuchte, es sich ganz genau einzuprägen. Vielleicht könnte sie es mal ausprobieren, heimlich, wenn Lucas nicht da war. Vielleicht würde es die langen, kalten Tage erträglicher machen.

»Willst du auch was?«

Emma starrte den Typen an. Er grinste. Klar, er machte sich lustig über sie. Aber diesmal wollte sie wirklich. Sie schaute zu Lucas. Ein feines Lächeln huschte über sein Gesicht. Er brauchte gar nichts zu sagen, sein Blick war eine einzige Herausforderung. Er hatte es ihr schon ein paar Mal angeboten, aber bislang hatte sie immer abgelehnt.

Aber jetzt? Was hatte sie denn noch zu verlieren?

18

14. Dezember 2010

Freeman wartete, während die Frau am Empfang ihr Telefonat beendete, wobei der in die Luft gereckte Finger wohl bedeuten sollte, dass sie gleich fertig sei. Gleich war relativ. Dafür, dass ihr Job vermutlich eher trostlos war, gackerte sie reichlich aufgekratzt in den Hörer. Ungeduldig begann Freeman mit den Fingern zu trommeln und machte keinen Hehl daraus, dass sie mithörte. Hinter dem Empfangsbereich ging eine Tür auf, und eine ältere Frau kam heraus, was von der jüngeren mit einem kurzen Blick über die Schulter und einem abrupten Ende des Telefonats quittiert wurde.

»Catherine, wo hast du die Briefe gelassen, um die ich dich gebeten hatte?«, fragte die Ältere ihre Kollegin, wobei sie den Blick nicht von den Unterlagen nahm, die sie sich gerade durchlas, und kein Wort darüber verlor, ob sie das kleine Plauderstündchen gerade mitbekommen hatte oder nicht.

Catherine sprang auf und begann hektisch auf ihrem Schreibtisch herumzusuchen, ehe sie ihre Chefin – wie Freeman vermutete – etwas ratlos anschaute. »Ich hatte sie hier hingelegt, ganz sicher. Vielleicht hat Andrea sie mitgenommen – ich frage sie mal«, sagte sie und verschwand nach hinten in ein kleines Büro.

Müsste Freeman wetten, so würde sie ihr gesamtes Geld darauf setzen, dass Catherine besagte Briefe überhaupt noch nicht geschrieben hatte. Sie räusperte sich, um auf sich aufmerksam zu machen.

»Kann ich Ihnen helfen?«, fragte die ältere Frau und sah kurz von ihren Unterlagen auf.

»Detective Sergeant Freeman«, sagte sie und zückte ihren Dienstausweis, als die andere nur erstaunt die Brauen hob. »Ich würde Ihnen gern ein paar Fragen zu Ben Swales stellen.«

»Ben? Der arbeitet nicht mehr hier.«

»Das weiß ich«, erwiderte Freeman. »Ich versuche seit ein paar Tagen, ihn zu erreichen. Sie wissen nicht zufällig, ob jemand der Kollegen noch Kontakt zu ihm hat? Oder haben Sie vielleicht seine Handynummer?«

Catherine kam mit leeren Händen zurück. »Jessie?«, wandte sie sich an ihre Vorgesetzte.

»Ja, Catherine?«, sagte Jessie.

»Andrea hat die Briefe auch nicht.«

Jessie schaute sie einen Moment schweigend an. »Ja, und wo sind sie dann?«

Catherine suchte noch einmal auf ihrem Schreibtisch und zuckte ratlos mit den Schultern. Jessie verdrehte die Augen, atmete tief durch und schaute von Catherine zu Freeman, als versuche sie abzuschätzen, welches Ärgernis Priorität hatte. »Gib mir eine Minute«, sagte sie zu Catherine und wandte sich wieder an Freeman. »Ich habe seit Jahren nicht mehr mit Ben gesprochen. Und dass einer der Kollegen noch Kontakt zu ihm hat, kann ich mir kaum vorstellen.«

»Warum das?«, wollte Freeman wissen.

»Vorhin war schon mal …«, fing Catherine an, doch Jessie hob entschieden die Hand und schnitt ihr das Wort ab.

»Eine Minute, ja?«, sagte sie, worauf Catherine den Mund wieder zuklappte und im hinteren Büro verschwand.

Jessie ging mit Freeman in einen anderen Raum, dessen Wände mit pädagogisch wertvollen Aufklärungspostern und Flyern von diversen Hotlines und Hilfsangeboten bedeckt waren.

»Ben hat nie so richtig hier reingepasst«, sagte Jessie.

»Wie meinen Sie das?«

»Na ja, wie soll ich sagen, er hat sich nie wirklich …«, Jessie schien nach dem richtigen Wort zu suchen, »… eingefügt.«

»Eingefügt?«

»Ins Team. Er hat nichts mit den anderen unternommen, kaum mit den Kollegen gesprochen. Am liebsten hat er sein eigenes Ding gemacht.« Jessie hielt inne und schaute Freeman an, als würde ihr erst jetzt bewusst, dass sie es mit einer Kriminalbeamtin zu tun hat. »Nicht dass Sie mich falsch verstehen«, setzte sie eilig nach. »Ich habe seine Arbeit durchaus geschätzt. Er war ziemlich gut in seinem Job, sehr engagiert.«

»Aber?«

»Aber … ich weiß nicht. Irgendetwas an ihm ist mir von Anfang an sonderbar vorgekommen.«

»Inwiefern?«

»Dürfte ich fragen, worum es eigentlich geht?«

»Ich ermittle in einem Mordfall und versuche gerade mit allen Personen zu sprechen, die das Opfer gekannt haben. Wir haben Anlass zu der Vermutung, dass auch Ben es gekannt hat.«

Jessie verzog keine Miene, doch ihr war anzusehen, dass sie viele Fragen an Freeman hatte, allerdings mit den Belangen beruflicher Schweigepflicht vertraut genug war, um sie gar nicht erst zu stellen.

»Ben hat einen guten Job gemacht«, wiederholte sie, beugte sich ein wenig vor und senkte die Stimme. »Beunruhigt hat mich eher, dass ihm bei manchen seiner Klienten die nötige Distanz zu fehlen schien.«

»Bei welchen Klienten?«

»Bei einigen der Mädchen«, sagte sie zögernd.

»Woraus haben Sie das geschlossen?«

»Nun, er hat sehr viel Zeit mit ihnen verbracht – nicht nur während der Arbeit.«

»Er hat sie auch außerhalb seiner Arbeitszeiten getroffen? In welcher Funktion?«

Jessie zuckte die Achseln. »Das weiß ich nicht. An sich sind unsere Betreuer dazu nicht befugt, es sei denn, es gibt einen konkreten Anlass. Ich habe ihn ein paar Mal in der Stadt mit ein, zwei der Mädchen zusammen gesehen. Eine hat hier auch öfter mal auf ihn gewartet, um ihn nach der Arbeit abzuholen.«

»Sie wissen nicht zufällig, wer das war?«

»Vom Sehen kannte ich sie, aber der Name fällt mir gerade nicht ein. Das ist jetzt Jahre her.«

»Könnte es Emma Thorley gewesen sein?«, fragte Freeman und sah förmlich, wie die Erkenntnis bei Jessie einschlug.

»Das Mädchen, das man im Wald gefunden hat?«, fragte sie, worauf Freeman nicht einging. »Doch ... jetzt, wo Sie es sagen – ja, ich glaube, sie könnte es gewesen sein.«

Freeman nickte. *Ich glaube, sie könnte es gewesen sein* war nicht gerade das, was ihr Chef gern hörte. Ganz zu schweigen von *Jetzt, wo Sie es sagen.*

»Gut, aber sicher sind Sie sich nicht. Oder können Sie es mit absoluter Gewissheit sagen?«, hakte sie nach.

»Absolut sicher nicht, aber ...«

»Warum hat Ben hier aufgehört?«, fragte Freeman und hoffte wenigstens hier auf eine etwas konkretere Antwort.

»Er hat gekündigt und ist wieder zu seiner Mutter gezogen, um sie zu pflegen. Das muss jetzt zehn, elf Jahre her sein.«

»Elf Jahre?« Freeman horchte auf. Vor elf Jahren war Emma Thorley verschwunden. Und Ben Swales anscheinend auch.

19

14. Dezember 2010

Freeman klopfte und musste einige Minuten warten, ehe Ray Thorley die Tür öffnete. Er schaute sie mit trübem Blick an, als hätte er, obwohl vollständig angezogen, tief und fest geschlafen. Es dauerte einen Moment, bis er sie erkannt und ihren Namen aus den Tiefen seines Gedächtnisses hervorgekramt hatte.

»Miss Freeman«, sagte er mit einem müden Lächeln. »Sie sind noch mal vorbeigekommen.« Er trat ein wenig beiseite, gerade genug, dass sie durch die Tür schlüpfen konnte, ohne dass unnötig kalte Luft ins Haus gelangte.

»Ich hoffe, ich störe nicht«, sagte Freeman. »Ich hätte nur noch ein paar Fragen an Sie.« Auf der Fahrt hierher hatte sie bereits an Sinn und Zweck dieses Unterfangens zu zweifeln begonnen – Ray Thorley dürfte sich kaum noch an die Freunde und Bekannten seiner Tochter erinnern, selbst wenn er sie mal gekannt hatte, was wiederum keineswegs der Fall sein musste. Aber sie wollte nichts unversucht lassen.

Ray ging ihr voraus ins Wohnzimmer. In der plötzlichen Hitze des alten Gasofens begannen Freemans Wangen zu glühen. Im Hintergrund lief der Fernseher, irgendeine amerikanische Serie, den Frisuren und Klamotten nach aus den Siebzigern oder frühen Achtzigern, die außer Rentnern und Arbeitslosen niemandem bekannt sein dürfte. Ray stellte den Ton aus und nahm in seinem Sessel Platz.

»Mr Thorley, wissen Sie, ob Emma eine Freundin namens Jenny Taylor hatte? Hat sie den Namen jemals erwähnt?«

Ray schüttelte den Kopf. »Das weiß ich nicht. Ich kann mich kaum noch an ihre Freunde erinnern.« Er schaute hinab auf seine Hände und rieb sie aneinander. Freeman überlegte, ob er vielleicht Arthritis hatte und seine Gelenke schmerzten, denn kalt konnte ihm in dieser Bullenhitze kaum sein.

»Da war dieses Mädchen«, sagte er. »Diane. Mit der hat sie sich noch ab und an getroffen.«

»Stimmt, Diane Royle, die hatten Sie erwähnt. Sie hatten übrigens recht: Diane wurde damals, als Emma verschwand, bereits befragt.« Allerdings hatte Freeman sich die Aussage noch nicht durchgelesen, denn nachdem die Mädchen sich in der Zeit vor Emmas Verschwinden auseinandergelebt hatten, machte sie sich wenig Hoffnung, etwas Nützliches darin zu finden. Doch wie gesagt: nichts unversucht lassen. Sie nahm sich vor, es bei nächster Gelegenheit nachzuholen. »Hat Diane auch in Schwierigkeiten gesteckt? Hat sie ...?«

»Oh nein. Nein, nein«, sagte Ray und schüttelte den Kopf. »Diane war ein gutes Mädchen. Sie kam auch noch ab und an vorbei, selbst nachdem das mit Emmas Problemen angefangen hatte. Vielleicht kann sie Ihnen ja etwas über dieses andere Mädchen sagen.«

»Wissen Sie, wo ich Diane jetzt finden kann?«, fragte Freeman.

Ray schloss die Augen und schüttelte unwillig den Kopf, als sei er wütend auf sich selbst. »Diane ... nein, da bin ich überfragt, aber ihren Vater habe ich hin und wieder immer noch hier gesehen, unten im Club.« Er verstummte einen Moment und schien zu überlegen. »Frank, genau, Frank Royle. Ich glaube, der wohnt da immer noch, unten beim Krankenhaus.«

»Gut, dann danke ich Ihnen erst mal, Ray«, sagte Freeman. »Sie haben mir sehr geholfen. Ich melde mich, wenn es etwas Neues gibt.«

Freeman ging zurück zu ihrem Wagen und rieb sich die Hände, die auf dem kurzen Weg vom Haus bereits wieder eiskalt geworden waren. Dann rief sie Lloyd an.

»Alles klar, Boss?«, meldete der sich.

»Ich bräuchte die Telefonnummer einer Diane Royle. Keine Ahnung, ob sie noch immer hier in der Gegend lebt. Sie können es auch erst mal bei ihrem Vater versuchen, Frank Royle, der soll in der Nähe des Krankenhauses wohnen.«

»Wird gemacht«, erwiderte Lloyd. »Und wer ist die Kleine? Noch so ein Junkie?«

Sie ging auf seine Bemerkung nicht ein und fragte stattdessen: »Wie kommen Sie mit Jenny Taylor voran? Emmas Vater hat nie von ihr gehört.«

»Bin noch dabei, Boss.«

»Geben Sie mir Bescheid, sowie Sie etwas haben«, sagte sie. »Und wenn Routledge nach mir fragen sollte, dann sagen Sie ihm, ich bin unterwegs zu Ben Swales – das dürfte ihn freuen.«

20

15. Juli 1999

»Setzen Sie sich«, sagte Gardner, und Lucas Yates fläzte sich auf den Stuhl. Dieses selbstgefällige kleine Arschloch nach einem verschwundenen Mädchen zu befragen, das in den nächsten Tagen vermutlich ganz von selbst wieder auftauchen würde, war wirklich das Letzte, wonach ihm heute Morgen der Sinn stand. Aber gut, an die Arbeit, auch wenn sein Schädel brummte und Yates ihm jetzt schon auf den Sack ging. War vielleicht doch keine so gute Idee gewesen, sich den Wodka gestern Abend noch hinter die Binde zu kippen.

»Wo ist Emma?«, fragte Gardner in der Hoffnung, das Ganze kurz und schmerzlos über die Bühne zu bringen.

Yates schaute zu ihm auf und kniff die Augen zusammen, als würde er in die Sonne blinzeln. »Welche Emma?«

Gardner zog sich den Stuhl gegenüber von Yates heran und ließ sich daraufzfallen; das könnte länger dauern. »Emma Thorley.«

Yates zuckte mit den Schultern. »Keine Ahnung«, sagte er und holte erst mal seine Zigaretten heraus. Gardner beobachtete ihn schweigend, doch Yates grinste ihn nur an und drehte die Schachtel lässig hin und her, hin und her. Gardner atmete tief durch.

»Wann haben Sie Emma zum letzten Mal gesehen?«

Wieder hob Yates die Schultern. »Tja, wer weiß?«, meinte er lächelnd und ließ seine schief stehenden Zähne sehen. Gardner hätte am liebsten ausgeholt und ihm seine krummen kleinen Beißerchen tief in den Rachen gerammt. Ihm hatten hier schon weitaus üblere Typen gegenübergesessen als dieser Yates, gar keine Frage. Allerdings hatte er sich eindeutig den falschen Tag ausgesucht, um Gardner querzukommen.

»Emma hat im Februar für einen Monat bei Ihnen gewohnt. Ist das richtig?«

»Ja, und?«

»Ist sie jetzt auch wieder bei Ihnen?«, fragte Gardner.

»Nein.«

»Was dagegen, wenn wir uns kurz selbst davon überzeugen?«

Yates' Kiefer spannte sich. »Haben Sie einen Durchsuchungsbefehl?«

»Nein«, erwiderte Gardner langsam. »Deshalb bitte ich Sie jetzt um Erlaubnis.«

»Und ich sage Ihnen – sie ist *nicht bei mir*«, gab Yates ebenso langsam und deutlich zurück.

»Arschloch.« Gardner schob seinen Stuhl zurück und ging zur Tür.

»Kann ich gehen?«

»Nein«, sagte Gardner und schlug die Tür hinter sich zu. Er hatte heute Morgen bereits mit Ben Swales gesprochen, der wie er der Ansicht schien, dass man Emma am ehesten bei Lucas Yates finden würde. Ja, natürlich habe Emma versucht, von den Drogen wegzukommen, aber laut Swales war das längst nicht so gut gelaufen, wie Ray Thorley gerne glauben wollte.

Gardner ging ein Stück den Gang hinunter, kniff die Augen zusammen und rieb sich die Schläfen. Wenn nur dieses dumpfe Pochen in seinem Kopf endlich aufhören würde. Als er die Augen wieder öffnete, sah er einen völlig abgehetzten PC Griffin auf sich zukommen. »Und?«, fragte er.

Griffin schüttelte den Kopf. »Nichts.«

Gardner seufzte. Ihm war von vornherein klar gewesen, dass Yates sie nicht einfach so in seine Wohnung lassen würde. Deshalb auch die Vorladung und die kleine Verzögerung, damit Griffin sich dort ganz in Ruhe umsehen konnte. Einen Versuch war es wert. Und dass Emma sich derzeit nicht in der Wohnung befand, hieß nicht, dass sie nicht vor ein paar Tagen noch dort gewesen wäre – oder dass Yates nicht wusste, wo sie sich aufhielt.

»Na ja, trotzdem danke«, seufzte Gardner und ging zurück ins Verhörzimmer, um das kleine Arschloch laufen zu lassen.

Als die Tür des Verhörzimmers wieder aufging, hatte Lucas mit DC Gardner gerechnet, aber Überraschung! Statt Gardners grimmiger Gewittermiene tauchte DS Stuart Wallace auf, samt seinem Partner, dem schmierigen kleinen McIlroy.

»Na, Lucas«, meinte Wallace und warf einen prüfenden Blick den Gang hinab, ehe er die Tür hinter sich schloss. Wallace war ein echter Scheißkerl. Hielt sich für mächtig schlau, weil er ein doppeltes Spiel spielte. Aber ein-, zweimal war er ihm schon nützlich gewesen, also erst mal ganz cool abwarten. »Ich habe gehört, du beehrst uns wieder«, fuhr Wallace fort, setzte einen Fuß auf Gardners Stuhl und holte einen Packen Kaugummi aus seiner Hemdtasche. »Dann wollen wir nur hoffen, dass du nichts ausgefressen hast, was?«

Lucas verzog keine Miene. Am liebsten hätte er dem Typen gesagt, dass er sich gleich wieder verpissen könnte, aber wie gesagt: ganz cool abwarten. Er wollte wissen, was hier lief. Was Wallace für ihn tun konnte.

»Hat unser guter DC Gardner versucht, dir das Leben schwer zu machen? Sag einfach Bescheid, wenn ich dem Kerl den Kopf zurechtrücken soll«, sagte Wallace grinsend und schaute zu McIlroy, der wie blöde kicherte, der kleine Arschkriecher.

Lucas seufzte. »Was wollen Sie, Wallace?«

»Nichts«, sagte Wallace und richtete sich wieder auf. »Ich dachte, ich schau nur mal kurz herein und sage Hallo, frag nach, ob ich behilflich sein kann, aber wenn du dich so anstellst ...« Mit einem Achselzucken ging er zur Tür, doch McIlroy blieb, wo er war, feixend, die Arme über der fetten Wampe verschränkt.

»Was wissen Sie über Emma Thorley?«, fragte Lucas.

Wallace drehte sich langsam um und runzelte die Stirn, als versuche er, sein Hirn zum Laufen zu bringen. »Da gibt's nicht viel zu wissen. Ist ein Junkie, die Kleine, und schon ein paar Mal von zu Hause ausgerissen. Wird seit einer Woche vermisst. Warum? Kennst du die? Ah, eins von deinen Mädchen, was?«

Lucas gab sich lässig. »Und wenn schon. Das ist alles? Sie wird vermisst, sonst nichts?«

»Nein, was sollte sonst noch sein? Ah, Moment – willst du mir etwas sagen, Lucas? Uns ein schmutziges kleines Geheimnis anvertrauen?«

Lucas schaute ihn verächtlich an, doch Wallace lachte. »Entspann dich, Junge. War nur ein Scherz. Mach dir keine Sorgen, das ist reine Routine. Ich habe Gardner vorhin mit dem Boss reden hören. Er geht davon aus, dass die Kleine in ein paar Tagen wieder da ist. Die ist bislang immer wieder aufgetaucht.«

Die Tür ging erneut auf. Diesmal war es dann wirklich Gardner, der jetzt noch angepisster aussah als vorhin.

»Was soll das? Was haben Sie beide hier verloren?«, schnauzte er Wallace und McIlroy an.

»Ganz ruhig, Gardner. Nur ein kleiner Plausch über die Liebe und das Leben«, sagte McIlroy und zwinkerte Lucas zu, ehe er Wallace nach draußen folgte. Lucas sah, wie Gardners Gesicht rot anlief, wie er die Hände ballte. Draußen hörte er Wallace auf dem Korridor pfeifen, völlig schief, während ihre Schritte sich langsam entfernten. Nicht mal pfeifen konnte der Wichser.

»So, das war's. Verschwinde«, sagte Gardner und hielt die Tür auf. Lucas fragte sich, was er hier gerade verpasst hatte. Aber verschwinden, cool, das brauchte man ihm nicht zweimal zu sagen. Er stand auf, ging an Gardner vorbei und wartete einen Moment, weil er dachte, er würde noch wie üblich bis zum Ausgang eskortiert werden, aber Fehlanzeige. Gardner ließ ihn einfach stehen und knallte ihm die Tür vor der Nase zu. *Scheiße, Alter*, dachte Lucas, *was geht denn hier ab?*

21

14. Dezember 2010

Auf der Fahrt nach Alnwick drehte Freeman erst mal die Anlage in ihrem Auto auf. »White Boy« von den Bikini Kills dröhnte aus den Lautsprechern und ließ sie kurz zusammenzucken. Sie schaltete es wieder aus und dafür das Radio ein. Sie brauchte nichts, was sie noch zusätzlich in Rage brachte, sie musste nachdenken. Auf Radio 2 lief irgendein Interview, ideal, um ihre Gedanken schweifen zu lassen. Wie würde Ben Swales wohl reagieren, wenn sie plötzlich bei ihm vor der Tür stand?

Sie hielt bei der Adresse, die sie für Ben hatte. In der Einfahrt stand ein altes Auto, das noch schrottiger war als ihr eigenes. Freeman schaute zum Haus – auch das war auf den ersten Blick nichts Besonderes, die übliche Doppelhaushälfte, die hier aber bestimmt deutlich mehr kostete als etwas Vergleichbares in Blyth. Sie selbst konnte sich ja kaum die Miete für ihre winzige Wohnung leisten, wie konnte Ben sich also so ein Haus finanzieren? Dass man als Drogenberater so gut bezahlt wurde, konnte sie sich kaum vorstellen.

Drinnen schien kein Licht zu brennen, doch das konnte auch täuschen, denn das Haus gegenüber prunkte derart mit seiner Weihnachtsbeleuchtung, dass sämtliche Nachbarn auf Bens Straßenseite den ganzen Dezember über vermutlich gar kein Licht mehr anzumachen brauchten.

Sie stieg aus, lief die Einfahrt hoch und klopfte. Nach ungefähr einer Minute ging im Flur Licht an, und eine schemenhafte Gestalt tauchte hinter dem Türglas auf. Freeman hörte, wie ein Schlüssel im Schloss gedreht wurde und jemand die allem Anschein nach stark klemmende Haustür aufzubekommen versuchte. Kurz überlegte sie, ob sie nicht einfach von ihrer Seite einmal kräftig dagegenstoßen sollte, um das Ganze etwas zu beschleunigen, fand es dann aber doch zu übergriffig – und so wartete sie geduldig und hoffte, dass ihr in der Zwischenzeit nicht die Füße abfroren.

Schließlich öffnete ihr ein Mann in mittleren Jahren, der ein nasses Geschirrhandtuch über der Schulter hängen hatte und an den Füßen ein Paar Hausschuhe trug, die bei Freeman in die Kategorie Opa-Pantoffeln fielen. Seine Haare – oder vielmehr das, was davon noch übrig war – waren rötlich, und er schien sie sich selbst zu schneiden. Plötzlich tauchte ganz ungebeten ein Bild in ihrer Vorstellung auf: So könnte Brian in fünfzehn Jahren aussehen! Bei dem Gedanken, sie könnte dann mit ihm zusammen sein, selber Oma-Pantoffeln tragen und sich von einer lärmenden Kinderschar die letzten Lebensgeister aussaugen lassen, wurde ihr ganz anders.

»Ja?«, fragte der Mann und riss sie aus ihren Gedanken.

»Ben Swales?«

»Ja.«

Freeman zeigte ihm ihren Dienstausweis. »Detective Sergeant Freeman. Dürfte ich hereinkommen?«

Ben schluckte und nickte. Er trat beiseite, um Freeman ins Haus zu lassen, ehe er sich erneut der widerspenstigen Tür zuwandte und sie mit viel Mühe zu schließen versuchte. Nachdem das geschafft war, drehte er sich mit einem nervösen Lächeln zu Freeman um, ging ihr voraus in die Küche und warf das Geschirrtuch auf den Tisch. Bislang hatte er noch nicht einmal gefragt, weshalb sie überhaupt hier war.

»Sie müssen entschuldigen, ich war eben beim Abwasch.« Suchend schaute er sich um und nahm dann zwei Teebecher vom Abtropfgestell. »Setzen Sie sich doch. Kann ich Ihnen etwas zu trinken anbieten?«

Normalerweise schlug Freeman solche Angebote stets aus, wenn sie dienstlich unterwegs war, denn schließlich war sie ja zum Arbeiten gekommen und nicht zum Teetrinken, aber heute war sie dermaßen durchgefroren, dass sie einfach nicht Nein sagen konnte.

»Ein Tee wäre jetzt toll, danke«, sagte sie, woraufhin Ben ihr wieder den Rücken zukehrte und Wasser aufsetzte. Freeman zog sich einen der drei Stühle heran und stellte ihre Tasche neben sich auf den Boden.

Von oben hörte sie eine Frauenstimme Bens Namen rufen. Freeman wandte sich in die Richtung, aus der die Stimme gekommen war.

»Tut mir leid«, sagte er. »Das ist meine Mutter. Einen Moment, ich bin gleich zurück.« Er verschwand aus der Küche und lief die Treppe hinauf. Freeman hörte ihn oben herumgehen, hörte den alten Dielenboden knarren und gedämpfte Stimmen. Wenig später kam Ben zurück in die Küche und nahm die Vorbereitungen für den Tee genau dort wieder auf, wo er sie unterbrochen hatte.

»Entschuldigen Sie die Störung«, sagte er. »Sie ist bettlägerig und kann manchmal etwas fordernd sein.«

»Das ist bestimmt nicht einfach. Haben Sie jemanden, der Sie unterstützt?«

Er schüttelte den Kopf. »Nein, ich mache das allein.«

»Und was ist mit Ihrem Job?«, fragte Freeman.

»Den habe ich vor ein paar Jahren an den Nagel gehängt, als Mutters Zustand sich zusehends verschlechterte. Ab und an, wenn ich jemanden finden kann, der sich so lange um sie kümmert, springe ich noch mal für ein, zwei Tage ein, aber das ist in letzter Zeit auch eher selten geworden.«

Ben goss den Tee auf und warf Freeman über die Schulter einen kurzen, fragenden Blick zu. Sie nahm an, er wollte wissen, ob sie Milch und Zucker nähme.

»Dürfte ich fragen, worum es eigentlich geht?«, fragte er stattdessen.

»Oh, natürlich – entschuldigen Sie«, sagte Freeman. »Ich ermittle in einem Mordfall, der vermutlich schon einige Jahre zurückliegt, und befrage gerade alle Personen, die das Opfer gekannt haben.« Ben verzog keine Miene. »Wahrscheinlich haben Sie es in den Nachrichten gesehen – in Blyth wurde die Leiche einer jungen Frau gefunden.«

»Nein, tut mir leid, ich habe in den letzten Tagen überhaupt keine Nachrichten geschaut.«

»Verstehe. Nun, dann muss ich es Ihnen leider auf diesem Wege mitteilen: Derzeit gehen wir davon aus, dass es sich bei der Toten um Emma Thorley handelt.«

Sie sah, wie Ben erstarrte, und wartete einfach ab. »Tut mir leid«, sagte er schließlich. »Ich kenne sie nicht.«

Freeman sah ihn ungläubig an. Na, *das* war jetzt aber wirklich interessant. Er log, so viel war klar; sie wusste nur nicht, warum. Ben sah sie an und wartete. Seine Miene war unergründlich und gab nichts preis.

»Sie kennen sie nicht?«, fragte Freeman sicherheitshalber noch einmal nach.

Ben schüttelte den Kopf. »Der Name sagt mir nichts. Sollte er?«

Freeman atmete tief durch. Plötzlich meldete sich dieses vertraute Kribbeln, das sie immer bekam, wenn sie einer Sache auf der Spur war. Ben Swales war vielleicht doch nicht so harmlos, wie er aussah. Irgendetwas verheimlichte er ihr. Aber was?

»Sie kennen Emma Thorley also nicht, haben den Namen noch nie gehört?«

Wieder sah sie ihn schlucken, doch er schüttelte den Kopf und lächelte entschuldigend. »Nein, tut mir leid.«

Freeman gab sich überrascht. »Oh«, sagte sie. »Na dann.«

Ben lachte nervös, und sie sah ihn erröten. »Gibt es ein Problem?«, fragte er und rieb sich verlegen die Wange.

»Emma Thorley war drogenabhängig und ist mehrmals von zu Hause ausgerissen. Das ist alles schon eine Weile her – 1999, um genau zu sein. Ihr Vater hat jeweils Anzeige erstattet, beim zweiten Mal hat er die Vermisstenmeldung allerdings nach ein paar Tagen wieder zurückgezogen, da ihm mitgeteilt worden war, dass seine Tochter in Sicherheit sei.«

Ben trank einen Schluck Tee, und Freeman entging nicht das leichte Zittern seiner Hände.

»Ihr Vater gab zu Protokoll, dass *Sie* es gewesen seien, der ihm das ausgerichtet hat. Sie seien extra bei ihm vorbeigekommen«, sagte Freeman und ließ Ben dabei nicht aus den Augen.

»Ich?« Er schüttelte den Kopf und verschluckte sich fast. »Daran kann ich mich nicht erinnern.« Er zögerte und schluckte erneut. »Ihr Vater war sich sicher, dass ich das war?«

»Ja«, erwiderte Freeman.

Ben rieb sich das Kinn und hob die Brauen. »Ja, gut … vielleicht. Ich erinnere mich nicht mehr daran, aber ja, kann sein.«

»Er meinte, Sie hätten ihn sogar mehr als nur einmal besucht. Daran werden Sie sich doch gewiss noch erinnern? Und einer meiner Kollegen hat Sie im Juli 99 zu Emma Thorleys Verschwinden befragt. Das war drei Monate, nachdem Sie angeblich bei Emmas Vater vorbeigeschaut hatten. Sie haben damals ausgesagt, dass Sie davon ausgingen, Emma hätte wieder angefangen Drogen zu nehmen und wäre mit ihrem Freund durchgebrannt.«

Ben starrte Freeman entgeistert an. »Ich … ja.«

»Ja? Heißt das ja, Sie erinnern sich, oder ja, daran *würden* Sie sich erinnern, also nein?«

»Ja, ich erinnere mich, dass damals irgendwas mit einem Mädchen war. Ich habe einem Mädchen geholfen, das … das von ihrem gewalttätigen Exfreund misshandelt wurde. Sie wollte von ihm weg und hat für eine Weile die Stadt verlassen. Ich hatte eine Nachricht von ihr erhalten, dass alles in Ordnung sei.«

Freeman neigte den Kopf zur Seite. »Ah, sehen Sie – so langsam kommen die Erinnerungen zurück.«

»Ich versprach ihr, es ihrem Vater auszurichten, wüsste aber ehrlich gesagt nicht, dass ich mehr als einmal dort gewesen wäre. Geschweige denn, wie die Leute hießen. Der Name, den Sie eben erwähnten, kommt mir nicht bekannt vor. Es ist aber auch wirklich schon ziemlich lange her, oder?«

»Elf Jahre. An Ihre Befragung durch die Polizei können Sie sich aber doch bestimmt noch erinnern?« Freeman beobachtete Ben aufmerksam. Warum sollte er abstreiten, Emma gekannt zu haben?

»Nein, tut mir leid«, sagte Ben und schüttelte den Kopf. »Unglaublich, oder, dass mir das entfallen ist!«

»Allerdings«, meinte Freeman. »Man sollte meinen, so was vergisst man nicht so schnell.«

Sollte Ben den Sarkasmus aus ihren Worten herausgehört haben, so ließ er sich nichts anmerken. Er trank seinen Tee, saß einen Moment schweigend da, ehe er den Blick wieder hob und Freeman ansah.

»Es tut mir leid, Detective Freeman, aber ich kann mich wirklich nicht an ihren Namen erinnern«, sagte er und sah wieder zu Boden. Sie folgte seinem Blick und stellte fest, dass er ihre Tasche betrachtete, die neben ihr auf dem Fußboden stand. Sie hatte sie mal wieder nicht richtig geschlossen, sodass man die Papiertüte aus der Drogerie sehen konnte, die ganz zuoberst lag – und ihre eigenen kleinen Geheimnisse preisgab. Freeman schob die Tasche mit dem Fuß unter ihren Stuhl, und Ben wandte wie ertappt den Blick ab.

Freeman ließ ihn nicht aus den Augen. Irgendetwas war hier faul. Der Mann wusste ganz offensichtlich mehr, als er zugeben wollte. Er hatte Emma Thorley ziemlich gut gekannt – sie hatten genügend Aussagen, die das bestätigten. Freeman richtete ihren Blick so eindringlich auf Ben Swales, als könne sie ihn auf diese Weise durchschauen. Was wusste er? Welche Rolle spielte er bei alledem? Er sah kurz auf und versuchte, ihrem Blick standzuhalten, aber nach ein paar Sekunden schlug er die Augen erneut nieder und starrte vor sich auf den Tisch. Er nagte an seiner Unterlippe, und Freeman hätte schwören können, dass er gerade zu etwas Wichtigem ansetzen wollte, wenn nicht erneut ein Rufen von oben sie unterbrochen hätte.

»Ben!«, schrie seine Mutter erstaunlich kräftig. Ben blinzelte und schaute Freeman an.

»Wenn Sie mich bitte entschuldigen würden«, sagte er und hastete hinaus.

Freeman lehnte sich seufzend zurück und lauschte dem gedämpften Wortwechsel. Sie hörte auch Schritte, Bewegungen –

und fragte sich, wer wirklich dort oben war. Sie stand auf, trat lautlos in den Flur und blieb am Fuß der Treppe stehen. Natürlich, es war lächerlich, hier so herumzuschleichen und zu lauschen, aber sie kam nicht gegen das Gefühl an, dass irgendetwas nicht stimmte. Leider konnte sie nicht verstehen, *was* gesagt wurde. Also ging sie leise die Treppe hinauf und blieb an der Tür des ersten Zimmers stehen. Ben half einer betagten Dame aus dem Bett und wurde dafür getadelt, dass er es nicht richtig machte. Die alte Frau fing ihren Blick auf und schrie vor Schreck. Ben fuhr herum. Diesmal fühlte Freeman sich ertappt, und sie spürte, wie ihre Wangen glühten.

»Entschuldigen Sie«, sagte sie. »Ich wollte nur fragen, ob ich mal eben Ihre Toilette benutzen dürfte.«

Ben sah sie einen Augenblick zu lang an, als durchschaute er sie ganz genau. »Einfach geradeaus, die letzte Tür«, sagte er schließlich und zeigte ans Ende des Flurs.

Ehe Freeman die Badezimmertür hinter sich schloss, hörte sie, wie Ben versuchte, seine Mutter zu beruhigen. Fürs Erste hatte sie ihre Chance vertan, jetzt würde sie nichts mehr aus ihm herausbekommen. Zumindest nicht heute. Und wo sie schon mal hier war, ging sie auch gleich auf die Toilette. Sie war so erschöpft, dass sie einen Moment länger dort sitzen blieb als nötig, und als sie wieder herauskam, wartete Ben bereits auf sie.

»Tut mir leid, aber meine Mutter braucht jetzt ihr Bad«, sagte er.

Freeman nickte. »Kein Problem. Es ist ja auch wirklich schon spät, und ich sollte mich langsam auf den Rückweg machen.« Als sie Ben ansah, wirkte er sichtlich erleichtert. Sie holte eine ihrer Karten heraus und gab sie ihm. »Wenn Ihnen noch etwas einfällt, das Sie mir gerne sagen würden, hier ist meine Nummer.«

Ben schaute die Karte an und schien tatsächlich noch etwas sagen zu wollen, steckte sie dann aber doch nur schweigend ein und nickte Freeman kurz zu. Sie wartete, gab ihm Gelegenheit, es sich noch einmal anders zu überlegen, doch er hatte sich schon umgedreht und ging die Treppe hinunter. Sie folgte ihm nach unten, während er sich bereits an der störrischen Haustür zu schaffen machte. »Es tut mir leid, dass ich Ihnen nicht groß weiterhelfen konnte«, meinte er und hielt ihr die Tür auf.

Als ihr von draußen die eisige Luft entgegenschlug, wäre sie am liebsten hiergeblieben und hätte fast gefragt, ob sie nicht die Nacht auf dem Sofa verbringen dürfte. Freeman schüttelte sich, vergrub die Hände tief in den Jackentaschen und trat entschlossen hinaus. »Wahrscheinlich werde ich noch einmal mit Ihnen sprechen müssen«, meinte sie, schon halb im Gehen an Ben gewandt, der erneut nur nickte.

Freeman ging zu ihrem Wagen.

»Kommen Sie gut nach Hause!«, rief er ihr noch nach, und als sie die Autotür öffnete, schaute sie zurück zum Haus, wo Ben sich erneut damit abmühte, die Tür zu schließen; einen Augenblick später erlosch auch das Licht im Flur.

Freeman stieg ein, ließ den Motor an und drehte die Heizung auf. Sie wusste, dass dies nicht ihr letzter Besuch bei Ben Swales gewesen war. Es führte kein Weg daran vorbei, sie würde noch einmal mit ihm sprechen müssen. Nur wusste sie nicht, ob er in ein paar Tagen eher gewillt wäre, mit ihr zu reden und die Wahrheit zu sagen, oder ob er die Zeit dazu nutzen würde, sich eine kleine Geschichte zurechtzulegen. Eines zumindest war sicher: Fluchtgefahr dürfte nicht bestehen. Nicht solange er seine Mutter am Hals hatte.

Freeman wartete, bis ihre Hände einigermaßen warm waren, dann machte sie sich auf den Heimweg und wünschte, sie wäre heute nicht mehr nach Alnwick gefahren. Zum einen, weil sie so erschöpft war, dass sie kaum wusste, wie sie die Rückfahrt überstehen sollte, vor allem aber, weil ihr Besuch bei Ben Swales ihr mehr Fragen als Antworten beschert hatte.

Warum zum Beispiel stritt Ben ab, Emma gekannt zu haben?

Welches Motiv könnte er dafür haben? Seine ehemalige Chefin hatte durchblicken lassen, dass er es manchmal an der nötigen Distanz seinen Klientinnen gegenüber hatte fehlen lassen. Aber könnte er auch etwas mit Emmas Verschwinden, mit ihrem Tod zu tun haben?

22

4. März 1999

Emma saß auf dem kalten Boden und hatte die Knie bis zum Kinn hochgezogen. Diesmal hatte er sie nicht bloß in der Wohnung eingeschlossen; er hatte sie im Schlafzimmer eingeschlossen. Wahrscheinlich hätte sie nicht sagen sollen, dass sie wegwollte, zurück nach Hause. Er war ziemlich wütend gewesen deswegen. Noch wütender als sonst.

Natürlich hätte sie sich auch aufs Bett setzen können, sich hinlegen und versuchen können, die Zeit einfach zu verschlafen. Aber die Laken rochen so sehr nach ihm, dass sie kein Auge zubekommen würde. Überhaupt schlief sie kaum noch. Immer war sie auf der Hut, immer in Erwartung, dass es wieder losging.

Sie hätte sich auch auf der anderen Seite des Zimmers hinhocken können, unter dem Fenster, bei der Heizung. Aber wozu? Die Heizung war eh nie an, und das Fenster war zwecklos. Viel zu hoch oben, um hinauszuklettern. Zu weit weg von der Straße, als dass jemand sie gesehen hätte. Und selbst wenn, wen würde es schon kümmern? Ihr half ja doch keiner. Das hier war kein Märchen und sie nicht Rapunzel, die ihr Haar herabließ, damit irgendein Prinz sie retten kam.

Ihr taten die Beine weh, weil sie so lange in derselben Position gesessen hatte. Aber sie wagte nicht, sich zu bewegen. Und ihr war kalt, arschkalt. Sie war wie gelähmt vor Kälte. Und sie musste aufs Klo. Mittlerweile wünschte sie sich beinahe, er würde zurückkommen, damit sie es hinter sich hätte und nicht mehr ständig daran denken müsste, sich ständig fragen, wie er drauf wäre, was passieren würde, wenn er zurückkam, denn schlimmer als in ihren Gedanken konnte es kaum werden, und dann wäre wenigstens die Angst weg. Bis zum nächsten Mal.

Nebenan lief der Fernseher. Sie hörte Lachen aus der Konserve, dann bellte auch noch ein Hund. Obwohl, das kam vielleicht von draußen.

Und dann hörte sie den Schlüssel im Schloss, hörte, wie die Tür über den Papiermüll schleifte, den der Briefträger vorhin eingeworfen hatte. Wahrscheinlich bloß wieder Werbung. Briefe gab es hier nicht.

Schnell rutschte sie ganz nach hinten in die Ecke, wie ein Tier in der Falle. Sie hörte ihn in der Küche. Er hatte Nachschub besorgt, sie hörte die Flaschen aneinanderschlagen, als er sie in den Kühlschrank räumte. Er ließ sich Zeit. Zeit, in der sie sich mit angehaltenem Atem fragte, was heute wohl passieren würde. Heute war Zahltag. Wahrscheinlich hatte er schon alles ausgegeben. Wobei, Geld war nie ein Problem für ihn. Die Stütze kassierte er nur so nebenher, die eigentliche Kohle verdiente er woanders. Als sie bei ihm eingezogen war, ganz am Anfang, hatte er noch davon geredet, dass sie zusammen weggehen würden, nur sie beide. Mittlerweile wusste sie, dass es alles nur leere Versprechungen waren. Er würde Blyth nie verlassen. Und sie auch nicht.

Sie schrak zusammen, als der Riegel zurückgeschoben wurde. Er kam herein und legte sich aufs Bett, als wäre sie gar nicht da. Emma wartete darauf, dass er etwas zu ihr sagte, aber er lag einfach nur da und starrte an die Decke. Sie wartete, bis ihm die Augen zufielen, und konnte ihr Glück kaum glauben. Fast hätte sie gelächelt. Alles gut.

Ihre Knie knackten, als sie aufstand. Mit steifen Beinen huschte sie ins Bad. Bodenlose Erleichterung. Sie schloss die Augen, und als sie sie wieder aufmachte, sah sie ihn dastehen, an die Tür gelehnt, und sie beobachten. Seltsam, wie peinlich ihr das war und wie verletzlich sie sich fühlte. Dabei hatte er sie schon ganz anders gesehen. Sie stand auf, zog sich hastig die Unterhose hoch, und als sie sich die Hände waschen wollte, packte er sie am Handgelenk.

Sie schaute zu ihm auf und überlegte, ob sie ihn jetzt küssen sollte, ob es das war, was er wollte. Er beugte sich über sie, ganz langsam, bis sein Gesicht ganz nah an ihrem war, und da wusste sie es. Das war es nicht, was er wollte.

»Hast du noch mal darüber nachgedacht?«, wollte Lucas wissen. Emma nickte. »Und?«

»Es tut mir leid«, sagte sie und spürte, wie Tränen ihr den Hals zuschnürten, ihr in den Augen brannten. Dabei tat es ihr kein bisschen leid, dass sie wieder zurück nach Hause wollte; es tat ihr nur leid, dass sie es ihm gesagt hatte.

Er drehte sie um und stieß sie gegen das versiffte Waschbecken, dessen Rand sich kalt in ihre Hüften grub, dann zog er ihr die Unterhose wieder runter, und sie stand reglos da und wartete, während er den Reißverschluss seiner Jeans aufzog. Als er hart in sie eindrang, hielt sie den Kopf über das Waschbecken gesenkt und blickte in ihr eigenes Gesicht, sah es doppelt, wie es sich verzerrt und verschwommen in den Wasserhähnen spiegelte. Sie würde nicht weinen. Manchmal gefiel es ihm, wenn sie weinte, aber manchmal auch nicht. Dann schlug er sie, prügelte auf sie ein und schrie, sie solle Ruhe geben.

Wie sie es machte, war es falsch. Sie hatte einfach keine Chance. Nicht bei ihm.

23

14. Dezember 2010

Freeman schleppte sich mit schweren Schritten die Treppe zu ihrer Wohnung hinauf und versuchte, die Augen noch ein paar Minuten offen zu halten. Es war ein langer Tag gewesen.

Obwohl sie bis auf die Knochen erschöpft war, wusste sie schon jetzt, dass sie nicht gut schlafen würde. Sie war der Lösung des Falls keinen Schritt näher gekommen. Noch immer wusste sie nicht, was mit Emma Thorley geschehen war. Es ließ sich nicht einmal mit letzter Gewissheit sagen, dass es sich tatsächlich um Emma handelte. Ja, sie hatten den Ausweis und die Halskette, die man bei der Toten gefunden hatte, sowie die Tatsache, dass die sterblichen Überreste alt genug waren, um sich mit dem Zeitpunkt von Emmas Verschwinden zu decken. Aber das reichte nicht. Freeman hatte dem Labor Druck gemacht, ihr so schnell wie möglich wegen der Trainingsjacke Bescheid zu geben, aber es gab dringendere Fälle. Angeblich. Sie wusste selbst, dass man nicht würde nachweisen können, ob es sich bei dem Blut um das von Emma handelte – aber sollte Emma sich gegen ihren Angreifer gewehrt haben, befände sich möglicherweise auch das Blut ihres Mörders auf der Trainingsjacke, und dann … *Dann* könnte die Sache doch noch richtig interessant werden.

Freeman war sich nach wie vor so gut wie sicher, dass Lucas Yates das Mädchen auf dem Gewissen hatte, dass er es gewesen war, der sie dort im Wald verscharrt hatte, aber sie hatte nichts gegen ihn in der Hand. Dass er ein mieses kleines Arschloch war, dürfte vor Gericht kaum als Beweis gelten. Sie konnte nur hoffen, dass man auf der Jacke seine DNA fand. Das wäre immerhin etwas.

Aber wie kam dann Ben Swales ins Spiel? Vor ein paar Stunden war sie noch davon ausgegangen, dass er einfach nur ein weiterer Zeuge war. Jemand, der ihr eventuell etwas über Emmas letzte Monate erzählen könnte oder über Lucas. Doch dann das. Irgendetwas war da faul. Es mochte ja sein – vielleicht –, dass er nach all den Jahren Emmas Namen vergessen hatte, aber in Freemans Ohren hatte das wenig glaubhaft geklungen. Und hatte nicht auch seine frühere Chefin gemeint, dass irgendetwas an ihm ihr seltsam erschienen war? Zu wenig Distanz zu den Mädchen, hatte sie gesagt.

Sie hörte den Schneeregen gegen das Fenster klatschen und lauschte den Geräuschen ihrer stillen Wohnung. Für den Bruchteil einer Sekunde wünschte sie sich, sie hätte Brian nicht gesagt, er solle sich verpissen. Dann wäre er jetzt hier, um ihr Gesellschaft zu leisten und sie auf andere Gedanken zu bringen. Aber sie hatte ihn nun mal in die Wüste geschickt, und das aus gutem Grund. Zugegeben, sie hatte wenig Zeit für ihn gehabt und war ihm gegenüber nicht immer aufmerksam gewesen, aber das gab ihm noch lange nicht das Recht, mit seiner Yogalehrerin zu schlafen. Und überhaupt, welcher Mann hatte schon eine Yogalehrerin?! Irgendwann würde sie mit ihm sprechen müssen, das war ihr schon klar, aber sie würde es aufschieben, so lange es eben ging. Dass sie bei der Arbeit gerade so viel um die Ohren hatte, war wirklich ein Segen, da blieb ihr gar keine Zeit, sich wegen ihres beschissenen Privatlebens verrückt zu machen. Das Dumme war nur, dass die Natur einem auch hier gewisse Fristen setzte, weshalb sie es nicht ewig vor sich würde herschieben können. Als sie sich ins Schlafzimmer schleppte, nahm sie sich vor, sich gleich morgen um die Sache zu kümmern. Oder spätestens übermorgen.

Statt zur Ruhe zu kommen, kehrten ihre Gedanken wie erwartet zu dem Fall zurück, vor allem zu Ben Swales. Warum stritt er ab, Emma gekannt zu haben? Sie blieb einen Moment am Fenster stehen und schaute hinaus, sah ein paar Kids, die trotz des Wetters unten auf dem Parkplatz abhingen. Vielleicht sollte sie sich morgen noch mal mit DI Gardner in Verbindung setzen. Mal hören, was er damals von Ben gehalten hatte.

Sie lag kaum im Bett, als es vorne an der Wohnungstür klopfte. Freeman lauschte angestrengt und meinte, einen Fernseher zu hören. Seufzend stand sie auf, tappte durch den Flur und öffnete die Tür. Jetzt war der Fernseher nicht mehr zu überhören, irgendeine Gameshow. Die Tür nebenan war offen, und vor ihr stand ihre Nachbarin, Lady Clairville, in Morgenmantel und Pantoffeln. Roy, ihr kleiner Jack Russell, sprang ihr kläffend um die Beine. Freeman hätte sie auf Mitte, Ende siebzig geschätzt, aber man sah es ihr nicht an. Lady Clairville legte Wert auf ihr Äußeres und kleidete sich jeden Tag mit ausgesuchter Sorgfalt, als ginge es zu einer königlichen Hochzeit. Deshalb auch der Spitzname, den Freeman ihr verpasst hatte.

»Hallo«, sagte Freeman. »Was gibt es denn?«

»Ich wollte Ihnen nur kurz Bescheid sagen, dass ich *ihn* wieder hier habe herumlungern sehen. Der Himmel weiß, wie er hereingekommen ist. Bestimmt war das einer von denen oben, Sie wissen schon, die lassen doch wirklich jeden ins Haus. Wenn Sie mich fragen, die nehmen bestimmt auch Drogen.«

Freeman hatte jetzt keine Lust, ihrer Nachbarin zu erklären, dass Brian noch immer einen Schlüssel hatte – nicht nur zum Haus, sondern auch zu ihrer Wohnung. Und dass sie mal so blöd gewesen war, ihm überhaupt einen zu geben, wollte sie gleich gar nicht zugeben. »Hat er irgendetwas gesagt?«

»Nur dass Sie ihn anrufen sollen. Ich habe ihm gesagt, er solle sich zum Teufel scheren«, beschied Lady Clairville und hob hochmütig die Brauen. Brian hatte vor ihren Augen noch nie Gnade gefunden. Er sähe aus wie ein Homosexueller, hatte sie Freeman einmal wissen lassen.

»Danke.«

»Warum kommen Sie nicht noch kurz zu mir herüber? Ich sehe nur gerade ein wenig fern.«

»Heute nicht, danke, ich muss wirklich ins Bett«, redete Freeman sich heraus. »Es war ein langer Tag.«

»Ah … wieder ein gewaltsamer Todesfall?«, fragte Lady Clairville gespannt. Freeman hegte schon lange den Verdacht, dass ihrer Nachbarin vor allem wegen Freemans vermeintlich aufregendem Beruf so viel an ihrer Gesellschaft gelegen war. Lady Clairville gierte geradezu nach blutrünstigen Details und schien ein ausgesprochenes Faible für Kapitalverbrechen zu haben.

»Vermutlich ja«, sagte Freeman und wollte die Tür schließen.

»Oh, dann kommen Sie doch noch auf ein Gläschen vorbei. Wir haben ja fast schon Weihnachten«, sagte Lady Clairville.

Freeman zögerte. Sie war müde. Ihre Gedanken drehten sich im Kreis. Sie stand vor einem Berg ungelöster Probleme. Vielleicht war ein kleiner Absacker mit Lady Clairville jetzt genau das Richtige.

»Also gut. Aber geben Sie mir noch zwei Minuten, ja? Ich muss nur schnell jemanden anrufen«, sagte Freeman und machte einer sichtlich enttäuschten Lady Clairville die Tür vor der Nase zu.

24

14. Dezember 2010

Louise knabberte an ihrem Daumennagel und starrte Adam an. Dieser schaute kurz von seinem Laptop auf, lächelte flüchtig und richtete seinen Blick wieder auf den Bildschirm. Er hatte ihr bereits in aller Ausführlichkeit erklärt, dass er bei eBay auf zwei Live-CDs von Johnny Cash gestoßen war, die er noch nicht in seiner Sammlung hatte. Das Angebot endete in einer halben Stunde, aber irgendein Depp, der sich *Sexie69* nannte, überbot ihn dauernd. Adams Ansicht nach sollte es Leuten, die sich *Sexie69* nannten, überhaupt nicht erlaubt sein, Johnny-Cash-CDs zu kaufen. Louise schaute ihn an und saß wie auf heißen Kohlen. Sie wollte, dass er endlich ging. Oder nein, eigentlich wollte sie, dass er blieb – nichts wollte sie lieber –, aber sie hatte etwas zu erledigen, und dazu musste er aus dem Haus sein.

»Was ist los?«, fragte er schließlich, und erst da fiel ihr auf, dass sie nervös mit dem Fuß wippte.

»Nichts«, sagte sie und sah an ihm vorbei zur Uhr, die auf dem Tisch stand. »Wann fährt noch mal dein Bus?«

Adam schaute zerstreut vom Bildschirm auf und streckte den Arm über die Couch, um Louises Fuß zu streicheln. »Hmm?«, murmelte er.

»Dein Bus. Oder willst du den verpassen?«

Adam tippte schnell noch etwas ein, dann warf er, trotz der kleinen Uhr rechts unten in der Bildschirmecke, einen Blick auf seine Armbanduhr. Ungläubig riss er die Augen auf. »Shit«, murmelte er und klappte den Laptop zu. »Ich verpasse meinen Bus.«

Er stand auf, lief in den Flur und schnappte sich seine Jacke. Während er hastig hineinschlüpfte, kam er noch einmal zurück ins Wohnzimmer und deutete auf den Laptop. »Mach du für mich weiter, okay? Sieh zu, dass ich gewinne.« Er drückte ihr einen Kuss auf den Scheitel. »Ich bleibe nicht lange«, versprach er und rannte aus dem Haus.

Louise atmete auf. Es kam ihr vor, als hätte sie seit Tagen den Atem angehalten. Sie hatte sich aufgeführt wie eine Wahnsinnige – hatte sich auf den Fernseher gestürzt, um die Nachrichten auszuschalten, hatte Adam im Laden von den Zeitungen weggelotst. Jedes Mal, wenn sie den Namen Emma Thorley hörte, wurde ihr schlecht vor Angst. Es war, als würde sie von einem Gespenst verfolgt.

Sie stand auf und ging nach oben ins Arbeitszimmer. Hoffentlich war es noch dort – das Einzige, was sie noch mit ihrem alten Leben verband. Vorsichtig zog sie das Klebeband von dem kleinen Pappkarton und sah den Inhalt durch. Alles, was ihr etwas bedeutete, befand sich darin, das meiste davon aus den letzten Jahren, ihren Jahren mit Adam. Ganz zuunterst lag ein Foto ihrer Eltern. Mittlerweile schaute sie es sich nur noch selten an, denn die Erinnerungen waren zu schmerzhaft. Es war unerträglich, unaussprechlich, was sie getan hatte.

Die Tränen kamen ohne Vorwarnung. Ihr Schluchzen schien im ganzen Haus widerzuhallen. Wie hatte sie das nur tun können? Wie hatte sie einem anderen Menschen das Leben nehmen können?

»Mist«, murmelte Adam und verlangsamte seine Schritte, als er die Rücklichter des Busses um die Straßenecke verschwinden sah. Er ging weiter zur Haltestelle und schaute auf dem Fahrplan nach, wann der nächste fuhr. In einer halben Stunde. Kurz überlegte er, ob er nicht einfach wieder nach Hause gehen und weiterbieten sollte; andererseits hatte er sich wirklich darauf gefreut, mal wieder mit seinen Kumpels wegzugehen. Also lief er weiter zur Hauptstraße und hielt nach einem Taxi Ausschau. Normalerweise waren da immer welche unterwegs, aber heute Abend – Fehlanzeige.

Adam begann zu Fuß in Richtung Stadtmitte zu gehen, aber nach ein paar Minuten blieb er wieder stehen und begann zu überlegen. Wenn er jetzt nach Hause ging, könnte er sich von dem Geld, das er sonst für sechs Bier und die obligatorische Pizza auf dem Heimweg ausgegeben hätte, die beiden Johnny-Cash-CDs gönnen. Er drehte um und ging zurück.

Zu Hause warf er seine Jacke über das Treppengeländer und steckte kurz den Kopf ins Wohnzimmer. Sein Laptop lag auf der Couch, von Louise keine Spur. Er warf einen Blick auf seine Uhr. Die Auktion musste eben zu Ende gegangen sein. Adam klappte den Laptop auf, um zu sehen, wie viel er letztendlich hatte blechen müssen, fand aber stattdessen eine Nachricht, dass er leider nicht gewonnen hatte.

»Lou?«, rief er und fragte sich, warum sie nicht für ihn weitergeboten hatte. Er ging zur Treppe und sah, dass oben im kleinen Zimmer Licht brannte. Rein theoretisch war es das Arbeitszimmer – *sein* Arbeitszimmer, in dem er Seminararbeiten korrigieren und Vorlesungen vorbereiten sollte, aber meistens machte er das unten im Wohnzimmer, vor dem Fernseher. Deshalb war der kleine Raum oben eine bessere Abstellkammer, in der alles landete, wofür sie anderswo keinen Platz fanden. In einer Ecke standen noch immer unausgepackte Umzugskartons, obwohl sie bereits seit zwei Jahren hier wohnten. Die meisten gehörten Adam – wie eigentlich fast alles im Haus. Louise hatte nicht so viele Sachen; was suchte sie also da oben? Adam musste grinsen. Jede Wette, dass sie versuchte, ihre Weihnachtsgeschenke zu finden. Gut für sie, dass er noch gar keine gekauft hatte.

Leise schlich er die Treppe hinauf und achtete darauf, nicht auf die letzte Stufe zu treten, die immer verräterisch knarrte. Er pirschte sich vor zur Tür des Arbeitszimmers, um Louise auf frischer Tat zu ertappen.

Sie saß über einen kleinen Karton gebeugt, der mit »Louises Krimskrams« beschriftet und seit ihrem Einzug noch kein einziges Mal geöffnet worden war. Soweit Adam wusste, bewahrte sie darin Geburtstagskarten und Briefe auf, Karten zum Valentinstag, Eintrittskarten und Erinnerungsstücke von Ausflügen, die sie zusammen unternommen hatten. Doch jetzt stand der Karton offen, und sein Inhalt lag über den Boden verstreut.

Adam wollte etwas sagen, verstummte jedoch, als er sah, dass Louise die Weihnachtskarte betrachtete, die er ihr vor zwei Jahren geschickt hatte – die mit den Pinguinen. Er wusste noch, wie witzig er die damals gefunden hatte und dass er Louise, die zunächst nicht seiner Ansicht gewesen war, so lange gekitzelt hatte, bis auch sie sich vor Lachen nicht mehr hatte halten können. Sie waren an jenem Abend essen gegangen, und er hatte ihr einen Heiratsantrag gemacht. Louise hatte Nein gesagt. Sie hatte ihm zu erklären versucht, dass sie einfach Angst habe, dass die Ehe ihrer Eltern nicht gerade ein gutes Vorbild gewesen sei und sie einfach Zeit brauche. Eines Tages würde sie bereit sein. Er hatte es auf die ihm übliche Art aufgenommen und mit einem »Sag mir einfach Bescheid, wenn du so weit bist, damit ich den Ring vom Pfandleiher holen kann« reagiert. Und obwohl sie »eines Tages« gesagt hatte, »*ganz bestimmt*«, waren sie seitdem nie mehr darauf zu sprechen gekommen. Eine weitere Zurückweisung hätte er nicht ertragen.

Er sah, wie sie mit den Fingern über die Karte strich, ehe sie sie zurücklegte und nach einem kleinen Zettel griff.

»Was machst du da?«, fragte Adam, und Louise fuhr erschrocken herum. Sie steckte den Zettel in ihre Hosentasche und begann, alles andere wieder in den Karton zu räumen.

»Ich wollte nur …«, fing sie an, wandte sich wieder ab und schob den Karton zurück in die Ecke. »Ich habe nach einem Buch gesucht und dachte, vielleicht ist es hier drin. Warum bist du denn schon zurück?«

»Bus verpasst«, antwortete er. Eigentlich hatte er sie fragen wollen, was da gerade mit den CDs schiefgelaufen war, aber sie sah aus, als hätte sie im Augenblick ganz andere Sorgen als Johnny Cash.

Louise stand auf und lächelte ihn an, doch er sah, dass ihr Gesicht gerötet war – als hätte sie geweint. »Wollen wir dann eine DVD schauen?«, fragte sie.

»Ja, klar«, meinte er, als ob nichts wäre, und sie verließen das Arbeitszimmer und schalteten das Licht hinter sich aus.

»Geh schon mal runter und such was Schönes aus, ich komme gleich nach.« Sie gab ihm einen Kuss auf die Wange.

Auf dem Treppenabsatz blieb Adam stehen und sah Louise ins Schlafzimmer gehen. Sie zog den Zettel aus ihrer Tasche, betrachtete ihn einen Moment und legte ihn dann in ihren Taschenkalender.

Adam fragte sich, was die Geheimniskrämerei sollte. Er wartete, bis Louise im Bad verschwand, dann schlich er sich wieder nach oben. Ohne das Licht im Schlafzimmer anzumachen, schlug er ihren Kalender auf, der Zettel fiel heraus. Adam hob ihn auf und konnte die kaum leserliche Krakelschrift nur mit Mühe entziffern. Eine Adresse stand dort, sonst nichts. Eine Adresse in Alnwick.

Als er die Toilettenspülung hörte, steckte er den Zettel schnell zurück und lief leise nach unten.

25

25. März 1999

Zehn Tage. Zehn Tage, seit sie die Fliege gemacht hatte und wieder zu Hause war, bei ihrem Daddy. Am Schluss hatte er es drauf angelegt, hätte aber nie im Leben gedacht, dass sie es wirklich durchzog. Seit Tagen am Rumjammern, eigentlich schon seit Wochen. Immer noch nicht glücklich, nach allem, was er für sie getan hatte. Sie wollte zurück zu ihrem Dad, zurück in ihr kleines, beschissenes Leben. Sie wollte ihn verlassen.

Aber nicht mit ihm. Also hat er sie eingeschlossen, damit sie ihm nicht abhaute. Hat sie mit Stoff versorgt und sie dann hängen lassen. Würde sie schon sehen, dass sie ihn brauchte. Und dann, eines Tages, sagt sie, sie will aufhören, einfach so. Kein Heroin mehr, was dann auch heißt, kein Lucas mehr, ist ihm schon klar. Sie würde ihn immer noch lieben, hat sie behauptet, wollte immer noch mit ihm zusammen sein, aber sie könnte nicht mehr hierbleiben, müsste nach Hause. Ihr Dad wäre bestimmt halb wahnsinnig vor Angst. Tja, dumm gelaufen. Hätte sie sich vorher überlegen sollen.

Und dann kamen die Tränen. Konnte er noch nie ab, dieses Geflenne. Er brüllt sie an, sie soll aufhören, aber sie heult weiter.

Gut, dann heul doch. Aber irgendwann ist auch gut. Er hat ihr eine reingehauen. Kennt sie schon, aber diesmal kommt sie kaum noch hoch. Also lässt er sie liegen, dann ist wenigstens erst mal Ruhe.

Aber von wegen. Danach ging's richtig los. Sie würde ihn hassen, wollte ihn nie wiedersehen. Sie hat gekreischt, geheult, ihn angebrüllt. Ganz cool, Mann. Vielleicht braucht sie das. Vielleicht hat er ein paar Lebensgeister in sie reingeprügelt. Irgendwie hat ihn das angemacht. Wenn sie Stress will, kann sie haben. Er würde ihr schon klarmachen, wie das bei ihm läuft. Aber sie hat ihn einfach stehen lassen und die Schlafzimmertür hinter sich zugeknallt. Er hätte sie einschließen sollen, ihr Zeit zum Nachdenken geben. Aber er hat es drauf ankommen lassen. Hat die Wohnungstür sperrangelweit aufgesperrt und ihr gesagt, sie solle abhauen, wenn es das ist, was sie will.

Und weg war sie, einfach so. Bis er es ganz kapiert hatte, war sie schon halb die Straße runter. Also er ihr hinterher, aber dann waren plötzlich die Bullen da; okay, dann eben nicht. Er ließ sie laufen. Wahrscheinlich hat sie gedacht, damit wäre es vorbei. Falsch gedacht.

Er ging zu ihrem Haus und schaute durchs Fenster. Vorn im Wohnzimmer war niemand, aber das musste nichts heißen. Seit Tagen hatte er ihr nachgestellt, hatte vor der Schule auf sie gewartet, vor ihrem Haus. Er würde sie schon weichkochen. Manchmal saß er einfach nur auf der Mauer, gegenüber von ihrem Haus, und beobachtete sie, wie sie ihn beobachtete. Er legte es förmlich drauf an, dass sie rauskam oder die Bullen rief. Und wenn nicht sie, dann ihr Dad. Stattdessen verkroch sie sich drinnen und traute sich kaum noch raus. Das hatte sie jetzt davon. Wenn sie nicht zu ihm kam, kam er eben zu ihr. So schnell würde sie ihn nicht loswerden. Er würde immer Teil ihres Lebens sein, so oder so.

Ein paar Kids fuhren mit ihren Rädern die Straße rauf und runter. Einer wollte eine Zigarette von ihm schnorren; er tat, als hätte er nichts gehört, und ging hintenrum zum Haus. Es wurde schon dunkel, das war gut, aber eigentlich egal. Die Gegend war so abgefuckt, dass alle sich bloß um ihren eigenen Scheiß kümmerten, wenn überhaupt.

Hinten am Haus war er noch nie gewesen, vielleicht ein Fehler, denn der Anbau der Küche lag direkt unter ihrem Fenster. Perfekt, wenn man sich nachts rausschleichen wollte. Oder tagsüber rein. Lucas sprang auf eine Mülltonne und kletterte auf das flache Dach des Anbaus. Er schlug das Fenster mit dem Ellbogen ein, dann streckte er die Hand durch und machte es auf. Von drinnen schlug ihm eine Bullenhitze entgegen. Die Heizung musste voll aufgedreht sein. Mit einem Sprung war er drin und zog den Vorhang zu. Gut möglich, dass jemand ihn gesehen hatte, aber deswegen machte er sich keinen Kopf. Wie gesagt, beschissene Gegend, kümmerte hier keinen. Bei dem, was er jetzt vorhatte, musste aber nicht jeder zugucken.

Das ganze Zimmer roch nach ihr. Lucas atmete tief durch, sog sie in sich auf. Bei ihm zu Hause hing auch noch was von ihrem Geruch, sogar jetzt noch – er hatte sein Bettzeug extra nicht gewechselt. Aber das hier war anders, frischer, intensiver. Emma pur. Er legte sich aufs Bett, *ihr* Bett, und dachte an sie, daran, was er mit ihr gemacht, wie ihre nackte Haut sich angefühlt, wie sie geschmeckt hatte. Dann machte er seine Jeans auf. Erst hatte er überlegt, ihr bloß eine Nachricht dazulassen, damit sie kapierte, dass er hier gewesen war. Dass sie ihm nicht entkommen konnte und er erst aufhören würde, wenn sie zu ihm zurückkam. Aber einfach eine Nachricht? Zu simpel. Zu unpersönlich. Da wusste er was viel Besseres.

Er würde ihr was richtig Persönliches hinterlassen. Etwas ganz Intimes.

26

14. Dezember 2010

Lucas zog sich seine Kapuze über, einmal wegen der Kälte, vor allem aber, weil nicht jeder sein Gesicht zu sehen brauchte. Dann lief er los und checkte die Klinik aus. Keine Gitter vor den Fenstern, keine Rollläden, gar nichts. Dürfte nicht allzu schwer werden. Wenn alles gut lief, würde keiner merken, dass er überhaupt hier war. Das mit der Bücherei hätte er sich sparen können, im Internet war nichts über Ben zu finden. Und nein, Telefonbücher hätten sie nicht mehr, hatte ihm die Alte an der Info gesagt. Also wieder zurück auf Anfang.

Er würde es von der anderen Seite aus versuchen, von dem schmalen Zugang hinter der Klinik. Er schaute sich um, sondierte die Lage. Zuschauer konnte er keine gebrauchen, aber die waren in diesem Teil der Stadt auch eher unwahrscheinlich. Und noch unwahrscheinlicher war es, dass hier jemand freiwillig mit der Polizei sprach. Die Gegend bestand hauptsächlich aus leerstehenden Ladengeschäften und einem Pub, der auch längst dichtgemacht hatte. Beste Bedingungen. Lucas spähte sich ein Fenster aus, ziemlich weit oben, aber machbar. Könnte direkt in eins der Büros führen, und genau da wollte er hin. Er zog den Müllcontainer an die Hauswand, kletterte rauf – und los. Mit der behandschuhten Faust schlug er das Fenster ein und wartete darauf, dass der Alarm losging. Nichts. Unglaublich, das kam ja schon einer Einladung gleich. Warum nicht gleich alle Türen auflassen und den Junkies das Leben erleichtern?

Drinnen landete er auf einem Schreibtisch, fluchte, als er auf einem Stapel Papieren ausrutschte, und versuchte sich in der Dunkelheit zu orientieren. Er sprang vom Tisch und ging durch zur Anmeldung. Sein Blick fiel auf die Tür gleich hinter der Theke.

Bingo, da wollte er hin. Er drückte die Klinke, nichts. Abgeschlossen. Die Faust schon erhoben, um das Türglas einzuschlagen, hielt er inne und drehte sich zum Anmeldetresen um, ging eine Schublade nach der andern durch. In der ersten war Büromaterial, in der zweiten Tütensuppen, Teebeutel und eine Tasse mit der Aufschrift »Heißes Ding«. Nee du, dachte Lucas, träum weiter, Catherine. Die Alte könnte man ihm auf den Bauch binden, und da würde nichts laufen.

Er wühlte sich durch angebrochene Kekspackungen und wollte die Schublade gerade wieder zuknallen, als er die Schlüssel fand. Unglaublich, lagen da einfach so rum. Und diese Leute wollten die Welt verbessern? Vollidioten, sollten vielleicht erst mal ihren eigenen Laden in den Griff kriegen.

Lucas schloss die Tür auf und marschierte durch ins Büro. Kein Fenster – was es nicht alles gab –, aber ihm sollte es recht sein. Er tastete an der Wand nach dem Lichtschalter. Warmes Licht fiel auf einen tristen Büroraum. Deprimierend, echt. Er versuchte es mit der obersten Schublade des Aktenschranks. Abgeschlossen, aber gut, die Masche kannte er ja schon. Er ging zum ersten Schreibtisch und wühlte sich durch die Schubladen. Wieder nur Kekse, Kekse, Kekse und eine Zeitung von letzter Woche, super. Er knallte die Schubladen zu, nahm sich den zweiten Schreibtisch vor, wieder nichts. Er klopfte die Tische nach möglichen Schlüsselverstecken ab und stand noch immer mit leeren Händen da. Völlig gefrustet trat Lucas gegen den Aktenschrank, dass es nur so krachte. Er versuchte es mit den unteren Schubladen, testete die Schlüssel vom Empfang aus, aber Fehlanzeige. Alles dicht.

Und nun? Etwas unschlüssig stand er da und überlegte, was er tun sollte. Er könnte den Computer mitgehen lassen, vielleicht noch ein bisschen Kohle mit dem Ding machen, aber deshalb war er ja nicht hier. Er wollte Input, Informationen, und die würde er auch bekommen.

»Scheiße!«, schrie er und trat einen Papierkorb aus Rattan um, kickte ihn durch den Raum, dass der Müll nur so flog. Er hätte echt Lust, den ganzen Laden hier zu zerlegen, dann sollten die Deppen mal sehen, was sie davon hatten.

Moment. Er stutzte, ging zur Tür und warf sie zu. Da, in der Ecke, stand noch so ein Büroteil, halb versteckt unter halb toten Topfpflanzen. Er bückte sich, probierte noch mal alle Schlüssel durch und fand tatsächlich einen, der passte. Na, wer sagt's denn – ein Hängeregister mit ein paar Akten drin und eine Metallkassette. Lucas nahm die Kassette heraus und hörte loses Kleingeld klappern. Er stellte sie zur Seite und nahm sich die Ordner vor, entdeckte die Namen Catherine und Andrea, warf den aktuellen Personalkram raus und suchte weiter, wühlte sich bis ganz nach hinten, aber kein Ben Swales.

»Scheiße«, murmelte er und schmiss alles auf den Boden. Keine Infos über Ben, nicht ein Hinweis, wohin der Kerl verschwunden war. Lucas lehnte sich an die Wand. Nachdenken. Blondie hatte gemeint, Ben wäre wieder zu seiner Mutter gezogen. Was hatte er ihr sonst noch erzählt? Andrea. Lucas bückte sich und suchte die auf dem Boden verstreuten Ordner durch. Hier, Andrea Round. Er fischte sich die Mappe heraus und suchte nach den Infos, die er brauchte. Wenn die Angaben noch stimmten, wohnte Andrea nur einen Steinwurf vom *The Fox and Hounds* entfernt, gar nicht weit von Lucas' Pension. Sein Fall war der Laden nicht, aber er war schon ein paar Mal dran vorbeigelaufen und wusste, dass Dienstagabend Pubquiz war – ein beliebter Treffpunkt für in die Jahre gekommene Versager und einsame Herzen, die nichts Besseres zu tun hatten und niemanden, mit dem sie es tun konnten. Ben Swales war zwar weiter unauffindbar, aber jede Wette, dass Lucas wusste, wo er Andrea finden würde.

Er lächelte, schnappte sich die Kassette mit dem Kleingeld und verließ die Klinik auf dem Weg, den er gekommen war. Immerhin, er war Ben auf der Spur. Und sowie er ihn gefunden hatte, würde er auch herausfinden, was der Kerl wusste.

27

14. Dezember 2010

Gardner betrachtete die mickrige Plastiktanne und überlegte, ob seine Wohnung mit Weihnachtsbaum nicht noch trostloser aussah als ohne. Dass im Hintergrund Tom Waits lief, machte die Sache vermutlich nicht besser. Er hatte seit Jahren keinen Weihnachtsbaum mehr aufgestellt. Wozu auch? Nach Möglichkeit sah er zu, dass er über die Feiertage arbeitete. Sollten doch die Kollegen mit einem Privatleben sich freinehmen.

Den Baum samt dazu passendem Weihnachtsschmuck hatte er ganz spontan auf dem Nachhauseweg gekauft. Eigentlich war er nur kurz zu Tesco rein, um sich etwas zum Abendessen zu besorgen, aber die Vorstellung, dass zu Hause vielleicht eine Nachricht der Dating-Website auf ihn warten könnte, hatte ihn dazu motiviert, sich ein bisschen in Weihnachtsstimmung zu bringen. Schließlich wollte er nicht gleich einen freudlosen Eindruck machen, wenn er doch mal jemanden mit nach Hause brachte. Also hatte er sich den letzten Baum geschnappt, der noch im Regal stand, und wahllos nach Kugeln, Sternen und Lametta gegriffen. Auf dem Heimweg wurde ihm dann klar, dass er seine Wohnung für eine Frau schmückte, die es allenfalls in seiner Vorstellung gab. Er hatte noch mit keiner einzigen Kontakt aufgenommen, noch keine einzige Verabredung gehabt. Tiefer konnte man kaum sinken.

Er musste an den Baum denken, den er mit Annie für ihr erstes gemeinsames Weihnachtsfest gekauft hatte. Eine echte Tanne, groß und dicht, mit der sie kaum durch die Tür gekommen waren. Sie hatten das halbe Wochenende damit zugebracht, ihn zu schmücken. Jede Kugel, die Gardner aufhängte, wurde von Annie noch einmal umgehängt. Das wenigstens blieb ihm diesmal erspart. Er konnte alles so machen, wie es ihm in den Kram passte.

Das kurze Pling seines Laptops hob sogleich seine Stimmung. Eine neue Nachricht! Gardner rief seine E-Mails ab und stellte ernüchtert fest, dass es eine Werbemail vom Baumarkt B&Q war: sensationeller Preisnachlass auf alle Elektrowerkzeuge. So weit war es also mit ihm gekommen. Nächsten Monat wurde er sechsundvierzig, und sein Leben schien darauf beschränkt, im Internet nach potenziellen Partnerinnen zu suchen und Werbemails von Baumarktketten zu erhalten.

Er klickte die Dating-Seite an und loggte sich ein. Keine neuen Nachrichten. Vielleicht musste er einfach noch ein, zwei Wochen abwarten. Kurz vor Weihnachten würden bestimmt alle panisch bei dem Gedanken, die Feiertage allein verbringen zu müssen. Gardner scrollte sich durch die Liste der Frauen, die laut Profil seinen Mindestanforderungen entsprachen. Er fand eigentlich nicht, dass er allzu wählerisch war. Haarfarbe und Größe waren ihm egal. Was das Alter anging, war er auch ziemlich offen, wenngleich deutlich älter oder deutlich jünger eher nicht infrage kam. Zu dieser Sorte Mann wollte er dann doch nicht gehören. Gardner wusste selbst nicht, was das Problem war. Eigentlich sahen diese Frauen doch alle ziemlich normal aus. Aber konnte man es wissen? Was sagte schon so ein Profilfoto? Eben. Bei näherem Kennenlernen könnten sie sich als komplett verrückt entpuppen. Und vielleicht dachten sie ja genau dasselbe von ihm. Er hielt sich schließlich auch für ziemlich normal, aber was war schon normal?

Er seufzte. Vielleicht sollte er einfach mal anfangen, ein paar Nachrichten zu verschicken, statt immer nur darauf zu warten, dass welche in seinem Postfach landeten. War es nicht genau das, was Frauen wollten? Dass der Mann den ersten Schritt machte? Wenn ihm das alles nur nicht so erbärmlich, so abgrundtief verzweifelt vorgekommen wäre. Und dann der Zeitaufwand, so eine Nachricht überhaupt erst zu schreiben (denn er wusste jetzt schon, dass er ewig brauchen würde, um sie genau so hinzubekommen, wie er sich das vorstellte), bloß um am Ende eine Absage zu kassieren. Oder gar keine Reaktion zu erhalten, was einer völligen Niederlage gleichkäme. Leicht schuldbewusst musste er an die Anfrage denken, die er selbst unbeantwortet gelassen hatte. Aber mal ehrlich, Strickmützen für Katzen?

Gardner loggte sich aus und klappte den Laptop zu. Morgen vielleicht. Mal sehen. Er stand auf, machte das Licht aus und schaltete die Weihnachtsbeleuchtung ein, in deren warmem Licht das Zimmer fast gemütlich wirkte. Weihnachtlich. Gardner klopfte mit den Fingern auf den Laptop, und Tom Waits stimmte gerade *Please Call Me, Baby* an. Doch, morgen würde er etwas unternehmen. Endlich in die Gänge kommen.

Er hörte seine Mailbox ab. Eine neue Nachricht, allerdings von DS Freeman aus Blyth, die weitere Informationen zu Ben Swales wollte. Konnte er sie um diese Zeit noch zurückrufen? Sollte er überhaupt? Er schob das Telefon beiseite. Er hatte keine Lust, sich wieder in diesen alten Fall verwickeln zu lassen.

Noch einmal schaute er sich in seiner Wohnung um, betrachtete den mickrigen kleinen Plastikbaum, der ihm plötzlich kein bisschen stimmungsvoll mehr vorkam, sondern vielmehr ein Sinnbild seines kümmerlichen kleinen Lebens schien. Ewig würde er sich nicht vor der Welt verstecken können.

28

25. Oktober 1999

»DS Gardner? Wenn ich Sie bitte kurz sprechen könnte.«

Gardner folgte seiner Chefin durchs Büro und spürte die neugierigen Blicke der Kollegen auf sich. Vielleicht bildete er sich das auch nur ein, aber es machte ihm eindeutig mehr zu schaffen, als ihm lieb war. Er wusste nicht, wer alles bereits vor ihm von der Affäre gewusst hatte, aber jetzt waren auf jeden Fall alle bestens informiert. Dass er Wallace vor dem gesamten Team gedroht hatte, ihn zu kastrieren, hatte vermutlich auch nicht gerade dazu beigetragen, die Sache unter Verschluss zu halten. DC Bob McIlroy grinste süffisant, als Gardner an ihm vorbeiging. Man sollte es kaum glauben, aber McIlroy ging ihm fast noch mehr auf den Sack als Wallace. Er war ein Arschkriecher, Wallace' Schoßhund. Wenn Wallace sagte »Spring«, dann sprang McIlroy und bedankte sich noch dafür. Für Gardner war klar, dass McIlroy lange vor ihm über Wallace und Annie Bescheid gewusst haben musste, und das setzte ihm fast genauso zu wie die Affäre an sich.

DCI Clarkson winkte ihn in ihr Büro, und Gardner musste die Zähne zusammenbeißen, als er hinter sich McIlroys hämisches Getuschel hörte.

Clarkson schloss die Tür und deutete auf den Stuhl vor ihrem Schreibtisch. »Setzen Sie sich, DS Gardner«, sagte sie. Sie sprach einen immer mit dem Dienstgrad an, das war so ein Tick von ihr – vielleicht um die Kollegen in ihre Schranken zu weisen und die Hierarchie klarzustellen. Gardner machte es nichts aus. In seinen Ohren klang es noch immer ungewohnt, dass er jetzt Detective Sergeant war. Wenn man bedachte, dass ihm gerade sein ganzes Leben um die Ohren flog, grenzte es an ein Wunder, dass er die Prüfung mit Bravour bestanden hatte. Sein Studium hatte er längst nicht so gut abgeschlossen, aber fairerweise musste man auch sagen, dass er jetzt zehn Jahre älter war und sich für die Prüfung zum Sergeant deutlich mehr angestrengt hatte als jemals für die Uni. Wenn man Anfang zwanzig ist und in London lebt, hat man einfach Besseres zu tun, als Chaucer zu lesen.

»Wie kommen Sie denn derzeit mit DS Wallace zurecht?«, wollte seine Chefin wissen.

Zuerst dachte Gardner, sie wolle ihn auf den Arm nehmen, auch wenn Clarkson nicht gerade für ihren Humor bekannt war.

Sie wusste genauso gut wie der Rest des Teams, was passiert war. Als er vor versammelter Mannschaft Wallace' Weichteile bedroht hatte, war sie es gewesen, die dazwischengegangen war. Sie mochte einen Kopf kleiner sein und die Statur eines halb verhungerten Spatzes haben, hatte die beiden Streithähne jedoch ganz beherzt auseinandergerissen und Gardner mit in ihr Büro geschleift, um ihm gründlich den Marsch zu blasen. Im Prinzip also genau das, was er mit Wallace vorgehabt hatte.

»Lassen Sie es mich so formulieren«, fuhr Clarkson fort. »Was würden Sie dazu sagen, wenn ich Sie bäte, mit DS Wallace zusammenzuarbeiten? Glauben Sie, Sie bekämen das hin, ohne sich gegenseitig an die Gurgel zu gehen?«

Gardners Magen krampfte sich zusammen. Sie wollte, dass er mit Wallace zusammenarbeitete? Er brauchte den Mann bloß zu sehen, um ihm eine reinhauen zu wollen. Deshalb würde er auch nicht zur Weihnachtsfeier gehen, die er sich sonst nur ungern entgehen ließ. Alles nur, um dem Kerl nicht über den Weg zu laufen. Und da glaubte Clarkson, es könnte eine gute Idee sein, wenn sie beide *zusammenarbeiteten*? Alle Achtung, für so sadistisch hätte er sie gar nicht gehalten.

»Und was meint Wallace dazu?«, erwiderte Gardner.

Clarkson sah ihn an und ließ den Hauch eines Lächelns erkennen. »Er wollte wissen, was Sie dazu sagen.« Sie stand auf und gab ihm zu verstehen, dass das Gespräch beendet war. »Es ist ein richtig großer Fall. Denken Sie darüber nach und sagen Sie mir Bescheid.«

Gardner ertappte sich dabei, wie er nervös mit dem Fuß wippte, und zwang sich ruhig zu bleiben. »Gut«, sagte er, »ich bin dabei.« Er würde Wallace nicht mit einem wichtigen Fall an sich vorbeiziehen lassen. Außerdem bestand immer noch die Hoffnung, dass dieser das Angebot ausschlug.

»Sehr gut. Dann sehe ich Sie beide um fünfzehn Uhr in der Besprechung«, sagte sie und komplimentierte ihn hinaus.

Wie vor den Kopf geschlagen ging Gardner zurück an seinen Schreibtisch. Auf was hatte er sich da eingelassen? Das konnte gar nicht gutgehen. Er hatte Wallace seit Wochen nicht mehr gesehen; irgendwie hatten sie es geschafft, sich gegenseitig aus dem Weg zu gehen. Auch seine Stalking-Phase hatte Gardner mittlerweile überwunden. Am Anfang hatte er Annie noch geradezu zwanghaft nachgestellt, er war ihr nach Hause gefolgt, zu ihrem Liebesnest, hatte draußen vor ihrem Büro gewartet. Keine Ahnung, ob sie es bemerkt hatte. Er hatte sie nie angesprochen. Er wusste selbst, wie erbärmlich das war. Und mit seiner viel beschworenen Rache an Wallace war es auch nicht weit her gewesen, sah man mal von den paar Reißnägeln ab, die er ihm einmal, in einer Nacht-und-Nebel-Aktion, unter die Reifen seines Autos gelegt hatte.

Gardner schnappte sich seinen Mantel und ging sich was zum Mittagessen holen. In den Geschäften schien schon jetzt überall Weihnachten zu sein. Der Anblick deprimierte ihn mehr, als er sich eingestehen mochte. Einen Baum würde er dieses Jahr gar nicht erst aufstellen. Wozu auch? Er würde Weihnachten allein verbringen. Besser so, als zu seinen Eltern zu fahren und sich ihren bedauernden Blicken, ihren Fragen auszusetzen. Und den Vorwürfen seines Vaters, der das Scheitern von Gardners Ehe garantiert so drehen würde, dass er am Ende »dem Jungen« die Schuld in die Schuhe schieben konnte. Norman Gardner fand immer einen Grund, an seinem Sohn herumzunörgeln.

Nicht zu vergessen David, Gardners Bruder, der seine Freundin mitbringen würde, die im sechsten Monat schwanger war. So viel eitles Familienglück hielt Gardner nicht aus. Dann lieber allein zu Hause sitzen, mit einem Fertiggericht vor dem Fernseher. Wenn ihm die Decke auf den Kopf fiel, konnte er immer noch arbeiten.

Als er mit einer gefüllten Teigtasche in der Hand aus der Bäckerei kam, entdeckte er auf der anderen Straßenseite ein bekanntes

Gesicht. Ray Thorley schien in den letzten Monaten um Jahre gealtert zu sein. Die Ermittlungen zum Verschwinden seiner Tochter lagen auf Eis. Zwar war das Mädchen noch nie so lange Zeit von zu Hause fortgeblieben, doch da es keinen einzigen Hinweis darauf gab, dass ihr etwas zugestoßen sein könnte, hatte man sie als Ausreißerin verbucht und sich wichtigeren Fällen zugewandt.

Gardner sah Ray mit seinen spärlichen Einkäufen vorbeitrotten, ein vor Gram gebeugter Mann, der versuchte, seinen Alltag zu bewältigen. Und er fragte sich, wie Ray wohl die Weihnachtstage verbringen würde. Und ob er nicht vielleicht doch mehr für Ray Thorley und seine Tochter hätte tun können.

29

14. Dezember 2010

Freeman blickte auf das Glas Sherry, das Lady Clairville ihr in die Hand gedrückt hatte. Sie mochte keinen Sherry, wollte ihre Gastgeberin aber auch nicht kränken, indem sie ablehnte.

»Dann nehme ich mal an, dass es aus ist zwischen Ihnen und dem jungen Mann, oder?«, fragte Lady Clairville und ließ sich wieder in ihren Fernsehsessel sinken.

»So ist es«, sagte Freeman, nippte am Sherry und hätte fast das Gesicht verzogen. Grässliches Zeug.

»Dann fahren Sie also über Weihnachten zu Ihren Eltern?«

Freeman schüttelte den Kopf. Ihr Vater hatte gemeint, sie würden die Feiertage bei der Familie ihres älteren Bruders Mark in Wales verbringen. Sie war natürlich ebenfalls herzlich eingeladen, aber vermutlich würde sie nicht fahren. Bei der Arbeit war so viel liegen geblieben – von den privaten Baustellen ganz zu schweigen. Außerdem wusste sie nicht, ob sie das überhaupt wollte, einen ganzen Tag, geschweige denn eine Woche, mit vier aufgekratzten, kreischenden Kindern, die vor lauter Süßkram halb durchdrehten. Sie liebte ihre Nichten und Neffen – doch, wirklich, sie liebte sie von Herzen, ertrug sie aber nur in ganz kleinen, fast schon homöopathischen Dosen. Und Weihnachten wäre definitiv der Overkill, egal wie kurz man seinen Besuch hielt. Zudem, und das gab wohl den Ausschlag, hatte sie das Gefühl, dass ihre Mutter sie eigentlich gar nicht dabeihaben wollte.

»Nein, die fahren zu meinem Bruder und seiner Familie«, sagte sie.

»Und Sie fahren nicht mit?«

»Nein«, sagte Freeman.

»Sonst haben Sie keine Geschwister?«

Freeman nippte an ihrem Sherry und überlegte, ob Darren jetzt noch zählte. Ob jemand, den man seit acht Jahren nicht gesprochen hatte und der sich weigerte, Kontakt aufzunehmen, noch in die Kategorie »Geschwister« fiel. Zählte jemand, der nach allem, was man wusste, vermutlich tot war?

»Doch, noch einen Bruder, aber wir sehen uns kaum«, sagte sie und beließ es dabei.

»Dann sind Sie an Weihnachten ganz allein hier?«

Sie überlegte, ob Lady Clairville auf eine Einladung zum Weihnachtsessen spekulierte. Wenn ja, so würde sie es schnell bereuen. In der Küche war Freeman ein hoffnungsloser Fall, und statt eines saftigen Festtagsbratens würde Lady C sich mit etwas aus der Mikrowelle begnügen müssen. Freeman sah, wie die alte Dame sich ihr Sherryglas noch einmal nachfüllte, und fragte sich, ob ihr, Freeman, in vierzig Jahren dasselbe Schicksal blühte: tagein, tagaus allein in ihrer Wohnung sitzen, nur den Fernseher zur Unterhaltung und einen kleinen, kläffenden Köter als Gesellschaft.

»Und Sie?«, erkundigte sie sich aus reiner Höflichkeit.

»Oh, ich bin alt, meine Liebe, ich habe keine Familie mehr. Wir machen es uns hier gemütlich, Roy und ich, gucken ein bisschen fern, gönnen uns ein Gläschen Sherry. Wenn Sie möchten, kommen Sie gern vorbei. Sie sind herzlich willkommen.«

Im ersten Moment begriff Freeman überhaupt nicht, was ihre Nachbarin meinte, doch plötzlich fiel der Groschen. Die einsame alte Dame hatte Mitleid mit ihr! Sie glaubte, ihr etwas Gutes zu tun, damit sie an Weihnachten nicht allein zu sein brauchte. Weil sie ja nicht mal einen Hund hatte, der ihr Gesellschaft leistete.

»Kommt dieses Geräusch von Ihnen, meine Liebe?«, fragte Lady Clairville, und erst da merkte auch Freeman, dass ihr Handy klingelte. Sie holte es heraus und nahm das Gespräch an.

»Freeman.«

»DS Freeman, hier spricht Michael Gardner.«

»Oh«, sagte sie, stand auf und bedeutete Lady C, dass sie gleich zurück wäre, dann ging sie rüber in ihre Wohnung.

»Störe ich gerade?«, fragte Gardner. »Ich kann auch ...«

»Nein, nein, alles gut. Ich hatte nur nicht damit gerechnet, dass Sie noch heute Abend zurückrufen würden.«

»Hm ... ja«, sagte Gardner, und dann war es einen Moment ganz still in der Leitung. Er räusperte sich, ehe er fortfuhr. »Wegen Ben Swales. Ich kann mich, ehrlich gesagt, nicht groß an ihn erinnern, bin ihm, glaube ich, auch nur einmal begegnet.«

»Ja, gut«, sagte Freeman. »Das erübrigt vermutlich meine Frage. Die Sache ist die, ich war heute bei ihm. Er hat zunächst abgestritten, Emma überhaupt gekannt zu haben.«

»Wirklich?«

»Ja. Als ich dann erwähnte, dass er aber doch mindestens einmal bei ihrem Dad gewesen war, ist er zurückgerudert, hatte aber noch immer herzlich wenig über sie zu sagen. Aus Ihrem Bericht von damals habe ich mehr erfahren als von ihm. Warten Sie mal ...«, sagte sie und suchte das Vernehmungsprotokoll heraus. »Hier, Sie schreiben, dass Emma im März '99 erstmals in der Klinik war. Sie suchte Hilfe, um vom Heroin wegzukommen. Im April ist sie allerdings wieder verschwunden, und da hat Ben ihren Vater aufgesucht. Laut Ihrem Bericht gibt er das auch zu, seine Aussage: ›Ich hatte bei der Gelegenheit bei Mr Thorley vorbeigeschaut. Emma und ich hatten nie eine Beziehung, ich kannte sie rein beruflich. Aber Emma hat mir vertraut. Sie hatte ziemlichen Stress mit ihrem Exfreund.‹ Worauf Sie ihn fragten, ob er Lucas Yates meine, und Ben gab zur Antwort: ›Ich glaube, ja. Was genau da los war, kann ich Ihnen allerdings nicht sagen. Ich weiß nur, dass Emma für eine Weile wegwollte. Sie kam zu mir und bat mich, ihrem Vater eine Nachricht von ihr vorbeizubringen. Sie wusste ja, wie sehr es ihn aufgeregt hatte, als sie das letzte Mal einfach so verschwunden ist.‹ So weit, so gut. Das Problem ist nur, er kannte Emma gerade mal einen Monat. Was es einerseits plausibel macht, dass er sich nach elf Jahren nicht mehr an sie erinnern kann. Ich würde es ihm sofort abkaufen, hätte er Ihnen gegenüber nicht ausgesagt, dass er persönlich bei Ray Thorley gewesen ist.«

»Und?«

»Kommt Ihnen das nicht seltsam vor? Er kannte das Mädchen gerade mal einen Monat – rein beruflich, wie er sagt – und hängt sich da so weit rein? Wenn Sie mich fragen, ganz schön grenzwertig.«

»Wahrscheinlich wollte er ihr einfach nur helfen. Als Sozialarbeiter ist das schließlich sein Job.«

»Sein Job war es, ihr dabei zu helfen, von den Drogen loszukommen. Stattdessen spielt er sich als Vermittler auf und hilft ihr dabei unterzutauchen.« Freeman seufzte. Vielleicht tat sie Ben Swales ja unrecht. Vielleicht hatte Gardner recht. »Aber warum hat er jetzt gelogen? Warum streitet er ab, sie gekannt zu haben? Dass er sie vergessen hat, nehme ich ihm nicht ab. Zumal seine Chefin meinte, Ben hätte es an der nötigen professionellen Distanz gegenüber manchen Klienten fehlen lassen. Gemeint waren die Mädchen.«

»Mit seiner Chefin habe ich damals nicht gesprochen«, sagte Gardner nach kurzem Zögern, und Freeman glaubte, so etwas wie

Bedauern aus seiner Stimme herauszuhören. »Helfen Sie mir kurz auf die Sprünge. War er nur einmal bei ihrem Dad?«

»Nein«, sagte Freeman. »Später hat er ihm noch mal einen zweiten Brief gebracht, aber behauptet, Emma zwischenzeitlich nicht gesehen zu haben. Sie hätte den Brief an die Klinik geschickt, und Ben hätte ihn dann bei Ray vorbeigebracht. Kurze Zeit später tauchte sie dann wieder auf, aber Ben will danach keinen Kontakt mehr zu ihr gehabt haben. Hat er jedenfalls zu Protokoll gegeben. Er ging davon aus, dass sie rückfällig geworden war und wieder Drogen nahm.«

»Ah, jetzt erinnere ich mich. Deshalb schien er auch kein bisschen überrascht, als sie im Juli erneut verschwand.«

»Oder in seinen eigenen Worten: ›Irgendwann wird sie schon wieder auftauchen.‹«

»Da haben wir uns wohl getäuscht«, sagte Gardner.

Sie schwiegen beide einen Moment, als wollten sie seinen Worten nachlauschen. »Aber was Sie eben meinten – ich glaube, es ist dennoch möglich, dass er Emma einfach vergessen hat«, meinte Gardner schließlich. »Wenn er beruflich mit so vielen Leuten zu tun hatte – und sich bei jedem Fall derart engagierte. Und es ist ja auch wirklich ziemlich lange her.«

»Das ist kein Argument. Sie erinnern sich noch sehr gut an den Fall.«

Zunächst erwiderte Gardner nichts, dann meinte er: »Ja, das tue ich.«

»Und Sie hatten bei ihm kein komisches Gefühl? Das kam Ihnen nicht alles irgendwie ... seltsam vor?«

»Ich wüsste nicht, dass ich bei ihm überhaupt irgendein Gefühl gehabt hätte. Für mich war er ein Zeuge, jemand, der Emma kannte und wusste, wie sie tickte. Seiner Ansicht nach war sie psychisch sehr labil.«

»Ja, klar, wobei man sich natürlich auch fragen könnte, wie zuverlässig Ben als Zeuge war«, bemerkte Freeman mehr zu sich selbst. »Aber gut, vielen Dank, dass Sie sich die Zeit genommen haben und direkt heute Abend deshalb angerufen haben.«

»Keine Ursache. Melden Sie sich, wenn Sie weitere Fragen haben.« Gardner räusperte sich.

»Danke, werde ich machen«, sagte Freeman. »Einen schönen Abend noch.«

Danach ging sie noch mal kurz hinüber zu ihrer Nachbarin und wünschte Lady Clairville eine gute Nacht; zurück in ihrer Wohnung fühlte sie sich hundeelend. Sie versuchte sich einzureden, dass ihr Gespräch mit Gardner für ihr plötzliches Stimmungstief verantwortlich war, denn sie hatte auf Antworten gehofft, die er ihr nicht hatte geben können. Doch das war es nicht, sie kannte den wahren Grund: Die Begegnung mit ihrer Nachbarin war es, die sie so fertigmachte, jene Schreckensvision ihrer eigenen Zukunft. Kurz überlegte sie sogar, Brian anzurufen, doch nein, sie wusste, es wäre ein Fehler. Es gab Schlimmeres, als allein zu sein. Sie nahm die Tüte mit dem Schwangerschaftstest aus ihrer Tasche und ging damit ins Bad, um sich den Tatsachen zu stellen. So oder so, das Ergebnis würde nichts ändern.

Letzte Nacht hatte sie sich vor dem Einschlafen mit der Vorstellung einer eigenen Familie anzufreunden versucht, war dann aber wenig später schweißgebadet aus Träumen von schreienden Babys aufgeschreckt. Nein, nicht der Wunsch nach einem Kind ließ sie an ihrem Entschluss zweifeln, sondern die Angst, im Alter allein zu sein. So wie Lady C, die niemanden hatte, der sich um sie kümmerte. Aber gut, dann wäre es eben so. Davon durfte man sich nicht ins Bockshorn jagen lassen. Sie hatte nie Mutter werden wollen und wollte es auch jetzt nicht. Daran würde sich nichts ändern, ganz egal, was bei dem Test herauskam. So wie sie es erlebte, machten Kinder einem ohnehin nur Ärger. Man stelle sich doch nur den Kummer vor, die Jahre der Trauer und Ungewissheit, die Ray Thorley durchmachen musste. Oder ihre eigenen Eltern.

Und um es mal positiv zu sehen: Vielleicht war sie ja überhaupt nicht schwanger und machte sich hier ganz umsonst einen Kopf, und wie blöd wäre das denn?

30

14. September 2010

Lucas beobachtete Andrea, wie sie sich das Bier vom Kinn zu wischen versuchte, ohne dass jemand was merkte. Nicht sehr elegant, aber fiel hier sowieso niemandem auf. Das Quiz war gelaufen, die Gewinne versoffen, und wer sich noch auf den Beinen halten konnte, grölte zu Slade mit.

Lucas ging vor an die Bar und stellte sich neben Andrea, nicht zu dicht, aber so, dass sie ihn bemerkte. Wenn sie sich mal endlich von diesem senilen Typen mit Hut losmachen würde. Was wollte sie mit dem Penner? Okay, Marilyn Monroe war sie nicht, aber sie gab sich Mühe, mit den knapp sitzenden Jeans und dem schwarzen String, der oben am Arsch rausschaute. Sie hätte was Besseres aufreißen können als diesen alten Knacker. Aber keine Sorge, Andrea, dachte Lucas, du kommst heute schon noch auf deine Kosten.

»Ein Bier, bitte«, sagte Lucas. Der Typ hinterm Tresen war schon fast eingepennt; jetzt schreckte er hoch und machte sich auf die Suche nach einem halbwegs sauberen Glas. Lucas schüttelte sich. Keinen Schluck würde er hier trinken, aber die paar Pfund waren eine gute Investition. Ein kleiner Preis für das, was er wissen wollte.

»Hey, kennen wir uns nicht?«

Lucas gab sich überrascht und drehte sich nach Andrea um. Sie stierte ihn an, wie nur Betrunkene einen anglotzen. Er lächelte. »Ich glaube nicht, dass wir schon mal das Vergnügen hatten.«

Sie kicherte. »Doch, ich kenn dich von irgendwoher, definitiv.« Sie rutschte von ihrem Stuhl und torkelte mit rausgestreckten Titten auf ihn zu. »Wart mal ... doch, du arbeitest in dem Kiosk oben an der High Street, stimmt's?«

Lucas wartete und zählte still bis zehn. Irgendwann würde sie schon drauf kommen. Vielleicht hätte er seinen Anzug anlassen sollen.

»Nee, jetzt weiß ich!«, rief sie und schlug ihm mit der Hand auf die Brust. »Du warst heute bei mir auf der Arbeit, das war's. Du hast nach Ben gefragt.«

Lucas zog die Augenbrauen hoch. »Aber ja, stimmt, das warst du! Moment, wie war noch mal ...« Er schnippte mit den Fingern, als versuche er, sich an ihren Namen zu erinnern.

»Andrea«, sagte sie, die Hand noch immer auf seiner Brust. »Aber du kannst mich Anders nennen.«

»Na dann, Anders«, sagte er lächelnd und schob ihr sein versifftes Glas zu. »Darf ich dich auf einen Drink einladen?«

Lucas versuchte sich von Andreas Armen zu befreien, die bleischwer auf ihm lagen, wie tot. Seit zwanzig Minuten schnarchte sie wie ein Holzfäller, und so langsam kamen ihm Zweifel, ob die Sache sich hier auszahlte. Nichts hatte er von der Schlampe erfahren, absolut nichts. Okay, sie war ganz gut im Bett, aber er hatte jetzt echt keinen Bock mehr auf den Scheiß. Deshalb war er nicht hier, aber die Frau war einfach zu blöd. Er hatte schon seine Mitleidstour abgezogen, von wegen, wie scheiße es ihm gegangen war, und dass er es Ben verdankte, sein Leben wieder auf die Reihe gekriegt zu haben. Ben, Ben, scheißverfickter Ben. Mit wem war er hier eigentlich in die Kiste gesprungen? Die ganze Nacht hatte er immer wieder von dem Typen angefangen, und was kam von ihr? Nichts. Absolut gar nichts. Hätte er sich echt schenken können.

Lucas schaute auf seine Uhr und drehte sich weg, damit Blondie ihm nicht das Ohr abschnarchte. So langsam hatte er die Schnauze voll. Und pissen musste er auch. Er versuchte, sie von sich runterzuschieben, aber die Alte rührte sich nicht. Bleischwer, echt. Säuferkoma. »Scheiße, Mann«, murmelte er und schaute sich im Zimmer um. Neben dem Bett stand ein Nachttisch. Lucas streckte den Arm aus, zog die Schublade auf und knallte sie wieder zu. Andrea schreckte hoch und rollte von ihm runter. Sie strich sich das wirre Haar aus dem Gesicht und wischte sich den Speichel aus den Mundwinkeln.

»Wie spät isses?«, fragte sie.

»Halb sieben.«

»Morgens?« Andrea wälzte sich vor an die Bettkante und fischte ihre Zigaretten aus dem Kleiderhaufen am Boden. Sie zündete sich eine an und hielt Lucas die Schachtel hin.

Er nahm sich eine, ließ sich wieder aufs Bett sinken und starrte an die Decke. »Damit sollte ich vielleicht als Nächstes aufhören«, meinte er.

»Ich würd nie mit dem Rauchen aufhören«, sagte Andrea. »Meine Oma hat jeden Tag geraucht, seit sie vierzehn war, und ist vierundachtzig geworden. Hat ihr nicht geschadet.« Sie nahm einen langen, tiefen Zug. »Ist an Lungenkrebs gestorben. Aber halt erst mit vierundachtzig.«

Lucas zog noch einmal an seiner Zigarette, dann drückte er sie auf dem Nachttisch aus. Warum konnte die blöde Kuh nicht einfach mal die Klappe halten? Er konnte sagen, was er wollte, immer fing die gleich mit ihrem eigenen Scheiß an. *Meine Oma*, heilige Scheiße.

Er drehte sich auf die Seite und sah sie an. »Weißt du, ich wünschte echt, ich könnte mich bei Ben bedanken. Netter Kerl, und er hat mir sehr geholfen.«

»Ja, stimmt, der war nett.«

»Weshalb habe ich dich eigentlich nie da gesehen?«

Sie zuckte mit den Schultern. »Keine Ahnung. Aber ich mach ja auch nur Verwaltung.«

»Seid ihr gut miteinander klargekommen?«

»Doch, ging so. Aber schon auch ein bisschen schräg, der Ben. Hat nie viel von sich erzählt oder so und ist auch eigentlich nie mal nach der Arbeit noch was mit uns trinken gegangen. Aber sonst echt nett. Und ziemlich clever, glaub ich.« Sie drückte ihre Zigarette aus. »Wir haben demnächst Weihnachtsfeier. Wenn du willst, lad ich dich ein.«

Lucas schaute sie an. Am liebsten hätte er ihr eine reingehauen. Stattdessen setzte er sich auf, schwang die Beine aus dem Bett und begann sich anzuziehen. »Mal sehen.«

Andrea stützte sich seitlich auf den Ellbogen. »Wieso willst du dich eigentlich jetzt erst bei Ben bedanken? Wie lange bist du denn schon clean?«

Lucas drehte sich um. Hey, vielleicht doch nicht so blöd, wie sie aussah! »Lange Geschichte«, sagte er schließlich. Sie schaute ihn an und schien darauf zu warten, dass er was von sich erzählte. Gut, konnte sie haben. »Ich bin damals weggezogen, runter in den Süden, für 'n Job, und bin erst seit ein paar Monaten wieder hier. War einfach so ein Gedanke, weißt du? Hat sich irgendwie richtig angefühlt, sich bei ihm zu melden.«

Andrea nickte. »Ja, klar, aber Ben ist echt schon eine Weile weg. Eines Tages kam ein Anruf wegen seiner Mum, und da hat er alles stehen und liegen lassen und ist zurück nach Alnwick.«

Lucas stand da, den Gürtel in der Hand, und wagte sich kaum zu rühren. *Endlich.* Alnwick. *Das* hatte er wissen wollen, danke, Andrea. Aber ob der Typ jetzt noch da war? Lucas zog den Gürtel in seine Jeans. »Wie lang ist das jetzt her?«

»Boah, keine Ahnung. Ewig«, sagte sie. »Zehn, elf Jahre vielleicht.«

»Elf Jahre«, murmelte Lucas und dachte an das letzte Mal, dass er Emma gesehen hatte. Er merkte, wie Andrea ihn anglotzte. »Elf Jahre«, sagte er noch mal. »Bin ich wirklich schon so lange clean? Dafür müsste ich doch eigentlich einen Orden bekommen.« Er grinste, setzte sich auf die Bettkante und schnürte seine Schuhe zu. »Du hast aber keinen Kontakt mehr zu ihm, oder?«

»Nee«, sagte sie. »Er meinte zwar, dass er zurückkommen wollte, sobald es seiner Mum besser ging, war aber nicht.« Sie zündete sich noch eine Zigarette an. »Sei ein Schatz und bring mir ein Glas Wasser, ja?«

Lucas grinste sie an und ging aus dem Zimmer. Im Flur hob er seine Jacke vom Boden auf, dann machte er sich vom Acker. Sollte sie sich ihr blödes Wasser doch selber holen.

31

17. April 1999

Emma ließ sich auf den Badezimmerboden sinken. Ihr war schon klar gewesen, dass es passieren konnte, sie war ja nicht blöd. Und weil sie kein bisschen aufgepasst hatten, oder vielmehr weil *sie* kein bisschen aufgepasst hatte, war es jetzt auch passiert. Da brauchte sie sich nicht zu wundern, sie hatte ja schon so was geahnt. Aber auf einmal die Bestätigung zu haben und es tatsächlich zu *wissen*, war noch mal ganz was anderes, ein richtiger Schock. Auf manches ist man wahrscheinlich nie vorbereitet.

Sie vergrub das Gesicht in den Händen und versuchte ihr Schluchzen zu ersticken, damit ihr Dad nichts mitbekam, der unten im Wohnzimmer saß. Aber sie konnte die Tränen einfach nicht zurückhalten. Sie heulte Rotz und Wasser, bis sie kaum noch Luft bekam, bis das Zwerchfell ihr wehtat und sie einen Schluckauf hatte. Sie wollte ihre Mam. Die wäre zwar bestimmt ziemlich sauer gewesen, hätte aber wenigstens gewusst, was zu tun war. Sie hätte Emma in den Arm genommen und ihr gesagt, dass schon alles wieder in Ordnung kommen würde.

An Mam zu denken, machte alles noch schlimmer. Emmas Brust schnürte sich zu, bis sie meinte zu ersticken. Denn wäre ihre Mam noch hier, wäre das alles nicht passiert. Sie wäre Lucas nicht begegnet und wäre nicht mit ihm zusammen gewesen. Vor allem hätte sie ihn nie die Dinge tun lassen, die er getan hatte.

Vielleicht sollte sie es doch einfach ihrem Dad sagen? Am Ende war alles halb so wild, und sie machte sich hier ganz umsonst verrückt. Vielleicht könnte er ihr doch helfen. Aber nein, das konnte sie ihm nicht antun. Er wusste, dass sie mit Lucas zusammen gewesen war, dass sie Drogen genommen hatte, erwähnte es aber nie, mit keinem Wort. Er hatte sie noch kein einziges Mal gefragt, was eigentlich passiert war, was sie gerade durchmachte. Er schien nicht zu begreifen, dass sie, sein kleines Mädchen, solche schlimmen Dinge getan hatte. Oder er wollte es nicht begreifen. Dass sie in die Klinik ging, wusste er; sie hatte ihm erzählt, dass sie sich dort beraten ließ, um von den Drogen wegzukommen und ihr Leben wieder auf die Reihe zu kriegen. Einmal hatte er sie sogar hingefahren, damit sie Lucas nicht über den Weg laufen musste. Aber nachgefragt hatte er nie, nicht einmal versucht zu verstehen, was mit ihr los war. Als würde das Problem dadurch verschwinden, dass man so tat, als wäre da nichts.

Kurz überlegte sie, ob sie mit Diane sprechen sollte. Aber sie hatten in letzter Zeit kaum noch Kontakt gehabt, was vor allem an ihr, Emma, gelegen hatte. Irgendwie war es nicht mehr so wie früher. Und Diane hatte von so was doch noch weniger Ahnung als sie. Wie sollte sie ihr helfen können?

»Em?«

Emma fuhr vor Schreck zusammen, als es an die Tür klopfte. Hastig wischte sie sich die Tränen aus dem Gesicht, auch wenn ihr Vater sie durch die Tür nicht sehen konnte.

»Alles klar dadrin?«, fragte er.

»Ja, ich bin gleich fertig«, sagte sie und schaute sich nach einem Versteck für den Schwangerschaftstest um. Am Ende schob sie sich das Plastikteil in den Bund ihrer Jeans, riss die Schachtel klein und stopfte sich die Schnipsel in die Hosentasche, zog ihren Pulli drüber, damit man nichts sah, und schaute in den Spiegel. An ihrem verheulten Gesicht würde sie nichts ändern können. Nur gut, dass sie mehr als genug Gründe zum Heulen hatte.

Sie öffnete die Tür, und Dad schaute sie besorgt an. »Em?«

»Ich musste nur gerade an Mam denken«, sagte sie. Sofort schossen ihrem Vater Tränen in die Augen, und er zog sie in seine Arme, erstickte sie mit seinem Kummer, seiner Sorge um sie. Emma spürte, wie sich das Plastikteil in ihre Haut grub, aber er schien nichts zu merken.

»Schon gut«, sagte sie und wich zurück.

»Möchtest du noch mit nach unten kommen und ein bisschen fernsehen?«

Emma schüttelte den Kopf. »Nein, danke, ich glaube, ich gehe gleich schlafen.« Ihr Dad nickte nur, und sie mühte sich ihr bestmögliches Lächeln ab, ehe sie die Tür ihres Zimmers hinter sich schloss. Sie würde es ihm nicht sagen, völlig unmöglich. Er brauchte nicht noch mehr Probleme. Aber *sie* brauchte jemanden, der ihr half, und das bald. Alleine würde sie das nicht schaffen. Vielleicht könnte ihr ja jemand aus der Klink helfen. Ben war immer so nett zu ihr gewesen, hatte ihr nie Vorwürfe gemacht, sie nie für ihre Fehler verurteilt. Vielleicht konnte er ihr weiterhelfen, ihr sagen, was zu tun war.

Sie ging zum Fenster und überlegte, ob sie jetzt gleich hingehen sollte, ob Ben so spät noch arbeitete. Sie zog den Vorhang zurück – und schrie vor Schreck. Draußen stand Lucas und schaute zum Haus hoch. Sie ließ den Vorhang fallen und wich vom Fenster zurück. Sie wollte nicht, dass er sie sah.

Damit hätte sie rechnen müssen. Seit sie ihn verlassen hatte, schien er dauernd da aufzutauchen, wo sie war. Sie konnte keinen Schritt mehr aus dem Haus gehen, ohne dass er sie verfolgte wie ein böser Geist. Einmal war er sogar hier gewesen, in ihrem

Zimmer. Als sie nach Hause gekommen war, hatte das Fenster weit offen gestanden, die Scheibe war eingeschlagen gewesen und ihr Bett zerwühlt, mit seiner Wichse drin. Das mit dem Fenster musste sie ihrem Dad wohl oder übel sagen, aber wenigstens hatte sie ihn davon überzeugen können, dass es irgendwelche Kids eingeworfen hätten, denn geklaut worden war ja nichts. Die Laken hatte sie heimlich entsorgt, sie in einen Müllsack gestopft und in den Container hinter der Pizzeria geworfen. Ihr wurde jetzt noch ganz schlecht, wenn sie daran dachte. Aber vielleicht kam das auch von dem Baby.

Sie legte sich die Hand auf den Bauch. In ihr wuchs ein Kind heran. *Sein* Kind. Wie er wohl reagieren würde, wenn er davon erfuhr? Würde er sich freuen oder sauer sein, weil sie nicht aufgepasst hatte? Egal. Er würde es niemals erfahren. Nie im Leben.

32

15. Dezember 2010

Freeman wartete auf Diane Royle. Sie hatten sich in einem Café ganz in der Nähe von Dianes Arbeitsstelle verabredet. Freeman war etwas zu früh dran, doch bei der Kälte war sie ganz zufrieden damit, einfach hier sitzen und etwas Warmes trinken zu können.

Sie hatte kein Bild von Diane, erkannte sie aber sofort, als sie hereinkam, an dem besorgten, leicht gehetzten Blick, mit dem sie sich umsah. Eine Frau, die es eindeutig nicht gewohnt war, mit der Polizei zu reden.

Freeman stand auf. »Diane?« Die Frau drehte sich um, kam lächelnd auf sie zu und gab ihr die Hand. »Darf ich Ihnen etwas zu trinken bestellen?«

Diane schüttelte den Kopf. »Nein, danke. Ich habe heute Morgen schon mehr Kaffee getrunken, als ich sollte.«

Sie setzten sich, und Diane zog ihre Handschuhe aus, nicht aber ihren Mantel. Freeman legte die Hände um ihre Tasse heiße Schokolade. Der Kakao war zwar unangenehm süß, aber zum Händewärmen reichte es allemal.

»Danke, dass Sie gekommen sind«, sagte Freeman und sah, wie Diane ihre Handschuhe umklammerte. »Ich will Sie auch nicht lange aufhalten.«

Dianes Blick irrte durch das Café, als wüsste sie nicht, was sie hier eigentlich wollte, als *sollte* sie überhaupt nicht hier sein. »Sie wollten mit mir über Emma sprechen?«, fragte sie schließlich.

»Ja.«

»Dann ist sie es also?«

»Wir konnten die Tote bislang noch nicht zweifelsfrei identifizieren, haben aber Grund zu der Annahme, dass es sich um Emma handelt, ja.«

Diane nickte mit Tränen in den Augen.

»Emmas Vater meinte, sie beide wären von klein auf befreundet gewesen, hätten sich dann aber aus den Augen verloren. Wissen Sie noch, wann genau das war?«

»Irgendwann nach dem Tod ihrer Mutter«, sagte Diane. »Emma war danach eine Weile nicht in der Schule. Ich bin ein paar Mal bei ihr zu Hause gewesen, aber sie wollte nicht mit mir reden. Nach ein paar Wochen kam sie wieder in den Unterricht, fing dann aber an zu schwänzen und wollte, dass ich sie deckte. Sie hatte sich ziemlich verändert. Mit ihrem Dad hat sie praktisch überhaupt nicht mehr geredet, und mit mir dann irgendwann auch nicht mehr. Stattdessen trieb sie sich tagsüber in der Stadt herum.« Diane zuckte mit den Schultern. »Ihr Dad hat wahrscheinlich gehofft, dass sich alles wieder einrenken würde, wenn er ihr einfach ein bisschen Zeit lässt. Die Zeit heilt alle Wunden und so, Sie wissen schon.«

»Kannten Sie Lucas Yates? Wie haben die beiden sich überhaupt kennengelernt?«, fragte Freeman und sah, wie Diane noch mehr auf Distanz ging.

»Ich kannte ihn nicht«, stellte sie klar und schaute sich kurz um, als die Tür aufging und zwei alte Frauen in einem Schwall kalter Luft hereinkamen. »Also nicht richtig, nur so vom Sehen. Ich hatte Emma schon eine Weile nicht mehr gesprochen. Zur Schule kam sie kaum noch. Aber dann habe ich sie eines Tages mit dieser Clique in der Stadt gesehen. Kaputte Typen, die sie früher keines Blickes gewürdigt hätte, alle etwas älter als Emma. Ich wollte schon zu ihr rübergehen und Hallo sagen, als dieser Typ den Arm um sie legt und sie sich einfach wegdreht, als wollte sie nichts mit mir zu tun haben.«

»Welcher Typ? Lucas?«

Diane nickte. »Ja, genau. Das war das erste Mal, dass ich die beiden zusammen gesehen habe. Davor hatte er auch schon ein paar Mal vor der Schule herumgelungert, kann sein, dass er da auch auf sie gewartet hat. Emma mochte ihn, aber ich habe bei dem Typen immer eine Gänsehaut bekommen.«

»Wieso?«

»Kann ich nicht genau sagen. Er sah ziemlich gut aus, aber irgendwas stimmte mit dem nicht. Ich habe sie vor Lucas gewarnt, der würde nichts als Ärger bringen, habe ich gesagt. Aber sie meinte, ich hätte ja keine Ahnung. Ein paar Tage nachdem ich die beiden in der Stadt gesehen hatte, hat ihr Dad sie als vermisst gemeldet.«

»War das beim ersten Mal?«, fragte Freeman und spürte, wie die Tasse in ihren Händen langsam abkühlte. »Im Februar?«

»Ja«, bestätigte Diane. »Sie blieb ein paar Wochen weg, vielleicht einen Monat. Mir war sofort klar, dass es was mit ihm zu tun haben musste, mit Lucas.«

»Haben Sie das der Polizei gesagt?«

Diane nickte. »Ich habe ihnen gesagt, dass sie und Lucas zusammen waren. Sie haben versprochen, mit ihm zu reden, aber ich weiß nicht, ob sie es getan haben. Passiert ist jedenfalls nichts, und eines Tages war Emma wieder da, einfach so.«

»Und haben Sie mit Emma gesprochen, als sie wieder zu Hause war?«

»Ja, habe ich, aber sie war irgendwie seltsam. Ganz verschlossen und abweisend. Sie war auch früher schon eher still und zurückhaltend gewesen, aber nicht so. So kannte ich sie nicht. Irgendwann hat sie mir dann erzählt, dass sie keine Drogen mehr nehmen würde und sich auch nicht mehr mit diesen Leuten treffen würde. Sie hätte eine Therapie angefangen und wollte versuchen, ihr Leben zu verändern. Aber er, also Lucas, hat sie einfach nicht in Ruhe gelassen.

Einmal kam sie in Tränen aufgelöst bei mir vorbei. Sie traute sich nicht mehr nach Hause, weil Lucas ihr auflauerte. Alles hat sie mir nicht erzählt, ich habe gemerkt, dass sie mir Sachen verschwiegen hat, aber dass er ihr gegenüber gewalttätig war, das immerhin hat sie zugegeben. Und jetzt stellte er ihr nach, brach bei ihr zu Hause ein, drohte damit, ihrem Dad etwas anzutun, wenn sie es ihm erzählte oder zur Polizei ging. Sie meinte, als sie damals von zu Hause abgehauen war, zu Lucas, war es genau das, was sie wollte, mit ihm zusammen sein und so, aber nach ein paar Tagen hätte sie ihn von einer ganz anderen, hässlichen Seite kennengelernt und wollte nur noch weg. Aber er hat sie nicht gelassen. Sie hatte furchtbare Angst vor ihm, das können Sie mir glauben. Und dann, ein oder zwei Wochen später, war sie wieder verschwunden.«

»Und Sie dachten, sie wäre zu Lucas zurückgekehrt?«

»Am Anfang schon. Ich dachte: Wie kann man nur so blöd sein, jetzt hat er sie doch wieder rumgekriegt. Aber dann habe ich Lucas mit einem anderen Mädchen gesehen, und das kam mir seltsam vor. Und kurz darauf war Emma auch wieder da, sie meinte, sie könne ihren Dad nicht länger allein lassen.«

Freeman lehnte sich zurück. Die Kälte, die ihr vorhin noch in den Knochen gesessen hatte, war Fassungslosigkeit und Wut gewichen. Wie verkommen, wie niederträchtig musste man sein, um die Not eines jungen Mädchens derart auszunutzen? Eines Mädchens, das noch ein halbes Kind war und eben erst seine Mutter verloren hatte? Was hatte Lucas getan, um ihr solche Angst einzujagen?

»Ich habe zu ihr gesagt, sie soll endlich zur Polizei gehen, aber sie meinte, das würde alles nur noch schlimmer machen. Seit sie zurück war, hatte sie nicht mehr mit Lucas gesprochen, hatte es irgendwie geschafft, dem Typen aus dem Weg zu gehen. Aber eines Tages ist er bei mir aufgetaucht, als sie gerade da war. Wir haben ihn oben vom Fenster aus beobachtet, um zu sehen, was er vorhat, aber er stand einfach nur da, und irgendwann ist mein Bruder dann raus, um ihn wegzujagen.« Diane senkte den Blick. »Er, also Lucas, hat ihn zusammengeschlagen, einfach so, er hat meinen Bruder grün und blau geprügelt, direkt vor unserem Haus. Ich habe die Polizei gerufen, aber bis die da war, hatte Lucas sich längst aus dem Staub gemacht, und mein Bruder wollte ihn nicht anzeigen. Er hatte total Angst vor dem Typen. Das war dann auch das letzte Mal, dass Emma bei uns war.«

»Sie meinen, Sie haben sie danach nie wiedergesehen?«, fragte Freeman nach, und als Diane nickte: »Wissen Sie noch, wann das war?«

Diane runzelte die Stirn. »Nicht genau. Ende Juni, schätze ich. Noch vor den Sommerferien, aber beim genauen Datum bin ich überfragt.«

»Okay, macht nichts«, sagte Freeman. »Können Sie sich zufällig noch daran erinnern, was Emma an dem Tag anhatte?«

Diane schüttelte den Kopf. »Nein, tut mir leid.«

Freeman schob ihr das Foto der Halskette über den Tisch, die man bei der Toten gefunden hatte. »Erkennen Sie die?«

Diane nahm es in die Hand. »Ja, natürlich, die gehörte ihrer

Mum. Als sie krank wurde, hat sie sie Emma geschenkt. Emma hat diese Kette abgöttisch geliebt, hat sie Tag und Nacht getragen.«

»Und was ist damit?«, fragte Freeman und reichte ihr das Foto der rosa Trainingsjacke, in der man die Tote gefunden hatte.

Diane sah es sich lange an, dann schüttelte sie den Kopf. »Nein«, meinte sie langsam. »Ich habe sie, ehrlich gesagt, nie in so was gesehen. Die anderen aus der Clique haben solche Klamotten getragen, aber sie nicht.« Sie zuckte bedauernd mit den Schultern. »Aber sicher bin ich mir nicht, tut mir leid.«

»Kein Problem«, sagte Freeman. »Aber Sie sind sich sicher, dass Sie Emma damals, als Lucas Ihren Bruder zusammengeschlagen hat, das letzte Mal gesehen haben?«

»Ich glaube schon. Ich weiß noch, dass ich danach ein paarmal bei ihr angerufen habe, aber sie wollte nicht mit mir reden. Und, ehrlich gesagt, hatte ich auch Angst, da mit reingezogen zu werden, also habe ich es irgendwann sein lassen«, sagte Diane und mied Freemans Blick.

»Völlig verständlich.«

»Aber es war kurz bevor ihr Dad sie erneut vermisst gemeldet hat. Daran kann ich mich noch genau erinnern, weil ich schreckliche Schuldgefühle hatte, nach dieser Sache mit meinem Bruder nicht noch mal bei ihr vorbeigeschaut zu haben. Ich wusste, dass die Polizei nach ihr suchte, aber irgendwie schien das alles nicht so dramatisch. Alle dachten, sie wäre einfach wieder abgehauen und würde schon wieder auftauchen. Niemand schien sich wirklich Sorgen um sie zu machen – außer ihrem Dad natürlich.«

»Und Sie? Was dachten Sie, was mit Emma passiert war? Die Polizei hat damals noch mal mit Ihnen gesprochen, oder?«

»Ja, jemand ist bei mir zu Hause vorbeigekommen, aber wie gesagt, so richtig ernst hat das niemand genommen, hatte ich den Eindruck. Ich war mir sicher, dass Lucas etwas mit ihrem Verschwinden zu tun hatte, und die Ermittler meinten, sie würden jeder Spur nachgehen, aber ich weiß nicht, ob sie es wirklich getan haben. Auffällig fand ich, dass Lucas um dieselbe Zeit von der Bildfläche verschwunden ist, zumindest habe ich ihn seitdem nicht mehr gesehen. Insgeheim habe ich mich gefragt, ob sie nicht mit ihm durchgebrannt ist.« Diane sah Freeman mit feuchten Augen an. »Glauben Sie, dass er sie umgebracht hat?« Tränen liefen ihr über die Wangen; sie wischte sie fort, und Freeman reichte ihr eine Papierserviette.

»Das versuche ich herauszufinden.« Freeman blätterte in ihren Notizen und überlegte, was sie von Diane Boyle noch erfahren könnte. »Sie hatten mit dieser Clique um Lucas also nichts zu tun und kannten diese Leute auch nicht weiter?«

Diane schüttelte den Kopf. »Nein, höchstens vom Sehen. Die meisten von denen waren schon älter und gar nicht mehr auf unserer Schule.«

Freeman holte ein paar Fotos aus ihrer Tasche und legte sie vor Diane auf den Tisch. »Kommt Ihnen dieser Mann bekannt vor?«, fragte sie und zeigte auf eines der Bilder; Diane sah es sich an und runzelte die Stirn. »Das ist Christian Morton«, half Freeman ihr auf die Sprünge. »Ein Freund von Lucas.«

Diane schüttelte den Kopf. »Nein, noch nie gesehen.«

»Und was ist mit Jenny Taylor?«, fragte Freeman.

»Doch, der Name kommt mir bekannt vor. Emma hatte ihn mal erwähnt. Sie meinte, sie könnte Jenny nicht ausstehen.« Fast ungläubig riss sie die Augen auf, als Freeman ihr ein weiteres Foto hinhielt. »Das ist sie«, sagte sie und griff nach dem Bild.

»Wer?«

»Das Mädchen, mit dem ich Lucas gesehen habe, während Emma weg war.«

»Ganz sicher?«, fragte Freeman.

»Absolut. Ich habe ihn ein paar Mal mit ihr gesehen und dachte mir, dass die beiden, nachdem Emma mit ihm Schluss gemacht hat, vielleicht zusammen waren. Und vorher habe ich sie auch schon mal gesehen … doch, an dem Tag, als ich sie alle zusammen in der Stadt gesehen habe. Sie waren betrunken und haben rumgepöbelt. Und die hier«, sagte Diane und zeigte auf das Foto von Jenny, »hat mächtig versucht, Lucas zu imponieren, aber er fing plötzlich an mit Emma rumzumachen.« Sie beugte sich vor und senkte die Stimme. »Das war wirklich krass. Er hat versucht, seine Hand in ihre Hose zu schieben, aber sie wollte nicht, und da hat er sie beim Arm gepackt und gegen die Mauer gestoßen, so richtig fest. Ich wollte rübergehen und eingreifen, Emma helfen, aber irgendwie hatte ich Angst. Sie waren einfach in der Überzahl, und ich kam mir so blöd vor.« Diane seufzte. »Am nächsten Tag bin ich zu Emma nach Hause und habe versucht, mit ihr zu reden, aber das ging zum einen Ohr rein und zum anderen wieder raus. Sie stand völlig neben sich, konnte ihren Arm kaum bewegen, und ...«

»Moment«, sagte Freeman. »Hatte sie sich etwa den Arm gebrochen?«

»Weiß ich nicht. Er sah schlimm aus, ganz geschwollen, aber ich weiß nicht, ob er gebrochen war. Warum?«

»War es der linke Arm oder der rechte?«

Diane schüttelte den Kopf. »Tut mir leid, das weiß ich nicht mehr.«

33

15. Dezember 2010

Freeman stand mit dem Kopf an die Toilettentür gelehnt, starrte auf das Plastikteil in ihrer Hand und fragte sich, wie lange sie schon hier drin war. Eigentlich sollte sie Routledge Bericht erstatten.

Seit Tagen hatte sie den Test vor sich hergeschoben, hatte ihn in ihrer Tasche mit sich herumgetragen und sich einzureden versucht, ihn nur deshalb noch nicht gemacht zu haben, weil sie einfach so viel zu tun hatte. Ihr war kaum Zeit zum Luftholen geblieben, geschweige denn dazu, auf irgendwelche Stäbchen zu pinkeln. So viel zum Selbstbetrug, denn natürlich schob sie es vor allem deshalb vor sich her, weil sie das Ergebnis ahnte und sich nicht mit den Konsequenzen auseinandersetzen wollte. Als würde das Problem sich in Luft auflösen, wenn sie es einfach ignorierte. Brian wäre dann gleich das nächste Problem, mit dem sie sich auseinandersetzen müsste. Wenn er sich doch auch einfach in Luft auflösen würde! Gestern Abend hatte sie den Test dann endlich gemacht, zu Hause im Bad. Aber konnte man dem Ergebnis trauen? Blöder Billigtest. Weshalb sie sich heute früh auf dem Weg zur Arbeit gleich noch einen gekauft hatte. Nur um ganz sicher zu gehen.

Freeman schaute wieder auf den Stick. Warum dauerte das denn so lange? Sie las noch einmal auf der Schachtel nach. Zwei Minuten stand da.

Beim nächsten Blick auf das Testfeld spürte sie eine Schockwelle durch ihren Körper jagen. »Scheiße«, murmelte sie, und dann, so laut, dass sie nur hoffen konnte, allein in der Damentoilette zu sein: »Scheiße, Scheiße, *Scheiße.*« Natürlich, sie hatte damit gerechnet, aber es war dennoch ein Schock, das Ergebnis schwarz auf weiß zu sehen. Oder vielmehr blau auf weiß. Aber hey, hatte sie sich gesagt, es kam doch gar nicht darauf an, was dieses Stäbchen anzeigte, sie hatte sich doch längst entschieden. Nur dass jetzt auf einmal alles ganz anders aussah. Jetzt war aus dem Gedanken Wirklichkeit geworden. Eine reale Entscheidung stand an, nicht bloß eine hypothetische. Tränen brannten ihr in den Augen; sie presste sich die Finger auf die Lider, um sie zurückzuhalten.

Freeman versenkte den Test samt Verpackung im Abfalleimer und trat einmal kräftig dagegen. Brian konnte sie mal. Das sollte sein Problem nicht sein, es ging ihn nichts an. Ihre Entscheidung stand fest, nichts würde sich ändern. Gar nichts.

Routledge hockte auf ihrem Schreibtisch, als sie hereinkam. Kein gutes Zeichen. Die Arme vor der Brust verschränkt, wippte er ungeduldig mit dem Fuß und bedachte sie mit einem seiner berüchtigten Blicke.

»Ja, ich weiß, ich bin zu spät«, sagte sie. »Ich habe noch mit einer Zeugin gesprochen.«

»Mit wem?«

»Diane Royle, einer Freundin von Emma.«

»Und – was Nützliches erfahren?«

»Es kann sein, dass Lucas Yates Emma den Arm gebrochen hat.«

»So, so, es kann sein«, bemerkte Routledge süffisant. »Haben Sie schon mit Ben Swales gesprochen?«

»Ja«, erwiderte Freeman. »Gestern.«

»Und? Was hatte der kleine Spinner zu seiner Verteidigung vorzubringen?« Nachdem er Bens altes Führerscheinfoto gesehen hatte, war Routledge spontan zu dem Schluss gelangt, dass er ein mieser kleiner Spinner war. Sie konnte sich vermutlich glücklich schätzen, solche Sternstunden der Polizeiarbeit live erleben zu dürfen.

Freeman seufzte. »Er hat abgestritten, sie zu kennen.«

In Routledges Augen blitzte es. »Aha!«, rief er. »Reagiert so jemand, der nichts zu verbergen hat?«

»Allerdings hat er seine Aussage relativiert, nachdem ich ihn daran erinnert habe, was Emmas Vater …«

»Klar hat er das.«

»Er habe sie einfach vergessen, hat er gesagt.«

Routledge schnaubte bloß. »Vielleicht sollten Sie ihn noch mal vorladen.«

»Mit welcher Begründung?«

»Mit derselben Begründung, mit der Sie Yates einbestellt haben. Als Zeuge. Weil er Emma kannte. Yates streitet das wenigstens nicht ab.«

»Aber warum sollte Ben Swales Emma umgebracht haben? Welches Motiv sollte er gehabt haben?«

»Solche Typen brauchen nicht unbedingt ein Motiv«, sagte Routledge und stand auf. »Knöpfen Sie ihn sich noch mal vor. Und sprechen Sie mit seinen ehemaligen Kollegen. Sonst noch was?«

»Ja, ein weiteres Mädchen aus der damaligen Clique, das sowohl Emma als auch Lucas kannte. Jenny Taylor. Ich hoffe, mit ihr sprechen zu können, sobald wir sie ausfindig gemacht haben – Lloyd ist an der Sache dran«, kam sie Routledges Frage zuvor.

Routledge schaute zu Lloyd hinüber, der sich gerade wie ein dressierter Affe Erdnüsse einwarf, sparte sich einen Kommentar und bedachte stattdessen Freeman mit einem letzten vernichtenden Blick, ehe er sich wieder in seinen Bau verzog.

»Lloyd!«, brüllte Freeman. Der DC sprang auf, schlug McIlroy im Vorbeigehen noch auf die Schulter – mit jedem gut Freund, das sonnige Kerlchen – und hielt auf Freeman zu. Sie hätte ihn am liebsten geschüttelt, bis ihm das dumm-vergnügte Grinsen aus dem Gesicht fiel.

»Boss?«

»Jenny Taylor.«

»Ach ja, Jenny Taylor«, sagte Lloyd. »Ich habe sie gefunden.«

»Nein, wirklich?«

»Tun Sie nicht so überrascht. Manchmal bin ich doch zu etwas zu gebrauchen.«

»Darüber ließe sich streiten. Also, wo steckt sie?«

»Jetzt, wo Sie meine Brillanz angekratzt haben, müssen Sie erst das Zauberwort sagen.«

»Raus mit der Sprache, oder ich breche Ihnen beide Beine«, sagte Freeman.

»Autsch, nein, das muss nicht sein. Also gut, weil Sie es sind. Über die Kraftfahrzeugzulassungsstelle konnte ich sie nicht finden, und seit der kleinen Keilerei im Pub ist sie auch nicht mehr bei uns im System aufgetaucht. Ich habe ihre Sozialversicherungsnummer überprüft und herausgefunden, dass sie von 2000 bis 2003 staatliche Leistungen in Sheffield bezogen hat. Danach hat sie sich wohl ganz brav einen Job gesucht, das kleine Schätzchen ...«

»Lloyd, wo ist sie?«

»Middlesbrough.«

»Middlesbrough?«

»Genau, im schönen, sonnigen Middlesbrough.«

»Gut«, sagte Freeman. »Dann geben Sie mir Anschrift und Telefonnummer.«

»Sorry, keine Telefonnummer.«

»Schön, dann eben nur die Adresse.«

Lloyd huschte zurück an seinen Platz, suchte in dem Chaos auf seinem Schreibtisch und brachte schließlich einen kleinen Zettel zum Vorschein, den er irgendwo abgerissen zu haben schien.

Freeman dankte Lloyd und schaute auf die Uhr. Sie wollte unbedingt noch mal mit Ben Swales sprechen, nicht, weil Routledge sie dazu verdonnert hatte, sondern weil sie das ohnehin vorgehabt hatte. Nach Alnwick bräuchte sie eine Dreiviertelstunde. Nach Middlesbrough über eine Stunde – dummerweise in genau der entgegengesetzten Richtung. Und mit Bens ehemaligen Kollegen wollte sie sich auch noch mal unterhalten.

Freeman griff zum Telefon, ließ sich auf die Kante ihres Schreibtischs fallen und wählte; sie brauchte nicht lange zu warten, er meldete sich nach dem dritten Läuten.

»Gardner.«

34

19. April 1999

Emma hockte wie ein Häufchen Elend auf Dianes Bett und wagte kaum, ihre Freundin anzuschauen. Ein unbehagliches Schweigen hatte sich zwischen ihnen breitgemacht. Dabei hatte Diane sich so gefreut, als sie vorhin die Tür geöffnet und Emma gesehen hatte. Sie war ihr um den Hals gefallen und hatte ihr gesagt, wie froh sie sei, dass Emma endlich wieder da war und es ihr besser zu gehen schien. Wahrscheinlich war das alles zu viel gewesen – Emma war einfach in Tränen ausgebrochen. Sie konnte Diane unmöglich von dem Baby erzählen, auch wenn es ihr auf der Seele brannte. Deshalb war sie nicht hier. Sie hatte es einfach nicht mehr zu Hause ausgehalten, hatte weggewollt, weg von Lucas.

»Also …«, fing Diane an. »Erzählst du mir jetzt, was los ist?«

Dass sie schon wieder weinte, merkte Emma erst, als sie ihre Freundin ansah, die selbst Tränen in den Augen hatte. Diane setzte sich neben sie und legte ihr den Arm um die Schultern.

»Ist es wegen *ihm*?«, fragte Diane.

Diane konnte Lucas nicht leiden, obwohl sie ihn ja kaum kannte und nicht mal die Hälfte dessen wusste, was er getan hatte. Vielleicht war sie doch nicht so naiv, wie Emma dachte. Vielleicht würde ihre Freundin sie verstehen.

Emma nickte. »Er lässt mich nicht in Ruhe. Er steht draußen vor unserem Haus, steht einfach da, stundenlang, und wartet, dass ich rauskomme. Er ruft mir Sachen hinterher, er bedroht mich. Egal, wo ich hingehe, er folgt mir. Ich traue mich kaum noch raus. Und ich habe Angst, dass er meinem Dad etwas antut. Einmal ist er sogar bei uns eingebrochen. Er war in meinem Zimmer …« Emma biss sich auf die Zunge. Nein, *das* konnte sie Diane unmöglich sagen. »Ich weiß, dass er es war«, schloss sie.

»Du musst zur Polizei gehen«, sagte Diane.

»Nein, das geht nicht. Die können doch auch nichts machen. Sie werden ihm höchstens sagen, er soll mich in Ruhe lassen, und dann hört er erst recht nicht auf. Ich weiß echt nicht mehr, was ich machen soll.«

Sie wartete darauf, dass Diane etwas sagte, ihr eine Antwort auf all ihre Probleme gab, aber ihre Freundin saß bloß da und sah sie besorgt an. Das hätte sie sich denken können, sie hätte gar nicht erst kommen sollen. Diane konnte ihr auch nicht helfen. Sie war ganz allein.

35

15. Dezember 2010

Freeman überlegte, ob sie nicht doch lieber zuerst mit Jenny Taylor sprechen sollte. Das Mädchen hatte Emma gekannt; sie nicht gemocht, aber gekannt. Und Diane Royle zufolge war sie wohl auch irgendwann einmal mit Lucas Yates zusammen gewesen. Wenn jemand etwas wusste, dann vermutlich sie.

Stattdessen fuhr sie dann doch erst noch einmal zu der Klinik, in der Ben gearbeitet hatte. Seine Erinnerungen an Emma waren ja, gelinde gesagt, etwas lückenhaft gewesen. Aber vielleicht wusste seine Chefin noch etwas, das Bens Gedächtnis entfallen war.

Freeman hielt hinter dem Gebäude, ging an einer Gruppe Teenager vorbei, die vor Kälte zitternd vor dem Eingang standen und rauchten, und flüchtete sich in den vergleichsweise warmen Empfangsbereich. Jessie, die Chefin, sprach mit einem jungen Mädchen an der Anmeldung. Als Freeman hereinkam, schaute sie auf und übergab das Mädchen einem Kollegen. Von Catherine war nichts zu sehen. Vielleicht war sie ja wegen der fehlenden Briefe gefeuert worden.

»Sind Sie wegen des Einbruchs hier?«, fragte Jessie, kam um den Anmeldetresen herum und blieb vor Freeman stehen. »Ich dachte schon, da kommt überhaupt niemand mehr.«

»Nein, ich bin nicht wegen des Einbruchs hier«, sagte Freeman.

»Aha. Und ich dachte ...« Jessie runzelte irritiert die Stirn. »Wie lange dauert das denn? Wir haben heute Morgen angerufen, gleich nachdem wir es bemerkt hatten.«

»Ich bin mir sicher, dass man so schnell wie möglich einen Kollegen vorbeischicken wird. Aber ich wollte Sie aus einem anderen Grund sprechen.«

Jessie wirkte leicht gereizt, als sie Freeman in einen kleinen Raum am Ende des Gangs führte und die Tür hinter ihnen schloss.

Sie deutete auf die harten Plastikstühle und setzte sich. Freemans Blick fiel auf ein kaputtes Fenster, das mit Pappkarton und Klebeband notdürftig geflickt worden war.

»Wurde etwas gestohlen?«, fragte sie Jessie.

»Nein, nur ein bisschen Kleingeld, aber Sie sehen ja«, sie deutete auf die eingeschlagene Scheibe. »So was kommt bei uns öfter vor. Normalerweise suchen die Leute nach Drogen. Wie sie auf die Idee kommen, ausgerechnet hier fündig zu werden, ist mir ein Rätsel. Unser Job ist es, ihnen beim Entzug zu helfen, und nicht, sie mit Stoff zu versorgen.« Sie schaute sich in dem kleinen Raum um und schüttelte den Kopf, ehe sie ihr Augenmerk wieder auf Freeman richtete. »Sie hatten mich doch nach Ben Swales gefragt.«

»Genau. Und deswegen bin ich auch noch mal hier. Wegen Ben Swales und Emma Thorley.« Freeman sah, wie Jessie erneut die Stirn runzelte. »Sie meinten, dass Sie Ben zusammen mit einem Mädchen gesehen hätten. War sie das?« Sie zeigte Jessie ein Foto von Emma.

»Ja«, erwiderte Jessie ohne zu zögern. »Das war sie.«
»Können Sie sich noch an sie erinnern?«
»Kaum. Ich habe nie mit ihr gearbeitet. Aber sie ist mir aufgefallen. Sehr ernst, sehr still. Ganz anders als die meisten der jungen Leute, die wir hier haben. Sie schien irgendwie ...«
»Ja?«
»Ich weiß nicht ... Ich hatte den Eindruck, dass zwischen ihr und Ben irgendwas lief.«
»Sie meinen, die beiden hatten was miteinander?«
Jessie schüttelte den Kopf. »Nein, das wollte ich damit nicht sagen. Wie gesagt, ich weiß es nicht. Aber ich habe Ben ein paar Mal mit ihr zusammen weggehen sehen.«
»Wann war das?«
»Oh je, das weiß ich doch jetzt nicht mehr. Nicht lange bevor er hier aufgehört hat.« Jessie blickte auf, als jemand an die Tür kam. »Was ist, Andrea?«, fragte sie. Die blonde Frau starrte Freeman an, ehe sie sich an Jessie wandte.

»Da ist gerade jemand wegen dem Einbruch gekommen«, sagte sie.

»Wenn Sie mich bitte entschuldigen würden«, sagte Jessie und stand auf. Freeman folgte ihr in das kleine Büro hinter der Anmeldung. Ein Beamter in Uniform, den sie nicht kannte, schaute sich etwas hinter der Tür an. Freeman spähte um die Ecke und sah den geplünderten Aktenschrank. Die Schubladen waren herausgezogen, die Ordner zerfleddert, Papiere lagen auf dem Boden verstreut. Fragend wandte sie sich zu Jessie um.

»Wir haben nichts angefasst«, versicherte die und schien nicht recht zu wissen, wer jetzt eigentlich zuständig war, Freeman oder der Uniformierte. »Alles noch genau so, wie wir es vorgefunden haben. Ich schätze, unser nächtlicher Besucher hatte auf fettere Beute gehofft.«

»Aber da hat er sich verschätzt«, überlegte Freeman laut.
»Ja. Wie ich bereits sagte, wir bewahren hier weder Medika-

mente noch Bargeld auf. Außer der Kaffeekasse, die haben sie auch mitgehen lassen. Ganze drei Pfund vierzig.«

Freeman zeigte dem Beamten ihren Ausweis und bückte sich, um die Ordner näher in Augenschein zu nehmen.

»Personalakten?« Fragend schaute sie zu Jessie hoch.

Die nickte. »Ja. Sie haben die Schlüssel vorn aus dem Schreibtisch genommen und sind sämtliche Schubladen durchgegangen, scheinen aber nichts gefunden zu haben, was sich mitzunehmen lohnte.«

Freeman betrachtete das Chaos auf dem Boden. »Haben Sie schon nachgeschaut, ob etwas fehlt?«

»Nein, habe ich nicht. Ich habe auf die Polizei gewartet«, erwiderte sie spitz und verschränkte die Arme vor der Brust. »Aber ich bitte Sie, was sollten die denn mit dem Papierkram anfangen?«

Freeman sah Andrea durch das kleine Fenster in der Tür schauen, nahm ein Paar Latexhandschuhe aus ihrer Tasche, zog sie über und begann durch die Ordner zu blättern. »Wurde die Akte von Ben Swales auch hier aufbewahrt?«

»Nein, der ist ja schon ewig weg«, sagte Jessie. »Dazu müssten Sie ins Archiv. Hier bewahren wir nur die laufenden Unterlagen auf.«

Freeman hatte sich einmal durch den ganzen Stapel gewühlt, stand seufzend auf und warf noch einen Blick in die leeren Schubladen. »Könnten Sie vielleicht mal kurz schauen, ob nicht doch etwas fehlt?«

Jessie bückte sich, sichtete kurz die Ordner und schüttelte den Kopf. Freeman wich zurück und ließ dem Polizisten den Vortritt, der die Spurensicherung anforderte, um Fingerabdrücke abzunehmen.

Freeman sah sich im Büro um. »Bewahren Sie eigentlich auch die Patientenakten auf?«

»Ja, natürlich«, sagte Jessie.

»Wie lange?«

»Normalerweise zehn Jahre nach der letzten Behandlung. Aber ...«

»Aber?«, hakte Freeman nach.

»Aber alles, was älter ist als ein, zwei Jahre, landet ebenfalls im Archiv. Kommen Sie, ich zeige es Ihnen.« Jessie führte Freeman den Gang hinab zu einem kleinen, fensterlosen Raum, in dem sich dutzendfach Kartons stapelten.

»Und irgendwo dadrin würde ich auch Emma Thorleys Akte finden?«, fragte Freeman.

»Sie können sich gerne umschauen.«

»Vielleicht ein kleiner Tipp, wo ich anfangen soll?«

Jessie hob lächelnd die Schultern und schloss die Tür hinter sich.

Freeman wandte sich seufzend den Kartons zu und machte, um sich einen ungefähren Überblick zu verschaffen, einfach mal den ersten auf, der randvoll war mit Papieren, die ohne erkennbares System hineingestopft worden waren. Na, das konnte ja heiter werden.

Etliche Kartons später hatte sie noch immer keinen einzigen Hinweis auf Emma gefunden. Dafür war ihr etwas anderes aufgefallen. Anscheinend war auch Jenny Taylor hier in Behandlung gewesen, wenn auch nur kurz. Freeman blätterte die schmale Akte durch, und ihr Blick fiel auf die Unterschrift, mit der einige der Berichte abgezeichnet waren: B. Swales.

Lucas Yates war also nicht der Einzige, der beide Mädchen gekannt hatte.

36

15. Dezember 2010

Als Gardner das Polizeigebäude verließ, fragte er sich, warum zum Teufel er eigentlich DS Freemans Drecksarbeit machte; dann sah er Lawton draußen mit einem Mann, der ihr den Arm um die Schulter gelegt hatte, die Hand besitzergreifend an ihrem Nacken. Gardner blieb stehen und beobachtete die beiden. War das etwa ihr Freund – Lee, der ominöse Motivationscoach? Zumindest auf den ersten Blick schien er ein ziemliches Arschloch zu sein. So gar nicht das, was er sich bei Lawton vorgestellt hatte.

Lawton stand mit gesenktem Kopf da und schüttelte Lees Arm ab. Lee fasste sie unters Kinn, damit sie ihn ansah. Da schau an, dachte Gardner, eine kleine Beziehungskrise. Oder zumindest ein sehr ernstes Gespräch unter vier Augen, auch wenn hauptsächlich Lee es war, der redete. Logisch, bei dem Job. Gardner überlegte, ob er einfach vorbeigehen sollte. Taktvoller wäre es, aber wann hätte ihn das jemals von etwas abgehalten?

Entschlossen ging er zu den beiden hinüber. »Sie müssen Lee sein«, sagte er und streckte die Hand aus, während Lawton ihn anschaute, als hätte er sie beim Rauchen hinter dem Fahrradschuppen erwischt. Lee wirkte etwas perplex und gab ihm zögerlich die Hand.

»Michael Gardner«, stellte er sich vor und schüttelte Lees Hand. Plötzlich kam Leben in den Mann, und ein Lächeln breitete sich in seinem gebräunten Gesicht aus.

»Sie sind also DI Gardner«, sagte Lee. »Wie nett, Sie mal persönlich kennenzulernen. Dawn redet ja andauernd von Ihnen.«

Gardner blickte kurz zu Lawton und sah sie erröten. Er zog seine Hand zurück, und Lee ließ ein Lächeln aufblitzen, das seine

Augen jedoch nicht erreichte. »Was führt Sie her? Immer noch fleißig am Coachen?«

Lee deutete erneut ein Lächeln an, das diesmal jedoch noch eine Spur verkrampfter ausfiel. »Nein, damit habe ich aufgehört. Hey, sieht so aus, als würdest du über *mich* längst nicht so viel erzählen wie über ihn«, sagte er zu Lawton, legte ihr den Arm um die Schulter und zog sie an sich. »Ich bin jetzt in der Telekommunikationsbranche.«

»Ah«, sagte Gardner. »Bestimmt auch sehr interessant.«

Einen Moment standen sie da und schwiegen sich an, und Gardner war vermutlich nicht der Einzige, der sich wünschte, er hätte die beiden in Ruhe gelassen.

»Na gut, ich muss dann mal weiter«, sagte er und wandte sich zum Gehen. »Nett, Sie kennengelernt zu haben, Lee.« Den Handschlag sparte er sich diesmal. Nach ein paar Schritten drehte er sich um. »Kommen Sie, Lawton?«

Lawton wirkte überrascht, nickte aber. »Sofort. Geben Sie mir noch eine Minute?«

Gardner überließ die beiden sich selbst und ging schon mal zu seinem Wagen, stieg ein und drehte die Heizung auf. Seine Wangen brannten in der Wärme. Durch das Seitenfenster sah er, wie Lee sich über Lawton beugte und auf sie einredete, während sie mit gesenktem Kopf zuhörte. Irgendwann sah Lee auf und bemerkte, dass Gardner sie beobachtete. Er gab Lawton einen Kuss auf die Wange, ging davon und warf noch einen letzten Blick über die Schulter. Gardner wartete darauf, dass Lawton zum Wagen kam und Lee hinter der nächsten Straßenecke verschwand. Mit gesenktem Kopf kam sie zum Auto geeilt und ließ sich neben ihn auf den Beifahrersitz fallen.

»Wohin fahren wir?«, fragte sie und schnallte sich an, ohne ihn auch nur ein einziges Mal anzusehen.

Gardner und Lawton bogen in die Ayresome Street und hielten nach der richtigen Nummer Ausschau. Schneeregen hatte eingesetzt und fiel so dicht, dass man kaum noch drei Meter weit sehen konnte. Eigentlich wusste Gardner selbst nicht, was er hier wollte, was das Ganze ihn anging, aber er hatte es versprochen. Bislang war er DS Freeman keine große Hilfe gewesen, und nachdem er ihr leichtfertig angeboten hatte, sich bei ihm zu melden, wenn noch etwas war ... Fatale letzte Worte.

Vor dem Haus fuhr er links ran; in einem der Fenster stand ein Weihnachtsbaum mit blinkenden Lichtern, ansonsten war alles dunkel.

»Warten Sie kurz hier«, sagte er zu Lawton. »Es reicht, wenn einer von uns beiden nass wird.«

Er stieg aus und rannte zur Tür. Hoffentlich musste er nicht so lange warten, bis ihm jemand aufmachte. *Wenn* ihm jemand aufmachte. Eigentlich wusste er selbst nicht so genau, was er dann sagen sollte. Freeman hatte ihm erzählt, dass Jenny Taylor eine Bekannte von Emma war und eventuell etwas über ihr Verschwinden, vielleicht sogar über den Mord wusste. Viel mehr hatte sie nicht gesagt, und er hatte nicht nachgefragt. An sich wollte Freeman ja nur mal kurz mit ihr reden, hatte aber leider keine Telefonnummer, und da er ja schon mal vor Ort war, in Middlesbrough ...

Offensichtlich handelte es sich bei dieser Taylor nicht um eine Verdächtige, sonst hätte Freeman sich wohl die Mühe gemacht, selbst herzukommen. Stattdessen wollte sie Ben Swales noch mal einen Besuch abstatten. Obwohl Gardner sich noch vage an Ben erinnerte, sagte ihm der Name Jenny Taylor überhaupt nichts. Blieb nur zu hoffen, dass er damals nicht noch mehr übersehen hatte.

Er klopfte noch einmal und spähte durch den Schneeregen ins Wohnzimmerfenster. Niemand zu Hause.

Schon wieder halb am Auto, machte er noch einmal kehrt und

holte sein Notizbuch heraus, schrieb eine kurze Nachricht mit seinem Namen und seiner Telefonnummer und der Bitte, Jenny möge ihn anrufen. Die Tinte verschwamm auf dem nassen Papier, sodass sein Name nicht mehr zu entziffern war. Er riss das Blatt heraus und knüllte es zusammen. Eigentlich wollte er sowieso nicht, dass sie ihn anrief. War ja nicht sein Fall. Nicht mehr. Er suchte in seinem Telefon nach Freemans Nummer, begann eine neue Nachricht und hielt mitten im Satz inne. Was würde er denn von Freeman erwarten, wenn sie an seiner Stelle wäre? Wusste er, was es mit dieser Taylor auf sich hatte, wie weit sie in den Fall verwickelt war? Laut Freeman hatte auch sie Probleme mit Drogen gehabt und war mehrmals mit der Polizei aneinandergeraten. Seine Nachricht könnte sie unnötig nervös machen, eine Reaktion wäre unwahrscheinlich.

»Gut, dann eben nicht«, murmelte Gardner und lief unverrichteter Dinge zum Auto zurück. Der eisige Regen biss ihm in die Wangen, und er flüchtete rasch ins Wageninnere und zog die Tür hinter sich zu.

Lawton sah ihn an, doch es kam keine Bemerkung. So langsam müsste sie lernen, mehr Zähne zu zeigen. Immer so vertrauensselig, als könnte er nichts falsch machen. Von wegen.

Damals war er sich sicher gewesen, dass Emma Thorley früher oder später auftauchen würde, so wie sie es immer getan hatte. War sie aber nicht. Mittlerweile dürfte auch klar sein, weshalb.

Was, wenn er sich damals mehr ins Zeug gelegt hätte? Nach Abby Henshaws Tochter hatte er fünf Jahre gesucht. Warum hatte er für Emma nicht denselben Aufwand betrieben? Was, wenn er sie schon damals gefunden und ihrem Vater Jahre des Kummers und der Ungewissheit erspart hätte? Jetzt war es zu spät. Er hatte das Mädchen im Stich gelassen – ein Fehler, der durch nichts wiedergutzumachen war. Ihm blieb nur, sich einen solchen Patzer kein zweites Mal zu leisten.

Mit klammen Fingern suchte er nach der Nachricht mit Freemans Nummer, stieg wieder aus und rannte zurück zum Haus, um den durchweichten Zettel mühsam durch den Briefschlitz zu schieben. So. Freeman hatte ihn gebeten, Jenny aufzusuchen, sie zu bitten, sich mit ihr in Verbindung zu setzen. Und genau das hatte er getan. Wenn sie bei der Suche nach Emmas Mörder behilflich sein konnte, umso besser. Damit war seine Schuldigkeit getan.

Und jetzt genug davon. Er musste aufhören, dauernd über Blyth, über die Vergangenheit nachzudenken. Letzte Nacht hatte er wieder diesen Traum gehabt, zum ersten Mal seit Jahren. Aber plötzlich hatte er sie wieder ganz deutlich vor sich gesehen, Heather Wallace, wie sie vor ihm stand, blass, mit roten Haaren und Sommersprossen, und von ihm wissen wollte, warum er ihren Daddy umgebracht hatte. Gardner blinzelte, um ihr Bild zu vertreiben. Was wohl aus ihr geworden war? War sie ein weiteres verlorenes Mädchen?

»Um wie viel Uhr am Freitag?«, fragte er Lawton, ehe er es sich anders überlegen konnte.

Ein Lächeln huschte über ihr Gesicht, verschwand jedoch schnell wieder hinter professioneller Distanz. »Gegen acht, Sir.«

»Gut, dann gegen acht«, sagte Gardner und sah Lawton erneut lächeln.

Er ließ den Motor anspringen und öffnete das Fenster einen Spaltbreit. Schneegriesel trieb herein, aber er brauchte frische Luft. Sein Bauchgefühl sagte ihm, dass ihm diese Aktion noch leidtun würde.

37

30. April 1999

Emma saß auf einem schmalen Einzelbett in einem winzigen Zimmer mit cremeweißen Wänden. Seit einer Woche war sie hier, ihr neues Zuhause, sozusagen, auch wenn es sich anfühlte wie eine Gefängniszelle. Seit ihrer Ankunft, seit Ben sie hier abgeliefert und ihr versprochen hatte, dass Jasmine sich gut um sie kümmern würde, hatte sie kaum mit jemandem gesprochen. Aber das war okay. Wie es aussah, hatte hier niemand ein großes Mitteilungsbedürfnis. Ein sicheres Haus sollte es sein, ein Haus, das viele Geheimnisse hinter seinen Mauern barg. Und ihres war jetzt eines davon.

Als sie gemerkt hatte, dass sie allein nicht mehr klarkam, war sie dann doch zu Ben gegangen. Hätte sie noch länger gewartet, wäre ihr Geheimnis früher oder später herausgekommen. Oder Lucas hätte irgendwas spitzgekriegt, denn er schien sie keinen Moment aus den Augen zu lassen. Also war sie zu Ben gegangen, und er hatte ihr geholfen, genau wie sie es gehofft hatte. Er hatte ihr diesen Platz hier besorgt, denn eine gute Freundin von ihm leitete das Frauenhaus und würde sie für eine Weile dort unterkommen lassen. Solange eben Platz war. Die Frau hatte Emma auch geholfen, die Abtreibung zu organisieren, hatte sich um den Papierkram gekümmert und alle nötigen Termine gemacht. Sie war mit Emma zum Arzt gegangen, hatte ihr geduldig zugehört, als Emma ihr heulend erzählt hatte, dass sie das unbedingt durchziehen musste, sich aber so schrecklich deswegen fühlte. Jasmine wusste genau, wie ihr zumute war. Vermutlich hatte sie das alles – und Schlimmeres – schon zigmal gehört.

Aber es war Ben gewesen, der sie an jenem Morgen begleitet hatte, Ben, der auf dem Weg ins Krankenhaus ihre Hand gehalten hatte. Ben, der sie danach wieder hierhergebracht und ihr versichert hatte, dass es die richtige Entscheidung gewesen war. Ben, der ihr versprochen hatte, dass alles wieder gut würde.

Dabei hatte er schon so viel für sie getan. Er war bei ihrem Dad gewesen und hatte ihm eine Nachricht von ihr gebracht, ihn davon überzeugt, dass es ihr gut ging und sie bald wieder nach Hause kam. Sie wusste echt nicht, wie sie ihm dafür danken oder ihm das jemals zurückzahlen sollte. Noch was, weswegen sie sich schuldig fühlte.

Emma rollte sich auf der Seite zusammen und zog die Knie an die Brust. Der Arzt hatte sie gewarnt, dass es Krämpfe und Blutungen geben könnte. Wahrscheinlich war das ihre gerechte Strafe für alles, was sie getan hatte. Und damit war sie noch vergleichsweise glimpflich davongekommen.

Durch die Tür ihres Zimmers drang gedämpft ein Gespräch vom Flur herein – zwei Stimmen, die eine von Tränen erstickt. Die Frau schluchzte, sie habe Angst um ihren Sohn, Angst, dass ihr Mann sie fand. Emma schloss die Augen. Sie brauchte mit keiner der Frauen hier zu reden, um sie zu verstehen. Sie saßen alle im selben Boot, und sie wusste genau, wie sich das anfühlte. Ihre Angst hatte sie hierhergetrieben. Angst vor jemandem, den sie irgendwann einmal geliebt hatten. Den sie vielleicht noch immer liebten.

Sie wusste, dass sie nicht ewig hierbleiben konnte. Dass irgendwann, vielleicht schon morgen, jemand ihren Platz brauchen würde und sie zurück nach Hause musste. Aber während sie sich auf ihrem schmalen, harten Bett zusammenkauerte, in diesem kleinen, von den bösen Geistern so vieler Geheimnisse erfüllten Raum, wünschte sie sich, für immer hierbleiben zu können.

38

15. Dezember 2010

Freeman klopfte noch ein drittes Mal, ehe sie zurück zum Auto ging und es telefonisch versuchte. Sie gähnte, während sie es am anderen Ende ausgiebig klingeln ließ. Obwohl sie letzte Nacht zur Abwechslung mal wie ein Stein geschlafen hatte, war sie noch immer hundemüde. Als der Anrufbeantworter ansprang, legte sie auf und überlegte, ob sie sich wegen Ben Swales Sorgen machen sollte. Sein Auto stand nicht vor dem Haus. Aber sie wollte den Teufel nicht gleich an die Wand malen.

Sie hatte Ben gründlich durchleuchtet und nach einem Hinweis gesucht, dass er etwas mit Emmas Tod zu tun haben könnte, aber sie hatte nichts gefunden. Und zwar wortwörtlich nichts. Der Mann schien ein wahrer Heiliger zu sein – was ihn in Freemans Augen erst recht verdächtig machte. Er hatte keine Vorstrafen und – sah man von der Befragung nach Emmas Verschwinden mal ab – noch nie mit der Polizei zu tun gehabt. Nicht einmal ein Strafzettel wegen Falschparkens, kein Bußgeld aufgrund von Geschwindigkeitsüberschreitung. Gegen den Mann lag nichts, aber wirklich absolut gar nichts vor.

Freeman versuchte es noch mal bei Ben, dann gab sie es auf und überlegte, ob sie die Kollegen vor Ort dazu bringen könnte, ihn in den nächsten Tagen im Auge zu behalten. Schließlich konnte sie nicht dauernd in Alnwick herumhängen.

Sie rief bei der Zentrale an und ließ sich mit DS Janet Williams von der Alnwick Police verbinden, mit der sie vor einigen Jahren mal zusammengearbeitet hatte. Sie hatten sich gut verstanden, und vielleicht war sie bereit, ihr einen kleinen Gefallen zu tun. Nach etlichen Minuten in der Warteschleife wollte Freeman gerade wieder auflegen, als Williams sich endlich meldete.

»Na, das ist ja eine Überraschung, unsere kleine Strawberry Shortcake!«, gackerte Williams ins Telefon.

Freeman bereute ihren Einfall sofort. Sie hatte völlig vergessen, wie anstrengend Williams sein konnte. Absolut nervig war ihr Tick, ihre Mitmenschen gleich bei der ersten Begegnung mit rein an Äußerlichkeiten orientierten Spitznamen zu belegen, die mal mehr und mal weniger passten, aber ewig kleben blieben. Freeman hatte das Pech gehabt, zum Zeitpunkt ihrer Zusammenarbeit knallrot gefärbte Haare zu haben – mit einem nicht beabsichtigten Stich ins Pinkfarbene. Das und ihre Körpergröße, bei der von groß bekanntlich keine Rede sein konnte, und zack, war die Sache für Williams gelaufen. *Strawberry Shortcake.*

»Hi, Janet«, sagte sie. »Wie geht es dir?«

Nachdem Williams sie in sämtlichen Aspekten ihres Lebens auf den neuesten Stand gebracht hatte, kam Freeman schließlich zur Sache. Sie berichtete ihrer Kollegin von dem Fall und welche Rolle Ben Swales dabei spielte.

»Meinst du, ihr könntet jemanden zu seiner Observation abstellen?«, schloss sie mit ihrem eigentlichen Anliegen.

Williams seufzte. »Puh, wir sind gerade etwas knapp besetzt. Ich könnte ab und an mal vorbeifahren und schauen, ob er überhaupt noch da wohnt. Vielleicht kann ich auch einen unserer Neulinge das Haus beobachten lassen, aber versprechen kann ich dir nichts.«

»Schau einfach, was du tun kannst. Danke, Janet.«

Freeman legte auf und hoffte, dass es nicht schon zu spät war und Swales sich aus dem Staub gemacht hatte. Und hatte sie nicht eigentlich auch ganz andere Sorgen? Heute früh war ihr schon wieder schlecht gewesen. So langsam musste sie etwas unternehmen, das wusste sie, auch wenn es natürlich einfacher war, das Problem zu ignorieren und zu hoffen, dass es sich von selbst erledigte.

Die Fahrt nach Alnwick hätte sie sich sparen können, und entsprechend gereizt machte sie sich auf den Rückweg. Vielleicht hatte Gardner mit Jenny Taylor ja mehr Glück gehabt. Sie hoffte es, denn wohin sie sich bei ihren Ermittlungen auch wandte, immer wieder stieß sie auf Jenny Taylor. Das Mädchen hatte Emma, Lucas *und* Ben gekannt. Ihr Bauchgefühl sagte Freeman, dass sie der Schlüssel zur Lösung des Falls sein könnte.

Freeman schob sich das letzte Stück ihres Marsriegels in den Mund und fegte die Schokokrümelchen von ihren Unterlagen. Im Dezernat hieß es bereits, dass man Berichte, die irgendwann einmal durch ihre Hände gegangen waren, ganz einfach an den Essensflecken erkennen könne. Und wenn schon. Im Moment war ihr das so was von egal.

DI Gardner hatte bei Jenny Taylors Haus in Middlesbrough niemanden angetroffen, ihr aber eine Nachricht hinterlassen, die bislang jedoch ohne Rückmeldung geblieben war. Um nicht noch länger warten zu müssen, hatte Freeman Lloyd gebeten, doch einmal mehr seine Brillanz unter Beweis zu stellen und ihr die Adresse von Jennys Eltern zu besorgen. Vielleicht hatten die ja eine Telefonnummer von ihrer Tochter.

Jennys Eltern lebten noch immer in Morpeth, was mit dem Auto in einer knappen halben Stunde zu erreichen war. Freeman hielt vor dem Haus und überlegte, ob ein einfacher Anruf nicht auch genügt hätte. Aber zu spät, nun war sie schon mal hier. Und je beschäftigter sie war, desto weniger Zeit blieb ihr zum Nachdenken.

Die Tür wurde von einer Frau geöffnet, die trotz des kalten Winterwetters einen bedenklich kurzen Rock und ein ärmelloses Oberteil trug. Im ersten Moment meinte Freeman, Jenny vor sich zu haben, doch bei genauerem Hinsehen erwies ihr Gegenüber sich als deutlich älter.

»Ja?«, fragte die Frau.

»DS Freeman«, stellte Freeman sich vor und zeigte ihren Ausweis. »Sind Sie Angela Taylor?«

»Angie«, sagte sie, trat einen Schritt aus dem Haus und schlang die Arme um sich. Freeman konnte schwer einschätzen, ob es eine abwehrende Geste war oder ob der Frau einfach nur kalt war, was durchaus verständlich gewesen wäre.

»Es geht um Ihre Tochter Jenny«, sagte Freeman und sah, wie Angie erstarrte. Hinter ihr tauchte ein älterer Mann auf, der leicht gebeugt ging.

»Das ist Malcolm, mein Mann«, sagte Angie. »Sie ist wegen Jenny hier«, wandte sie sich über die Schulter an ihren Mann.

»Oh Gott, nein«, keuchte Malcolm.

»Keine Sorge, es ist nichts passiert«, versicherte Freeman schnell. »Ich wollte bloß fragen, ob Sie Jennys Telefonnummer haben. Ich möchte Ihre Tochter wegen Emma Thorley sprechen, eine ihrer früheren Bekannten aus Blyth.«

»Blyth?«, wiederholte Angie.

»Ja«, erwiderte Freeman und wünschte, die beiden würden sie ins Haus bitten; es war einfach zu kalt, um sich hier die Beine in den Bauch zu stehen. »Das ist schon eine Weile her, ungefähr elf Jahre.«

»Tja, tut mir leid«, meinte Angie. »Da wissen wir auch nicht mehr als Sie. Wir haben Jenny nicht mehr gesehen, seit sie sechzehn ist.«

39

15. Dezember 2010

Angie ging ihnen voraus ins Wohnzimmer, Malcolm folgte seiner Frau mit schlurfenden Schritten, und Freeman bildete die Nachhut. Aus der Nähe betrachtet, kam sie zu dem Schluss, dass er kaum älter als seine Frau sein konnte – sie schätzte Angie auf

Mitte, höchstens Ende fünfzig –, aber seine sichtlich angeschlagene Gesundheit ließ ihn alt und gebrechlich wirken. Mrs Taylor hingegen schien den Alterungsprozess mit reichlich Make-up und betont jugendlicher Kleidung aufhalten zu wollen.

Malcolm ließ sich neben seiner Frau aufs Sofa fallen, und Freeman nahm den beiden gegenüber Platz.

»Dann haben Sie Ihre Tochter also seit … zwölf Jahren nicht gesehen?«, fragte Freeman und versuchte sich daran zu erinnern, wie alt Jenny laut ihren Unterlagen war.

»Fast dreizehn«, sagte Malcolm.

»Dürfte ich Sie fragen, weshalb Sie keinen Kontakt mehr zu ihr haben?«

Angie Taylor räusperte sich und schaute zu ihrem Mann, der mit hängendem Kopf dasaß und vor sich auf den Boden starrte.

»Was weiß ich«, meinte Angie und steckte sich eine Zigarette an. »Eines Tages war sie weg und hat sich nie wieder blicken lassen.« Freeman sagte nichts, auch wenn ihr – von der lieblosen Bemerkung oder dem beißenden Rauch, sie wusste es nicht – plötzlich so übel war, dass sie sich am liebsten gleich hier auf den alten, abgetretenen Teppichboden übergeben hätte.

»Sie hat schon immer Ärger gemacht«, fuhr Angie fort, worauf Malcolm so laut ausatmete, dass Freeman ihr Augenmerk kurz von seiner Frau auf ihn richtete. »Doch, hat sie, Mal, jetzt tu nicht so. Du weißt selbst, wie sie war. Von klein auf hatten wir nichts als Ärger mit ihr.«

»Wie kannst du bloß so über unsere Tochter reden? Kein Wunder, dass sie abgehauen ist«, brummte Malcolm.

Angie schüttelte nur den Kopf und wandte sich wieder an Freeman. »Zweimal ist sie von der Schule geflogen, hat sich dauernd geprügelt, mit den Mädels und den Kerlen gleichermaßen – muss man sich mal vorstellen. Und sitzen geblieben ist sie auch, klar, war wirklich nicht die Hellste, schon als Kind …«

»Jetzt lass es gut sein, Angie«, seufzte Malcolm.

»Aber was ich *eigentlich* sagen wollte«, fuhr Angie ihm in die Parade und warf ihrem Mann einen vernichtenden Blick zu, »das war schon öfter vorgekommen, dass sie von zu Hause ausgerissen ist. Tagelang war sie verschwunden, und plötzlich tauchte sie wieder auf, als wär nichts gewesen. *Kommt nicht wieder vor, Ma* – ha, von wegen! Dauernd leere Versprechungen, sich zu bessern, aber war nicht, nicht bei ihr. Sie war einfach so, keine Ahnung, von wem sie das hat. Und dann, mit gerade mal dreizehn, hat sie mit Drogen angefangen, und von da an ging's nur noch bergab.« Angie beugte sich vor und sah Freeman eindringlich an. »*Dreizehn*, das müssen Sie sich mal vorstellen!«

Freeman schwieg. Ja, sie konnte es sich vorstellen, sehr gut sogar, denn sie hatte es selbst erlebt. Darren war noch nicht mal dreizehn gewesen, als er mit dem Trinken angefangen hatte.

»Dann ging es mit dem Lügen los. Ich meine, sie hat's ja noch nie so mit der Wahrheit gehabt, unsere Jenny, aber nicht so. Sie hat uns bestohlen, ihre eigenen Eltern! Sich meine Kreditkarte genommen, sie bis zum Limit ausgereizt, um Gott weiß was zu kaufen. Irgendwelchen Kram, den sie dann wieder vertickt hat, um an Geld für ihre Drogen zu kommen. Sie hat sich rumgetrieben, hat geklaut, es mit jedem Kerl getrieben, wenn er ihr bloß …«

»Angie!«, schrie Malcolm heiser, und seine Frau sah ihn mit tellergroßen Augen an, als könne sie nicht glauben, dass *er* es wagte, sie anzuschreien.

Freeman atmete tief durch und hob beschwichtigend die Hände. »Das tut mir alles sehr leid«, sagte sie, »aber ich wüsste gern, wann genau das war – wann haben Sie Jenny als vermisst gemeldet?«

Malcolm stieß ein bitteres Lachen aus, das in einen heftigen Hustenanfall überging. Angie streckte den Arm aus und rieb ihrem Mann den Rücken, bis er sich einigermaßen beruhigt hatte. Malcolm hob den Blick und sah Freeman an. »Das ist es ja«, schnaufte er. »Wir haben sie nie vermisst gemeldet.«

Freeman hob überrascht die Brauen. »Wie bitte? Ihre Tochter verschwindet, und Sie haben keine Anzeige erstattet?«

Malcolm starrte wieder vor sich auf den Boden, Angie spitzte die Lippen und richtete ihren Blick über Freemans Kopf hinweg auf die Wand.

»Und wann ist sie verschwunden?«

»1997, im Mai. Wissen Sie, wir haben wirklich versucht ihr zu helfen. Immer wieder haben wir es versucht, nicht wahr, Mal?«, sagte Angie. »Und ob wir das haben, das können Sie mir glauben. Aber Jenny wollte sich nicht helfen lassen, sie wollte Geld und Drogen, sonst nichts.« Sie schwieg einen Moment, dann sah sie Freeman direkt an. »Bevor sie dieses Haus zum letzten Mal verließ, hat sie sich noch etwas ganz Besonderes geleistet.« Angie nahm ein Taschentuch aus ihrer Handtasche und putzte sich die Nase. »Ich war an dem Tag zu Hause, war mit einer Grippe früher von der Arbeit gekommen und lag oben im Bett, als ich die Tür aufgehen hörte und Stimmen – Männerstimmen, drei, vier verschiedene, und einer saß draußen im Auto und hat gewartet. Ich hab's aus dem Fenster gesehen. Dann hab ich auch Jenny gehört und bin nach unten gegangen, und da war sie, mit drei Jungs. Oder Männern, muss man wahrscheinlich sagen. Sie haben *alles* mitgenommen. Den Fernseher, die Stereoanlage, alles.

Und bei uns war wirklich nichts zu holen, das Zeug war kaum was wert, ich hab keine Ahnung, wie viel sie sich davon versprochen haben, aber sie haben es trotzdem mitgenommen. Ich hab sie angeschrien, damit aufzuhören, aber sie hat mich gar nicht beachtet, meine Tochter. Zwei der Jungs haben mich zur Seite gestoßen, als sie den Fernseher raus zum Auto getragen haben. Einen der beiden kannte ich, sein Dad wohnt noch hier, gleich um die Ecke. Chris irgendwas, miese kleine Ratte.«

»Christian Morton?«, fragte Freeman nach.

»Ja, genau, den meinte ich. Sein Vater ist auch so ein krummer Hund, aber egal. Ich habe ihnen gedroht, die Polizei zu rufen, und bin dann in die Küche zum Telefon. Draußen hab ich einen der Jungs rufen hören, dass sie sich beeilen soll, aber sie ist mir in die Küche gefolgt. Ich hatte gerade zum Telefon gegriffen und wollte wählen, als sie mir ein Messer vors Gesicht hielt. Das müssen Sie sich mal vorstellen, meine eigene Tochter steht mit einem Messer vor mir und bedroht mich.« Angie schüttelte den Kopf, Malcolm legte seine Hand auf ihre.

»Ich hab wieder aufgelegt, klar. Ich hab so gezittert, dass ich mich kaum auf den Beinen halten konnte, hab sie angefleht, dass Messer wegzulegen und zu verschwinden. Von mir aus sollte sie den Fernseher mitnehmen, alles, was sie wollte. Und sie sah mich bloß an, mit *sooo* einem Blick, voller Hass. So was hab ich mein Lebtag noch nicht gesehen, ungelogen. Dann ist einer von den Jungs zurückgekommen und hat ihr gesagt, dass sie jetzt fahren, und da hat sie sich umgedreht, und ich dachte, damit wär's gut. Aber kaum war der Junge aus der Küche raus, ist sie noch mal zurückgekommen und hat mir das Messer ins Gesicht gedrückt, hier.« Angie strich ihre Haare zur Seite und beugte sich zu Freeman vor. Parallel zum Ohr war noch deutlich eine knapp fünf Zentimeter lange Narbe auf ihrer Wange zu erkennen. »Das war meine Tochter«, sagte Angie, lehnte sich zurück und fixierte wieder den Punkt über Freemans Kopf. »Sollte sie doch sehen, wo sie bleibt. Ich wollte sie nicht mehr zurück.«

Freeman runzelte die Stirn. »Und haben Sie gegen Ihre Tochter und deren Freunde Anzeige erstattet?«

Angie schüttelte den Kopf. »Nein. Ich wollte es nicht noch schlimmer machen. Und als sie nach einer Woche immer noch nicht zurück war, wusste ich, die kommt nicht wieder. Vielleicht hat sie auch geglaubt, ich hätte die Polizei gerufen, und sich gedacht, es wär wohl besser, wenn sie wegbleibt. Oder es war schon vorher beschlossene Sache, dass sie abhaut, und das hier«, Angie zeigte wieder auf ihre Wange, »war ihr letzter Abschiedsgruß: *Fahr zur Hölle, Mutter*.« Sie lachte trocken.

Freeman zuckte kurz zusammen und musste an die schwierige Beziehung zu ihrer eigenen Mutter denken. In den ersten Wochen und Monaten nach Darrens Verhaftung hatte sie kaum noch mit ihr gesprochen, hatte ihrer Tochter die Schuld an allem gegeben, was geschehen war. Und in gewisser Weise *war* es ihre Schuld: Freeman hatte der Polizei verraten, wo ihr Bruder steckte. Aber *er* war es, der sich schuldig gemacht hatte, sie hatte ihn zu nichts gezwungen. Niemand hatte ihn gezwungen zu tun, was er getan hatte – das war ganz allein *seine* Entscheidung gewesen, *seine* Schuld. Nachdem er einen Teil seiner Strafe abgesessen hatte, war selbst ihre Mutter zu der Einsicht gelangt, dass Freeman richtig gehandelt hatte und es nur zu Darrens Bestem war. Immerhin bekam er jetzt die Hilfe, die er so dringend brauchte. Erst nach seiner Entlassung, als alles wieder von vorn anfing, war es auch mit der Beziehung zu ihrer Mutter wieder bergab gegangen. Bei der Trauerfeier hatte ihre Mum sie keines Blickes gewürdigt, geschweige denn ein Wort mit ihr gewechselt. Aber auch das war mittlerweile fünf Jahre her, und langsam ließ Lorraine Freeman eine gewisse Altersmilde erkennen und fand sich immer öfter zu dem Zugeständnis bereit, dass man ja vielleicht doch nicht *alles* ihrer Tochter anlasten konnte.

»Wir haben dann später noch mal einen Versuch gemacht, sie zu finden.«

Freeman schaute auf, und aus Angies Miene schloss sie, dass die Suche nach Jenny nicht ihre Idee gewesen war, sondern die ihres Mannes, was Malcolm auch bestätigte. »Vor drei Jahren ist bei mir Krebs diagnostiziert worden«, sagte er düster. »Die Entscheidung ist mir nicht leicht gefallen, nach allem, was war, aber ich wollte Jenny noch mal sehen und reinen Tisch machen. Wir haben einen Privatdetektiv angeheuert, dachten uns, es dürfte nach all den Jahren etwas spät sein, sie noch bei der Polizei als vermisst zu melden. Also haben wir es mit diesem privaten Ermittler versucht. Keine Ahnung, ob der was getaugt hat. Er hat eine Weile gesucht, aber nichts gefunden, keine einzige Spur. Irgendwann haben wir uns gesagt, wahrscheinlich will sie gar nicht gefunden werden. Das war es dann. Danach haben wir aufgegeben.«

40

20. Mai 1999

Emma sah Ben davonfahren. Sie stand noch immer genau an der Stelle, wo er sie abgesetzt hatte, denn sie traute sich nicht ins Haus. Traute sich nicht in ihr eigenes Zuhause, zu ihrem Dad. Ben hatte ihr angeboten, mit reinzukommen, aber sie hatte abgelehnt. Er hatte schon so viel für sie getan. Jetzt musste sie es allein schaffen.

Gestern Abend war es so weit gewesen: Jasmine hatte ihr gesagt, dass es ihr leidtäte, aber sie bräuchten jetzt das Bett. Eine Frau mit einem drei Monate alten Baby würde morgen kommen. Emma hatte gebettelt und gefleht, bleiben zu dürfen, aber es war nichts zu machen. Es täte ihr sehr leid, hatte Jasmine gesagt, aber sie war hart geblieben. Also hatte Emma Ben angerufen, und der hatte ihr versprochen, sie am nächsten Morgen abzuholen. Sie hatte die ganze Fahrt über nur geheult und gebettelt, ob sie nicht bei ihm bleiben könnte oder ob er irgendwo anders einen Platz besorgen könnte. Ben hatte nur den Kopf geschüttelt, dabei wäre ihr alles recht gewesen, echt alles. Von ihr aus hätte er sie auch einfach an der Bushaltestelle absetzen können. Alles, bloß nicht nach Hause.

Aber hier war sie jetzt. Zu Hause.

Irgendjemand hatte Ben erzählt, dass Lucas jetzt mit einem anderen Mädchen durch die Gegend zog. Was vermutlich ein gutes Zeichen war. Wenn er eine andere hatte, ließ er sie jetzt vielleicht in Ruhe. Wahrscheinlich hatte er das Interesse an ihr verloren und sich ein anderes Opfer gesucht. Emma hatte keine Ahnung, wer die andere war, aber sie konnte einem echt leidtun. Aber das sollte nicht ihr Problem sein, oder? Sie wollte doch nicht mehr dauernd an ihn denken; sie sollte an *sich* denken, an *ihr* Leben. Wenn Lucas sie bloß in Ruhe ließ, wenn sie nichts mehr mit ihm zu tun hatte, würde vielleicht doch noch alles in Ordnung kommen.

Emma holte tief Luft und schloss die Tür auf. Ihr Dad saß in seinem Sessel im Wohnzimmer und warf einen Blick über die Schulter, als hätte er jederzeit damit gerechnet, dass jemand käme. Manchmal fragte sie sich, ob er nicht insgeheim hoffte, ihre Mam käme nach Hause. Ob er nicht enttäuscht war, dass stattdessen sie es war.

»Em?« Er sprang auf und schloss sie in seine Arme. »Da bist du ja wieder.«

»Hi, Dad«, sagte sie.

Er trat einen Schritt zurück, betrachtete sie mit einem Lächeln, als wäre sie nie verschwunden gewesen, sondern eben aus dem Urlaub zurückgekommen. »Du hättest vorher kurz anrufen sollen, dann hätte ich uns noch was zum Tee besorgt.«

»Ich habe es erst gestern Abend erfahren«, sagte sie und hörte das Ticken der Uhr, das ihr unglaublich laut vorkam. »Tut mir leid.«

Er schüttelte den Kopf. »Ach, das macht doch nichts. Hauptsache, du bist wieder da.« Er ging in die Küche, um Tee zu machen. »Hat Ben dich gebracht? Er ist wirklich ein netter Junge. Ich bin so froh, dass du ihn vorbeigeschickt hast, sonst hätte ich mir wirklich Sorgen gemacht.« Als das Wasser kochte, drehte er sich zu ihr um und sah plötzlich wieder ganz traurig aus. »Jetzt bleibst du aber, oder? Versprich es mir.«

Emmas Magen krampfte sich zusammen. Wie hatte sie ihm all das antun können? Was hatte sie sich dabei gedacht, einfach so wegzulaufen? Er sah ganz krank aus vor Sorge. Von jetzt an würde alles anders werden, ganz sicher. Sie würde ihrem Vater keinen Kummer mehr machen. Sie würde ihn nicht mehr im Stich lassen.

»Versprochen«, sagte sie.

41

15. Dezember 2010

Adam redete noch immer über den Film, und Louise gab ab und an zustimmende Laute von sich, aber wenn jemand sie gefragt hätte, worum es eigentlich gegangen war, hätte sie passen müssen. Sie hatte keinen blassen Schimmer. Irgendwie war der Film an ihr vorbeigerauscht, so wie alles andere auch in den letzten Tagen. Seit sie in den Nachrichten von dem Leichenfund in Blyth gehört hatte, hatte sie sich auf nichts mehr konzentrieren können.

Adam trug die Einkaufstüten in die Küche, und Louise schloss die Haustür hinter sich. Dabei fiel ihr der Zettel auf, der halb aus dem Briefkasten hing. Sie zog ihn heraus und hätte ihn beinah zerrissen, so durchnässt war das Papier.

Vorsichtig faltete sie ihn auseinander und versuchte, die verwischte Schrift zu lesen.

Bitte melden Sie sich bei DS Nicola Freeman in Blyth wegen ...

Als sie Adam hinter sich hörte, knüllte sie den Zettel zusammen. »Was ist das?«, fragte er.

»Ach, nichts«, erwiderte Louise. »Werbung.«

Adam küsste sie flüchtig auf den Kopf. »Ich zieh mich nur schnell um«, sagte er. »Willst du jetzt gleich essen?«

Louises Hand schloss sich so fest um das Papier, dass sie die Feuchtigkeit herausquellen spürte. Woher wussten sie, wo sie war? Wussten sie von ihrer Verbindung zu dem Fall?

»Lou?«, fragte Adam.

Sie sah ihn an. Er schien auf eine Antwort zu warten, doch sie hatte nicht einmal die Frage mitbekommen.

»Was?«, fragte sie.

»Ob du jetzt gleich essen willst?«

Louise nickte wie in Trance, und Adam ging zur Treppe. »Dann wirf schon mal den Ofen an, ja?«, sagte er über die Schulter. »Ich bin gleich wieder unten.«

Louise sah ihn nach oben gehen; sie stand wie gelähmt. Er hatte ja keine Ahnung. Er ahnte nicht, was sie all die Jahre vor ihm verborgen hatte, welche Geheimnisse sie mit sich herumtrug. Er ahnte nicht, wer sie einmal gewesen war, *was* sie gewesen war – ein Junkie, eine Schlampe, eine Ausreißerin. Er würde sie verachten, wenn er nur die Hälfte dessen wusste, was sie getan hatte. Und zu Recht. Deshalb durfte er es niemals herausfinden. Er durfte nie erfahren, was sie in ihrem früheren Leben getan hatte. Niemals. Sie wollte nicht noch einmal alles verlieren.

42

11. November 1999

Der Mann lag auf der Intensivstation. Gardner bekam kein Auge zu und den Gedanken nicht aus dem Kopf. Er schaute wieder auf die Uhr – fast vier.

Er drehte sich um, versuchte zu schlafen, aber der Schlaf wollte nicht kommen. Draußen hörte er seinen Nachbarn die Mülltonne rausstellen. Weiß der Geier, warum er das um vier Uhr früh machen musste. Vielleicht konnte er auch nicht schlafen. Gardner schloss die Augen, versuchte an etwas anderes zu denken, fing an von tausend rückwärts zu zählen, aber immer wieder schob sich

Wallace dazwischen. Wallace und dieser Typ, wie er am Boden lag, in seinem eigenen Blut.

Gardner stand auf und ging ins Bad. Ohne das Licht anzumachen, drehte er den Wasserhahn auf, spritzte sich kaltes Wasser ins Gesicht, trank es in gierigen Schlucken aus der hohlen Hand. In nicht einmal vier Stunden würde er vor dem Ausschuss Rede und Antwort stehen, seine Sicht der Ereignisse darlegen müssen. Ihm graute jetzt schon davor. Denn entgegen landläufiger Meinung tat er es *nicht* wegen Wallace. Er tat es, weil es das einzig Richtige war. Leider stand er mit dieser Ansicht ziemlich allein da. Keiner der Kollegen, die an jenem Tag dabei gewesen waren, wollte gesehen haben, was Gardner gesehen hatte. Natürlich nicht. Der verdammte Korpsgeist der Polizei, diese »Wir gegen den Rest der Welt«-Mentalität. Man verpfeift keinen Kollegen, ungeschriebenes Gesetz. Fairerweise musste man sagen, dass er sich bislang immer daran gehalten hatte. Er hätte sich nie träumen lassen, dass ausgerechnet er einmal einen Kollegen verpfeifen würde. Aber diesmal lagen die Dinge anders.

Gardner lehnte sich gegen den kalten Spiegel. Vielleicht sollte er sich krankmelden. Die Sache einfach auf sich beruhen lassen. Überhaupt, wer würde ihm schon glauben? Er, der angeblich einzige Zeuge – ausgerechnet er, der Wallace abgrundtief hasste und noch eine Rechnung mit ihm offen hatte. Das ganze Dezernat wusste davon. Es dürften sich genügend Kollegen finden, die aussagen würden, dass er es auf Stuart Wallace abgesehen, nur auf eine Gelegenheit gewartet hatte, es ihm heimzuzahlen. Wozu das alles? Warum tat er sich das an?

Er tastete im Badezimmerschrank nach den Paracetamol, dachte dabei wieder an den Kerl auf der Intensivstation, an seine Schmerzen. Mein Gott, ein junger Mann, noch ein halbes Kind. Gerade mal einundzwanzig. Ja und, dann war er eben ein Dealer, ein Dreckskerl, der Schulkindern Drogen andrehte, aber er hatte nicht verdient, was Wallace ihm angetan hatte. Das Gesetz hätte sich seiner angenommen, er hätte seine gerechte Strafe schon bekommen. Wallace stand es nicht zu, das Recht in die eigene Hand zu nehmen. Zumal der Typ so breit gewesen war, dass er sich kaum noch auf den Beinen hatte halten können.

Gardner schlug den Badezimmerschrank zu und starrte sein dunkles Spiegelbild an. Doch, er würde es tun, natürlich würde er das, und er tat es aus dem einzig richtigen Grund. Wallace lief völlig aus dem Ruder.

Er musste für sein Handeln zur Rechenschaft gezogen werden.

43

15. Dezember 2010

Lucas kam aus dem Pub, die qualmende Fluppe schon in der Hand, noch ehe er die Tür hinter sich zufallen ließ. Draußen hatten sie Heizstrahler aufgestellt, aber die Dinger waren Schrott, da gab jede Zigarette mehr Wärme ab. Egal. Lieber sich hier draußen den Arsch abfrieren als sich noch länger bekackte Weihnachtsmucke anhören.

Er hatte den ganzen Tag überlegt, wie er an Ben Swales rankam. Die Schlampe aus der Klinik hatte gemeint, der Typ wäre zurück nach Alnwick gezogen, aber das hatte Lucas auch nicht weitergebracht. Kein Eintrag im Telefonbuch, nichts im Internet. Er konnte nicht einfach in Alnwick aufkreuzen und hoffen, dass ihm der Typ zufällig über den Weg lief. Aber er *musste* ihn finden. Er musste herausfinden, was und wie viel Ben wusste. Ob er wirklich mit der Vergangenheit abgeschlossen hatte.

Lucas drückte seine Zigarette an der Wand aus und überlegte, wie er weitermachen sollte, als er ein bekanntes Gesicht die Straße entlangtorkeln sah, knallrot von der Kälte und zu viel Brown Ale. Er schien Lucas nicht zu bemerken, als er an ihm vorbeischwankte.

»Hey, Kollege, lange nicht gesehen!«, rief Lucas ihm nach. DC Bob McIlroy drehte sich bedächtig um und blinzelte, bis er seinen Blick auf Lucas scharfgestellt hatte.

»Hey, Lucas«, sagte McIlroy und grinste ein seliges Säufergrinsen. »Wie geht's dir, Junge?«

»Geht so. Ihre Kollegin macht mir ganz schön Stress.«

McIlroy lachte. »Ha ha, ich weiß. Haben wir wieder was ausgefressen, was? Freeman ist schon ganz heiß auf dich.«

»Ja, blöd nur, dass sie nichts gegen mich in der Hand hat, weil ich nämlich nichts gemacht habe.«

McIlroy lachte noch mal und haute Lucas ins Kreuz. »Der war gut, muss ich mir merken.« Er drehte sich um und ging lachend weiter.

»He, Moment mal«, rief Lucas. »Sie könnten mir einen Gefallen tun.«

McIlroy winkte ab. »Tut mir leid, Junge. Der Zug ist abgefahren. In ein paar Jahren geh ich in Rente, und ich setz meine Pension nicht für deine Probleme aufs Spiel.«

»Nur eine Adresse«, sagte Lucas. »Ben Swales.«

McIlroy schüttelte den Kopf. »Kannst du vergessen.«

Lucas hätte dem fetten Arsch am liebsten gesagt, dass er seine Rente sowieso nicht mehr erleben würde, wenn er nicht langsam die Finger von Bier und Buletten ließ, aber er biss sich auf die Zunge. Sollte er doch verrecken, der alte Sack.

»Ach, Mensch, jetzt seien Sie doch nicht so«, sagte er. »Bald ist Weihnachten.«

McIlroy wankte weiter. »Vergiss es, Junge. Und hast du nicht eben gesagt, sie hätte nichts gegen dich in der Hand? Wart ab, in ein paar Wochen kräht da kein Hahn mehr nach. Sie ist viel zu beschäftigt mit dieser anderen Schnalle, mit der du dich rumgetrieben hast. Jenny irgendwas.«

»Jenny Taylor?«, fragte Lucas und hoffte, dass McIlroy seine Panik nicht bemerkte. Scheiße, was wollten sie denn mit der? »Was hat die denn damit zu tun?«

McIlroy hob die Schultern. »Keine Ahnung. Hat auf jeden Fall jemanden nach ihr suchen lassen. Ich hab sie mit diesem Gardner aus Middlesbrough telefonieren hören, diesem Scheißkerl.«

Middlesbrough? Seine Gedanken überschlugen sich. Einer hätte fast klick gemacht, aber er bekam ihn nicht zu fassen.

Lucas begann zu frösteln – aber nicht wegen dem Wetter. Er wollte nicht, dass Freeman nach Jenny Taylor suchte. Alles, bloß das nicht. Da konnte nichts Gutes bei rumkommen. Vielleicht sollte er ihr einfach zuvorkommen, zuerst in Middlesbrough aufkreuzen. Aber das wäre so, wie Ben in Alnwick zu finden. Die Nadel im Heuhaufen.

McIlroy war schon weitergegangen. »Frohe Weihnachten, Arschloch!«, rief er über die Schulter.

Lucas holte ihn ein, schlang seinen Arm um McIlroys fetten Hals und nahm ihn in den Schwitzkasten. McIlroy versuchte freizukommen, und als Lucas lockerließ, stieß er ihn wutschnaubend von sich. Aber da hatte Lucas längst, was er brauchte. Wer wusste schon, wozu einem so ein Polizeiausweis mal nützlich sein konnte?

44

16. Dezember 2010

Freeman schloss das Auto ab und ging die Straße hinunter zu Bens Haus. Sie hatte ausgesprochen miese Laune und keine Lust, sich wieder von Ben an der Nase herumführen zu lassen. Der Fall ging ihr an die Nieren. Ebenso wie ihr Depp von Chef, der sie behandelte, als hätte sie von Tuten und Blasen keine Ahnung. Zugegeben, in den letzten Tagen war sie etwas planlos gewesen, aber sie wusste sehr genau, was sie tat. Es brauchte eben nur seine Zeit. Und schuld an ihrer schlechten Laune war Brian, der gestern Abend, als sie nach Hause gekommen war, vor ihrer Tür rumgelungert hatte.

»Was willst du?«, hatte sie ihn gefragt und nach ihrem Schlüssel gesucht.

»Du hast mich nicht zurückgerufen«, sagte Brian und kam, seine Sporttasche über die Schulter geworfen, auf sie zu.

»Dafür könnte es einen Grund geben, Brian. Ich will dich nicht mehr sehen.« Sie öffnete die Haustür und verstellte ihm den Weg.

»Wir müssen reden«, sagte er und strich sich die blonden Haare hinter die Ohren.

»Wozu?«, erwiderte sie. »Ich hatte dich gebeten, mich in Ruhe zu lassen.«

Damit wollte sie ihn stehen lassen, aber Brian hielt sie zurück. »Ich weiß, dass du schwanger bist.«

Freeman erstarrte. »Wie bitte?«

Brian hielt ihr den Ersatzschlüssel hin, den sie ihm in einem Augenblick geistiger Umnachtung gegeben hatte, als sie dachte, er könnte den Aufwand noch wert sein. »Ich war nur kurz in der Wohnung, um meine Sachen zu holen. Du hast ja nicht mehr mit mir gesprochen, also dachte ich mir, ich hole schnell meinen Kram und verschwinde. Nic, ich habe den Schwangerschaftstest im Abfalleimer gesehen.«

Sie wusste nicht, ob sie heulen oder ihm eine reinhauen sollte. »Du hast deine Sachen im Müll gesucht, oder wie?«

»Komm schon, Nic. Lass uns darüber reden«, sagte er und berührte ihre Wange. »Es könnte gut sein, für uns beide.«

Sie schob seine Hand beiseite. »Du machst Witze.«

»Nic ...«

»Außerdem bin ich überhaupt nicht schwanger«, sagte sie. »Ich war beim Arzt. Der Test lag falsch.«

Tja, da war er sprachlos.

»Komm bitte nicht mehr vorbei, ja? Wir haben uns nichts mehr zu sagen.« Freeman nahm ihm den Schlüssel ab und schlug ihm die Tür vor der Nase zu.

Jetzt, auf dem Weg zu Ben Swales' Haus, kickte Freeman mit Genugtuung jeden Kiesel beiseite, der ihr in die Quere kam. Gut für sie beide, dass Ben da war und sogar ziemlich prompt aufmachte – sie hätte heute für nichts garantieren können. Auch diesmal führte er sie in die Küche. Wenn sie ehrlich war, hatte sie schon befürchtet, er könne die Biege gemacht haben, aber dann hatte Williams heute früh Entwarnung gegeben – sie sei eben bei ihm vorbeigefahren und habe gesehen, wie er seiner Mutter ins Haus half. Danach hatte Freeman sich ein bisschen entspannt, aber beschlossen, ihr Glück nicht herauszufordern und Ben am besten gleich einen Besuch abzustatten. Bei Emma hatte sein Gedächtnis ihn ja ziemlich im Stich gelassen; vielleicht fiel ihm zu Jenny Taylor mehr ein.

»Tee?«, fragte Ben, als Freeman sich setzte. Sie nickte und ließ ihn erst mal in Ruhe hantieren; wenn sie nach Jenny fragte, wollte sie seine ungeteilte Aufmerksamkeit. Mit den Teebechern in der Hand drehte er sich um und schien nicht so recht weiterzuwissen. Freeman beobachtete ihn einen Moment, dann erbarmte sie sich seiner. »Für mich bitte mit Milch, keinen Zucker.«

»Ja«, sagte er, »ja, natürlich.« Er holte Milch aus dem Kühlschrank, goss ein bisschen in beide Tassen, stellte sie vor Freeman auf den Tisch und setzte sich. »Kalt draußen«, bemerkte er. »Gibt bestimmt noch mal Schnee.«

»Bestimmt«, pflichtete Freeman ihm bei und ließ ihn nicht aus den Augen. Er wirkte nervös, saß aber sehr still und starrte in seinen Tee. »Ich wollte Sie noch nach einer anderen Patientin aus der Klinik fragen«, begann sie, »nach Jenny Taylor.«

Sie meinte eine Reaktion zu bemerken, aber vielleicht täuschte sie sich auch, da Ben den Kopf noch immer gesenkt hielt. Als er nach seiner Tasse griff und sie langsam an seine Lippen hob, sah sie seine Hand zittern.

»Klingelt es bei dem Namen?«, fragte Freeman.

Ben stellte die Tasse ab, dann sah er sie an, endlich. »Ja«, sagte er, ohne zu zögern.

Alle Achtung, dachte Freeman und versuchte, sich ihre Überraschung nicht anmerken zu lassen. Damit hatte sie jetzt gar nicht gerechnet. Sie hatte erwartet, dass er auch hier abstreiten würde, das Mädchen gekannt zu haben. Was allerdings ziemlich dumm gewesen wäre. Und warum sollte er? Es war ja eine ganz harmlose Frage. Schließlich war Jenny nicht ermordet im Wald gefunden worden.

»Sie haben sie beim Entzug betreut, ist das richtig?«

»Ja, allerdings nicht lange.«

Sie wartete darauf, dass er seine Bemerkung näher ausführte.

»Entschuldigen Sie«, sagte er stattdessen, »aber was hat das mit Emma zu tun? Deshalb sind Sie doch eigentlich hier, oder?«

Freeman nickte. »Ich möchte gern mit allen Personen sprechen, die Emma gekannt haben und wissen könnten, was damals geschehen ist. Jenny und Emma waren ... nun, Freundinnen wäre vermutlich zu viel gesagt, aber sie kannten sich, hingen eine Weile mit denselben Leuten herum, oder?«

»Da bin ich überfragt«, sagte Ben.

»Könnten Sie mir ein bisschen über Jenny erzählen?«

Ben räusperte sich. »Sie hatte sich an die Klinik gewandt, weil sie Rat und Unterstützung wollte, aber ... nun ja, es war ... nicht ganz einfach mit ihr«, sagte er und kratzte sich am Ohr.

»Wie meinen Sie das?«, fragte Freeman.

»Na ja, sie war ...« Ben runzelte die Stirn und wandte den Blick ab. »Wir hatten immer wieder Kids, die zu uns kamen und wirklich clean werden wollten. Meist solche, die noch nicht lange auf

Drogen waren, die in irgendeiner Lebenskrise damit angefangen hatten und dann selber merkten, dass es so nicht weitergehen konnte. Bei ihnen hat die Therapie in der Regel auch Erfolg.« Er sah Freeman wieder an. »Nicht dass Sie mich falsch verstehen, es ist immer hart, für alle, und es geht kaum ohne Rückfälle. Die meisten brauchen mehrere Anläufe, ehe sie es wirklich schaffen, aber sie *wollen* etwas ändern, das ist der Unterschied. Auf der anderen Seite gibt es dann solche Kandidaten wie Jenny, denen diese Motivation völlig abgeht. Als wären sie darauf gepolt, Junkies zu sein. Die haben sich aufgegeben und in ihrem Leben eingerichtet. Ich weiß noch genau, wie ich Jenny beim Erstgespräch fragte, warum sie heute hier sei, und sie mich völlig entgeistert anschaute. Sie konnte mir keine Antwort darauf geben! Und wenn Leute mit der Einstellung kommen, dass es sich nicht lohnt aufzuhören, brauchen wir gar nicht erst anfangen.«

»Warum ist sie dann überhaupt in die Klinik gekommen?«, fragte Freeman.

»Die übliche Mischung aus guten Vorsätzen und falschen Erwartungen. Manche kommen in einer akuten Notsituation. Weil sie misshandelt werden, Misshandlungen bei anderen erleben, unter Druck gesetzt werden. Kurzum, weil ihr Leben beschissen ist und sie da irgendwie rauswollen, nur halten solche Vorsätze nie lange vor, die Sucht ist stärker. Ich habe das bei vielen Leuten erlebt, nicht nur bei Jenny – unsere Laufkundschaft sozusagen. Wer einmal süchtig ist, heißt es ja, bleibt ein Leben lang süchtig. Egal ob Drogen, Alkohol, Spielsucht oder sonst was. Wenn du einmal angefixt bist, kommst du da nicht mehr raus. Du kannst abstinent bleiben, aber mehr nicht. Einige Leute arbeiten an sich und schaffen es auszusteigen, aber die Versuchung ist immer da, die Gefahr eines Rückfalls immer gegeben.« Er zuckte mit den Schultern. »Kein Wunder also, dass es Leute gibt, die keinen Sinn darin sehen, es überhaupt zu versuchen. Die sitzen dann vor einem, gucken dich groß an und fragen: ›Wozu das alles? Warum sollte ich?‹«

»Und was sagen Sie diesen Leuten?«, fragte Freeman ehrlich interessiert. Sie musste an Darren denken. Ihr Bruder war im Knast vermeintlich erfolgreich therapiert worden und als trockener Alkoholiker entlassen worden – und was hatte es ihm am Ende gebracht?

»Warum nicht?«, erwiderte Ben und lächelte, doch Freeman entging nicht die traurige Resignation, die in seinem Lächeln lag.

»Waren Sie selber süchtig?«

Er lachte trocken. »Nein. Nein, war ich nicht. Und das hat meinen Job nicht immer leichter gemacht, so paradox es auch klingt. Manche Klienten begegnen einem dann mit großem Misstrauen, so nach dem Motto, was weißt du denn schon, du kannst doch gar nicht verstehen, wie beschissen es mir geht, wenn du das nicht selbst durchgemacht hast.«

»Und wie gehen Sie damit um? Wie schaffen Sie es, ihre Situation dennoch zu verstehen?«

Er schwieg einen Moment und drehte seine Tasse in den Händen. »Meine Schwester war süchtig. Das macht mich nicht zum Experten, es ist nicht meine eigene Erfahrung, aber ich habe das Leben mit der Sucht hautnah erlebt. Es hat in mir den Wunsch geweckt, anderen zu helfen.«

Freeman beobachtete ihn aufmerksam und wartete darauf, dass er weitererzählte, ließ ihm Zeit. Nachdem er eine Weile geschwiegen hatte, fragte sie vorsichtig: »Was ist mit ihr passiert? Mit Ihrer Schwester? Hast sie es geschafft?«

Ben schüttelte den Kopf. »Nein. Sie ist mit neunzehn an einer Überdosis gestorben.«

Freeman lächelte mitfühlend. Vielleicht erklärte das sein Bedürfnis, jungen Mädchen zu helfen, sein Engagement, das seiner Chefin distanzlos erschienen war. Es war einfach eine sehr persönliche Angelegenheit für ihn. »Das tut mir leid«, sagt sie. Ben nickte nur und starrte in seinen Tee.

»Viele Leute, die diesen Job hauptberuflich oder ehrenamtlich machen, sind ehemalige Süchtige. Die Kids haben oft einen besseren Draht zu ihnen, aber ich halte es nicht für eine Voraussetzung, um einen guten Job zu machen. Ärzte durchleiden auch nicht alle Krankheiten, die sie heilen«, sagte Ben.

»Sehen Sie sich so? Als eine Art Arzt, einen Heiler?«

Ben schüttelte den Kopf. »Du liebe Güte, nein. Nein, wirklich nicht. Tut mir leid, wenn es so klang. Ziemlich anmaßend, oder? Ich wollte damit nur sagen, dass man nicht alles am eigenen Leib erfahren haben muss, um helfen zu wollen. Um helfen zu *können*. Man muss nicht …« Ben suchte nach den richtigen Worten.

Freeman kam ihm zu Hilfe. »Doch, ich glaube, ich weiß, was Sie meinen«, sagte sie, um endlich weiterzukommen. »Lassen Sie uns noch mal über Jenny sprechen. Sie meinten, sie wäre nicht ganz einfach gewesen, aber wie war Ihr Verhältnis zu ihr? Kannten Sie sie gut?«

»Nein«, erwiderte Ben. »Ich kannte keinen meiner Klienten näher. Das war überhaupt nicht vorgesehen. Ich war ihr Betreuer, nicht ihr Freund.«

»Gab es denn keine Ausnahmen? Leute, mit denen man auf einer Wellenlänge war oder sich einfach gut verstand?«, fragte Freeman und dachte an Emma.

»Nein«, wiederholte Ben. »Es waren Klienten. Man darf sich nicht zu sehr einlassen, das wäre für beide Seiten nicht gut. Manchmal, wenn der Klient über sein Leben erzählt, entsteht zwangsläufig eine gewisse Vertrautheit. Manche sehen einen auch als eine Art Resonanzboden, für viele ist man der Einzige, mit dem sie reden können. Aber das sollte man nicht überbewerten. Vieles von dem, was einem während der Behandlung erzählt wird, entspricht auch nicht unbedingt der Wahrheit.«

Freeman sah, wie Ben seine Tasse in den Händen drehte. Der Tee schwappte über den Rand, aber er schien es nicht zu bemerken. Es gefiel ihr nicht, wie er all ihre Fragen auflaufen ließ, sich in Verallgemeinerungen flüchtete, statt direkt über Jenny zu reden.

Sie fragte sich, ob es eine Angewohnheit war, die von seinem Beruf herrührte – immer schön die Distanz wahren, nicht persönlich werden, nicht mit Dritten über den Klienten reden –, oder ob er etwas zu verbergen hatte. »Hat Jenny auch gelogen?«, wollte sie wissen.

Er nickte. »Davon gehe ich aus. Wie gesagt, sie war noch gar nicht bereit, sich helfen zu lassen. Wie sollte sie mir gegenüber ehrlich sein, wenn sie nicht mal wusste, was sie in der Sprechstunde wollte? Ehrlich wäre es gewesen, gar nicht erst zu kommen.«

Freeman zückte ihr Notizbuch. »Jenny wurde zweimal von der Polizei aufgegriffen und verhaftet. Einmal wegen Drogenbesitzes – Amphetamine – und einmal wegen Anschaffens.« Sie sah Ben fragend an. Er schluckte und nickte kaum merklich. »In letzterem Fall bat sie bei der Polizei darum, von Ihnen abgeholt zu werden.«

Sie sah, wie es in Ben arbeitete, und wartete. Er nickte erneut, diesmal entschiedener. »Ja«, sagte er, »das stimmt.«

»War das denn üblich, dass Klienten um so etwas gebeten haben? Zumal wenn – wie in diesem Fall – gar kein besonderes Vertrauensverhältnis bestand?«

Ben schüttelte den Kopf und wollte gerade etwas erwidern, als seine Mutter von oben nach ihm rief. »Wenn Sie mich bitte entschuldigen«, sagte er und eilte davon.

Freeman lehnte sich seufzend zurück. Ob seine Mutter einen siebten Sinn hatte, der sofort ansprang, wenn ihr Sohn in Bedrängnis war? Sie hörte gedämpfte Stimmen über sich, Schritte, Bewegungen. Sie stand auf und ging in den Flur, lauschte, sah sich ein bisschen um. Das Haus war ordentlich, aber heruntergekommen, Wände und Türen hätten gut einen Anstrich vertragen können. Sie ging weiter und warf einen Blick ins Wohnzimmer – Bilder von Schutzengeln an den Wänden, Kristalle und Heilsteine auf dem Kamin. Du liebe Güte. Ob die Ben gehörten oder seiner

Mutter? Sie tippte auf Ben. Er hatte etwas von einem in die Jahre gekommenen Hippie an sich.

Auf dem vorsintflutlichen Fernseher stand die gerahmte Fotografie eines jungen Mädchens. Seine Schwester, vermutete Freeman und trat näher. Sie nahm das Bild in die Hand und sah ein hübsches blondes Mädchen, vielleicht elf, zwölf Jahre alt. Eine Erinnerung an vorher, bevor die Drogen ihr Leben zerstörten.

Vorsichtig stellte sie das Foto zurück und ging wieder in die Küche. Plötzlich sah sie Darren im selben Alter vor sich, wie sie beide Nintendo spielten und er wütend auf dem Sofa rumsprang, stinksauer, weil sie gewann. Wenn ihre Eltern nicht da waren, hatten sie sich eine Riesenpizza bestellt und vor dem Fernseher gegessen. Ihr kleiner Bruder fraß wie ein Scheunendrescher, und wenn sie sich nicht ranhielt, hatte er in Nullkommanichts alles weggefuttert; sie hatte sich immer gewundert, was in einen so schmächtigen Jungen alles hineinpasste. Aber sein kleiner, zäher Körper verbrannte alles, und Alkohol und Drogen taten dann später ein Übriges. Sie zehrten ihn aus, richteten ihn zugrunde. Freeman fragte sich, ob Darren im Gefängnis auch jemandem wie Ben begegnet war. Ihr Bruder hätte ihn verachtet, so viel war sicher. Er hätte ihn ein blödes Weichei genannt, einen ollen Warmduscher. Sie musste lächeln. Oh, wie sehr sie ihn vermisste, den alten Darren, wie sehr sie wünschte, alles wäre anders gekommen. Wenn sie damals anders gehandelt hätte ... wenn *er* einen anderen Weg gegangen wäre ...

»So, da bin ich wieder, tut mir leid wegen eben«, riss Ben sie aus ihren Gedanken.

Freeman nickte, noch immer mit einem leisen Lächeln auf den Lippen. »Gut, wir waren bei Jennys Verhaftung stehen geblieben. Sie hatten sie danach abgeholt, und ich frage mich, ob das üblich war.«

Ben wurde rot und senkte den Blick. »Nein, es war nicht üblich. Das mit Jenny war eine einmalige Angelegenheit – ich habe so etwas weder davor noch danach getan. Die meisten Klienten wären, ehrlich gesagt, nicht mal auf den Gedanken gekommen, ihren Betreuer um einen solchen Gefallen zu bitten. Ich weiß nicht, warum sie nach mir gefragt hat. Oder warum ich mich darauf eingelassen habe.«

»Aber?«, hakte Freeman nach und wünschte, er würde endlich mal auf den Punkt kommen.

»Aber Jenny schien zu denken, dass ich … keine Ahnung«, er hob die Hände. »Vielleicht dachte sie, mit mir könne man es machen, ich sei leichte Beute. Und vielleicht war ich es, *bin* ich es, wer weiß. Sie schien zu glauben, dass das mein Job wäre, sie aus ihrem Schlamassel rauszuholen. Wenn sie Ärger mit der Polizei hatte, sollte ich das klären. Wenn sie Geld brauchte, sollte ich ihr welches besorgen, so in der Art.«

»Sie haben ihr Geld gegeben?«

»Nein, natürlich nicht.« Ben stand wieder auf und kippte seinen Tee in den Ausguss, nahm Freemans Tasse, schüttete sie ebenfalls aus und warf den Wasserkocher an. »Vielleicht ist sie ja deshalb in die Klinik gekommen, wer weiß? Das meinte ich vorhin mit falschen Erwartungen. Vielleicht dachte sie, dass wir sie mit Drogen und Geld versorgen, damit sie nicht mehr anzuschaffen oder alte Leute zu beklauen braucht.« Er zuckte mit den Schultern und drehte sich zu Freeman um. »Als die Polizei mich anrief und mir sagte, ich könne Jenny jetzt abholen, war ich, ehrlich gesagt, ziemlich perplex. Ich hatte keine Ahnung, was los war. Man hat mir auch nichts gesagt, nur dass sie darum gebeten hätte, von mir abgeholt zu werden. Wahrscheinlich stimmt es – mit mir kann man es machen, ich lasse mich zu leicht breitschlagen. Ich hatte den Eindruck, dass sie sonst niemanden hatte. In gewisser Weise tat sie mir leid. Von ihrer Familie war kaum je die Rede, die schienen sie längst abgeschrieben zu haben. Da war einfach niemand, verstehen Sie?« Er seufzte. »Wahrscheinlich dachte ich mir, was, wenn es Kerry wäre?«

»Ihre Schwester?«, vermutete Freeman.

»Ja. Darauf lief es am Ende wohl immer hinaus. Was, wenn Kerry jetzt in dieser Situation wäre? Was würde ich tun? Was würde ich von anderen erwarten? Ich konnte Jenny nicht einfach hängen lassen.«

»Was genau ist dann passiert?«

Ben rührte Milch in seinen Tee und kam zurück an den Tisch. »Ich bin zur Wache gefahren und habe sie abgeholt, habe versucht, mit ihr zu reden, aber sie hat kaum den Mund aufgemacht. Dann habe ich sie bei einer Freundin abgesetzt und bin zurückgefahren.«

»Das war alles?«, fragte Freeman nach.

»Das war alles.«

»Und das war wann – Mai, Juni 1999?«

»Könnte hinkommen«, meinte Ben achselzuckend. »So genau weiß ich es nicht mehr.«

»Sie ist also danach noch ein paar Mal in die Klinik gekommen?«

»Ja, sie war in den folgenden Wochen ein paar Mal da. Allerdings war sie am Anfang ausgesprochen feindselig und aggressiv.«

»Wieso?«

Ben schien sich seine Worte genau zu überlegen. »Ich glaube, es war ihr unangenehm, mich darum gebeten zu haben, sie abzuholen. Sie tat sich extrem schwer damit, andere um Hilfe zu bitten, es war in ihren Augen eine Schwäche. Also hat sie überkompensiert und das starke Mädchen markiert, ist laut und ausfällig geworden.« Er bemerkte Freemans fragenden Blick. »Nein, nein, nur verbal, nichts Schlimmes. Sie hat eine Weile herumgeschrien, uns beschimpft und so.«

»Uns?«

»Mich und die Kollegen in der Klinik, die Polizei, jeden, der gerade da war.«

»Und dann?«

»Ich habe sie sich abreagieren lassen und sie dann, als sie sich einigermaßen beruhigt hatte, gefragt, was sie denn nun wollte. Endlich von den Drogen runterkommen, hat sie mir gesagt.«

»Haben Sie ihr geglaubt? Sie meinten, sie hätte an sich keine Motivation gehabt, sich zu ändern, wäre auf ihre Abhängigkeit gepolt gewesen.«

Ben seufzte und legte die Hände vor sich auf den Tisch. »Bislang ja. Aber so hatte ich sie noch nie erlebt. Es war das erste Mal, dass sie so etwas wie echte Gefühle gezeigt hat. Ich dachte, sie wäre endlich so weit und bereit, an sich zu arbeiten. Aber vielleicht war es auch bloß eine Projektion von mir, vielleicht wollte *ich* ja, dass sie dazu bereit wäre. Wir haben uns darauf geeinigt, dass sie regelmäßig kommt, und ich habe ihr dann gleich eine ganze Reihe von Terminen gegeben, weil ich mir dachte, wenn sie merkt, dass ich Vertrauen in sie habe, bleibt sie vielleicht bei der Stange.«

»Ist sie aber nicht?«

»Doch, ein paar Wochen hat sie durchgehalten.«

»Und ist sie in der Zeit clean geblieben?«

Ben lächelte. »Na ja, nicht ganz«, meinte er. »Aber so funktioniert das auch nicht. Wir machten keinen kalten Entzug, das konnten wir gar nicht leisten. Wir waren eine Tagesklinik und konnten die Leute nicht rund um die Uhr betreuen. Ambulant dauert es immer länger, bis sich Erfolge einstellen. Aber sie schien es zumindest zu versuchen.«

»Und dann?«

»Dann ist sie eines Tages nicht mehr gekommen.«

»Und wann war das? Wann haben Sie sie das letzte Mal gesehen?«

Ben schaute zur Decke hinauf. »Kann ich nicht sicher sagen. Ende Juni vielleicht.«

Freeman nickte. Das stimmte auch mit den Angaben in Jennys

Patientenakte überein. Der letzte Termin, den sie wahrgenommen hatte, war am 28. Juni gewesen.

Ben sah Freeman an. »Tut mir leid, wenn ich Ihnen nicht groß weiterhelfen konnte.«

Freeman schüttelte den Kopf. »Nein, nein, das war schon sehr aufschlussreich. Sie haben Jenny also Ende Juni das letzte Mal gesehen. Erinnern Sie sich noch daran, wann Sie Emma zuletzt gesehen haben?«

Bens Miene verschloss sich. »Das sagte ich Ihnen doch bereits, ich erinnere mich nicht mehr.«

»Okay«, sagte Freeman und machte sich einen Vermerk in ihren Notizen. »Kein Problem. Und Sie haben die Klinik dann wann verlassen – im Juli?«

»Was hat das denn damit zu tun?«, fuhr Ben sie an.

»Ich versuche nur, den Zeitrahmen abzustecken und mir darüber Klarheit zu verschaffen, wer Emma wann zuletzt gesehen hat.«

»Tut mir leid«, sagte er. »Ich weiß nicht, was mit ihr passiert ist.«

45

10. Juni 1999

Lucas machte die Augen wieder zu. Das musste er sich nicht auch noch geben: zuschauen, wie sie es ihm besorgte. Schon krass, wie tief er gesunken war. Er könnte echt was Besseres haben, was viel Besseres. Aber sie war halt da und machte es mit jedem. Sie würde alles tun, was er von ihr verlangte, die Schlampe. Aber anschauen konnte er sie nicht. Sie widerte ihn an. Obwohl, er könnte versuchen, sich auf ihre Haare zu konzentrieren, sich vorstellen, sie wäre Emma, aber nee, funktionierte auch nicht. Sie war nicht Emma, Emma war weg, Geschichte.

Oh Mann, das dauerte ja ewig! Er hatte keinen Bock mehr, wollte sie schon wegstoßen, ihr sagen, dass sie abhauen, aus seiner Wohnung verschwinden sollte. Aber er hatte angefangen, zugegeben, und was man anfängt, bringt man besser zu Ende, nicht wahr? Dann war's wenigstens nicht ganz umsonst, sie an sich rangelassen zu haben.

Als er kam, gab er keinen Laut von sich. Die Genugtuung würde er ihr nicht geben. Sie schaute ihn trotzdem mit einem selbstgefälligen Grinsen an, als sie sich aufsetzte und den Mund abwischte. Dachte wohl, sie hätte das große Los gezogen. Lucas zerrte an seiner Jeans und machte den Reißverschluss zu. Sie hängte sich an ihn ran, erwartete wohl, dass er sich bei ihr revanchierte, aber da konnte sie warten, bis sie schwarz wurde. Einen Teufel würde er. Er stieß sie weg, ging zum Sofa und machte den Fernseher an.

Sie blieb an der Tür stehen, halb nackt, und versuchte, seine Aufmerksamkeit zu erregen. Er starrte weiter auf die Glotze, irgendwas über Antiquitäten. *Antiquitäten*, meine Fresse. Er griff nach der Fernbedienung.

»War's das dann?«, fragte Jenny. Er beachtete sie nicht, zappte sich durch die Kanäle. »Du kannst mich auch ficken, wenn du willst«, sagte sie und wanzte sich von hinten an ihn ran, schlang ihm die Arme um den Hals. Er schüttelte sie ab.

»Nein, danke«, sagte er, stand auf und ging in die Küche. »Zieh dich an und verpiss dich.«

Jenny fläzte sich aufs Sofa. »Was denn, hast du Schiss, dass du mir auch ein Kind machst, oder was?«

Lucas holte sich ein Bier aus dem Kühlschrank. »Du bist so verseucht, da würd's keine Kaulquappe drin aushalten, glaub mir.«

»Ach, komm schon, Lucas«, rief sie und machte die Beine breit. »Ich würd's auch nicht wegmachen lassen. Einfach so dein Baby umbringen, also echt!«

Mit dem Bier in der Hand kam er zurück. »Was soll das denn heißen?«

Jenny setzte sich auf und grinste ihn an. »Wie jetzt? Hat die blöde Kuh es dir nicht mal gesagt?«

Lucas machte einen Schritt auf sie zu, und sie verkroch sich in die hintere Sofaecke. »Was soll das heißen, hab ich gefragt?«

»Na, Emma, die kleine Schlampe, sie hat's abtreiben lassen.«

Lucas fühlte sich, als hätte er einen Schlag in die Magengrube bekommen. Das kleine Miststück log. Emma war ja nicht mal schwanger.

»Du lügst«, sagte er.

»Nee, tu ich nicht. Stacey hat sie vor ein paar Wochen im Krankenhaus gesehen. Da, wo ich auch schon mal war, weißt du? Stacey hat sie rauskommen sehen, total am rumheulen, als wär sie die Erste, die ihr Scheißbaby abgetrieben hat.«

Lucas spürte, wie es ihm die Luft abschnürte, wie seine Lungen sich gegen die Rippen pressten. Sie log, ganz klar. Sie *musste* lügen. So was würde Emma nicht tun. Das würde sie nicht wagen, niemals. Oder? Er wusste, dass sie wieder weg war, schon eine ganze Weile. Irgendwann war es ihm zu blöd geworden, vor ihrem Haus rumzuhängen und zu warten, dass sie wieder auftauchte. Vielleicht blieb sie diesmal ganz weg, sollte ihm egal sein. Er hielt die Augen offen, nur für alle Fälle, aber wenn nicht, auch gut – er könnte es verschmerzen.

Lucas starrte Jenny an, ballte die Fäuste und beugte sich über sie, bis sein Gesicht ihres fast berührte. »Wenn du mich anlügst, wird dir das sehr, sehr leidtun.«

»Ich lüg nicht!«, kreischte Jenny. »Frag doch Stacey. Sie hat mir gesagt, dass sie Emma gesehen hat, echt. Sie war mit diesem Spinner von der Drogenhilfe da.«

Lucas feuerte seine Bierdose an die Wand und griff nach seiner Jacke. Jetzt würde er der schwulen Sau mal zeigen, wo der Hammer hing.

Lucas wartete in der Nähe der Klinik auf Ben. Der Kerl würde schon merken, was er davon hatte, ihm blöd zu kommen, sich in anderer Leute Angelegenheiten einzumischen.

Vorher hatte er aber noch mit Stacey Klartext geredet, hatte sie in dem Pub gefunden, wo sie sich immer herumtrieb, um irgendwelche armseligen Typen aufzureißen, die nur ihre Titten sahen und gar nicht kapierten, was für ein geldgeiles Luder sie sich da anlachten. Sie hatte gerade einen Cocktail geschlürft, als er sie von dem alten Penner runterzerrte.

»He!«, protestierte sie. »Was soll'n das?«

»Sag mir, was du Jenny gesagt hast«, stellte Lucas sie zur Rede.

»Hä, was?«, fragte Stacey und schaute ihn an, als wäre *er* hier das Stück Scheiße.

»Sag mir, was du Jenny gesagt hast«, wiederholte er. »Über Emma.«

Stacey verzog das Gesicht. »Über Emma hab ich gar nicht gesprochen.«

Lucas lachte verächtlich und ließ sie los. »Verlogene Fotze«, schnaubte er und wollte gehen. Würde er sich eben Jenny vorknöpfen und ihr eine Lektion erteilen, die sie so schnell nicht vergessen würde.

»He, wart mal, was hat sie denn gesagt?«, rief Stacey ihm nach.

Lucas kam zurück und blieb so dicht vor ihr stehen, dass sie auf ihren Absätzen schwankte. »Ich an deiner Stelle würde aufpassen, mit wem ich mich so rumtreibe«, sagte er. »Jenny erzählt nämlich Lügen über dich. Sie behauptet, Emma hätte abgetrieben. Und dass du sie gesehen hast.«

»Ach, das«, sagte Stacey gelangweilt. »Nee, klar, das stimmt schon. Ich dachte, du meinst was anderes.«

Lucas spürte, wie seine Wut wieder hochkam.

»Sie war mit diesem Typen von der Klinik da, dem Pädo mit den roten Haaren.«

Das hatte er wissen wollen. Lucas ließ sie stehen und knallte die Tür gegen die Wand, als er rausging. Und jetzt stand er hier und wartete. Dann endlich – jemand schloss die Klinik ab. Nicht Ben, irgendein fettes Weib. Wo steckte der Kerl? Lucas schaute die Straße rauf und runter, dann sah er ihn aus der Zufahrt hinter der Klinik kommen. Die Fette verschwand die Straße runter, und Ben suchte nach seinen Schlüsseln. Lucas lief schnell, die Kapuze tief ins Gesicht gezogen. Es war früher Abend, aber noch nicht ganz dunkel, die Straßen noch nicht verlassen. Also kein Risiko eingehen.

Ben schaute auf, als er Lucas kommen sah, aber er war nicht schnell genug, um den Schlag in die Magengrube zu parieren. Er knickte ein, und Lucas packte ihn sich und zerrte ihn zurück hinter die Klinik.

»Wo ist Emma?«, wollte er wissen und warf Ben zu Boden. Als Ben ihm weismachen wollte, er wüsste es nicht, rammte Lucas ihm die Faust ins Gesicht. »Wo ist sie?«, fragte er noch mal und packte Ben beim Kragen.

»Ich ... ich weiß es nicht«, stammelte Ben.

Lucas drückte Ben auf den Boden und legte die Hände um seinen Hals. »Ich weiß, was du getan hast«, zischte er.

Am Ende der Zufahrt gab es einen Knall, als würde eine Flasche zerschmettert; Lucas schaute auf und lockerte kurz seinen Griff. Kinder – lachten wie blöd, als sie noch eine zweite Flasche warfen und überall Scherben flogen. Ben, der kleine Wichser, war ihm derweil entwischt und rannte um sein Leben. Lucas holte lässig auf und hätte ihn fast eingeholt, als er auf der anderen Straßenseite das Bullenauto sah. Er lief langsamer und ließ Ben laufen, sah ihn die Straße überqueren und ging in der entgegengesetzten Richtung weiter. Ehe er um die nächste Ecke bog, schaute er sich noch mal um. Alles klar, Ben ging an den Bullen vorbei, machte keine Anstalten, ihn zu verpfeifen.

Kurz überlegte er, ob er umdrehen und die Sache sauber zu Ende bringen sollte. Aber nee, nur kein Stress jetzt. Er würde einfach auf die nächste Gelegenheit warten. Morgen, übermorgen, wann immer. Er wusste ja, wo der Kerl zu finden war. Ben würde ihm nicht entkommen.

46

16. Dezember 2010

Louise hockte auf dem Sofa und hatte die Arme um die Knie geschlungen. In der Ecke lief der Fernseher, aber sie bekam kaum mit, was da in den letzten Stunden über den Bildschirm gerauscht war. Sie hatte vergangene Nacht kaum ein Auge zugetan. Adam hatte ziemlich besorgt gewirkt, als er heute Morgen aus dem Haus ging, aber sie hatte ihm versichert, dass sie sich nur nicht besonders fühlte, kein Grund zur Sorge. Er hatte angeboten, bei ihr zu bleiben, aber sie hatte gemerkt, wie schwer es ihm fiel. Eine Exkursion mit seinen Studenten stand an – zwei Tage, eine Übernachtung in Leeds. Sie wusste, wie sehr er sich darauf gefreut hatte, auch wenn er das Gegenteil behauptete.

Einerseits hätte sie ihn am liebsten gar nicht gehen lassen, andererseits war sie einfach nur erleichtert. Was, wenn die Polizei noch mal hier aufkreuzte? Wie sollte sie ihm das erklären? Vielleicht war es jetzt so weit, Zeit, alle Brücken hinter sich abzubrechen – Adam zu verlassen. Ohne sie wäre er sowieso besser dran.

Ihr Blick fiel auf die eine Weihnachtskarte, die sie bekommen hatte. Sie war von Karen, die den kleinen Eckladen betrieb. Das waren ihre Sozialkontakte. Louise ließ niemanden an sich heran, sie versuchte nicht mal, Freunde zu finden, denn es würde alles nur noch komplizierter machen. Außer Adam gab es niemanden, der ihr nahestand, und in Wahrheit war er Lichtjahre von ihr entfernt. Er wusste nichts über sie, gar nichts. Sie fragte sich, wie lange das noch gut gehen konnte.

Im Grunde wusste sie, was zu tun war. Sie konnte nicht hierbleiben, sie musste weg, ehe die Polizei wieder vor der Tür stand und sie Adam alles beichten musste. Und dann? Wie sollte sie ihm dann noch in die Augen sehen, ihm gestehen, dass sie ihn all die Jahre angelogen hatte? Wie sollte sie ihm sagen, was sie getan hatte, damals? Es war so lange her, dass sie manchmal meinte, es wäre gar nicht geschehen, es wäre nur ein schlechter Traum. Aber sie wusste, dass es sie eines Tages einholen würde. Sie hatte es immer gewusst. Und jetzt war es so weit.

Als das Telefon klingelte, fuhr Louise vor Schreck zusammen. Aus alter Gewohnheit schaute sie erst auf die Anruferkennung, dann holte sie einmal tief Luft und schlüpfte in ihre Rolle.

»Hallo?«, sagte sie. »Solltest du nicht eine Horde Erstsemester durch Leeds treiben?«

»Stimmt, aber du bist mir wichtiger. Ich habe überlegt, ob wir morgen Abend nicht essen gehen wollen? Vielleicht ins *Al Forno* oder so?«

»Meinst du nicht, dass es jetzt vor Weihnachten ziemlich voll sein wird? Die ganzen Weihnachtsfeiern und so?« Bei dem Gedanken auszugehen, von vielen feiernden Menschen umgeben zu sein, fühlte sie sich richtig unwohl.

»Ja, wahrscheinlich«, meinte er. »Na, war nur so eine Idee. Ich könnte uns auch auf dem Rückweg eine Kleinigkeit besorgen, irgendwas richtig Dekadentes.«

»Richtig dekadent?« Sie zwang sich zu einem Lachen. »Was denn – Kaviar? Austern? Der Gipfel der Dekadenz waren doch kürzlich diese Burger mit echtem Rindfleisch, oder?«

»Lass dich überraschen«, meinte er lachend. »Du wirst dich wundern, *wie* dekadent ich sein kann. Also abgemacht, ich kaufe auf dem Rückweg was Schönes ein. Gegen Mittag müsste ich zurück sein.«

»Okay«, sagte sie, »bis morgen dann.«

Sie legte auf und presste die Augen ganz fest zusammen, um die Tränen zurückzuhalten. *Deshalb* war sie noch immer hier. Deshalb hatte sie irgendwann aufgehört wegzulaufen. Weil er so lieb zu ihr war, so nett. Weil er immer darum bemüht war, sie aufzumuntern, sich immer irgendetwas Schönes für sie einfallen ließ. Und er, was bekam er im Gegenzug? Eine Lügnerin. Eine Betrügerin. Eine Verbrecherin.

47

16. Dezember 2010

Lucas schaute aus dem Fenster und ließ Häuser und Straßen an sich vorbeirauschen. McIlroy Jennys Namen sagen zu hören, war wie ein Schlag in die Magengrube gewesen. Keine Ahnung, warum Freeman plötzlich an ihr interessiert war, aber es machte ihn nervös. Er musste den Bullen immer einen Schritt voraus sein, und deshalb war er hier.

Er stieg aus dem Bus und schaute sich um. Von früher kannte er die Gegend ganz gut, und viel hatte sich nicht verändert. Er konnte nur hoffen, dass Jennys Eltern noch immer in derselben Bruchbude wohnten.

Er ging los und checkte die Hausnummern aus. Vor Ewigkeiten war er schon mal hier gewesen, hatte Jenny geholfen, ihre Alten auszuplündern, und sie danach mit nach Blyth genommen, größter Fehler seines Lebens. Wenigstens war er so schlau gewesen, damals im Auto sitzen zu bleiben und sich bedeckt zu halten. Hatte ihm gerade noch gefehlt, dass Mr und Mrs Taylor ihn an die Bullen verpfiffen.

Lucas ging zur Tür und klingelte. Er wollte einfach nur wissen, was Freeman ihnen erzählt hatte. Einfach mal abchecken, was sie über ihre Tochter wussten.

Angie Taylor machte die Tür auf und stutzte. Sie starrte Lucas an, Lucas starrte ihr in den Ausschnitt. »Mrs Taylor?«, fragte er.

»Ja?« Sie verschränkte die Arme.

»Hallo. Ich würde gern mit Ihnen über Jenny sprechen.«

»Aha. Und wer sind Sie?«

»DC McIlroy.« Er zückte den Ausweis und ließ ihn schnell wieder in der Tasche verschwinden, ehe sie genauer hinschauen konnte. »Könnte ich hereinkommen?«, fragte er, doch Angie rührte sich nicht von der Stelle. »DS Freeman meinte, ich soll noch mal bei Ihnen vorbeischauen.«

Als die Alte ihn endlich reingelassen hatte, nahm Lucas im wenig wohnlichen Wohnzimmer der Taylors Platz. Sie boten ihm nichts an, keinen Tee, keinen Kaffee, gar nichts. Geizhälse. Er lehnte sich im Sessel vor und schaute abwechselnd von Angie zu Malcolm.

»Was meinten Sie noch mal, wer Sie sind?«, fragte Malcolm misstrauisch und schaute dabei nicht Lucas, sondern Angie an.

»Noch mal jemand von der Polizei, wegen Jenny«, klärte Angie ihn auf.

»DC Bob McIlroy.« Lucas beugte sich zu Malcolm vor, hielt ihm die Hand hin. Malcolm senkte den Blick und zögerte einen Moment, ehe er einschlug.

»Wir haben Ihrer Kollegin schon gesagt, dass wir nicht wissen, wo sie ist«, sagte Angie und steckte sich eine Zigarette an. Malcolm hustete und warf ihr einen bösen Blick zu. Angie verdrehte genervt die Augen, stand auf und ging zum Fenster, das sie kaum einen Spaltbreit öffnete. Sie lehnte sich an die Fensterbank und blies den Rauch ins Zimmer. »Sieht so aus, als hätten Ihre Leute auch nicht mehr Ahnung als wir.«

»Gewiss doch, gewiss«, sagte Lucas und musste sich ein Grinsen verkneifen. Anscheinend hatte Freeman keinen blassen

Schimmer, aber er konnte jetzt auch nicht gleich wieder abhauen, wär ja zu offensichtlich. Und wo er schon mal hier war, konnte er gleich mal ein paar Sachen klären. »Nur noch mal der Vollständigkeit halber ... Jenny ist also von zu Hause weggelaufen, und zwar 19...« Er tat, als überlegte er.

»97«, brummte Malcolm.

»Richtig. Danach hat sie einige Jahre in Blyth gelebt, ist dann aber völlig von der Bildfläche verschwunden. Und Sie haben seitdem nichts mehr von ihr gehört?«

»Kein Wort«, sagte Angie. »Könnte tot sein, nach allem, was wir wissen. Irgendeine Überdosis von was weiß ich, was sie alles genommen hat.«

Malcolm warf seiner Frau einen mörderischen Blick zu, und Lucas überlegte, ob er besser gehen sollte. Auf einen Ehekrach hatte er jetzt keinen Bock. »Kannst du doch gar nicht wissen«, seufzte Malcolm. »Vielleicht hat sie sich geändert und längst damit aufgehört.«

Angie schnaubte, nahm einen letzten Zug und schnippte die Kippe aus dem Fenster. Dann knallte sie es zu und setzte sich wieder neben ihren Mann aufs Sofa. »Und warum hat sie sich dann kein einziges Mal blicken lassen?«

»Warum *sollte* sie denn zurückkommen?«, fragte Malcolm mit erhobener Stimme. »Warum sollte sie zu *dir* zurückkommen?«

»Sie denken also, sie hätte sich gemeldet?«, fragte Lucas. »Wenn es ihr besser gegangen wäre?«

Angie und Malcolm schauten sich an, in ihrer Trauer vereint, doch Angie riss sich schnell wieder zusammen. »Ich glaub nicht, dass es ihr jemals besser gegangen ist. Die hat sich nicht verändert – klingt schlimm, aber ist so.« Sie verschränkte die Arme und grub die Finger so tief in die Haut, dass sich weiße Flecken auf dem blau verfrorenen Fleisch bildeten; lief ja auch halb nackt rum, die Alte.

Lucas wartete einen Moment, ehe er sich langsam weiter vortastete. »Vielleicht ist es ja ein gutes Zeichen, dass wir sie nicht mehr auf dem Radar haben. Könnte heißen, dass sie ihre Vergangenheit hinter sich gelassen hat, ein ordentliches Leben führt«, meinte er und war mächtig stolz auf sich. McIlroy könnte sich von ihm noch eine Scheibe abschneiden. Er gab hier den guten Bullen, besser, als McIlroy es jemals könnte. Er wollte schon aufstehen und gehen, als Angie erneut anfing.

»Glaub ich nicht«, sagte sie. »Wir haben dann nämlich doch noch nach ihr gesucht – später –, aber nix gefunden, keine Spur. Hab ich aber alles schon Ihrer Kollegin erzählt.«

Es dauerte ein paar Sekunden, bis Lucas kapierte, dass das sein Stichwort war. Er lehnte sich vor. »Wann genau war das?«

»Das ist schon ein paar Jahre her. Ich habe Krebs bekommen und wollte sie noch einmal sehen«, sagte Malcolm. »Wir haben extra einen Privatdetektiv engagiert.«

»Aber der hat sie auch nicht gefunden?«

Angie und Malcolm schauten sich an, und Lucas sah Wut in Malcolms Augen. Okay, jetzt bloß nichts überstürzen. Aber versuchen musste er es. Wann, wenn nicht jetzt, könnte er herausfinden, was er wissen wollte? Wissen *musste*.

»Verdammter Halunke«, knurrte Malcolm und winkte ab. »Hat sich eine goldene Nase damit verdient, kreuz und quer durchs Land zu gurken und jede, aber auch wirklich *jede* Jenny Taylor aufzuspüren, ganz egal, ob sie im richtigen Alter war oder nicht. Eine hatte sogar schon einen Seniorenpass! Ach, hören Sie mir doch auf mit diesem Idioten.«

Angie schien das anders zu sehen, hielt sich aber zurück und wandte sich lieber wieder an Lucas.

»Er war wirklich nicht besonders gut«, sagte sie, »aber fairerweise muss man sagen, dass er durchaus ein paar Jennys mit dem richtigen Geburtsdatum gefunden hat – nur eben nicht *unsere* Jenny.«

»Wie hieß denn der Ermittler?«, fragte Lucas.

Malcolm schüttelte den Kopf. »Bleib mir bloß weg mit dem verdammten Cowboy«, murmelte er, worauf Angie wieder genervt die Augen verdrehte.

»Lawrence hieß er«, sagte sie. »Vornamen weiß ich nicht mehr.«

Lucas nickte. »Und wie sind Sie an den gekommen? Hat ihn jemand empfohlen, die Polizei vielleicht?«

Malcolm schnaubte verächtlich. »Wer würde denn so einen Vollidioten empfehlen? Bestimmt nicht die Polizei, zumindest nicht, wenn sie ihren Job versteht.«

»Wir sind gar nicht zur Polizei gegangen«, sagte Angie. »Das hätte da doch keinen mehr interessiert, so lange wie sie schon weg war.«

Lucas bemerkte den Blick, den Malcolm ihr zuwarf. Zack, in einer Sekunde schoss Malcolm sämtliche Vorwürfe und allen Hass, der sich im Lauf der Jahre angestaut hatte, auf seine Frau ab. Es war *ihre* Schuld, dass sie nicht eher nach Jenny gesucht hatten, *ihre* Schuld, dass sie Jenny bis heute nicht gefunden hatten, *ihre* Schuld, dass Jenny überhaupt erst abgehauen war. Lucas musste sich ein Lächeln verkneifen. Irgendwie erinnerten die beiden ihn an seine Eltern. Trautes Heim, Glück allein.

»Haben Sie vielleicht noch seine Nummer, irgendwelche Kontaktdaten?«, fragte Lucas.

»Nein«, sagte Angie, »wozu?«

Oh Mann. Lucas fragte sich langsam dasselbe. Wozu war er überhaupt hergekommen? Okay, er wusste jetzt, dass Freeman von den beiden nichts weiter erfahren hatte – er aber auch nicht.

»Zeig ihm mal den Ordner«, sagte Malcolm.

Lucas horchte auf, sah, wie Angie aufstand, sich den Rock über den Hintern zog, die Tür eines Sideboards aufschob und einen schmalen Schnellhefter herausnahm. Sie setzte sich wieder und reichte ihm ein paar lose eingelegte Blätter. Als er danach griff, fiel ein Foto heraus und flatterte zu Boden. Lucas bückte sich und hob es auf. Es zeigte eine junge Frau, vielleicht Anfang zwanzig.

Ihre Gesichtszüge waren verschwommen und kaum zu erkennen.

Malcolm beugte sich vor. »Sehen Sie? Dafür haben wir ihn bezahlt, nicht mal mit 'ner Kamera konnte der umgehen«, schnaubte er und ließ sich wieder aufs Sofa fallen.

Doch Lucas hörte es kaum, er blätterte die Seiten durch, sein Herz raste. Bingo, er war wieder im Rennen.

»Haben Sie das auch DS Freeman gezeigt?«, fragte er und hielt beide Daumen gedrückt und die großen Zehen gleich noch dazu.

»Nö«, sagte Angie. »Sie hat nicht danach gefragt.«

Lucas nickte und überflog Seite um Seite, traute seinen Augen kaum.

Er war auf eine wahre Goldgrube gestoßen.

48

16. Dezember 2010

»Ich habe Ihnen beim letzten Mal nicht ganz die Wahrheit gesagt«, räumte Ben ein. »Als ich meinte, ich würde Emma nicht kennen.«

»Ja, ich weiß«, sagte Freeman.

Ben seufzte und fuhr sich mit der Hand übers Gesicht. »Ich wollte nur ... Ich wollte sie bloß beschützen.«

»Sie müssen mir sagen, was Sie wissen. Es könnte wichtig sein. Wissen Sie, was mit Emma passiert ist?«

»Nein«, sagte Ben und schaute sie so unschlüssig an, als überlegte er, ob er auspacken sollte oder nicht.

Freeman wartete. Oben hörte sie den Fernseher laufen. »Was wird eigentlich aus Ihrer Mutter, wenn Sie ins Gefängnis müssen, Ben?«

»Wie ... meinen Sie das?«, fragte Ben mit bebender Stimme.

»Sie verhalten sich, als hätten Sie etwas zu verbergen, und wenn Sie mir nicht endlich erzählen, was Sie wissen, muss ich davon ausgehen, dass Sie irgendwie in den Fall verwickelt sind. Und dann frage ich mich: Was wird aus Ihrer Mutter, wenn Sie ins Gefängnis müssen?« Ein mieser Trick, natürlich, ein ganz mieser. Sie hatte rein gar nichts gegen ihn in der Hand. Aber so langsam war sie mit ihrer Geduld am Ende.

Er seufzte lange und tief, als wollte er sich ins Unvermeidliche fügen. »Emma kam eines Tages zu mir. Wir kannten uns aus der Sprechstunde, sie hatte mit den Drogen aufgehört, so weit, so gut. Aber dieses Mal kam sie wegen etwas anderem.« Er machte eine kurze Pause und verschränkte die Hände vor sich auf dem Tisch. »Sie war schwanger und wusste nicht, an wen sie sich sonst wenden sollte. Also hat sie mich um Hilfe gebeten. Ich brachte sie zu einer Kollegin, die ein Frauenhaus leitete, und dort blieb Emma auch noch eine Weile nach der Abtreibung.«

Jetzt war es an Freeman, lang und tief auszuatmen. »Wie alt war sie da?«

»Sechzehn, gerade so. Sie wollte nicht, dass ihr Dad davon erfuhr, bat mich aber, ihm Bescheid zu sagen, dass er sich keine Sorgen machen sollte. Ich habe ihm gesagt, sie wäre noch mal im Entzug und würde zurückkommen, wenn sie clean sei.«

»Ich nehme mal an, dass das Baby von Lucas Yates war«, sagte Freeman.

»Ja.«

»Wusste er davon?«

Ben zögerte. »Sie hat es ihm nicht gesagt. Ich glaube, sie hat überhaupt niemandem davon erzählt. Aber irgendwie muss er es herausgefunden haben. Er ist völlig ausgerastet.«

Freeman schwieg. Schwanger mit Lucas Yates' Kind. Da bekam der Ausdruck »Satansbraten« doch eine ganz neue Bedeutung. Kein Wunder, dass Emma es loswerden wollte. Freeman kämpfte gegen den Impuls an, die Hand auf ihren Bauch zu legen, Parallelen zwischen ihrer eigenen Situation und der von Emma zu ziehen. Es war nicht vergleichbar. Emma war sechzehn gewesen, ein halbes Kind noch, und drogenabhängig. Ihr Freund hatte sie misshandelt. Brian war zwar ein Idiot, aber wenigstens nicht gewalttätig. Im Gegensatz zu Emma hätte Freeman mit der Situation eigentlich prima klarkommen müssen, hatte aber dennoch das Gefühl, den Boden unter den Füßen zu verlieren.

Emma hatte Lucas nicht erzählt, dass sie schwanger war, aber er hatte es dennoch herausgefunden und rotgesehen. Freeman fragte sich, wie Brian wohl reagieren würde, wenn er die Wahrheit herausfand. Wahrscheinlich sollte sie es ihm einfach sagen. Es war auch sein Kind. Aber dass sie es ihm sagen sollte, hieß nicht, dass sie es auch tun würde. Kommt Zeit, kommt Rat – darüber würde sie sich später Gedanken machen.

»Ich weiß«, fuhr Ben zerknirscht fort, »dass ich es schon früher hätte erwähnen sollen, aber ich hatte Emma hoch und heilig versprochen, es niemandem zu sagen. Jetzt kommt es vermutlich nicht mehr darauf an, aber ich habe ihr mein Wort gegeben.«

»Halten Sie es für möglich, dass Lucas Yates sie umgebracht hat?«

Ben schwieg zunächst. »Ja«, sagte er schließlich. »Ja, das halte ich sogar für sehr wahrscheinlich.«

Freeman nickte. »Sie haben Emma demnach das letzte Mal lebend gesehen, als Sie sie ins Frauenhaus gebracht haben?«

»Ja.«

Als Freeman aufbrach, fragte sie sich, ob Ben wohl diesmal die Wahrheit gesagt hatte. Irgendetwas gefiel ihr an der Sache nicht, aber sie hätte nicht sagen können, was genau. Vielleicht lag es einfach nur daran, dass Ben eben ein komischer Kauz war. Wenn seine Geschichte stimmte, war er für Emma Thorley eine wichtige Bezugsperson gewesen, nach dem Tod ihrer Mutter vielleicht der einzige Mensch in ihrem Leben, dem sie glaubte vertrauen zu können. Und auch Jenny Taylor hatte sich in einer Notlage an ihn gewandt. Sprach das nun für Ben? Oder gegen ihn? War er ihr Retter in der Not gewesen, der gute Hirte dieser verlorenen Mädchen, der sie vor Männern wie Lucas Yates zu beschützen versuchte? Oder steckte noch mehr dahinter?

49

17. Juni 1999

Er hätte schwören können, dass sie es war, dass er sie endlich gefunden hatte. Aber dann hatte sie sich umgedreht, und es war nicht Emma, es war Jenny. Er wollte schon weggehen, denn viel unternehmen konnte er jetzt sowieso nicht. Zu viele Leute. Was trieben die sich eigentlich den ganzen Tag hier in der Stadt rum? Die ganzen Sozialschmarotzer und Scheintoten. Den ganzen Tag saufen und ihre Kohle verzocken. Abschaum. Aber wollte er den Kerl echt damit durchkommen lassen? Lucas drehte wieder um. Noch mal kam er damit nicht durch. Noch mal würde Ben ihm keins seiner Mädchen ausspannen.

»He!«, brüllte Lucas, und Ben und Jenny drehten sich um. Ben sah aus, als würde er sich gleich in die Hose machen. Jenny funkelte ihn böse an. Sie war noch sauer wegen letztes Mal. Dachte wohl plötzlich, sie wär was Besseres. Zu gut für ihn.

Lucas holte die beiden ein, rempelte sich an Ben vorbei und packte Jenny beim Arm. »Was treibst du hier?«

»Geht dich einen Scheiß an«, fauchte Jenny und riss sich los.

»Mit dem da gehst du nirgendwohin, ist das klar?«

»Von dir lass ich mir gar nichts sagen. Ich bin nicht Emma.«

Lucas haute ihr eine rein, dass sie zurücktaumelte. Ben packte Lucas' Arm und hielt ihn fest. »Lass sie in Ruhe«, sagte er.

»Oder was?«, höhnte Lucas und baute sich drohend vor Ben auf, der sofort losließ, das Weichei. »Was willst du denn dann machen, eh?« Lucas drückte seine Stirn an Bens und stieß ihn zurück. »Du hältst dich da raus, klar?«

Jenny stieß Lucas von Ben weg. »Verpiss dich, Lucas.«

»Ach ja? Was glaubst du eigentlich, was du hier machst? Entzug, oder was?« Lucas lachte. »Glaubst du doch selbst nicht.«

»Schon passiert«, sagte Jenny.

»Na, dann viel Glück, Jen.«

»Hau einfach ab, okay?«, sagte Jenny und ließ ihn stehen. Ben folgte ihr, treudoof wie ein Hund.

»Und morgen wieder bei mir vor der Tür stehen und um Stoff betteln!«, rief Lucas ihr hinterher.

Jenny zeigte ihm den Finger.

Lucas wollte schon weiter, aber dann drehte er sich noch mal um. »Pass bloß auf, Jenny!«, rief er, »manche Leute werden schon als Verlierer geboren – und sie sterben auch so!«

50

16. Dezember 2010

Freeman war schon fast zu Hause und freute sich auf einen ausnahmsweise frühen Feierabend, als ihr Telefon klingelte. Am liebsten hätte sie es läuten lassen, hätte sich in ihr Bett verkrochen und wäre eine Woche lang dort geblieben. Doch natürlich ging sie dran. Noch ehe sie sich melden konnte, hörte sie ein aggressives »Spreche ich mit DS Freeman?«

Hatte sie es doch gewusst. Sie hätte nicht rangehen sollen. Angie Taylor klang stinksauer.

»Am Apparat«, sagte Freeman.

»Ich weiß ja nicht, ob das bei Ihnen so üblich ist, die Leute erst auszufragen und sie dann in ihrem eigenen Haus zu beklauen, aber ...«

»Wie bitte?«, fragte Freeman dazwischen. Sie hatte wirklich schon genug am Hals. Des Diebstahls bezichtigt zu werden, hatte da gerade noch gefehlt.

»Dieser Typ, den Sie uns vorbeigeschickt haben, ja? Hat einfach die Unterlagen mitgehen lassen, die wir ihm gezeigt haben. Kein Wort hat er gesagt, gar nichts. Einfach so. Wissen Sie, wenn Sie die Informationen gewollt hätten, dann ...«

»Moment mal«, unterbrach Freeman. »Von welchem Typen sprechen Sie?« Im Hintergrund hörte sie lautes Lachen aus dem Fernseher, aber Angie machte keine Anstalten, ihn leiser zu stellen.

»McEwan«, sagte sie, und Freeman hörte, wie Malcolm »McIlroy!« dazwischenrief. »Quatsch mir nicht rein, Mal«, raunzte Angie ihn an. »McIlroy, McEwan, is' doch Jacke wie Hose.«

»McIlroy?« Was hatte Bob McIlroy denn bei den Taylors verloren? Er war an der Ermittlung überhaupt nicht beteiligt. Es sei denn, Routledge hatte mal wieder seine Finger im Spiel.

»Ja, da staunen Sie, was?«, sagte Angie. »Da weiß auch die eine Hand nicht, was die andere macht.«

»Was wollte er?«

»Dasselbe wie Sie – nur mal reden, über Jenny.«

»Und Sie sind sich sicher, dass es DC McIlroy war?«

»Ja, klar, McIlroy. So'n junger.«

Freeman geriet leicht von der Straße ab und brachte den Wagen wieder auf Spur. »Moment, jetzt noch mal ganz von vorn.« Ihre Gedanken rasten. Sie warf einen Blick in den Rückspiegel; wären hinter ihr keine Autos gewesen, hätte sie auf der Stelle angehalten.

Angie seufzte ins Telefon. »Hören Sie, ich weiß ja nicht, wie das bei Ihnen läuft, aber ...«

»Wann genau war er da?«, fragte Freeman und spürte, wie ihr das Blut in den Ohren rauschte. »Wann ist er bei Ihnen weggegangen?«

»Irgendwann heute Nachmittag. Und er ist gegangen, um … *was?*« Freeman hörte gedämpfte Stimmen im Hintergrund und nahm an, dass Angie sich mit ihrem Mann beriet. »Ist schon eine Weile her. Gegen vier vielleicht.«

Freeman hielt das Lenkrad fest umklammert. »Wie sah er aus? Größe, Haarfarbe und dergleichen.«

Angie seufzte. »Normal groß, würd' ich sagen.«

»Also eins zweiundsiebzig, eins sechsundsiebzig?«

Noch mal ein Seufzen. »Könnte hinkommen. Braune Haare, ziemlich viel Haargel drin. Ganz sexy eigentlich, also für 'n Bullen.«

Damit fand Freeman ihre Befürchtungen bestätigt. Niemand käme auf die Idee, McIlroy als sexy zu bezeichnen. Nicht mal Angie Taylor. Lucas Yates hingegen sah aus wie ein Posterboy für Haarpflegeprodukte.

Freeman hätte am liebsten sofort alle Hebel in Bewegung gesetzt, um einen Haftbefehl gegen Lucas zu erwirken, nur leider ging es nicht so schnell. Erst einmal musste sie nachweisen, dass wirklich er es gewesen war, der Jennys Eltern heute Nachmittag mit seinem Besuch beehrt hatte. Aber so schwer sollte das nicht sein, allenfalls eine Frage der Zeit. Noch mal würde ihr das kleine Arschloch jedenfalls nicht durch die Lappen gehen. Sie hatte schon jemanden zu McIlroy geschickt, um in Erfahrung zu bringen, wie Lucas an dessen Ausweis gekommen war. Die Antwort dürfte spannend werden, auch wenn sie damit vielleicht warten mussten, bis McIlroy wieder nüchtern war.

Sie parkte quer auf der Bordsteinkante vor Lucas' Pension und lief zur Tür. Eigentlich gab es hier eine Gegensprechanlage, und die Haustür sollte zu jeder Tages- und Nachtzeit abgeschlossen sein, aber von ihren früheren Besuchen wusste Freeman, dass dem in der Regel nicht so war. Sie stieß die Tür auf und ging hinein. Drinnen war es kaum wärmer als draußen, der Empfang und das vordere Zimmer waren verwaist, auch wenn in einer Ecke leise der Fernseher lief. Freeman atmete erleichtert auf; nach Möglichkeit wollte sie gar nicht erst mit dem alten Hausdrachen sprechen.

Hoffentlich unbemerkt eilte sie die Treppe hinauf. Nach Aussage seines Bewährungshelfers befand Lucas' Zimmer sich im ersten Stock, zur Straße gelegen. Hinter den geschlossenen Türen hörte Freeman vereinzelt Fernseher und Radios laufen, irgendwo schnarchte jemand fast schon grotesk laut. Es würde sie nicht wundern, wenn sie demnächst wegen Totschlags herbeigerufen würden; sie zumindest würde kurzen Prozess mit einem derart Bäume zersägenden Zimmernachbarn machen. Brian hatte übrigens auch geschnarcht. Gleich noch ein guter Grund, ihn in den Wind zu schießen.

Vor Lucas' Tür blieb sie stehen und klopfte. Sie wartete ungefähr zehn Sekunden, dann klopfte sie noch mal, etwas lauter diesmal, aber wieder keine Antwort. Verdammt, dachte sie. Also wieder nach unten und doch mit der alten Hexe sprechen. Sie ging die Treppe hinunter und blieb an der Rezeption stehen. Auf der Theke stand eine Klingel, wie in einem altmodischen Hotel. Freeman freute sich schon darauf, kräftig draufzuhauen und ein paar Aggressionen abzubauen, als die Dame des Hauses aus einem der hinteren Zimmer kam. Als sie Freeman sah, blieb sie wie angewurzelt stehen.

»Wir sind voll, junge Frau.«

»Wie bitte?«, fragte Freeman.

»Ausgebucht. Nichts mehr frei«, sagte Mrs Heaney und schob sich mit ihrem Wäschekorb an ihr vorbei.

Freeman seufzte. Ihr war schon klar, dass sie nicht unbedingt nach Polizei aussah, aber hallo, mit der Klientel, die in dieser Absteige hauste, hatte sie ja wohl keine Ähnlichkeit! Sie zeigte ihren Ausweis, und die Alte riss ihn ihr förmlich aus der Hand, um ihn aus nächster Nähe zu begutachten. Mit einem zufriedenen Brummen gab sie ihn zurück. »Wer ist es denn diesmal?«, fragte sie dann ohne ein Wort der Entschuldigung. »Welcher von meinen kleinen Ganoven hat jetzt wieder was ausgefressen?«

»Lucas Yates.«

»Ah, der kleine Drecksack«, meinte sie und nickte. »Hält sich für was ganz Besonderes. Glaubt, dass die Regeln für ihn nicht gelten. Raucht in seinem Zimmer, bringt Mädchen mit, so einer ist das. Er denkt, ich würde das nicht merken, aber mir entgeht nichts. Und wenn man ihn zur Rede stellt, tut er, als könnt' er kein Wässerchen trüben, der kleine Drecksack.«

Freeman musste sich ein Lächeln verkneifen. Mrs Heaneys Abneigung gegen Yates konnte einem die Frau beinahe sympathisch machen.

»Ist er da?«, fragte Freeman, worauf die Vermieterin sie mit scharfem Blick musterte.

»Was hat er getan?«

»Ich will nur kurz mit ihm sprechen«, sagte Freeman, wusste aber, dass sie der Frau noch irgendeinen Knochen hinwerfen musste, wenn sie etwas aus ihr herausbekommen wollte. »Er könnte Zeuge eines Verbrechens geworden sein.«

Die Alte lachte, hoch und schrill. »Der, ein Zeuge? Wohl eher der Hauptverdächtige, was?« Sie zog einen Schlüsselring aus ihrer Schürze und ging zur Treppe. »Wahrscheinlich waren Sie ja schon oben und haben es bei ihm probiert«, meinte sie, ohne auf Freemans Antwort zu warten.

Vor Lucas' Zimmer blieben sie stehen, und Mrs Heaney bückte sich, um aufzuschließen. Sie stieß die Tür auf und trat einen Schritt ins Zimmer. »Bitte schön, schauen Sie sich um. Und sagen Sie mir kurz Bescheid, wenn Sie fertig sind, dann schließ ich wieder ab.« Sie ging an Freeman vorbei auf den Flur hinaus und hämmerte auf dem Weg zur Treppe an die Tür des Schnarchers. »Ruhe!«, brüllte sie und verschwand wieder nach unten.

Freeman schloss die Tür hinter sich und sah sich um. Das Bett war ordentlich gemacht und alles aufgeräumt. Keine Kleider, die auf dem Boden lagen, keine sich stapelnden Pizzakartons oder leere Bierdosen unter dem Bett. Freeman fragte sich, ob hier noch die Disziplin der Gefängniszeit nachwirkte oder ob Lucas Yates schon immer einen Ordnungsfimmel gehabt hatte. An der Wand war ein kleines Waschbecken, blitzblank, darauf eine Zahnbürste, Zahncreme und ein Rasierer. Die Kleider im schmalen Schrank waren entweder auf Bügel gehängt oder akkurat zusammengelegt. Es war keine umfangreiche Garderobe, aber das meiste waren Designerklamotten oder zumindest Designer-Imitate. Auf dem Nachttisch lagen Taschenbücher von Jim Thompson und Elmore Leonard.

Sie trat ans Fenster und entdeckte Zigarettenasche auf der Fensterbank – das erste echte Lebenszeichen.

Etwas unschlüssig wandte sie sich wieder zum Gehen. Eigentlich wusste sie selbst nicht, was sie hier zu finden gehofft hatte. Ihn selbst vermutlich, alles andere brachte sie im Augenblick nicht weiter, aber der Vogel war ausgeflogen. Sie war schon halb an der Tür, als ihr Telefon klingelte.

»Freeman«, sagte sie und schaute sich noch ein letztes Mal um, immer in der Hoffnung, doch noch etwas zu entdecken.

»Gardner hier. Sie hatten mich angerufen?«

Freeman versuchte den leichten Sarkasmus in seiner Stimme zu überhören. Ihr war schon klar, dass sie seine Geduld langsam überstrapazierte, aber es half ja nichts. »Danke, dass Sie mich zurückrufen«, sagte sie und kam gleich auf den Punkt. »Tut mir leid, aber Sie müssten noch mal versuchen, Jenny Taylor für mich zu erreichen. Am besten noch heute, es könnte wichtig sein.«

»Hat sie sich noch immer nicht gemeldet?«

»Nein. Und so langsam beschleicht mich der Verdacht, dass sie mir ganz bewusst aus dem Weg geht.«

»Sie glauben, dass sie etwas mit dem Mord an Emma zu tun haben könnte?«

»Ich weiß es nicht.« Freeman seufzte. »Aber Lucas Yates fängt an, in dieser Richtung herumzuschnüffeln. Er war bei ihren Eltern und wollte wissen, wo sie ist. Mir ist nur noch nicht klar, ob sie etwas mit dem Fall zu tun hat oder ob sie in Gefahr ist.«

»Verstehe. Gut, ich schaue mal, was ich tun kann«, versprach Gardner.

»Danke. Wenn Sie einfach nur mal kurz nach dem Rechten schauen könnten. Ich werde versuchen, morgen runterzufahren und selbst mit ihr zu sprechen.«

»Okay, kann ich machen. Melden Sie sich einfach, wenn Sie da sind, dann fahren wir zusammen hin.«

»Das wäre super«, sagte Freeman.

»Aber ich werde auch gleich noch mal vorbeifahren und schauen, was da los ist.«

»Danke, und dann bis morgen.«

Sie steckte ihr Telefon weg und strich mit der Hand über Lucas' ordentlich eingeräumte Kleider, ehe sie die Schranktür wieder schloss und das Zimmer verließ. Sie hatte etwas ganz anderes erwartet, das übliche Chaos eben. Wie konnte es sein, dass ein derart asoziales Arschloch wie Yates hier wie ein Buchhalter penibel Ordnung hielt und – sie erschrak selbst über den Gedanken, an dem nur ihre entgleisten Hormone schuld sein konnten – zu allem Übel auch noch so überaus *angenehm* roch?

51

16. Dezember 2010

Lucas stand auf dem Bahnsteig und fror sich den Arsch ab. Er vergrub die Hände tief in den Jackentaschen und musterte die anderen Passagiere, die mit gesenkten Blicken vorbeihuschten. Nix los hier, niemand mit richtigem Gepäck. Nichts, was er tragen könnte, keine Chance auf einen gescheiten Mantel oder wenigstens einen zweiten Pulli. Vielleicht standen seine Chancen in Newcastle besser.

Geld hatte er auch keins. Von Morpeth bis Newcastle dürfte er mit Schwarzfahren durchkommen, nur auf den Hauptstrecken wurde es heikel. Aber darüber machte er sich jetzt noch keinen Kopf. Auf einem großen Bahnhof wie Newcastle war immer was los, da konnte man leicht ein paar Brieftaschen abgreifen.

Er sah seinen Atem wie weißen Nebel vor sich aufsteigen, trat mit den Füßen auf und schaute noch mal auf die Uhr. Der Zug hätte schon vor drei Minuten abfahren sollen. Er zog das Foto aus seiner Tasche. War nicht schwer gewesen, die Mappe mitgehen zu lassen. Einmal kurz gegen die Teetasse gestoßen, und schon war großes Theater gewesen. »Mein Teppich, mein Teppich!«, hatte Angie Taylor gekreischt und Malcolm nach einem Lappen geschickt. Lucas hatte sich genommen, was er brauchte, und den Rest in den Müll geschmissen.

Bestimmt zum hundertsten Mal betrachtete er das Foto. Sie hatte sich nicht groß verändert. Ihre Haare waren jetzt braun statt blond, aber sonst? Ganz die Alte. Jemand anders hätte sie vielleicht nicht sofort erkannt – wegen der Haare, und weil das Foto echt ziemlicher Schrott war. Aber er schon. Er hätte sie immer erkannt, überall.

Endlich hörte er den Zug einfahren und steckte das Foto wieder weg. Er stieg ein und ging ganz nach hinten durch, hielt nach einem Schaffner Ausschau. Manchmal versuchten sie einen auszutricksen, indem sie einfach auf der anderen Seite anfingen.

Lucas lümmelte sich in seinen Sitz und schloss die Augen. Ein paar Reihen weiter plärrte ein Kind. Nach ein paar Minuten merkte er, dass jemand vor ihm stand.

»Ihre Fahrkarte bitte.«

Lucas öffnete die Augen wieder, blinzelte. Mist, Mann. Die Masche mit dem schlafenden Passagier funktionierte irgendwie nie. Er rappelte sich auf und griff in seine Tasche.

»Nach Newcastle«, sagte er.

Der Schaffner tippte was in sein Gerät, und das Ticket schnurrte heraus. »Vier zehn«, sagte er.

Lucas suchte weiter in seinen Taschen und lächelte den Fahrkartentyp entschuldigend an. Er zog eine echte Show ab, klopfte seine Jacke ab, seine Hose, runzelte die Stirn, nichts.

»Sie muss hier irgendwo sein, ich bin mir ganz sicher, dass ich sie eingesteckt habe«, sagte er; der Schaffner beobachtete ihn mit unbeteiligter Miene. Lucas stand auf, schaute auf den Sitz, auf den Boden. »Mist«, murmelte er. »Ich muss meine Brieftasche verloren haben.«

Der Schaffner zog eine Augenbraue hoch und wartete, den Arm jetzt lässig auf der Sitzlehne. »Vier zehn, oder Sie steigen an der nächsten Station aus.«

Lucas hob die Schultern. »Tut mir leid. Ich habe meine Brieftasche verloren.« Er bückte sich und schaute unter den Sitzen nach. Der Schaffner schüttelte den Kopf.

»Gut, mir tut's auch leid, aber Sie müssen dann an der nächsten Station aussteigen«, meinte er und wandte sich der alten Frau im Sitz gegenüber zu.

»Auch bis Newcastle«, sagte sie und sah Lucas an. »Und für den jungen Mann gleich mit.« Sie lächelte Lucas mit diesem leicht senilen Alte-Leute-Lächeln an.

»Oh nein, das kann ich doch nicht annehmen«, sagte Lucas.

»Ach was, nun zieren Sie sich mal nicht so, junger Mann. Zweimal bis Newcastle«, sagte sie zum Schaffner, der aus dem Kopfschütteln gar nicht mehr rauskam. Als er weg war, bedankte Lucas sich mit einem Lächeln.

»Danke, das ist wirklich sehr nett von Ihnen«, sagte er. Endlich mal wieder Glück, dachte er, bestimmt ein gutes Zeichen. Hätte er gewusst, dass er heute so einen Schlag bei alten Damen hatte, hätte er eigentlich gleich die ganze Strecke bis nach Middlesbrough lösen können. Aber egal, besser als nichts.

»Keine Ursache. Wohin geht es denn?«

»Ach, nur eine alte Freundin besuchen, von früher.«

»Oh, wie schön, da wird sie sich aber bestimmt freuen«, sagte die Alte, und Lucas grinste.

Wenn du wüsstest.

52

16. Dezember 2010

Freeman lehnte am Anmeldetresen und wartete, dass endlich jemand kam. Sie hätte schon längst in Morpeth sein sollen, um zu überprüfen, dass es tatsächlich Lucas war, der bei den Taylors gewesen war, aber unterwegs war ihr noch etwas eingefallen, und sie hatte sich für einen kurzen Zwischenstopp entschieden. Jemand war kürzlich in die Klinik eingebrochen, es war nichts Wesentliches gestohlen, aber die Personalakten waren durchwühlt worden. Was, wenn es bei dem Einbruch genau darum gegangen war? Möglich war es. Möglich war natürlich auch, dass einfach nur ein Junkie nach etwas gesucht hatte, das sich zu Geld machen ließ. Aber ihr Bauchgefühl sagte ihr etwas anderes.

»DS Freeman? Schon wieder da?«

Freeman sah auf, als Jessie in den Empfangsbereich kam und demonstrativ auf die Uhr schaute. Wahrscheinlich wollte sie gerade Feierabend machen. Schön für sie. Hinter ihr tauchte – sichtlich nervös – die Blonde auf, die letztes Mal auch schon da gewesen war.

»Ich wüsste nicht, was ich Ihnen noch über Ben erzählen könnte.«

»Diesmal bin ich auch nicht wegen Ben hier. Ich wollte nur fragen, ob Sie diesen Mann kennen«, sagte sie und schob ein Bild von Lucas über die Theke.

Jessie schüttelte den Kopf, aber die die andere Frau atmete hörbar aus.

»Ja, Andrea?«, fragte Jessie.

»Erkennen Sie ihn wieder?«, fragte Freeman. »War er schon mal hier?«

Andrea nickte und brach in Tränen aus. Freeman schaute fragend zu Jessie, die nur mit den Schultern zuckte.

»Was ist los?«, fragte ihre Chefin.

»Es tut mir leid«, schluchzte Andrea. »Ich hätte dir das schon längst sagen sollen, aber ich hab ihm nichts erzählt, ehrlich.«

»Wie bitte, was?«, fragte Freeman und nahm das Bild wieder an sich.

»Er war vor ein paar Tagen hier und hat sich nach Ben erkundigt. Wir haben ihm natürlich nichts gesagt – wegen Datenschutz und so. Aber dann habe ich ihn im Pub gleich bei mir um die Ecke getroffen. Ich hab ihn wiedererkannt und ihn angesprochen und dann …«, lautes Schniefen, »hat er mich bequatscht, bis ich mit ihm ins Bett bin.«

»Moment«, sagte Freeman, die Andreas Geständnis nur mit Mühe folgen konnte. »Wir reden von ihm hier? Von Lucas Yates?« Sie holte das Foto noch mal hervor und zeigte darauf.

Andrea nickte. »So ein Scheißkerl«, heulte sie. »Er hat mich die ganze Zeit nach Ben gefragt. Aber ich hab mir nichts dabei gedacht. Ich dachte, er mag mich, aber dann ... aber dann ist er einfach abgehauen, ohne ein Wort!« Sie wischte sich die Tränen ab und verschmierte ihre Wimperntusche, die ihr in schwarzen Rinnsalen über die Wangen lief.

»Was haben Sie ihm erzählt?«

»Gar nichts. Er wollte einfach nur wissen, wo Ben war.«

»Und haben Sie es ihm gesagt?«

»Nein. Ich weiß ja selber nicht, wo er jetzt ist. Seit er weg ist, habe ich kein Wort mehr mit ihm gewechselt. Ich hab einfach nur gesagt, dass er damals zurück nach Alnwick gezogen wäre, um seine Mum zu pflegen.« Andrea schaute Freeman aus tränennassen Augen an. »Es tut mir so schrecklich leid!«

Freeman merkte es nicht, sie war in Gedanken schon einen Schritt weiter. Lucas suchte also nach Jenny *und* nach Ben. Aber warum? Wussten beide, was mit Emma passiert war? Wollte er an die Zeugen gelangen, ehe sie mit Freeman sprechen, ihr erzählen konnten, was passiert war?

Auf dem Weg zu ihrem Wagen versuchte sie, Ben telefonisch zu erreichen. »Warum sollte Lucas Yates ein Interesse daran haben, Sie zu finden?«, fiel sie gleich mit der Tür ins Haus, als er sich tatsächlich meldete.

»Ich weiß es nicht.« Seine Stimme war nur ein Flüstern.

»Mr Swales? Sie kannten Lucas Yates doch, oder?«

»Ja«, sagte Ben, nun etwas lauter. »Oder na ja ... nein, eigentlich nicht richtig. Eher so vom Hörensagen.«

»Warum sollte er dann nach Ihnen suchen?« Sie wartete auf Bens Antwort, hörte aber nur ein schwaches Summen in der Leitung. »Ben?«, fragte Freeman. »Mir kommt es so vor, als wüssten Sie deutlich mehr, als Sie mir sagen wollen. Ich frage Sie also noch mal: Warum sucht Lucas Yates Sie?«

»Ich weiß es nicht. Vielleicht hat er herausgefunden, was ich für Emma getan habe. Keine Ahnung.«

»Tja, irgendetwas scheint er auf jeden Fall zu wissen, und es scheint ihm wichtig zu sein – er betreibt einen ziemlichen Aufwand, um Sie zu finden.« Freeman seufzte. »Na gut, hören Sie zu: Noch scheint Yates nicht genau zu wissen, wo Sie sich aufhalten, aber ich gehe davon aus, dass er auch weiterhin versuchen wird, an Sie heranzukommen. Also passen Sie auf sich auf.«

»Gut, werde ich, danke«, sagte Ben und legte auf.

Freeman blieb nachdenklich stehen. Täuschte sie sich, oder hatte Ben sich überhaupt nicht über ihre Warnung gewundert? Aber warum? Sie konnte sich beim besten Willen nicht denken, was Lucas von Ben wollte oder was Ben mit dem ganzen Fall zu tun hatte. Aber irgendetwas ging hier vor, und ihr Instinkt sagte ihr, dass es nichts Gutes war.

»Nee, tut mir leid«, sagte Angie, eine Hand auf der Hüfte, einen Drink in der anderen. »Von euch Bullen hab ich erst mal genug. Und mehr hab ich dazu nicht zu sagen.«

Sie wollte die Tür schon wieder schließen, aber Freeman drängte sich an ihr vorbei und marschierte ins Wohnzimmer der Taylors. Ihre Laune war am Nullpunkt, und Angie Taylors ganz grundsätzliches Einstellungsproblem gab ihr den Rest. Sie war müde, ihr war schlecht, und sie hatte diesen Fall so was von satt.

»Dauert nicht lange«, versicherte Freeman ihr, holte das Foto von Lucas Yates heraus und hielt es Angie hin. »Erkennen Sie den wieder?«

»Ja klar, das ist Ihr Kollege, dieser McIlroy.«

»Falsch.« Freeman steckte das Bild wieder ein. »Das ist Lucas Yates.«

Angie wollte schon widersprechen, drehte sich dann aber zu Malcolm um, der jedoch nur stumm auf dem Sofa vor sich hinstarrte, weshalb sie sich fragend wieder an Freeman wandte.

»Lucas Yates kannte sowohl Jenny als auch Emma Thorley. Ich gehe davon aus, dass er etwas mit Emmas Tod zu tun hat, und nehme an, dass Jenny etwas darüber weiß. Es könnte sein, dass sie eine wichtige Zeugin ist. Weshalb Sie mir jetzt haargenau sagen werden, was hier heute Nachmittag los war. Was wollte er, was hat er gesagt, was haben Sie ihm gesagt?«

Freeman schaute erst zu Angie, dann zu Malcolm, dann wieder zu Angie, die sie nur groß anglotzte und den Tränen nahe schien. Freeman atmete tief durch. Vielleicht war sie etwas zu hart gewesen. Angie Taylor ging ihr zwar höllisch auf die Nerven, aber einen letzten Rest an Gefühl konnte man der Frau vermutlich nicht absprechen, und dann kam sie hier einfach so hereingestürmt und eröffnete den beiden, dass sie vermutlich einen Mörder in ihr Haus gelassen hatten und ihre Tochter möglicherweise in großer Gefahr schwebte. Vermutlich hätte sie etwas behutsamer vorgehen sollen.

»Aber warum sollte er sich als jemand anders ausgeben?«, fragte Angie auf einmal ganz kleinlaut. »Und was will er von Jenny?«

Freeman seufzte. »Das kann ich Ihnen zum jetzigen Zeitpunkt, ehrlich gesagt, selbst nicht sagen. Ich nehme an, dass Jenny etwas über Emmas Tod weiß. Vielleicht, dass Lucas sie umgebracht hat. Deshalb müssen Sie mir sagen, was Sie wissen – und zwar alles, Wort für Wort.«

Die nächste Viertelstunde verbrachte Freeman damit, sich Angies und Malcolms Version der Ereignisse anzuhören. Die beiden redeten durcheinander, fielen sich ins Wort, widersprachen sich. Als sie fertig waren, fragte Freeman noch, woran sie sich aus der Mappe erinnern konnten, die Yates mitgenommen hatte. An nicht viel, was zu erwarten war – an die Wohnorte einiger der Mädchen, die der Privatdetektiv aufgespürt hatte, wenig mehr. Ihre Tochter hatte er ja aber ganz offensichtlich *nicht* gefunden, weshalb die Frage blieb, was Lucas an dem Ordner so interessant gefunden hatte.

»War auch eine Adresse in Middlesbrough dabei?«, fragte Freeman.

»Ja«, sagte Malcolm. »Doch, ich glaube schon. Warum?«

»Weil ich eine Adresse in Middlesbrough habe, unter der Jenny gemeldet ist«, sagte Freeman und sah, wie bei den Taylors fast gleichzeitig der Groschen fiel.

»Sie wussten, wo sie wohnt, und haben es uns nicht gesagt?«, fragte Malcolm.

»Abwarten. Ich habe jemanden vorbeigeschickt, aber bislang niemanden dort angetroffen.«

»Also, das ist ja … verdammt, das glaube ich jetzt nicht«, ereiferte sich Malcolm und zeigte zum ersten Mal so etwas wie Lebensgeister.

»Wie gesagt, noch haben wir niemanden an dieser Adresse angetroffen. Es kann sein, dass sie längst nicht mehr dort lebt. Aber«, fuhr Freeman fort und versuchte, die beiden zu beschwichtigen, »Sie meinten doch, dass in dem Ordner auch Fotos der jeweiligen Mädchen gewesen wären, auf denen Ihre Tochter jedoch nicht dabei war. Könnte es nicht sein, dass der Detektiv schlichtweg einen Fehler gemacht hat? Haben Sie sich seine Referenzen zeigen lassen, war er qualifiziert? Vielleicht hat er Bilder von der falschen Person gemacht.«

Angie und Malcolm sahen sich bloß an. »Mich wundert gar nichts mehr«, murmelte Malcolm. »Verdammter Cowboy.«

53

16. Dezember 2010

Lucas stieg aus dem Zug und schaute sich um. Das war also Middlesbrough. Beim Umsteigen in Newcastle hatte er leider keine lieben alten Omis mehr gefunden, die sich problemlos ausnehmen ließen, also musste er ein paar Brieftaschen abgreifen.

Die erste hatte ihm sein Ticket bezahlt, und die zweite war schon okay. Wer mit zweihundert Pfund in der Tasche durch die Gegend lief, konnte die Kohle nicht wirklich brauchen. Lucas überlegte, ob er sich schon mal irgendwas zum Übernachten organisieren sollte, aber das konnte warten. Er musste in die Gänge kommen. Wenn Freeman auf derselben Spur war wie er, musste er schneller sein als sie.

Er ging die Treppe runter zur Unterführung. Weil er sich nicht auskannte, lief er einfach den anderen Passagieren nach, die mit ihm ausgestiegen waren, und kam auf der anderen Seite des Bahnsteigs raus. Draußen schlug ihm eiskalte Nachtluft entgegen, und er überlegte, was er jetzt tun sollte. Keine Chance, dass er die Adresse auf eigene Faust finden würde, also war ein Taxi angesagt. Er ging über den Vorplatz, fand eins, das frei war, und stieg hinten ein.

»Ayresome Street«, sagte er und schlug die Tür hinter sich zu. Der Fahrer nickte grummelnd und fuhr los. Nicht sehr gesprächig, ein Glück. Lucas hasste Taxifahrer, die einem das Ohr abquatschten.

Er schaute aus dem Fenster, sah schmuddelige Straßen vorbeiziehen, Prolls, die mit ihren Tussen aus den Pubs getorkelt kamen und zur nächsten Bar weiterzogen, obwohl sie sich kaum noch auf den Beinen halten konnten. Ein paar mit Weihnachtsmannmützen auf dem Kopf oder blinkenden Elchgeweihen. Oh Mann. Weihnachten kotzte ihn so dermaßen an.

Das Taxi bog in ein Wohngebiet ein. Der Fahrer schaute sich fragend nach Lucas um. »Welche Nummer?«

»Halten Sie einfach hier.«

Der Typ wendete und hielt am Straßenrand. Lucas schaute auf die Anzeige, drei sechzig. Mist, er hatte nicht genug Kleingeld. Er hätte gern eine richtige Show abgezogen, jede Münze einzeln abgezählt. Stattdessen zückte er einen Fünfer und reichte ihn nach vorn.

Der Fahrer nickte zufrieden. »Danke.«

Lucas blieb sitzen und wartete. Der Fahrer schaute ihn an, schnaubte genervt. Dann zog er seine eigene Show ab, kramte umständlich nach Kleingeld, suchte die passenden Münzen zusammen und klatschte Lucas das Wechselgeld in die Hand. Lucas grinste und stieg aus.

»Danke. Schönen Abend noch«, sagte er und knallte die Tür zu. Durchs Fenster sah er den Fahrer fluchen – und tschüss.

Lucas drehte sich um und schaute die Straße runter. Scheiße, war das kalt hier, fast noch kälter als zu Hause. Er vergrub die Hände in den Taschen, zog die Schultern hoch und lief los, checkte die Nummern an den Häusern, bis er das richtige gefunden hatte. Hinter den Vorhängen sah er die Umrisse eines Weihnachtsbaums und fragte sich, ob sie wohl da war, sich auf Weihnachten freute. *Frö-hö-liche Weihnacht!* Und was sie wohl sagen würde, wenn sie plötzlich sein Gesicht sah – sozusagen das Gespenst vergangener Weihnachten.

Lucas ging rüber zum Haus und schaute die Straße rauf und runter. Niemand unterwegs, keine Menschenseele. Er hob die Hand und klopfte, wartete.

Nichts.

Er pirschte sich näher ans Fenster und lauschte nach Lebenszeichen.

Wieder nichts. Nicht mal der Fernseher lief.

Lucas probierte es noch mal an der Tür. Abgeschlossen. Er ging zurück auf die Straße und versuchte sich zu orientieren. Acht, zehn Häuser in einer Reihe. Er merkte sich, welches ihres war, dann lief er vor bis zum Ende der Häuserzeile. Von hinten kam er bestimmt besser ran, viel unauffälliger. Er bog um die Ecke, sah die Rückseiten der Häuser mit ihren mickrigen Gärten. Eine schmale dunkle Gasse führte daran vorbei. Blöd nur, dass sie mit einem blauen Metalltor versperrt war. Lucas schaute über die Schulter, noch immer Totenstille, also nahm er Anlauf und flankte übers Tor.

Als er sich ausgerechnet hatte, welches ihr Haus war, machte er das Gartentor auf und gelangte in den gepflasterten Hof, in dem außer zwei Mülltonnen nichts rumstand. Er probierte die Hintertür. Auch zu. Wie praktisch, dass gleich am Tor ein Ziegelstein lag! Er fackelte nicht lange, warf das schmale Türfenster ein, und ohne zu schauen, ob jemand ihn gesehen oder etwas gehört hatte, schloss er die Tür von innen auf und war drin.

Lucas schaute ins erste Zimmer. Ein Esstisch mit vier Stühlen, der nur selten benutzt zu werden schien, denn statt mit Platzdeckchen und dem üblichen Kram war der Tisch mit Büchern und Zeitungen vollgemüllt. Kopfschüttelnd ging er weiter ins Wohnzimmer. Am Fenster der Weihnachtsbaum, das Licht war angelassen worden, auch praktisch. Lucas sah sich um. Auf dem Couchtisch lagen ein paar ungeöffnete Umschläge. Er bückte sich, um zu schauen, an wen sie adressiert waren. Adam Quinn. Adam Quinn. Adam Quinn.

Lucas richtete sich wieder auf. Keine Fotos hier, nirgends. Dafür eine Weihnachtskarte. Er ging zum Kamin und sah sie sich an: vorgedruckter Text und von Hand ein »*beste Wünsche von Karen*«. Als er sie zurückstellte, fuhr ein Auto die Straße entlang, und das Licht der Scheinwerfer fiel ins Wohnzimmer. Er trat ans Fenster und sah auf der anderen Straßenseite jemanden aus einem Taxi steigen. Er drehte sich um und ging nach oben.

Gleich die erste Tür führte ins Schlafzimmer. Voll die kleine Kammer – ein Doppelbett nahm fast den gesamten Platz ein. Viel mehr sah er nicht, dazu war es zu dunkel. Mit dem Ellbogen schlug er gegen den Lichtschalter. Totales Chaos, aber wieder keine Fotos, nichts, was ihm Gewissheit gegeben hätte. Dann fiel sein Blick auf den Nachttisch und den Kalender, der darauf lag.

Lucas setzte sich auf die Bettkante, schnappte sich das Teil und schlug die erste Seite auf, wo die Angaben zur Person stehen sollten.

Leer. Er blätterte weiter, noch mehr leere Seiten. Tja, so sah es wohl aus, ein ereignisreiches Leben. Dann fand er doch noch einen Eintrag: *Adams Geburtstag*. Toll. Danach wieder leere Seiten, leer, leer, leer; plötzlich fiel etwas heraus und flatterte zu Boden – ein Stück Papier, mit einer Adresse darauf. Lucas bückte sich und hob es auf. Er wollte es gerade wieder zwischen die Seiten schieben, als er stutzte. Die Adresse war in Alnwick. Ein Lächeln breitete sich auf seinem Gesicht aus. Ein Siegerlächeln.

Er steckte den Zettel ein und stand auf. Konnte es sein, dass sie schon unterwegs dorthin war? Er verließ das Zimmer, machte das Licht aus. An der Treppe blieb er wie angewurzelt stehen. Unten wurde die Haustür geöffnet.

54

6. Juli 1999

Lucas drängelte sich nach draußen, und es war ihm scheißegal, wie viele Gläser er dabei umschmiss. Eine fette Kuh mit zu viel Selbstbräuner kreischte ihm hinterher, dass er ihr einen Drink schuldete. Normalerweise wäre er stehen geblieben und hätte sich die Fette mal zur Brust genommen, aber für solche Scherze hatte er jetzt keine Zeit. Als er die Tür hinter sich zuwarf, war mit einem Schlag Ruhe.

Er lief mitten auf die Straße, um sie besser sehen zu können, aber er wusste auch so, dass sie es war. Ihre Haare hätte er überall erkannt – ein helles Blond, wie Butter. *Lurpak*, hatte Tomo mal im Suff gesäuselt und gedacht, er wäre voll poetisch. Dabei war er einfach nur ein Depp.

Ein Auto hupte ihn an, Lucas zeigte dem Fahrer den Finger. Sollte der Kerl doch ausweichen. Da, jetzt sah er sie wieder, fast schon am Ende der Straße. Sie ging mit gesenktem Kopf. Er nahm die Beine in die Hand und rannte ihr nach.

»Emma!«

Sie wäre beinah stehen geblieben, warf dann nur einen kurzen Blick über die Schulter und lief los, wich einer Gruppe Rentnern mit kleinen, kläffenden Kötern aus und verschwand um die nächste Ecke. Lucas legte einen Zahn zu. Als er sie eingeholt hatte, war er fast ein bisschen außer Atem. Aber das kam nicht vom Rennen.

Er stellte sich vor sie, versperrte ihr den Weg. Sie schaute ihn nicht an und versuchte, an ihm vorbeizukommen.

»Hast du mich nicht rufen gehört?«, fragte er. Sie drehte sich einfach um und wollte den Weg zurückgehen, den sie gekommen war. »He!«, schrie er. »Ich rede mit dir.« Er packte sie bei der Schulter und drehte sie zu sich um.

»Lass mich in Ruhe«, sagte Emma und versuchte ihn abzuschütteln. Lucas packte fester zu und stieß sie gegen das Fenster des Wettbüros. Drinnen war Hochbetrieb, aber niemand zuckte auch nur mit der Wimper. Alle hatten nur Augen für das Rennen.

»Wo hast du gesteckt?«, wollte er wissen und drängte sich an sie. »Los, sag schon. Wo warst du? Ich hab ewig nach dir gesucht. Einfach abhauen, oder was? Ich weiß, dass du da warst, als ich bei deiner Freundin geklingelt habe. Ich weiß, dass du gesehen hast, was ich mit ihrem Bruder gemacht habe. Schlimm, was? Wär alles nicht passiert, wenn du rausgekommen wärst und mit mir geredet hättest.«

Emma schaute die Straße rauf und runter, aber da konnte sie lange gucken. Wenn sie glaubte, ihr würde hier jemand helfen, hatte sie sich geschnitten. Ihm kam keiner blöd.

Lucas senkte den Kopf, versuchte, ihr in die Augen zu schauen. Er wusste, was sie getan hatte, aber er wollte es von ihr selbst hören. Sie sollte es ihm einfach sagen, die kleine Schlampe. Er drängte sich noch fester gegen sie.

»Lass das«, sagte sie.

Lucas packte sie beim Hals und stieß sie gegen die Wand. »Ich weiß, was du getan hast«, sagte er und sah Tränen in ihre Augen schießen. »Ich weiß, dass du mich hintergangen hast, Emma. Du hast es wegmachen lassen.« Sie wollte den Kopf schütteln, ging aber nicht, er hielt sie zu fest. »Ich weiß, was du getan hast«, zischte er, »und du wirst dafür bezahlen, das schwöre ich dir.« Schon flossen die Tränen; er spürte, wie sie nass und warm auf seine Hand tropften. »Du denkst, du könntest das einfach machen, ohne mir was davon zu sagen? Hast du geglaubt, du kommst damit durch?« Er boxte sie in den Bauch, und sie krümmte sich zusammen. »Nicht mit mir, Em.«

Er zerrte sie wieder hoch. »Und wenn du denkst, das wäre jetzt schon schlimm, dann weißt du nicht, was schlimm ist, Süße. Immer hübsch die Augen offen halten, Em, sonst könnte es dir und deinem Daddy noch leidtun.«

Die Tür des Wettbüros flog auf, und ein paar enttäuschte Zocker kamen raus. Einer löste sich von den anderen und blieb stehen, um sich eine Zigarette anzuzünden. »Alles klar, Lucas?«, fragte er.

Lucas hatte Emma noch immer an der Gurgel und zog sie an sich. »Pass also auf, was du tust, Emma, sonst seid ihr beide tot – du und dein Freund, die miese, kleine Schwuppe.«

Emma wand sich unter seinem Griff, als Mikey zu ihnen rüberkam. »Wir sehen uns«, sagte Lucas und ließ sie los.

Während Mikey ihn vollquatschte, dass er seine Stütze gerade auf einen Schlag verzockt hätte, versuchte Lucas ruhig Blut zu bewahren. In ihm brodelte es, es war kaum zum Aushalten. Er warf einen Blick über die Schulter und sah Emma die Straße runterrennen.

Sollte sie. Er würde sie schon kriegen. Darauf konnte sie wetten.

55

16. Dezember 2010

Louise war froh, endlich aus der Kälte zu kommen. Sie trat ins Haus, schloss die Tür hinter sich und blieb einen Augenblick stehen. Wie still das Haus ohne Adam war. Zu still. Niemand, der sie begrüßen kam. Vielleicht sollte sie sich schon mal daran gewöhnen.

Sie war lange unterwegs gewesen und trotz der Kälte stundenlang durch die Stadt gelaufen, weil sie es hier, allein mit ihren Gedanken, nicht mehr ausgehalten hatte. Es machte sie wahnsinnig. Jedes Mal, wenn sie draußen ein Auto hörte oder jemanden am Fenster vorbeigehen sah, dachte sie, es könnte die Polizei sein. Sie rechnete jeden Augenblick damit, dass jemand sie holen kam, dass sie es herausgefunden hätten, dass man *wusste*, was sie getan hatte. Sie hielt es nicht mehr aus. Sie hatte schon überlegt, ob sie nicht einfach gehen sollte. Abhauen, wieder verschwinden, noch mal neu anfangen und jemand anders werden, jemand ohne Vergangenheit. Aber nein, sie konnte es nicht, unmöglich. Sie konnte Adam nicht verlassen. Er war das Beste in ihrem Leben – das *Einzige* in ihrem Leben. Mit ihm konnte sie echt sein, fast wie früher. Fast.

Sie schlüpfte aus ihrer Jacke und warf sie übers Treppengeländer. Adam würde morgen zurückkommen. Vielleicht würde doch noch alles gut. Vielleicht würde die Polizei sie in Ruhe lassen.

Sie wollte gerade ins Wohnzimmer gehen, als etwas sie innehalten ließ. Ihr war, als hätte sie oben etwas gehört. Sie blieb stehen, ganz still, und lauschte. Aber nichts war zu hören. Nichts außer ihrem eigenen Herzschlag und dem leisen Prasseln des Regens auf den Fensterscheiben.

Sie ging einen Schritt weiter und blieb erneut stehen. Doch, sie hatte ganz sicher etwas gehört. Eine der Bodendielen hatte geknarrt.

Da oben war jemand.

»Adam?«, fragte sie und wandte sich zur Treppe um. Vielleicht war er ja früher nach Hause gekommen. Hoffentlich. »Adam?«, fragte sie noch einmal und setzte den Fuß auf die erste Stufe.

Ein Schatten löste sich aus dem Halbdunkel des Treppenabsatzes. Sie zögerte. Dann nahm der Schatten plötzlich Gestalt an, und ihr blieb das Herz stehen.

»Hallo, Emma«, sagte Lucas.

56

16. Dezember 2010

Lucas sah, wie die Angst sich in ihrem Gesicht ausbreitete. Es war, als hätte es die letzten elf Jahre nicht gegeben. Er wusste noch genau, wie er sich gefühlt hatte, als die Nachricht von ihrem Tod kam. Nicht traurig, eher beleidigt. Enttäuscht, dass ihm jemand zuvorgekommen war. Aber dann, als DS Freeman ihm das Foto von der Trainingsjacke gezeigt hatte, war ihm alles klar geworden. Da hatte er gewusst, dass es gar nicht Emma war, da draußen im Wald. Das Problem war nur, dass er zwar wusste, *wer* es war, aber nicht den leisesten Schimmer hatte, wie sie da hingekommen war.

Er beobachtete Emma einen Augenblick, kostete ihre Angst aus. Sie zitterte am ganzen Körper. Hatte sie wirklich geglaubt, sie könnte ihm entkommen? Schön naiv. Ihm war immer klar gewesen, dass sie sich wiedersehen würden. Er fragte sich, ob sie den ganzen Abend da stehen und ihn anstarren wollte. Und dann, als wollte sie seine Frage beantworten, haute sie plötzlich ab.

Er hinterher, drei Stufen auf einmal, und sie beim Arm gepackt, ehe sie an der Tür war. Sie versuchte sich loszureißen, schrie und schlug um sich. Da schau an, so kannte er sie gar nicht.

Lucas zuckte zusammen, als sie ihm mit den Fingernägeln übers Gesicht kratzte, und stieß sie gegen die Tür. Ihr Kopf knallte dumpf dagegen, und endlich war Ruhe. Er zerrte sie hoch, schleppte sie ins Wohnzimmer und stieß sie aufs Sofa. Sie wollte wieder abhauen, aber er war schneller, hockte sich über sie und hielt sie unten.

»Ich glaub, es wird Zeit, dass wir uns mal ein bisschen unterhalten, meinst du nicht?«, sagte er und sah ihren Blick wie wild durchs Zimmer irren. »Aber vielleicht kann das noch ein bisschen warten.« Er grinste und drängte sich an sie. Es gefiel ihm, wenn sie sich wehrte.

Er beugte sich über sie, streifte mit den Lippen ihr Ohr. »Das hat mir gefehlt«, flüsterte er und knöpfte seine Jeans auf. Emma wand sich unter ihm, und er setzte sich auf, um ihr ins Gesicht schauen zu können. Als sie suchend die Hand zur Seite streckte, lachte er bloß. Was wollte sie denn tun? Etwa die Polizei rufen? So blöd war sie bestimmt nicht.

Aber dann. Er hatte es nicht kommen sehen, hätte es ihr nicht zugetraut. Der Laptop traf ihn an der Schläfe, er fiel rückwärts zu Boden und versuchte sie zu packen, kriegte sie aber nicht zu fassen, das kleine Miststück. Wie ein Blitz schoss sie aus dem Zimmer. Er hob die Hand an die Stirn und blinzelte verwirrt, als Blut auf seine Wimpern tropfte.

»Emma.«

Als er die Tür hörte, rappelte er sich auf. In seinem Kopf drehte sich alles, und er musste sich am Türrahmen festhalten, um nicht wieder umzukippen. *Scheiße, Mann.* Er wischte das Blut weg und stolperte durch den Flur. Eisige Luft schlug ihm entgegen, die Haustür stand offen.

Wo war sie hin? Er konnte sie nirgends sehen, aber weit konnte sie nicht sein. Wo war er vorhin noch mal hergekommen? Klar, sie könnte auch in die entgegengesetzte Richtung abgehauen sein, glaubte er aber nicht. Er tippte eher darauf, dass sie Richtung Stadtzentrum gelaufen war. Unter Menschen würde sie sich sicher fühlen. Also gut. Er gab sich einen Ruck, knallte die Tür zu und lief los. Sein Schädel brummte, als hätte er einen Mörderkater.

Unterwegs hielt er nach ihr Ausschau. Überall kleine Seitenstraßen, links, rechts, überall – ihm wurde schon vom Schauen schwindelig. Verdammt, sie könnte sonst wo sein! Er blieb stehen, lauschte nach Lebenszeichen, nach Schritten, die sich eilig entfernten. Nichts. Totenstille. Bloß sein eigener Atem und in der Ferne das Heulen einer Sirene.

Verdammt. Lucas trat gegen eine Mülltonne, die scheppernd umkippte und ihren Inhalt auf der Straße verstreute. Nachdenken. Vor ihrem Haus hatte kein Auto gestanden, und er hatte keinen Motor anspringen hören, als sie vorhin abgehauen war. Hieß also, sie musste zu Fuß unterwegs sein. Dass sie sich hier irgendwo versteckte und wartete, bis er weg war, hielt er für unwahrscheinlich. Weglaufen, das war eher ihr Ding, so lange und so weit wie möglich. Darin war sie gut.

Er schob die Hand in die Hosentasche und tastete nach dem Zettel mit der Adresse. Ben. Würde sie zu ihm gehen? Ihn wieder um Hilfe bitten? Sie wusste, wo er wohnte. Dumm nur, dass er es auch wusste.

57

17. Dezember 2010

Freeman zog ihre Jacke aus und lehnte sich an Gardners Schreibtisch. Der Detective, mit dem sie bei ihrer Ankunft gesprochen hatte, war verschwunden, um DI Gardner zu holen. Er käme gleich, hatte er versprochen. Das war vor einer Viertelstunde gewesen; so langsam kamen ihr Zweifel, ob er sich überhaupt noch blicken lassen würde.

Sie war extrafrüh von zu Hause losgefahren, und es war noch dunkel gewesen, als sie in Middlesbrough eintraf. So viel dazu, endlich mal wieder ausschlafen zu können. Freeman seufzte.

»Kann ich Ihnen helfen?«

Freeman blickte auf und sah sich einer jungen Polizistin in Uniform gegenüber, die sie mit leisem Argwohn musterte.

»Nein, danke. Ich warte hier bloß auf DI Gardner«, sagte Freeman und warf erneut einen Blick auf die Uhr. Viertel nach sieben. Ihr knurrte der Magen. Vielleicht hätte sie doch eine Kleinigkeit essen sollen, ehe sie aus dem Haus gehetzt war. Sie überlegte, ob sie sich was aus dem Automaten holen sollte, und suchte in ihrer Tasche nach Kleingeld.

»Er hat heute seinen freien Tag«, klärte die Uniformierte sie auf. »Weiß er, dass Sie kommen wollten?« Sie stellte sich zwischen Freeman und Gardners Schreibtisch. Sehr korrekt und adrett, bestimmt bürstete sie jeden Abend ihre Uniform ab und polierte ihre Schuhe auf Hochglanz. Freeman schaute auf ihre alten, abgewetzten Doc Martens. Kein Wunder, dass niemand sie ernst nahm, oder?

»Eigentlich müsste er Bescheid wissen. Wir hatten gestern Abend telefoniert, ich sollte ihn hier abholen – DS Freeman«, stellte sie sich vor und reichte der jungen Kollegin die Hand.

»PC Dawn Lawton«, sagte Lawton, errötete und strich sich die Haare hinter die Ohren. »Nur weil er heute gar nicht da ist. Er hat seinen freien Tag ...«

»Ja, ich weiß, das sagten Sie bereits. Aber wir waren so verblieben, dass ich mich hier melden sollte.«

»DS Freeman?«

Freeman drehte sich um und sah – *endlich!* – jemanden auf sie zusteuern. »Entschuldigen Sie, dass ich Sie habe warten lassen«, sagte er und stellte eine extrem köstlich duftende Papiertüte auf dem Schreibtisch ab, ehe er die Hand ausstreckte. »Michael Gardner.«

Freeman gab ihm die Hand und versuchte, sich ihre Überraschung nicht anmerken zu lassen. Sie hatte ihn sich ganz anders vorgestellt, älter, meinetwegen auch dicker, vielleicht sogar mit einem Schnurrbart. Sie wusste selbst nicht genau, weshalb. Vielleicht weil Detective Inspectors ihrer Erfahrung nach immer älter und dicker waren und einen Schnurrbart hatten? Nicht so Gardner. Für einen DI sah er richtig gut aus – um nicht zu sagen *ziemlich* scharf. Und PC Dawn Lawton schien wohl derselben Ansicht zu sein, denn sie schlich noch immer hier herum und hoffte darauf, von ihm bemerkt zu werden.

»Kein Problem«, versicherte ihm Freeman.

»Sollen wir gleich los?«, fragte er.

»Ja, von mir aus gern.« Freeman schaute fragend zu der Tüte auf dem Schreibtisch. Sie wagte ja kaum zu hoffen, aber ihr Bauchgefühl gab ihr mit einem lauten Grummeln zu verstehen, dass der Inhalt bei ihr bestens aufgehoben wäre. Gardner folgte ihrem Blick und öffnete die Tüte.

»Kaffee und Croissants?«, bot er ihr an. Freeman nahm sich ihren Teil und schlug die Zähne in das noch warme Gebäck, verteilte Blätterteigkrümel auf seinem Schreibtisch und hörte Lawton unruhig mit den Füßen scharren.

»Danke«, sagte sie zwischen zwei Bissen. Auf sie wirkte er kein bisschen wie das Arschloch, als das McIlroy ihn dargestellt hatte. Sie trank einen Schluck Kaffee, steckte sich den Rest ihres Croissants in den Mund und zog ihre Jacke wieder an.

Gardner suchte seine Sachen zusammen. »Bei Ihnen alles klar, Lawton?«

Lawton nickte und wollte schon gehen, drehte sich aber noch einmal um und fragte: »Sehen wir uns dann heute Abend?«

Gardner räusperte sich und murmelte ein unverbindliches »Hmm, ja«, ehe er mit Freeman Richtung Treppe ging. Auf sie machte es den Eindruck, als könnte er es kaum erwarten, Lawton zu entkommen.

Weit kamen sie nicht.

»DI Gardner, welch eine Überraschung – an Ihrem freien Tag! So viel Einsatz sieht man gern.«

Freeman sah Gardner mit den Augen rollen, ehe er sich umdrehte. Sie folgte seinem Blick zu einem untersetzten Mann mit buschigem Schnurrbart, die Hände auf dem Rücken verschränkt und ein süffisantes Grinsen im Gesicht. Freeman fragte sich, ob ihm wohl klar war, wie lächerlich er aussah.

»Ich bin nur kurz gekommen, um einer Kollegin zu helfen«, sagte Gardner und stellte sie vor. »DS Freeman aus Blyth. DS Freeman, DCI Atherton.«

Atherton musterte Freeman ausführlich, dann schmunzelte er. »Und helfen wobei, wenn ich fragen darf?«

»Bei einem Mordfall. Ein Mädchen aus Blyth, vor elf Jahren verschwunden. Ich habe damals in dem Fall ermittelt. Eine mögliche Zeugin lebt mittlerweile hier in der Stadt.«

»So, so.« Atherton zog die Augenbrauen hoch, und Freeman dachte bei sich, dass Routledge im Vergleich zu ihm glatt als bester Boss der Welt durchgehen könnte.

»Die Besprechung fängt gleich an, Sir.«

Atherton drehte sich nach einer forschen jungen Frau um, die den Kopf aus einem Zimmer am Ende des Flurs steckte, und nickte ihr zu. »Ich bin in einer Minute da«, sagte er, worauf sie sich wieder zurückzog. »Nun denn. Dann will ich mal hoffen, dass Ihre Hilfsbereitschaft Sie nicht von Ihrer *eigentlichen* Arbeit abhält, Gardner«, sagte er und begab sich in den Konferenzraum.

Gardner wartete, bis die Tür hinter ihm zugefallen war, bevor er leise »Arschloch« murmelte und sich wieder zur Treppe wandte. »Ihr Wagen oder meiner?«, fragte er; Freeman war es gleich, sie zuckte mit den Schultern.

»Wenn Sie mir sagen, wo wir lang müssen, kann ich gerne fahren.«

Als sie den Parkplatz verließen, bog sie auf Gardners Anweisung nach links und fuhr dann »erst mal immer geradeaus«.

»So«, meinte er. »Dann glauben Sie also, dass wir sie diesmal zu Hause antreffen?«

Freeman hätte fast gelacht. »Sagen wir so – ich hoffe es.« Sie schüttelte den Kopf. »Jennys Eltern haben vor ein paar Jahren einen Privatdetektiv nach ihr suchen lassen, ohne Erfolg. Immerhin hat er ihnen etliche Jenny Taylors serviert, eine davon hier in Middlesbrough.«

Gardner runzelte die Stirn. »Aha. Und warum haben sie dann nicht selbst versucht, Kontakt mit ihr aufzunehmen?«

»Weil die junge Frau auf dem Foto nicht ihre Tochter war.«

»Aber es war dieselbe Anschrift, zu der wir gerade fahren?«

»Wenn ich das wüsste«, seufzte Freeman. »Nachdem sie das Mädchen aufgrund des Fotos ausgeschlossen hatten, haben sie auf solche Details nicht mehr geachtet. Und jetzt, da Lucas Yates sich mit dem Ordner aus dem Staub gemacht hat, werden wir es wohl auch nicht mehr erfahren.«

»Aber wenn Yates interessiert genug war, um den Ordner mitgehen zu lassen, können wir doch vermutlich davon ausgehen, dass sie es war, oder?«

Freeman nickte nachdenklich. »Ja, vielleicht. Mir kam der Gedanke, dass der Detektiv einfach das falsche Mädchen fotografiert haben könnte, aber ... ich weiß nicht. Irgendetwas stimmt da trotzdem nicht.«

»Sie meinen, warum sollte Yates einen solchen Aufwand betreiben, wenn Jenny doch angeblich auf keinem der Fotos zu erkennen war?«

»Genau. Vielleicht ist er mit seinem Latein am Ende und hofft, wenn er alle Adressen der Reihe nach abklappert, wird er sie schon finden. Oder aber er weiß mehr als wir. Es könnte sein, dass er doch schon vorher mit ihr Kontakt hatte, dass er in den Unterlagen etwas gesehen hat, das ...« Sie schüttelt den Kopf. »Ach, ich weiß es nicht.«

»Haben Sie schon versucht, den Privatdetektiv zu erreichen? Dass er Ihnen vielleicht eine Kopie der Unterlagen schickt?«

»Die Taylors können sich leider nur an seinen Nachnamen erinnern: Lawrence. Ich habe ihn in die Datenbank eingegeben, aber nichts gefunden, keinen einzigen Treffer. Wahrscheinlich hatte er gar keine Zulassung.«

Gardner schwieg einen Moment. Vielleicht versuchte er ja Antworten auf dieselben Fragen zu finden, die sie sich heute früh während der Fahrt gestellt hatte. Da konnte sie ihm nur viel Glück wünschen.

»Aber Yates sucht nach Taylor, so viel scheint zumindest sicher«, meinte Gardner schließlich. »Glauben Sie, dass er hier auftauchen wird?«

Freeman zuckte mit den Schultern. »Kann sein.«

Nachdem Gardner sie über mehrere Kreuzungen und dann in ein ruhiges Wohngebiet gelotst hatte, zeigte er auf ein Haus auf der gegenüberliegenden Straßenseite. Freeman zwängte sich in eine schmale Parklücke und stellte den Motor ab.

»Aber nach Ben Swales sucht er auch. Ich weiß nur leider nicht, bei wem er sein Glück zuerst versuchen wird«, sagte sie.

Gardner horchte auf. »Er weiß, wo Swales ist?«

»Er weiß, dass er in Alnwick lebt. Ansonsten bin ich auch überfragt.«

»Steht er unter Beobachtung?«, wollte Gardner wissen.

»Ben? Ich habe eine Kollegin vor Ort gebeten, das Haus im Blick zu behalten. Aber es klang nicht so, als hätte sie Kapazitäten frei, ihn rund um die Uhr zu observieren.«

»Na gut.« Gardner öffnete die Beifahrertür. »Dann wollen wir mal hoffen, dass Jenny zu Hause ist. Und danach könnten wir eigentlich gleich weiterfahren und schauen, ob Ben Swales schon Besuch hatte.«

»Ich dachte, heute wäre Ihr freier Tag?«

»Ist es auch. Aber vielleicht weiß ich mit meiner Zeit ja nichts Besseres anzufangen.«

58

17. Dezember 2010

Lucas wachte davon auf, dass draußen eine Autotür zuschlug. Im ersten Moment wusste er überhaupt nicht, wo er war; dann fiel sein Blick auf das Foto, das er gestern Abend aus dem Rahmen gerissen hatte. Am Ende hatte er doch noch eins gefunden, oben, in dem zugemüllten kleinen Zimmer, vergraben unter einem Stapel Ordnern. Emma und ihr neuer Freund – Adam Quinn, nahm er mal an –, wie sie das glückliche Paar gaben. Als wär sie nie eine dreckige Drogenschlampe gewesen.

Nachdem sie ihm abgehauen war, war er sofort zurück zum Bahnhof, weil er sich dachte, dass sie zu Ben unterwegs wäre. Aber so spät fuhren keine Züge mehr nach Norden. Der letzte war um elf gegangen, und es war schon fast elf gewesen, als sie nach Hause gekommen und die größte Überraschung ihres Lebens erlebt hatte. Heute würde sie also nicht mehr zu Ben fahren, und wenn *sie* nicht fuhr, was sollte *er* dann bei dem Kerl? Am besten ging er einfach zurück zum Haus und wartete, ob sie nicht doch wieder auftauchte.

Er hatte sich ihrer Straße mit Vorsicht genähert. Aber kein Grund zur Aufregung: keine Bullen, kein Blaulicht, nichts. Er war wieder über das Tor gesprungen, den schmalen Weg lang und durch die Hintertür rein, hatte im ganzen Haus nach ihr gesucht, aber Emma war nicht da. Weil ihm der Schädel noch immer brummte, beschloss er, über Nacht hier zu bleiben und ein bisschen auszuspannen. Er hatte sich was zu essen geholt und vor ihre Glotze gehockt, ehe er oben in ihrem Bett eingeschlafen war. Wie in dem Märchen mit den blöden Zwergen. *Wer hat in meinem Bettchen geschlafen?* Ja, wer wohl.

Lucas rappelte sich hoch und trat ans Fenster. Ob sie zurückgekommen war? Er zog den Vorhang ein Stück zur Seite und schaute auf die Straße runter. Da sieh an, ein bekanntes Gesicht. Nur leider nicht das, mit dem er gerechnet hätte.

DS Freeman kam geradewegs auf das Haus zu. Lucas ließ den Vorhang fallen und rannte los, die Treppe runter, durch den Flur. In der Küche knirschte zerbrochenes Glas unter seinen Schuhen, dann war er draußen auf dem schmalen Durchgang hinter dem Haus. Dort blieb er stehen und überlegte, in welche Richtung er sollte.

Als er am Ende des Wegs ein Geräusch hörte, nahm er die Beine in die Hand und lief los. Sie würde ihn nicht erwischen. Nicht solange er die Sache nicht zu Ende gebracht hatte.

Emma stieg in den Zug und vergewisserte sich, dass Lucas nirgends unter den frühmorgendlichen Pendlern war. Sie war gestern Abend um ihr Leben gerannt, war einfach immer weitergelaufen, ohne zu wissen, wohin sie eigentlich wollte. Immer weiter, trotz der Kälte, die ihr in der Lunge brannte. Trotz Adam.

Sie hatte nur einen Gedanken: Sie musste weg, weg von Lucas. Auch wenn es bedeutete, alles hinter sich zu lassen. Mal wieder.

Aber sie hatte keine Jacke bei sich, kein Telefon, kein Geld. Wie weit würde sie so kommen? Irgendwann, nachdem sie wie blind durch die Stadt gelaufen war, war sie beim Bahnhof rausgekommen, war ins Stationsgebäude gerannt und wollte in den erstbesten Zug steigen, der gerade fuhr. Aber es fuhr keiner. Nicht vor morgen früh. Ganz allein hatte sie auf dem eisigen Bahnsteig gestanden, feiner Schneeregen war ihr ins Gesicht geweht und hatte sich mit ihren Tränen gemischt. Es gab nur einen einzigen Ort, an dem sie Zuflucht suchen konnte, aber vor morgen früh kam sie nicht von hier weg. Und sie konnte nicht hier stehen bleiben, schutzlos in der Kälte. Also hatte sie den Bahnhof wieder verlassen, sich einen Hauseingang gesucht und gehofft, die Nacht irgendwie zu überstehen.

Als sie in aller Frühe zurückging, um gleich den ersten Zug zu erwischen, überkamen sie Schuldgefühle wegen Adam. Und Mitleid mit sich selbst. Sie wünschte, er wäre jetzt hier, bei ihr. Vielleicht hätte sie nicht einfach weglaufen sollen. Aber was hätte sie sonst tun sollen? Bleiben konnte sie nicht, das war ihr klar. Vielleicht hatte sie es schon immer gewusst.

Völlig durchgefroren und bis auf die Haut durchnässt stieg sie in den Zug. Zwei Frauen vor ihr hatten ihre Handtaschen unter dem Sitz auf den Boden gestellt und waren so in ihr Gespräch vertieft, dass sie es nicht merkten, als Emma sich eine der Taschen heranzog. Sie nahm sich, was sie brauchte, steckte das Portemonnaie zurück, schob die Tasche wieder unter den Sitz und ging weiter in einen anderen Wagen. Sie wusste nicht, wann sie sich zuletzt so mies gefühlt hatte. Die Ironie, ausgerechnet jetzt auf einen von Lucas' Tricks zurückzugreifen, gab ihr den Rest. Was machte sie hier? Warum stieg sie nicht einfach aus und kehrte zu Adam zurück? Wenn sie sich beeilte, würde er gar nicht merken, dass sie weg gewesen war.

Aber eine Station nach der anderen zog an ihr vorbei, ohne dass sie sich von der Stelle rührte. Auf die Frage des Schaffners, ob mit ihr alles in Ordnung sei, ging sie nicht ein. Sie verlangte ein Ticket, einfache Fahrt.

59

17. Dezember 2010

Adam balancierte seine Einkäufe mit einer Hand und versuchte mit der anderen aufzuschließen. Als er die Haustür aufstieß, fiel die Schachtel mit dem französischen Dessert herunter und landete auf dem Boden. Adam fluchte und stellte die anderen Tüten ab, um die Tarte au chocolat in Augenschein zu nehmen. Ein Glück, sie war noch heil. Oder na ja, gerade so. Er schob die Tüten mit dem Fuß in den Flur und schloss die Tür hinter sich.

»Louise?« rief er und freute sich schon auf ihr Gesicht, wenn er sie mit seiner Menüauswahl beeindruckte. Kaviar und Austern würde es zwar nicht geben, aber er fand, dass er dennoch eine ziemlich gute Wahl getroffen hatte. Raffiniert. Dekadent. Und bestimmt sehr lecker. »Lou?«

Er horchte, ob im Wohnzimmer der Fernseher lief, konnte aber nichts hören. Und kalt war es im Haus! Ob Lou überhaupt schon aufgestanden war?

Adam trug die Tüten in die Küche und stellte sie auf dem Tisch ab. Dann öffnete er den Kühlschrank, nahm sich eine Pepsi heraus und hatte plötzlich das Gefühl, dass die Küche kälter war als der Kühlschrank. Als er sich umdrehte, wurde ihm auch klar, warum. Die Hintertür stand offen, das kleine Türfenster war eingeschlagen und der Boden voller Glasscherben.

»Was zum Teufel?«, murmelte er und machte auf dem Absatz

kehrt, um nachzuschauen, ob etwas gestohlen worden war. Als Erstes lief er ins Wohnzimmer, schaute sich um. Der Fernseher stand noch da, sein Laptop lag auf dem Sofa, die Lichter am Weihnachtsbaum brannten.

Er ging zurück in den Flur und blieb am Fuß der Treppe stehen. »Lou?«, rief er. Als keine Antwort kam, runzelte er leicht irritiert die Stirn und ging nach oben. »Louise?« Er schaute kurz in beide Zimmer. Nichts.

Auf dem Treppenabsatz blieb er stehen, zog sein Handy aus der Tasche und wählte ihre Nummer. Nach ein paar Sekunden hörte er es am anderen Ende der Leitung läuten. Er hielt sich das Telefon vom Ohr weg und stellte fest, dass das Klingeln von unten kam. Er lief die restlichen Stufen hinunter und fand ihr Handy in ihrer Tasche, die wie immer im Flur stand. Er nahm es heraus und ging ihre Anrufe durch. Der letzte Anruf war von ihm, logisch. Der davor auch. Eigentlich waren sie alle von ihm. Also kein unerwarteter Anruf, kein Notfall, weswegen sie völlig überstürzt – ohne ihre Tasche, ohne ihm eine Nachricht zu schreiben – das Haus verlassen hätte.

Er ging zurück in die Küche und atmete tief durch. Das musste gar nichts bedeuten, versuchte er sich zu beruhigen. Wahrscheinlich bloß ein paar Kids, die hier Scheiße gebaut hatten. Vor ein paar Tagen erst hatte er ein Stück die Straße runter ein mit Brettern vernageltes Fenster gesehen. Wahrscheinlich gerade ein angesagter Zeitvertreib unter gelangweilten Jugendlichen. *Los, Alter, schmeiß ein Fenster ein und zeig's deinen Kumpels.* Alles halb so wild.

Aber wo war dann Louise?

Adam schloss die demolierte Tür, zog sich einen Stuhl heran und setzte sich. Nein, er würde nicht in Panik verfallen. Vielleicht war sie ja nur noch mal kurz raus, um etwas für heute Abend zu besorgen. Vielleicht war während ihrer Abwesenheit eingebrochen worden.

Adam hielt noch immer ihr Telefon in der Hand und ertappte sich dabei, wie er damit nervös auf sein Bein klopfte. Er legte es vor sich auf den Tisch. Wenn sie ihm wenigstens eine Nachricht dagelassen hätte, irgendwas. Sie wusste doch, dass er heute zurückkam. Und warum hatte sie ihre Tasche nicht mitgenommen?

Einen Moment überlegte er, ob er die Polizei anrufen sollte. Aber was sollte er denn sagen? Meine Freundin war nicht da, als ich nach Hause kam. Die würden ihn auslachen. Es war mitten am Tag und Louise erwachsen.

Er würde noch ein bisschen warten. Bestimmt kam sie bald zurück.

Er ging zurück ins Wohnzimmer, zog den Vorhang zur Seite und schaute auf die Straße hinaus. Nach ein paar Minuten ließ er den Vorhang fallen, schnappte sich seine Schlüssel und verließ das Haus.

60

17. Dezember 2010

Freeman verließ Middlesbrough wieder in nördlicher Richtung. Bei Jenny vorbeizufahren, hätten sie sich sparen können. Reine Zeitverschwendung. Im Grunde hatte sie schon so was geahnt, aber sie wollte es wenigstens selbst überprüft haben. Sie war sich jetzt so gut wie sicher, dass Jenny gar nicht mehr dort war. Vielleicht hatte Gardners Nachricht sie in die Flucht geschlagen. Vielleicht wusste sie mehr über den Mord an Emma, als die Polizei auch nur ahnte. Vielleicht hatte Lloyd recht, und Jenny hatte Emma tatsächlich umgebracht.

»Alles klar?«, fragte Gardner.

»Nur am Nachdenken«, versicherte sie ihm. »Trauen Sie jemandem wie Jenny einen Mord zu?«

Gardner hob die Schultern. »Kann ich nicht sagen. Ich weiß praktisch nichts über sie. Aber ich bin der Ansicht, dass jeder von uns zu einer solchen Tat fähig ist, wenn der Druck nur groß genug ist, wenn wir uns mit dem Rücken zur Wand befinden und keinen anderen Ausweg wissen.«

Freeman schaute ihn kurz von der Seite an und musste an McIlroys Worte denken – *er hat einen Kollegen umgebracht.*

Das Klingeln ihres Telefons riss sie aus ihren Gedanken. »Freeman«, meldete sie sich.

»Nic, hi, hier ist Mike Rogen.«

»Hi, Mike, was kann ich für Sie tun?«

»Wir haben letzte Nacht einen stark alkoholisierten Mann aufgegriffen, der behauptet, etwas über Ihren Fall zu wissen. Oder vielmehr über ›diese ollen Knochen da im Wald‹, wie er es ausdrückt. Hat die Weisheit auch nicht mit Löffeln gefressen, der Gute.«

»Was behauptet er denn zu wissen?«, fragte sie, worauf Gardner sich zu ihr umdrehte und sie fragend ansah. Sie würde schon jetzt darauf wetten, dass es völliger Unsinn war, was dieser Typ erzählte.

»Wenn ich das wüsste«, seufzte Mike. Im Hintergrund hörte Freeman Geschrei und Türenschlagen. Sie beneidete Mike und seine Kollegen nicht darum, Tag und Nacht dort unten bei den Arrestzellen Dienst tun zu müssen. »Gestern Nacht war er sternhagelvoll, konnte kaum zwei Wörter aneinanderreihen. Und heute Morgen sieht es, ehrlich gesagt, nicht viel besser aus. Aber er behauptet, er hätte was gesehen.«

»Ein bisschen ausführlicher geht es nicht?«

»Er will etwas *Verdächtiges* gesehen haben. Hätte für ihn so ausgesehen, als würde 'ne Leiche weggeschafft. Was, wann, wo – keine Ahnung. Mehr wollte er mir nicht verraten. Er will mit einem Detective sprechen, nicht mit so einem uniformierten Handlanger wie mir. Kann man ja irgendwo auch verstehen, oder?«

Freeman musste lächeln. Sie mochte Mike Rogen und seinen trockenen Humor. Sie konnte sich nur vorstellen, was er bei seinem Job alles einstecken musste, aber er ließ sich davon nicht unterkriegen. Von manchen seiner »Stammkunden« sprach er mit fast schon väterlicher Zuneigung. Kein Wunder eigentlich, wahrscheinlich bekam er sie öfter zu Gesicht als seine Freunde und seine Familie.

»Ist denn sonst niemand da, der mit ihm sprechen kann? Ich bin gerade unterwegs nach Alnwick.«

»Habe oben schon angefragt; die meinten, ich soll Sie anrufen. Ich kann's noch mal versuchen, aber klang so, als wären die auch so schon völlig überlastet.«

Freeman seufzte und sah Gardner an. »Gut, wir sind so schnell wie möglich da.«

»Okay, ich warte dann so lange«, sagte Mike und legte auf.

»Was ist passiert?«, fragte Gardner.

»Irgendein Typ, der letzte Nacht aufgegriffen wurde, will mich wegen Emma Thorley sprechen.« Aus Gardners Miene schloss sie, dass er ganz genau dieselben Erfahrungen mit solchen so genannten Zeugen gemacht hatte. »Er will etwas Verdächtiges beobachtet haben. Irgendwas mit einer Leiche. Mehr will er noch nicht verraten.«

»Wahrscheinlich irgend so ein Spinner«, murmelte Gardner und verzog das Gesicht. »Aber gut, man kann nie wissen.«

Freeman atmete hörbar aus. »Eben. Weshalb wir jetzt auch erst mal einen kleinen Abstecher nach Hause machen.«

Gardner zog die Brauen zusammen. »Wir?«, fragte er. »Und was ist mit Ben Swales?«

»Der läuft uns schon nicht weg – nicht solange er seine Mutter am Hals hat«, erwiderte Freeman. »Und es dauert ja auch nicht lange.«

»Aber was, wenn Lucas bereits zu ihm unterwegs ist?«

Freeman seufzte. »Ich werde Williams gleich noch mal anrufen, um die Lage vor Ort zu sondieren.«

»Sie könnten mich auch einfach dort absetzen«, schlug er vor. »Und später nachkommen.«

»Nein, wozu denn? Blyth liegt praktisch auf dem Weg«, sagte sie und wendete. »Das kostet uns eine halbe Stunde, höchstens.«

Gardner erwiderte nichts. Er schien alles andere als begeistert davon, nach Blyth zu fahren. Sie hätte zu gern gewusst, warum.

Freeman stieg wieder ein und hoffte, dass Gardner keine blöde Bemerkung machte. Kurz mal links ranzufahren, um sich auf den Grünstreifen zu übergeben, machte nicht gerade einen professionellen Eindruck. Wahrscheinlich dachte er, sie wäre gestern Abend unterwegs gewesen und hätte sich ordentlich einen hinter die Binde gekippt. Vermutlich immer noch besser als die Wahrheit. Ja, sie wünschte, es *wäre* die Wahrheit! Ohne eine Miene zu verziehen, stieg sie wieder ein, schnallte sich an und fuhr weiter.

»Tut mir leid wegen eben«, meinte sie. »Bestimmt irgendwas Falsches gegessen.«

Gardner sah sie an, sagte aber nichts. Plötzlich fiel ihr wieder das Frühstück ein, das er heute früh mitgebracht hatte, eine wirklich nette Geste, und sie wollte sich gerade noch mal entschuldigen, besann sich dann aber eines Besseren. Je weniger sie über ihr kleines Malheur redete, desto besser.

Freeman hielt vor einer roten Ampel und konnte bloß hoffen, dass dieser Betrunkene irgendeinen nützlichen Hinweis für sie hatte. Egal was, solange es sie nur ein bisschen weiterbrachte. Hauptsache, der Abstecher nach Blyth war nicht umsonst gewesen. Sie würde sich schwarzärgern, wenn sie ihren Besuch bei Ben Swales ganz umsonst aufgeschoben hätten. Nicht auszudenken, wenn Yates ihnen doch noch zuvorkam. Hoffentlich hielt Williams sich an ihr Versprechen und schaute gleich noch mal bei

Swales vorbei. Sie hatte Freeman zwar eben versichert, dass Ben und seine Mutter bis vor einer Stunde unter den Argusaugen eines jungen Kollegen sicher und wohlbehalten zu Hause gewesen wären, nur leider wurde der junge Kollege dann zu einer Schlägerei ins Stadtzentrum beordert, und seitdem war Bens Haus unbewacht. Nach allem, was sie wussten, könnte Ben seine Mutter zwischenzeitlich mit Sack und Pack in seine alte Rostlaube verfrachtet haben und bereits auf halbem Weg nach Schottland sein. Williams hatte ihr versprochen, sowie sie einen Augenblick Luft hätte, noch mal selber vorbeizufahren. Freeman konnte nur hoffen, dass sie auch Wort hielt. Und dass es noch nicht zu spät war.

Sie schaute zu Gardner hinüber. Vielleicht hatte er recht gehabt. Je näher sie Blyth kamen, desto größer wurden ihre Zweifel, ob es nicht sinnvoller gewesen wäre, erst mit Ben zu reden, als ihre Zeit mit einem Betrunkenen zu verschwenden, der sich von seiner vermutlich frei erfundenen Aussage eine Vorzugsbehandlung erhoffte. Hinzu kam, dass Gardner die ganze Fahrt über kaum ein Wort gesagt hatte. Er hatte ein paar Anmerkungen zum Fall gemacht und ein bisschen Smalltalk – wenn die Initiative von ihr ausgegangen war –, doch ansonsten hatte er geschwiegen. Sie musste erneut daran denken, was sie von McIlroy erfahren hatte. Wenngleich es so simpel nicht sein konnte. Es musste mehr dahinterstecken. Wenn er tatsächlich jemanden *umgebracht* hätte, wäre er nicht mehr im Dienst, weder hier noch anderswo. Mit einer bloßen Versetzung war es da nicht mehr getan. Vielleicht hatte er Mist gebaut und den Tod eines Kollegen verschuldet. Sie hatte mal seinen Namen zusammen mit dem Begriff »Mord« gegoogelt, aber nur Einträge zu Fällen gefunden, in denen er ermittelt hatte.

Sie musterte ihn verstohlen. Er saß zusammengesackt in seinem Sitz, seine Kiefermuskeln waren angespannt. Es behagte ihm ganz offensichtlich nicht, nach Blyth zurückzukehren, und wer konnte es ihm bei einer solchen Vorgeschichte verdenken? Er *wollte* sie nicht begleiten, doch er tat es. Könnte das bedeuten, dass alles halb so wild war und McIlroy das Ganze maßlos übertrieben hatte?

»Pfefferminz?«

Freeman schaute Gardner einen Moment völlig entgeistert an, ehe sie kapierte, was er meinte. Fragend hielt er ihr eine Packung Polo-Minzpastillen hin.

»Nein, danke«, sagte sie und überlegte, ob das ein Wink mit dem Zaunpfahl war, dass ihr Atem nach Erbrochenem roch. Er warf ein Polo ein und steckte die Packung wieder in seine Jackentasche. »Man hört Ihnen gar nicht an, dass Sie aus Blyth kommen«, bemerkte Freeman, und noch während sie es sagte, dachte sie, dass ihre bewährte Strategie, ganz beiläufig an Informationen zu gelangen, bei einem anderen Detective wohl kaum funktionieren dürfte.

»Das ist Ihnen also gerade aufgefallen«, meinte er und lächelte. »Gute Ermittlungsarbeit.«

»Nein, es war mir bereits am Telefon aufgefallen, aber bis jetzt habe ich mir nicht groß Gedanken darüber gemacht. Woher kommen Sie denn?«

»Aus Coventry«, sagte er. »Ursprünglich.«

»Das hätte ich jetzt nicht herausgehört.«

»Ich habe auch lange in London gelebt. Wahrscheinlich hat das ein bisschen abgefärbt.«

Freeman nickte. Stimmt. Jetzt, wo er es sagte, hörte sie auch ganz leicht den Londoner Akzent heraus. »Und was hat Sie dann in den Norden verschlagen?«

Gardner räusperte sich und schwieg so lange, dass sie schon nicht mehr mit einer Antwort rechnete.

»Meine Frau«, sagte er schließlich, und Freeman ertappte sich dabei, wie sie ganz automatisch auf seine linke Hand schaute. Was ihm natürlich nicht entging. »Geschieden«, sagte er. »Schon eine ganze Weile.«

»Weil Sie ihretwegen nach Blyth ziehen mussten?«

Gardner lachte. »Ihre ganze Familie lebt dort in der Gegend. Als wir uns kennenlernten, hat sie in London gearbeitet, aber sie wollte wieder zurück in den Norden, zu ihrer Familie. Ich bin mit ihr gezogen, und ein halbes Jahr später haben wir geheiratet.«

»Wie romantisch«, bemerkte Freeman. »Aber funktioniert hat es nicht. Was ist schiefgelaufen?«

Gardner sah sie von der Seite an. »Manchmal funktioniert es eben nicht.«

»Dann sind Sie nach Ihrer Scheidung weggezogen? Zu viele ungute Erinnerungen?«

»So ähnlich.«

Danach schwieg er beharrlich, und Freeman fragte sich, ob sie zu weit gegangen war. Andererseits hatte sie nicht das Gefühl, allzu persönlich geworden zu sein. Immerhin hätte sie ihn auch fragen können, ob er tatsächlich jemanden umgebracht hatte.

»Und haben Sie noch Kontakt zu den alten Kollegen?«, versuchte sie es erneut, und merkte, wie Gardner sie ansah.

»Worauf wollen Sie hinaus, Detective Freeman?«

Sie schüttelte den Kopf. »Aber nein, ich unterhalte mich einfach mit Ihnen.«

»Natürlich. Aus Ihren Fragen schließe ich, dass Sie sich auch schon *über* mich unterhalten haben, was ich Ihnen durchaus nicht verdenken kann. Nur würde ich an Ihrer Stelle nicht alles glauben, was man so erzählt. Aber das wissen Sie ja selber – bei Ihrem Job.«

»Warum erzählen *Sie* mir dann nicht einfach, was passiert ist?«

»Weil es nicht von Belang ist«, erwiderte er. »Und weil es Sie nichts angeht.«

Danach schweigen sie sich den Rest der Fahrt an, die aber zum Glück recht kurz war. Sie wusste, dass sie zu weit gegangen war, ihn nicht hätte drängen dürfen. Und natürlich hatte er recht: Es war für den vorliegenden Fall nicht relevant und ging sie im

Prinzip auch nichts an. Nach ihrer kleinen Kotzattacke am Straßenrand hatte er ihr schließlich auch keine Löcher in den Bauch gefragt.

61

29. November 1999

Gardner bog auf den Parkplatz ein und blieb noch einen Moment im Auto sitzen. Er fragte sich, was der heutige Tag wohl bringen würde. Zum ersten Mal in seinem Leben graute ihm davor, zur Arbeit zu gehen. Als er gestern nach Feierabend zu seinem Wagen gekommen war, hatte er Hundescheiße auf der Windschutzscheibe gefunden. Mal wieder. Mittlerweile hatte er eine gewisse Routine darin und holte einen der Hundekotbeutel aus dem Kofferraum, die er sich nach dem dritten derartigen Vorfall zugelegt hatte, weil sie eindeutig zweckmäßiger waren als der Sportteil des *Guardian*. Vielleicht sollte er sich einen Hund zulegen, damit die Tüten wenigstens einen tieferen Sinn hätten. Und jemanden zum Reden hätte er dann auch gleich. Endlich jemand, der ihm zuhörte, wenn er von seinem beschissenen Leben erzählte.

Er hatte den Haufen von der Scheibe geklaubt und nach McIlroys Auto Ausschau gehalten, um das Souvenir seinem rechtmäßigen Besitzer zurückzugeben. Nachdem er den Beutel auf McIlroys Windschutzscheibe entleert hatte, warf er ihn angewidert weg. So weit war es also mit ihm gekommen, dachte er. Kindisch, absolut kindisch. Als er wieder in seinem Auto saß, stellte er die Scheibenwischer an, um die letzten Reste Hundekacke zu entfernen. Dann wartete er. Er wollte nicht nach Hause. Was sollte er da? Das Haus erschien ihm zu groß, zu leer.

Aber bei der Arbeit war es auch nicht auszuhalten. So schlimm wie jetzt war es noch nie gewesen. Nicht einmal in den Tagen und Wochen nach Annies finalem Paukenschlag. Damals war man ihm wenigstens noch mit einem gewissen Mitgefühl begegnet. Jetzt schlug ihm bloß noch unverhohlene Verachtung entgegen. DS Gardner, der Verräter. Ihm wurde schon schlecht, wenn er nur daran dachte. Dabei hätte er es selbst nicht von sich gedacht, niemals.

Die Fälle, die jetzt noch auf seinem Schreibtisch landeten, waren praktisch genauso Scheiße wie die Haufen auf seiner Windschutzscheibe. Es war nicht so, dass DCI Clarkson ihn auf dem Kieker hätte. Im Gegenteil, sie war eigentlich die Einzige, die während der ganzen Geschichte zu ihm gehalten hatte. Das Problem war, dass niemand mehr mit ihm arbeiten wollte. Und egal, welche Order von oben kam, wenn die Kollegen nicht hinter einem standen, brachte man es nicht weit. Er stand auf verlorenem Posten, und genauso fühlte er sich. Er verschwendete seine Zeit mit drittklassigen Fällen und verbrachte die Nächte allein.

Vielleicht hätte es ihm ein Trost sein sollen, dass Wallace endlich seine wohlverdiente Strafe bekam. Der Mann war vom Dienst suspendiert, wartete auf seinen Prozess und würde mit etwas Glück einige Jahre bekommen, was allerdings nicht allein Gardners Verdienst war. Wie kaum anders zu erwarten, war seine Aussage zunächst ohne Folgen geblieben. Doch als die Nachbarn des zusammengeschlagenen Dealers sich bei der Polizei gemeldet und Gardners Geschichte bestätigt hatten, begann man die Sache plötzlich ernst zu nehmen. Aus Sicht der Öffentlichkeit hatte man der Polizei ohnehin viel zu lange derartige Willkür durchgehen lassen, und die Medien bliesen zu einem Sturm der Entrüstung. Also wurde an Wallace ein Exempel statuiert – Weisung von ganz oben. Vordergründig ging es um Gerechtigkeit, aber im Grunde war ihnen der Junge scheißegal, der dank Wallace einen Hirnschaden erlitten hatte und auf einem Auge erblindet war. Darum ging es nicht, das war ein kleiner Dealer, ein Kollateralschaden.

Das Image der Polizei stand auf dem Spiel, und jemand musste als Sündenbock herhalten.

Gardner würde lügen, wenn er behauptete, keine Genugtuung empfunden zu haben, als Wallace begriff, dass er diesmal nicht ungestraft davonkommen würde. Aber war es das am Ende wert? Annie brachte ihm das nicht zurück; sie hatte ihm geschworen, nie wieder auch nur ein Wort mit ihm zu sprechen. Und auch ansonsten ging es nur noch bergab. Sein Leben hatte sich in einem Maße verkompliziert, das er niemals vorausgesehen hätte. Langsam erwog er ernsthaft, ob er nicht umziehen, sich versetzen lassen sollte, noch einmal von vorn anfangen. Aber wollte er Idioten wie Bob McIlroy den Triumph gönnen? Den Glauben, sie hätten gewonnen? Dann lieber den Rest seines Lebens hier ausharren und leiden, als geschlagen das Feld zu räumen.

Dann endlich – McIlroy war mit geblähter Brust über den Parkplatz marschiert gekommen. Gardner hatte sich den Hals verrenkt, um nicht zu verpassen, wie McIlroy den Hundehaufen entdeckte. Mit einer für seine Leibesfülle erstaunlichen Geschwindigkeit drehte McIlroy sich um und hielt nach dem Schuldigen Ausschau. Gardner tat ihm den Gefallen und gab sich mit einem Aufblenden der Scheinwerfer zu erkennen. McIlroy hatte ihm den Finger gezeigt, und Gardner war mit einem kurzen Hupen davongefahren.

Und jetzt war es wieder so weit. Jetzt stand er wieder hier und hatte einen weiteren Tag der Hölle auf Erden vor sich.

Stille senkte sich über den Raum, als Gardner in das offene Großraumbüro kam. Im ersten Moment dachte er sich nichts dabei und ging weiter zu seinem Schreibtisch. Betretenes Schweigen, sowie er einen Raum betrat, war ihm mittlerweile vertraut. Aber diesmal war es anders als sonst, irgendetwas stimmte nicht. Zum einen, weil die Lichter des Weihnachtsbaums, der oben auf dem Kühlschrank stand, nicht an waren. Gardner schaute sich nach

DC Carol Smith um. Jeden Morgen, kaum dass sie den Raum betrat, machte sie die Lichter an, es war sozusagen ihre erste Tat des Tages. Dass der Weihnachtsbaum strahlte, hatte Vorrang vor jedem Verbrechen. Wahrscheinlich kam es in ihren Augen schon einem Verbrechen gleich, die Lichter *nicht* anzumachen. Er entdeckte Carol an McIlroys Schreibtisch, wo sie sich mit einem Taschentuch die Augen trocknete. Von Carol abgesehen, waren alle Blicke auf ihn gerichtet.

Ach, du liebe Güte, was war denn nun schon wieder? Er machte sich nicht die Mühe zu fragen. Wahrscheinlich hätte er sowieso keine Antwort bekommen. Nicht mal von Carol. Carol, die bei jeder sich bietenden Gelegenheit mit ihm geflirtet hatte, obwohl sie fünfzehn Jahre älter war als er – mindestens –, Carol, die jede Woche Kuchen mit ins Büro brachte und immer dafür sorgte, dass er das erste Stück bekam. Eigentlich hatte er sie immer gemocht. Er war es, der angefangen hatte, sie Smithlet zu nennen. So nannte er sie jetzt nicht mehr. Wann auch? Sie sprach ja kaum noch mit ihm.

»DS Gardner?«

Gardner drehte sich um. DCI Clarkson stand an der Tür zu ihrem Büro und bedeutete ihm hereinzukommen. Alle Blicke folgten ihm. Clarkson schloss leise die Tür und zog ihm einen Stuhl heran.

»Was ist denn hier passiert?«, fragte Gardner.

»Setzen Sie sich«, sagte sie. »Bitte.«

Gardner nahm Platz und wartete darauf, dass Clarkson ihn aufklärte. Doch sie saß einfach nur da und blickte schweigend hinaus auf den Rest des Teams. Gardner folgte ihrem Blick. McIlroy, knallrot im Gesicht, wie er breitbeinig dastand, die Arme vor der Brust verschränkt, und grimmig zu ihnen – *zu ihm* – hereinstarrte.

»Was ist mit Carol los?«

Clarkson atmete tief aus und fuhr sich mit der Zungenspitze

über die Lippen. Sie sah müde aus, erschöpft. Ehe sie sprach, legte sie beide Hände flach vor sich auf den Schreibtisch, als suche sie Halt. »Ich wurde heute Morgen davon in Kenntnis gesetzt, dass Detective Sergeant Stuart Wallace in der Nacht verstorben ist.«

Gardner fühlte sich, als hätte er einen Schlag vor die Brust gekommen. Wallace war tot? Er warf einen Blick über die Schulter und sah, dass McIlroy ihn noch immer beobachtete. Er wandte sich wieder Clarkson zu; seine Gedanken überschlugen sich. »Was ist passiert?«

»Es sieht so aus, als hätte DS Wallace sich das Leben genommen«, fuhr sie fort.

Wieder der Schlag gegen die Brust. Damit hätte er nun gar nicht gerechnet.

»Er hat sich die Pulsadern aufgeschnitten. Man fand ihn erst, als es bereits zu spät war. Es konnte nur noch der Tod festgestellt werden.«

Gardner schüttelte den Kopf; er kapierte es einfach nicht. Wallace war tot. Hatte sich umgebracht. Das hätte er ihm nicht zugetraut, niemals, dazu war er einfach nicht der Typ.

»Mein Gott«, murmelte Gardner. »Und dabei wäre er doch mit einem blauen Auge davongekommen. Mehr als einen kleinen Klaps aufs Handgelenk hatte er wohl kaum zu befürchten, oder?«

Clarkson zog eine Augenbraue hoch, und Gardner bereute seine mehr als ungeschickte Wortwahl. »Wahrscheinlich«, meinte sie. »Aber er hat das offensichtlich anders gesehen.«

Gardner war auf einmal so schlecht, dass er kurz meinte, sich auf der Stelle übergeben zu müssen. Das Blut rauschte ihm in den Ohren, seine Halsschlagader pochte. Wohlverdiente Strafe war das eine, extrem dumm gelaufen etwas ganz anderes. *Dieser Idiot, dieser verdammte Idiot.* Gardner hielt sich die Hand vor den Mund und hoffte, dass Clarkson sein Zittern nicht bemerkte.

»Was ist mit Annie?«, fragte er plötzlich, mehr an sich selbst als an Clarkson gewandt. »Hat sie ihn gefunden?«

»Nein, aber sie müsste mittlerweile informiert sein. Ebenso wie seine Frau.«

»Und seine Tochter?«

Clarkson hob die Schultern. »Das dürfte wohl der Mutter zufallen. Wie alt ist die Tochter?«

»Zwölf«, sagte Gardner und wollte gerade wieder einen Blick über die Schulter riskieren, ließ es dann aber bleiben. Er ertrug es nicht, sie alle dort stehen zu sehen. Wie eine Wand – anklagend, vorwurfsvoll, geschlossen in ihrer Ablehnung. Wie sollte er sich verhalten, wenn er aus Clarksons Büro kam? Es war nicht seine Schuld, das wusste er, und das müsste eigentlich allen klar sein. Aber wer von den Kollegen war dieser Tage noch seiner Ansicht?

62

17. Dezember 2010

Adam hatte alle seine Bekannten angerufen. Ob sie auch Louise kannten, war dabei zweitrangig gewesen – er hatte sie dennoch angerufen. Er hatte an fremde Türen geklopft und mit Nachbarn gesprochen, mit denen er vorher noch kein einziges Wort gewechselt hatte. Im Supermarkt war er gewesen, war jeden Gang mehrmals abgelaufen, er hatte in der Bibliothek nach ihr gesucht, an der Uni, in verschiedenen Buchläden, bei der Post und in dem kleinen Eckladen oben an der Straße. Alle Orte, die Louise mehr oder minder regelmäßig aufsuchte, hatte er abgeklappert. Zwischendurch hatte er es immer mal wieder auf ihrem Handy probiert, falls sie mittlerweile wieder zu Hause war. Nichts, keine Spur von ihr.

Sein Bauchgefühl sagte ihm, dass etwas nicht stimmte. Aber er wusste nicht, was. Oder warum. Wie konnte es sein, dass sie auf einmal wie vom Erdboden verschwunden war?

Natürlich, da war die eingeschlagene Tür. Aber war sie *deshalb* weggelaufen? Entführt?! Ein total abwegiger Gedanke.

Er betrat das Polizeirevier und erklärte dem diensthabenden Beamten sein Problem, der aber nur mäßig interessiert schien und Adam aufforderte zu warten, bis schließlich eine junge, hübsche Polizistin kam und ihn bat, ihr zu folgen.

Trotz ihres freundlichen Lächelns und der höflichen Aufforderung, sich zu setzen, kam Adam sich wie ein Idiot vor. Sie stellte sich als PC Dawn Lawton vor, zückte ihr Notizbuch und bat Adam, ihr doch bitte sein Anliegen zu schildern.

Adam seufzte, als er mit seinem Bericht fertig war. Schon auf dem Weg hierher war ihm klar gewesen, dass man ihn nicht ernst nehmen würde. Lawton tat zwar interessiert, aber Adam merkte, dass sie nicht sonderlich besorgt war.

»Gut«, meinte sie, »Ihre Freundin ist also …«

»Louise«, unterbrach Adam sie.

»Louise«, wiederholte Lawton und nickte. »Also gut. Soweit Sie wissen, ist Louise seit gestern verschwunden, richtig?«

»Genau das ist das Problem – ich *weiß* es nicht. Ich war letzte Nacht nicht zu Hause. Als ich heute Vormittag zurückkam, war sie weg.«

»Wann haben Sie das letzte Mal mit ihr gesprochen?«

»Gestern Nachmittag. Ich weiß, das ist nicht lange her, aber es sieht ihr nicht ähnlich, einfach so zu verschwinden. Die Hintertür stand offen – jemand hatte das Türglas eingeschlagen –, ihr Telefon und ihre Handtasche waren aber noch da«, sagte Adam. »Warum sollte sie die nicht mitnehmen, wenn sie das Haus freiwillig verlassen hätte?«

Lawton lächelte schmal. »Das kann ich Ihnen nicht sagen. Sie kennen Ihre Freundin besser als ich. Ist sie vielleicht in letzter Zeit etwas vergesslich? Impulsiv? Hat sie gesundheitliche Probleme?«

Adam verdrehte die Augen. »Nein, sie ist weder vergesslich noch impulsiv. Wie gesagt, so etwas sieht ihr überhaupt nicht ähnlich, einfach so aus dem Haus zu gehen – ohne eine Nachricht zu hinterlassen, ohne alles –, sonst wäre ich ja nicht hier. Und sie hat auch keine gesundheitlichen Probleme«, fügte er hinzu, wobei ihm einfiel, dass er noch in den Krankenhäusern hätte nachfragen sollen. Vielleicht ein Notfall? Andererseits erschien es ihm wenig wahrscheinlich.

Lawton seufzte. »Tut mir leid, aber ich muss Ihnen diese Fragen stellen.« Sie warf einen Blick auf die wenigen Notizen, die sie sich gemacht hatte. »Sie meinten, Sie hätten es schon bei ihren Freunden und Verwandten versucht«, hakte sie nach.

»Ja, ich habe alle angerufen, aber niemand hat etwas von ihr gehört. Ich habe auch ihre üblichen Wege abgeklappert, alle Orte, an denen sie vielleicht sein könnte, aber da war sie auch nirgends.« Er lehnte sich vor und sah Lawton eindringlich an. »Bitte, tun Sie etwas. Irgendetwas muss ihr zugestoßen sein. Sie würde nicht einfach so verschwinden und die Tür offen lassen.«

»Gab es denn Anzeichen eines Kampfs? Oder wurde etwas gestohlen?«

»Nein«, sagte Adam. »Danach sah es nicht aus.«

Lawton musterte ihn einen Moment, und er ertappte sie dabei, wie sie seine Hände betrachtete. »Verzeihen Sie die Frage, Mr Quinn, aber hatten Sie kürzlich Streit mit Ihrer Freundin? Gab es irgendwelche Auseinandersetzungen zwischen Ihnen, beispielsweise darüber, wo Sie die Weihnachtstage verbringen sollen oder dergleichen?«

»Nein«, erwiderte Adam und hätte fast gelacht. »Wir haben uns nicht gestritten. Wir sind glücklich.«

Lawton sah Adam so aufmerksam an, dass er sich fragte, ob sie Gedanken lesen konnte. Waren sie wirklich glücklich? Seiner Ansicht nach schon, aber Louise hatte sich die letzten Tage tatsächlich etwas seltsam verhalten. War es das? War sie nicht glücklich mit ihm? Plötzlich fiel ihm der Zettel mit der Adresse ein, den er in ihrem Kalender gefunden hatte. Wollte sie ihn verlassen?

Nein, das konnte er sich nicht vorstellen. Wenn Louise sich von ihm trennen wollte, würde sie mit ihm reden. Sie würde nicht einfach so verschwinden und alles hinter sich lassen.

»Doch, wir sind glücklich«, wiederholte er.

Lawton seufzte erneut. »Schön, aber Ihre Freundin ist erwachsen, Mr Quinn. Wenn bei ihr keine psychischen Probleme vorliegen – was, wie Sie sagen, nicht der Fall ist –, kann ich in den ersten vierundzwanzig Stunden ihres Verschwindens überhaupt nichts für Sie tun.« Sie hob die Hand, als Adam Einspruch erheben wollte. »Ja, ich weiß, dass Sie gestern nicht zu Hause waren, aber das heißt nicht, dass Louise nicht dort war.« Sie klappte ihr Notizbuch zu und stand auf. »Ich würde vorschlagen, dass Sie jetzt nach Hause gehen und dort auf sie warten. Wenn Ihre Freundin heute Abend immer noch nicht zurück ist und Sie auch nichts von ihr gehört haben, rufen Sie noch mal hier an. Dann sehen wir weiter, okay? Wenn Sie wollen, könnten wir Ihnen jemanden vorbeischicken, um Fingerabdrücke von der Tür zu nehmen, aber wenn – wie Sie sagen – gar nichts gestohlen wurde …«

Lawton öffnete die Tür und drehte sich, als er ihr nicht folgte, nach Adam um. Er suchte in seiner Brieftasche nach einem Foto von Louise, kramte in seinen Taschen vergeblich nach einem Stück Papier und drehte dann einfach das Foto um.

»Könnte ich mir kurz Ihren Stift leihen?«

Adam notierte seinen Namen, Telefonnummer und Adresse auf der Rückseite und reichte Lawton das Foto zusammen mit dem Stift. »Hier, bitte«, sagte er. »Louise würde nicht einfach so aus freien Stücken verschwinden, da bin ich mir ganz sicher.«

Lawton warf einen kurzen Blick auf das Foto und nickte Adam zu. »Gut, ich schaue mal, was ich machen kann«, sagte sie und begleitete ihn hinaus.

63

17. Dezember 2010

Freeman bog auf den Parkplatz, stellte den Motor ab und sah Gardner an, der das Polizeigebäude mit dem starren Blick des Spinnenphobikers betrachtete, dem ein Behälter mit Taranteln vor die Nase gestellt wird.

»Sind Sie bereit?«, fragte sie; er nickte wortlos und stieg aus. »Wir gehen gleich runter zu den Arrestzellen. Mike Rogen erwartet uns dort. Ich weiß nicht, kennen Sie ihn?«

»Nicht dass ich wüsste«, erwiderte er in so knappem Ton, dass Freeman sofort überlegte, was sie noch sagen könnte, um die Stimmung aufzulockern. Sie hatte sich schon gedacht, dass Gardner ihn nicht kannte – Mike Rogen war erst seit sechs Jahren auf dem Revier –, aber es war *nett* gemeint gewesen. Sie hatte gehofft, es würde ihn etwas entspannen, wenn er wüsste, dass er keinem alten Kollegen entgegentreten müsste. Stattdessen schien er es als eine weitere ihrer bohrenden Fragen aufgefasst zu haben. Als wollte sie nachher mit Rogen über ihn herziehen. Freeman seufzte still.

»Ich schätze mal, dass das hier nicht allzu lange dauern dürfte«, sagte sie und versuchte, mit ihm Schritt zu halten. »Danach fahren wir dann gleich weiter nach Alnwick und nehmen uns Ben Swales vor.« Gardner nickte nur wieder, zog die Tür auf und ließ ihr den Vortritt.

Auf dem Weg zu den Arrestzellen hörte sie hinter sich jemanden ihren Namen rufen. Ihr Magen krampfte sich zusammen. Sie drehte sich um und sah McIlroy auf sich zukommen. Sowie er Gardner erkannte, klappte ihm die Kinnlade runter.

»Ich glaub, ich spinne – was macht *der* denn hier?«, fluchte McIlroy. Gardner gab Freeman mit einem vernichtenden Blick zu verstehen, dass er über das unverhoffte Wiedersehen ebenso wenig erfreut war wie McIlroy. Wahrscheinlich dachte er, sie hätte das extra so eingefädelt. Um ihn bloßzustellen.

»DI Gardner unterstützt uns freundlicherweise bei den Ermittlungen im Fall Emma Thorley«, klärte sie ihren Kollegen auf.

»Detective *Inspector*?«, ätzte McIlroy. »Wen hat er denn diesmal aus dem Weg geräumt, um so weit zu kommen?«

»Fick dich, Bob«, schoss Gardner so lässig zurück, dass Freeman annahm, er müsse die Frage schon so oft gehört haben, dass sie ihre Schockwirkung längst verloren hatte.

»Deshalb haben Sie mich also nach ihm gefragt?«, schnauzte McIlroy nun Freeman an, die merkte, wie sie glühend rot wurde. »Ich hab Ihnen doch gesagt, der Typ ist der letzte Dreck! Und obwohl ich Ihnen gesagt habe, was er getan hat, schleppen Sie ihn jetzt hier an?«

»Sie haben mir gar nichts gesagt«, entgegnete sie und versuchte Gardners Blick auszuweichen. »Es geht hier um einen Fall, bei dem DI Gardner uns unterstützen kann. Mit Ihnen hat das gar nichts zu tun, McIlroy – also halten Sie sich da raus.«

McIlroy schnaubte bloß, machte einen Schritt auf Gardner zu und stierte ihm ins Gesicht. »In letzter Zeit mal Stu Wallaces Kleine gesehen?« Freeman sah, wie Gardner die Fäuste ballte.

»Apropos, Bob – haben Sie in letzter Zeit mal Ihren Dienstausweis gesehen?«, ging sie dazwischen und sah mit Genugtuung, wie McIlroy dunkelrot anlief. »Los, machen Sie, dass Sie wegkommen«, meinte sie. »Wir haben zu tun. Warum suchen Sie sich nicht eine Zeitung und lesen ein bisschen?«

McIlroy schnaubte verächtlich und trollte sich. Gardner schaute ihm einen Moment nach, dann drehte er sich um und marschierte in die entgegengesetzte Richtung. Freeman musste sich ziemlich sputen, um ihn einzuholen.

»Tut mir leid«, sagte sie.

»Schon gut.«

»Nein, ist es nicht. Ich habe ihn nur deshalb nach Ihnen gefragt, weil Sie damals an Emmas Fall dran waren und ich mit Ihnen sprechen wollte. Ich habe nicht ...«

»Schon gut«, sagte er erneut.

»Ich will nicht, dass Sie denken, ich würde jeden Unsinn glauben, den McIlroy verzapft. Es ist mir egal, was damals passiert ist. Ich wollte nur ...«

Gardner blieb so unvermittelt stehen, dass Freeman fast in ihn hineingerannt wäre. »Lassen Sie es gut sein«, sagte er, ging weiter und ließ sie allein dort auf dem Flur zurück.

64

9. Dezember 1999

Gardner konnte den Blick kaum von ihr nehmen. An sich sollte er nicht hier sein. Niemandem war damit gedient – ihm nicht und den anderen schon gar nicht. Natürlich würde er nicht mit in die Kapelle gehen. Wozu alles noch schwerer machen, als es ohnehin schon war? Er beabsichtigte nicht mal auszusteigen. Das brauchte es auch nicht. Es brauchte nur den Ausdruck in ihrem Gesicht, als der Wagen des Bestatters mit dem Sarg vorfuhr, um ihm das Herz zu brechen und sich zu wünschen, nichts von alledem wäre jemals passiert.

Sie wirkte jünger als zwölf Jahre, ein kleines, schmales Mädchen mit den roten Haaren ihrer Mutter. Nichts an ihr, das auch nur entfernt an Stuart Wallace erinnerte.

Sie klammerte sich an die Hand ihrer Mutter, als hinge ihr Leben daran, ließ auch dann nicht los, als die Trauergäste kamen, um ihnen zu kondolieren, sie in die Arme zu schließen und auf die Wangen zu küssen. Es schien, als würde ihre Welt untergehen, wenn sie ihre Mutter losließe. Die einzige Sicherheit, die ihr geblieben war.

Gardner beobachtete aus der Deckung seines Wagens, wie die Trauergemeinde sich einfand. Wer hätte gedacht, dass Wallace so beliebt gewesen war? Verwandte, Freunde, Kollegen, sogar ein paar hochrangige Polizeibeamte erwiesen ihm die letzte Ehre. Clarkson natürlich und der Rest ihres Teams. Carol Smith war mit ihrem Mann gekommen, sie stützte sich auf ihn und wischte sich mit einem Taschentuch die Augen. Nun mal halblang, dachte Gardner. Ob Carol, seit sie die traurige Nachricht erfahren hatte, überhaupt noch aufgehört hatte zu heulen? Er war seit dem Tag nicht mehr im Präsidium gewesen. Clarkson hatte ihn angerufen und ihm vorgeschlagen, seinen Jahresurlaub vorzuziehen.

McIlroy stand an die Außenwand der Kapelle gelehnt und rauchte eine Zigarette nach der anderen, bis es Zeit war hineinzugehen. Gardner rutschte noch tiefer in seinen Sitz, um nicht entdeckt zu werden. Eine Szene war wirklich das Letzte, was er wollte. Und Bob McIlroy würde selbst auf der Beerdigung seines besten Freundes, Partners und Kollegen nicht vor Handgreiflichkeiten zurückschrecken, sollte er ihn, Gardner, den Nestbeschmutzer, hier entdecken.

Ausnahmsweise vielleicht sogar mal zu Recht. Gardner war sich darüber im Klaren, dass er hier nichts verloren hatte. Er wusste selbst nicht, weshalb er gekommen war. Aber nun war er eben hier, und er würde notgedrungen warten müssen, bis alle in der Kapelle verschwunden waren, ehe er sich wieder aus dem Staub machen konnte. Denn wenn er jetzt losfuhr, würde das zwangsläufig auffallen. Man würde ihn bemerken. Genau das, was er unter allen Umständen vermeiden wollte.

Derart in Gedanken versunken, erkannte er sie im ersten Moment gar nicht. Sie stieg aus einem Taxi – ganz in Schwarz, mit einer riesigen Sonnenbrille. Mein Gott, dachte Gardner noch, wie melodramatisch muss man sein, um zu einer Beerdigung im Dezember mit einer Sonnenbrille anzutanzen? Just in diesem Augenblick nahm sie die Brille ab, und er erkannte seine Frau. Oder Exfrau, wie es ganz korrekt heißen musste. Sie trug die Haare neuerdings kurz und hatte sie sich färben lassen. Kein Wunder, dass er sie zuerst nicht erkannt hatte. Vielleicht war das ja auch der tiefere Sinn – Wallace' Frau und seine Tochter dürften über ihren Anblick wenig erfreut sein. Also nur gut, dachte er, dass ein solches Aufgebot herrschte; sie würde in der Menge untergehen und nicht weiter auffallen. Doch dann, er traute seinen Augen kaum, ging Annie geradewegs auf Wallace' Frau zu. Jetzt also doch – Gardner machte sich schon mal auf eine Szene gefasst. Doch stattdessen umarmten die beiden Frauen sich, und Annie legte Wallace' Tochter den Arm um die Schultern und gab ihr einen Kuss auf die Wange. Und niemanden schien es zu überraschen. Tja, wie es aussah, gab es wohl noch Menschen, die ihre Probleme auf zivilisierte Weise austragen konnten.

Schließlich wurde der Sarg aus dem Leichenwagen gehoben, und die Menge sammelte sich, um dem Trauerzug in die Kapelle zu folgen. Kurz überlegte Gardner, ob er nicht doch aussteigen und der Familie sein Beileid aussprechen sollte. Sich den Trauernden anschließen, sich entschuldigen sollte, auch bei Annie. Er würde ihr alles erklären, und sie würde ihm – vielleicht – vergeben. Sie fehlte ihm. Wenn sie doch jetzt nur einmal kurz aufschauen und ihn hier sehen würde! Vielleicht käme sie zu ihm, und sie könnten reden. Doch stattdessen wandte sie sich ab, ging fort, den Blick auf den Sarg des Mannes gerichtet, den sie mehr geliebt hatte als ihn.

Gardner steckte den Schlüssel ins Zündschloss. Sowie der letzte Trauergast in der Kapelle verschwunden war, würde er losfahren. Nur weg hier. Und während er wie auf heißen Kohlen dort saß und wartete, drehte Wallaces Tochter sich um und fing seinen Blick auf. Nie würde er ihr Gesicht vergessen, diesen Ausdruck, als hätte sie den Teufel persönlich gesehen, ihn, der ihr alles genommen hatte. Es war nur ein Augenblick, im nächsten war sie schon fort, von der Menge geschluckt, um sich ein letztes Mal von ihrem Vater zu verabschieden, doch Gardner blieb noch eine ganze Weile reglos sitzen und fragte sich, woher sie es wusste.

65

17. Dezember 2010

Gardner hielt sich im Hintergrund und beobachtete Stewart Thomas, den alkoholisierten Delinquenten und vermeintlichen Informanten, aus sicherer Distanz, während Freeman vor ihm Platz nahm. Stewart schien nicht gerade von ihr beeindruckt zu sein.

»Wer sind Sie denn?«, wollte er wissen.

»Ich bin Detective Sergeant Freeman«, sagte sie. »Ich leite die Ermittlungen im Fall Emma Thorley.«

»Was?«, fragte er, als wäre er schwerhörig.

»DS Freeman, ich leite die Ermittlungen«, wiederholte Freeman langsam und deutlich.

»Ach nee, wirklich?«

»Ja, wirklich«, erwiderte sie. »Warum, wen hatten Sie denn erwartet – Hercule Poirot?«

Stewart starrte sie bloß an und begriff gar nichts, aber Gardner war zumindest eines klar: Der Typ hatte einen Mann erwartet. Stewart Thomas hatte nicht nur Umgangsformen und Aussehen eines Neandertalers, sondern in seiner Höhle vermutlich auch noch nicht mitbekommen, dass Frauen mittlerweile nicht nur arbeiten durften, sondern sogar das Wahlrecht besaßen. Er schaute demonstrativ zu Gardner, der an der Tür lehnte und durchaus daran interessiert war, was Stewart ihnen zu sagen hatte, aber Freeman die Führung überlassen wollte, denn schließlich war es ihr

Fall. Außerdem war er immer noch sauer. Nicht unbedingt auf sie. Oder doch, vielleicht ein bisschen. Vor allem aber auf McIlroy. Und auf sich selbst, weil er sich überhaupt darauf eingelassen hatte herzukommen.

»Also«, begann Freeman. »Sie haben meinem Kollegen gesagt, Sie wüssten etwas. Etwas über eine Leiche. Stimmt das?«

Stewart ignorierte sie völlig und glotzte noch immer Gardner an. »Und wer sind Sie?«, blaffte er ihn an. Gardner schwieg und versuchte Stewarts Alter einzuschätzen. Seine ungehobelten Manieren ließen ihn jünger wirken, wie einen Halbstarken, aber sein Gesicht war so verlebt und zerfurcht, dass er deutlich älter aussah. Fünfzig vielleicht? Vermutlich lag die Wahrheit irgendwo in der Mitte. Und im Alkohol und in den Drogen, in deren Besitz er bei seiner Verhaftung gewesen war.

»Das ist DI Gardner«, sagte Freeman. »Er unterstützt die Ermittlungen.«

Nachdem er noch ein paar Sekunden geglotzt hatte, senkte Stewart den Blick und stierte vor sich auf den Tisch. »Stimmt, ich hab was gesehen.«

»Wo?«

»Lime Court«, sagte Stewart, und bei Gardner regte sich eine vage Erinnerung. Lime Court und Umgebung waren berüchtigt. Ein Nährboden für Gewalt- und Drogendelikte. Die Polizei verschwendete praktisch die Hälfte ihrer Kapazitäten mit Einsätzen an solchen Orten. Ein Fass ohne Boden.

»Sie meinen den Wohnblock in der Siedlung?«

»Genau den.«

»Okay. Und was haben Sie dort gesehen?«, fragte Freeman. »Schießen Sie los, ich bin ganz Ohr.«

»Das war echt schräg, damals. Aber jetzt denk ich, dass die da 'ne Tote aus der Wohnung geschleppt haben.«

Freeman warf einen kurzen Blick über die Schulter zu Gardner und seufzte. »Etwas genauer, wenn ich bitten darf.«

»Was woll'n Sie denn wissen?«

»Details. Jede kleine Einzelheit, an die Sie sich noch erinnern können. Wann genau war das? Was haben Sie gesehen? Wer war die Tote? Wer hat sie aus der Wohnung getragen? Und wieso haben Sie nicht gleich damals die Polizei gerufen?«

»Weil ich nicht sicher war«, sagte er. »Ich hab danach auch nix weiter gehört, dass sie gesucht wird oder so, also hab ich mir gedacht, ich hätt mir das bloß eingebildet.«

»Weiter.«

»Das ist schon ewig her. So zehn oder elf Jahre, würd' ich mal sagen.«

Gardner gähnte und hätte darauf gewettet, dass Freeman die Augen verdrehte. Wider Erwarten schaute Stewart wohl doch Nachrichten. »Kann ich mich nicht mehr genau dran erinnern, wann es war. Aber so in etwa.«

Wie praktisch.

»Muss aber noch im Sommer gewesen sein, weil ich nämlich, nachdem unsere Kimberley zurück an die Schule ist, aus der Wohnung geflogen bin und wieder bei meiner Ex einziehen musste.«

Freeman seufzte erneut und bedeutete Stewart endlich auf den Punkt zu kommen.

»Es war ziemlich spät, und ich hab mir noch 'n Film im Fernsehen angeschaut, als ich da plötzlich so Krach höre. Ich also aufgestanden und nachgeschaut. Draußen hab ich dann 'n Typen was über den Flur tragen sehen – muss ziemlich schwer gewesen sein, der hat sich echt einen abgebrochen, aber ich hab's eben nicht genau sehen können, weil das Licht im Flur schon ewig kaputt ist. Aber wie gesagt, ich seh den da irgendwas schleppen, und nach ein paar Metern hat er's abgesetzt und über den Boden geschleift. Ganz am Ende vom Flur ist dann ein Licht angegangen, da konnt ich ein bisschen was sehen, und ich weiß noch, wie ich dachte: Scheiße, Mann, die schleppen da echt 'n Toten weg. Ich hab voll lachen müssen, das weiß ich noch.«

»Aha. Sie dachten also, da beseitigt jemand eine Leiche, und darüber mussten Sie lachen?«, fragte Freeman nach.

»Nein, nicht deshalb, aber das war einfach so schräg, das Ganze, dass ich lachen musste«, sagte Stewart und schaute von Freeman zu Gardner. »Wissen Sie, im ersten Moment hab ich echt gedacht, das wär 'n Toter, aber dann dacht ich mir, nee, du bist ja bescheuert, weil wie bekloppt wär das denn, wenn das echt 'ne Leiche wär? Konnte ja irgendwo nicht sein, oder? Also bin ich wieder rein und hab den Film weitergeguckt. Hab danach keinen Gedanken mehr dran verschwendet. Wahrscheinlich hat der Typ bloß was geklaut oder wen zusammengeschlagen, hab ich mir gedacht. So was eben.«

»Und Sie haben nicht erkannt, wer es war?«, fragte Freeman.

»Nee, die hatten ihr irgendwas aufs Gesicht gelegt, außerdem war's ja dunkel«, meinte er achselzuckend.

»Was Sie uns sagen wollen, ist also, dass Sie vor zehn oder elf Jahren gesehen zu haben glauben, wie ein Unbekannter etwas aus der Wohnung getragen hat, das eventuell eine Leiche gewesen sein könnte?«

»Ja, genau«, sagte Stewart.

»Und was soll uns das bringen, Stewart? So weit waren wir nämlich auch schon. Aber zugegeben, ein netter Versuch.«

Stewart runzelte die Stirn, als grüble er über die Frage nach. Gardner hingegen fand, dass er sie tatsächlich weitergebracht hatte. Nicht viel, aber immerhin. Denn wenn es wirklich Emma Thorleys Leichnam gewesen war, den Stewart in besagter Nacht-und-Nebel-Aktion gesehen hatte, konnten sie mit ziemlicher Wahrscheinlichkeit davon ausgehen, dass Emma in der fraglichen Wohnung getötet worden war. Und seines Wissens war der Polizei der genaue Tatort noch immer nicht bekannt.

»Na gut, Mr Thomas«, sagte Freeman und schob ihren Stuhl zurück. »Trotzdem danke für Ihre Hilfe.«

»Und was ist jetzt?«, fragte Stewart. »Kann ich gehen?«

Freeman hob die Schultern. »Das werden Sie mit Sergeant Rogen klären müssen.«

»Ach nee. Und was ist mit unserm Deal? Ich hab Ihnen gesagt, was ich weiß, also kann ich gehen, oder?«

»Viel haben wir von Ihnen nicht erfahren«, erwiderte Freeman. »Auf dieser Basis werden wir uns nicht einig.« Sie blieb bei Gardner an der Tür stehen, und beide blickten sie auf Stewart hinab. »Es sei denn, Ihnen fällt noch etwas ein ...«

Er starrte vor sich auf den Tisch; seine Augen irrten umher, als er versuchte, seinen verbliebenen grauen Zellen einen Geistesblitz abzuringen. »Doch ... da war noch was«, sagte er schließlich.

»Dann mal raus damit«, meinte Freeman.

»Paar Stunden vorher hab ich noch diesen Typen in die Wohnung gehen sehen.«

»Den hier?«, fragte sie, zog ein Foto von Lucas Yates aus ihrer Tasche und hielt es Stewart hin.

»Nee«, sagte Stewart, »der doch nicht. Nicht Luc...« Er verstummte und schluckte den Rest hinunter, als wolle er sich seine erhofften Chancen nicht dadurch verderben, einen polizeibekannten Dealer zu erkennen. »Der war's nicht«, sagte er und deutete auf das Bild in Freemans Hand. »Der nicht.«

»Wer war es dann?«

»Den Namen weiß ich nicht mehr, aber ich hatte den schon öfter da rumlungern sehen. Die meisten in der Siedlung kannten den, der hing da dauernd rum. Einer von den Typen von dieser Drogenhilfe, so'n Warmduscher.« Freeman und Gardner wechselten einen kurzen Blick. »Wie gesagt, an dem Tag hab ich den da auch gesehen, paar Stunden vorher. Vor der Sache mit der Leiche. Hab ihn draußen vor ihrer Wohnung rumhängen sehen.«

»Nur draußen, oder ist er auch hineingegangen?«, fragte Freeman sofort nach. »Denken Sie nach, Stewart – das ist wichtig. Ist er in die Wohnung gegangen oder hat er bloß geklopft?«

Stewart schüttelte den Kopf. »Nee, der ist reingegangen, definitiv. Bin ich mir ganz sicher. War noch mit 'nem andern Mädel da. Die beiden sind 'ne ganze Weile dringeblieben.«

»Welches andere Mädchen? Wer war bei ihm?«, fragte sie und beugte sich über den Tisch.

»An den Namen kann mich nicht erinnern. Eine von denen, die immer mit Lucas abhingen.«

»Die hier?«, fragte Freeman und zeigte ihm ein Foto von Jenny.

»Nee, doch nicht Jenny. Das *war* doch ihre Wohnung! Also nicht richtig ihre Wohnung, aber sie hat da gewohnt. Ich hab ja 'nen richtigen Mietvertrag gehabt, vom Sozialamt zugewiesen und alles. Aber sie war schon 'ne Weile da, keine Ahnung, wie lang. Paar Monate vielleicht. Ich hab sie hin und wieder gesehen, hab ihr 'nen kleinen Deal vorgeschlagen, Sie wissen schon.« Er grinste. »Kleine Gefälligkeit gegen bisschen Stoff.«

»Moment«, sagte Freeman. »Sie meinen … *Jenny Taylor* war Ihre Nachbarin?«

»Ja, sag ich doch. Als ich gesehen hab, wie sie da die Tote oder was das war wegschleppen, hab ich noch gedacht, das hat ja früher oder später mal so kommen müssen. Echt nerviges Weib, die Jenny, aber so was hat ja keiner verdient. Aber als ich dann nix weiter gehört hab, dass sie vermisst wird oder so, hab ich mir gedacht, okay, dann eben nicht, warst du wohl irgendwie auf dem falschen Trip – *Halluzinationen*«, setzte er überdeutlich nach.

Freeman wandte sich mit einer Miene zu Gardner um, als wolle sie fragen: *Spinn ich, oder was?*

»Kann ich jetzt endlich gehen?«, fragte Stewart.

»Einen Moment noch.« Freeman zeigte erneut auf das Bild von Jenny. »Das hier ist also definitiv das Mädchen, das damals neben Ihnen gewohnt hat? Ganz sicher?«

»Ja, hab ich doch gesagt«, stöhnte Stewart genervt.

»Und Sie sind sich sicher, dass Sie Ben Swales in ihrer Wohnung gesehen haben?« Sie suchte aus ihren Unterlagen Bens Führerscheinbild heraus. »Diesen Typen hier?«

»Todsicher. Ich weiß noch, dass ich dachte, wenn's gleich bei mir klopft, besser nicht aufmachen. Nachher will der Typ mich noch bekehren.«

Gardner beugte sich über Freeman und zog sich das Foto von Emma Thorley heraus. »Kennen Sie die hier?«

»Ja, klar, Mann. Das ist sie. Das ist die Kleine, die mit der Schwuchtel bei Jenny in der Wohnung war.«

66

17. Dezember 2010

Lucas fuhr langsamer, um die Straßennamen erkennen zu können. Er hatte keine Ahnung, wo Bens Haus war, und auch nicht die Absicht, irgendwen nach dem Weg zu fragen. Zeugen waren echt das Letzte, was er gebrauchen konnte.

Nachdem er dank Freeman praktisch aus dem Bett gefallen war, hatte er so schnell wie möglich die Biege gemacht. Unglaublich, dass er eingepennt war und Emma hatte entkommen lassen. Aber der Schlag auf seinen Schädel war wohl doch nicht so ganz ohne gewesen. Er hatte Mörderkopfschmerzen. Er war dann gleich morgens wieder zum Bahnhof, aber auf halber Strecke war ihm klar geworden, dass das nichts bringen würde. Emma hatte schon zu viel Vorsprung. Um sie einzuholen, brauchte er einen fahrbaren Untersatz. Also hatte er sich umgeschaut. Erstaunlich, was da alles so an leichter Beute rumstand. Freie Auswahl, echt. Am Ende hatte er sich eine Karre Typ Familienkutsche abgegriffen, hübsch unauffällig, mit geräumigem Kofferraum und fast voller Tankladung, was wollte man mehr? Schon etwas angejahrt, das Schätzchen, aber dafür ohne Alarmanlage und supereasy kurzzuschließen. Während er zugange war, kamen bestimmt ein

Dutzend Leute vorbei, aber keiner schien sich zu wundern, was er da unten an der Karre rumfummelte. Sehr entspannt. So langsam wurde Middlesbrough ihm richtig sympathisch.

Endlich hatte er die Straße gefunden. Wurde auch echt Zeit. Er parkte in einer Seitenstraße und ging los, um Bens Haus auszuchecken. Bingo. Er klopfte und wartete. Nichts. Aber in der Einfahrt stand ein Auto, es musste also jemand zu Hause sein. Lucas fragte sich, ob *sie* schon da war. Ob sie dadrinnen war, mit Ben, sich versteckte und ihn heimlich vom Fenster aus beobachtete, so wie früher. Ob sie die Polizei rufen würden? Unwahrscheinlich. Er wusste ja jetzt, was sie getan hatten. Die beiden hatten genauso wenig Bock auf die Bullen wie er.

Lucas wollte gerade noch mal klopfen, überlegte es sich dann aber anders und ging nach hinten. Mit den Fenstern dürfte er leichtes Spiel haben; und falls er sie nicht so aufkriegte, konnte er immer noch eins einschlagen. Falls überhaupt nötig.

Er sah, wie sich etwas in der dunklen Küche bewegte, gleich bei der Hintertür. Mit einem Satz war Lucas an der Tür, während Ben von innen heranstürzte. Tja, du Lusche, war wohl ein Fehler, die nicht abzuschließen.

Ben warf sich gegen die Tür, aber Lucas war schneller, stärker – und schon war er drin. Wer sagt's denn? Er schlug sie mit einer Hand hinter sich zu, mit der anderen stieß er Ben an die Wand.

»Hallo, Ben«, sagte er.

»Was willst du?«, fragte Ben, ohne ihm in die Augen zu schauen.

»Wie – kein ›Hallo‹? Kein ›Wie geht es dir?‹« Er stieß Ben noch mal gegen die Wand. »Wie du willst. Wo ist sie?«

Ben schnappte nach Luft. »Wer?«, fragte er. Da reichte es Lucas; er packte ihn beim Kragen und schleifte ihn ins Wohnzimmer, warf ihn zu Boden und schaute sich dabei nach Anzeichen um, dass sie hier gewesen war.

»Wer?«, äffte er ihn nach. »Scheiße, Mann, was glaubst du wohl, wer?«

»Tut mir leid, ich weiß nicht, wovon du sprichst.«

»Lüg mich nicht an, Wichser.« Lucas baute sich drohend über Ben auf, ohne ihn auch nur eine Sekunde aus den Augen zu lassen. »Ich hab dich schon mal gewarnt. Also, wo ist sie?«

»Ich weiß es nicht«, sagte Ben. »Ehrlich, ich schwöre.«

Ben zuckte zusammen, der Schwächling, als Lucas seinen Fuß anhob und ihn dicht über Bens Oberkörper schweben ließ. »Ich frage dich noch einmal: Wo ist sie?«

Ben schloss die Augen. »Ich weiß es nicht«, wiederholte er, und Lucas holte aus und trat ihm in die Rippen.

»Ich finde sie sowieso«, sagte Lucas. »Bislang läuft es echt prima. Du kannst es mir also auch gleich sagen.« Er bückte sich und packte Bens Gesicht, drückte es zusammen, bis Ben ihn endlich ansah. »Du tust dir keinen Gefallen, wenn du es mir nicht sagst.«

»Ich weiß nicht, wo sie ist«, flüsterte er.

Verdammter Idiot. Lucas holte erneut aus, fing den Tritt jedoch ab und stemmte seinen Fuß stattdessen auf Bens Hals. Ben rang keuchend nach Luft und versuchte, ihn wegzustoßen, aber je mehr er strampelte, desto fester drückte Lucas zu. Als er schließlich von ihm abließ, hielt Ben sich röchelnd den Hals und rollte sich seitlich auf dem Boden zusammen. Schutzhaltung, dachte Lucas höhnisch. Würde ihm auch nichts nützen.

»Du weißt also nicht, wo sie ist?«, fragte Lucas. »Aber du weißt, wovon ich spreche, oder?«

Ben drehte sich weg, der Feigling, aber damit konnte er Lucas nicht kommen. Er packte ihn und zog ihn hoch, anschauen sollte er ihn, verdammt! Lucas hockte sich vor Ben auf den Boden und lächelte.

»Weißt du, ich hab mich immer gefragt, wie sie das angestellt hat, einfach so zu verschwinden – wie jemand wie Emma so was durchziehen kann –, aber dann hab ich's kapiert. Klar, Mann, sie hatte ja dich! Du hast ihr geholfen«, sagte Lucas. »Aber *wa-*

rum, frag ich mich ... Warum hast du es getan?« Ben schwieg. »Ich weiß, dass sie dir's nicht besorgt hat«, sagte er, packte Bens Gesicht und drückte es wieder zusammen. »Hat sie nicht, oder? Wozu auch, einer schwulen Sau wie dir. Los, gib's schon zu, verdammter Arschficker.«

Ben biss die Zähne zusammen. »Ich weiß nicht, wovon du redest«, stieß er hervor. Lucas lachte, stand auf und steckte sich eine Zigarette an.

»Was, dass du schwul bist? Klar weißt du, wovon ich rede«, sagte er und sog den Rauch in seinen Lungen.

»Nein«, sagte Ben. »Bitte. Ich weiß wirklich nicht, worauf du hinauswillst.«

Lucas machte einen Satz nach vorn und beugte sich über Ben, nahm einen tiefen Zug, lächelte und grub die Zigarette in Bens Wange, bis der laut aufjaulte.

»Hör auf mich anzulügen«, zischte Lucas, »dann hör ich auch auf, dir wehzutun.« Er bückte sich und hob den Zigarettenstummel auf. »Schade drum«, meinte er und steckte sich eine neue an. Rauchend setzte er sich vor Ben auf den Boden, sah ihn eine Weile schweigend an, dann holte er ein Stück Papier aus seiner Hosentasche und hielt es Ben hin.

»Hier, hab ich bei ihr zu Hause gefunden«, sagte Lucas und drückte die Kippe auf dem Teppich aus. »In ihrem Kalender. Hat mir zu denken gegeben. Dass sie vielleicht einen kleinen Ausflug plant oder so.« Ben sagte noch immer nichts. »Also entweder ist sie auf dem Weg hierher, in dem Fall würde ich einfach ein bisschen hierbleiben und warten, bis sie bei dir aufkreuzt. Oder sie war schon hier, und du lügst mich an.« Er rutschte ganz nah an Ben heran, starrte ihm ins Gesicht. »So oder so kannst du dich darauf einrichten, dass ich ein Weilchen bleiben werde«, sagte er lächelnd.

»Sie war nicht hier«, sagte Ben. »Ehrlich nicht.«

Lucas nickte. »Gut, dann warte ich.« Er stand auf, warf einen

Blick auf diese schwule Engelscheiße, die hier überall rumhing, und ging raus in den Flur. *Schutzengel, meine Fresse.*

»Wo willst du hin?«, rief Ben ihm nach.

»Geht dich nichts an«, erwiderte Lucas und steuerte die Küche an. Er hatte einen Mordshunger und konnte nur hoffen, dass Ben was Gescheites zum Essen dahatte. Wahrscheinlich war der Typ Vegetarier. Sah zumindest aus wie einer.

Als er in den Kühlschrank schaute, hörte Lucas eine Tür aufgehen. Holz scharrte über den Boden. Schien zu klemmen, das Ding. Er horchte auf. Kam da jemand? Ben konnte es nicht sein, so blöd wäre nicht mal er. Vielleicht kam sie zurück.

Lucas ging wieder in den Flur, um die Lage zu sondieren, um Emma abzufangen – und sah Ben die Einfahrt runterrennen.

Emma stand auf der anderen Straßenseite und behielt das Haus im Auge. Sie konnte sich nicht überwinden rüberzugehen. Es war dumm gewesen herzukommen. Aber wo sollte sie sonst hin? Sie fragte sich, ob Ben sie überhaupt sehen wollte. Sie könnte es ihm nicht verübeln, wenn nicht. Nach allem, was er für sie getan, wozu sie ihn *gebracht* hatte. Wäre sie an seiner Stelle, würde sie auf ein Wiedersehen dankend verzichten.

Vielleicht wohnte Ben auch schon gar nicht mehr dort. Es war ja ewig her, seit sie ihn das letzte Mal gesehen, seit er ihr das Leben gerettet hatte. Vielleicht sollte sie ihn einfach in Ruhe lassen. Er hatte schon genug für sie getan, mehr als genug. Aber sie wusste nicht, zu wem sie sonst sollte.

Unschlüssig stand sie da, schaute zum Haus hinüber und überlegte, ob sie nicht einfach wieder gehen sollte. Noch mal ganz von vorn anfangen, wie sie es schon mal getan hatte. Ben da raushalten.

Und dann sah sie ihn.

Die Tür ging auf, und Ben kam heraus. Und auf einmal waren alle Zweifel vergessen – sie war so froh! Fast war es, als könnte alles wieder gut werden. Ben hatte immer gewusst, was zu tun war.

Aber irgendetwas stimmte nicht. Ben kam nicht nur aus dem Haus – er rannte, rutschte auf der vereisten Einfahrt aus, ruderte mit den Armen und rannte weiter. Emma wollte gerade zu ihm rübergehen, ihm etwas zurufen, damit er sie bemerkte, als sie sah, wovor er wegrannte. Vor wem.

Lucas Yates.

67

17. Dezember 2010

Freeman folgte Gardner aus dem Vernehmungsraum, schloss die Tür hinter sich und schnitt Stewart Thomas das Wort ab, der nach einer ordentlichen Tasse Tee verlangte, wenn sie schon nicht vorhätten, ihn gleich gehen zu lassen.

»Also«, sagte sie.

»Glauben Sie ihm?«, fragte Gardner.

»Was genau?«

»*Irgend*was.«

»Nun, ich wüsste nicht, warum er uns anlügen sollte, dass Jenny neben ihm gewohnt hat. Wenn er auf einen Deal spekuliert hat, wäre es zielführender gewesen, uns irgendwas über Emma aufzutischen.«

»Gut, also gehen wir davon aus, dass Jenny tatsächlich seine Nachbarin war. Aber alles andere?«

Freeman zuckte mit den Schultern. »Wenn es stimmt, dass Emma und Ben – aus welchen Gründen auch immer – in ihre Wohnung gegangen sind … ja, was dann? Könnte ein Streit eskaliert sein, bei dem Emma zu Tode kam? Ist Ben derart in Panik geraten, dass er die Leiche fortgeschafft und im Wald vergraben hat?«

»Das würde zumindest erklären, warum er abstreiten wollte, Emma zu kennen«, überlegte Gardner weiter. »Und meinten Sie nicht, es wäre ein offenes Geheimnis gewesen, dass Jenny Emma auf den Tod nicht ausstehen konnte?«

»Ja, schon, aber sie deshalb gleich umbringen?«

»Warum nicht, im Affekt?«, meinte Gardner. »Und was ist mit Ben? Glauben Sie, *er* könnte Emma umgebracht haben?«

Freeman warf ihm einen zweifelnden Blick zu und wandte sich zum Gehen. »Ich weiß es nicht. Möglich ist es natürlich. Wenngleich ich mich bei meinen Ermittlungen ungern auf eine Aussage von Stewart Thomas stützen würde.«

»Verständlich.« Gardner warf durch das Türglas noch einen letzten Blick auf Stewart, ehe er Freeman folgte. »Könnte es sich vielleicht lohnen, die Wohnung noch mal genauer unter die Lupe zu nehmen?«

Freeman schüttelte den Kopf. »Theoretisch ja, aber die Wohnung gibt es leider nicht mehr – der ganze Block ist vor ein paar Jahren abgerissen worden.« Sie seufzte. »Aber vergessen wir nicht, dass er auch Lucas kannte«, wandte sie ein. »Es ist immer noch möglich, dass Lucas Yates bei alldem eine entscheidende Rolle spielt. Vielleicht wollte Stewart ihn bloß nicht bei der Polizei verpfeifen, weil er seinen Ruf kennt und Angst vor ihm hat. Vielleicht war das mit Ben ja gelogen, um Lucas zu decken.«

»Vielleicht«, meinte Gardner und überprüfte sein Telefon auf neue Nachrichten. Ein Anruf, von Lawton, die ihn bestimmt noch mal an die Party heute Abend erinnern wollte. Er steckte das Telefon wieder weg.

»Es ergibt einfach keinen Sinn«, fuhr Freeman fort. »Warum sollte Emma überhaupt mit in Jennys Wohnung gehen? Die beiden konnten sich nicht ausstehen. Und falls Ben wirklich dabei war, warum sollte er tatenlos mitansehen, wie Jenny auf seinen

Schützling losgeht? Er wollte Emma *helfen* – da würde er wohl kaum zulassen, dass Jenny sie umbringt.« Freeman blieb an der Treppe stehen und sah ihn fragend an. »Sollen wir kurz auf einen Kaffee nach oben gehen und das in Ruhe durchsprechen?«

»Lieber nicht.«

Freeman seufzte und lehnte sich an die Wand. »Irgendetwas stimmt an der ganzen Geschichte nicht.«

»Könnte es nicht sein, dass Ben in die Wohnung gegangen ist, weil er sich um Jenny Sorgen gemacht hat? Sie meinten, Jenny wäre auch eine Zeit lang in der Klinik behandelt worden. Und Emma war vielleicht nur zufällig dabei und ist einfach mitgegangen. Anscheinend war Ben doch öfter mal mit seinen Schützlingen außerhalb der Klinik unterwegs. Und bei der Gelegenheit könnte Stewart die beiden dann gesehen haben.«

»Aber Stewart meinte, sie wären eine ganze Weile in der Wohnung geblieben.«

»Vielleicht irrt er sich. Der Typ ist total verpeilt, was kriegt der schon mit? Vielleicht waren Ben und Emma schon längst wieder weg. Und selbst wenn nicht, heißt das noch lange nicht, dass sie in der Zeit jemanden umgebracht haben. Oder Stunden später eine Leiche aus der Wohnung getragen haben.« Gardner schüttelte den Kopf. »Ich glaube, wir sollten uns noch mal mit Ben unterhalten.«

»Gute Idee. Aber erst muss ich mal kurz für kleine Mädchen«, sagte Freeman und verschwand in die Richtung, aus der sie gekommen waren. Gardner blieb allein auf dem Flur zurück. Obwohl weit und breit niemand zu sehen war, fühlte er sich wie auf dem Präsentierteller. Um sich von dem Gefühl abzulenken, beobachtet zu werden, griff er wieder zu seinem Telefon und hörte Lawtons Nachricht ab.

»Sir, hier ist Lawton. Könnten Sie mich bitte bei nächster Gelegenheit zurückrufen? Es geht um die Adresse in der Ayresome Street, bei der Sie kürzlich waren. Danke.«

Gardner hatte eben auf Rückruf gedrückt, als Freeman auch schon wieder auftauchte.

»Startklar?«, fragte sie.

»Gleich«, sagte Gardner. »Lawton hatte eben angerufen, irgendwas mit Jennys Adresse.«

Freeman wollte gerade etwas erwidern, doch er unterbrach sie, als Lawton sich meldete. »Lawton, ich bin's. Was gibt es denn?«

»Gute Frage, Sir«, sagte sie.

»Sind Sie gerade dort, am Haus?«

»Nein, aber vorhin war jemand hier, um seine Freundin als vermisst zu melden – ein junger Mann namens Adam Quinn. Er war letzte Nacht nicht zu Hause, weshalb er nicht mit Sicherheit sagen konnte, seit wann genau sie verschwunden ist, aber er meinte, ihre Sachen wären noch da – ihr Telefon, ihre Handtasche, ihre Jacke –, dafür hätte die Hintertür offen gestanden und ein Fenster sei eingeschlagen. Scheinbar ein Einbruch, aber es wurde nichts gestohlen. Ich habe mir erst nichts weiter dabei gedacht, aber er hat uns ein Foto von ihr dagelassen und hinten Namen, Telefonnummer und die Adresse notiert. Die Adresse habe ich sofort wiedererkannt.«

»Und dieser Typ ist Jenny Taylors Freund?«, fragte Gardner nach und sah, wie Freeman sofort die Ohren spitzte.

»Er meinte, sie hieße Louise Taylor«, sagte Lawton. »Aber ich dachte mir, ich sage Ihnen trotzdem mal Bescheid.«

»Warten Sie mal kurz, ja?«, sagte er und hielt sich das Telefon an die Brust.

»Was ist passiert?«, fragte Freeman.

»Jemand hat vorhin seine unter Jennys Adresse wohnhafte Freundin als vermisst gemeldet. Allerdings behauptet er, sie hieße *Louise* Taylor.«

Freemans Gedanken überschlugen sich. »Louise ist Jennys zweiter Vorname«, überlegte sie laut. »Das muss sie sein.«

Gardner nahm das Telefon wieder ans Ohr. »Lawton, könnten

Sie mir bitte das Foto an mein Handy schicken?« Lawton versprach, sich gleich darum zu kümmern, und legte auf.

»Jetzt wissen wir wenigstens, dass sie dort war«, sagte Freeman. »Schade, dass sie uns entwischt ist.«

»Verdammt«, murmelte Gardner. »Ich hätte ihr keine Nachricht hinterlassen sollen. Das hat sie aufgescheucht.«

Sein Telefon summte, als Lawtons Nachricht eintraf. Gardner warf einen kurzen Blick aufs Display – und erstarrte.

»Ist sie es?«, fragte Freeman und drehte das Handy so, dass sie auch etwas sehen konnte. »*Was zum ...?*« Sie sah Gardner an. »Das ist nicht Jenny. Das ist Emma Thorley!«

Freeman fragte sich, ob sie gerade genauso entgeistert aus der Wäsche guckte wie Gardner. Sie schüttelte den Kopf und sah sich das Foto noch einmal an.

Aber es war Emma, gar kein Zweifel. Emma Thorley *lebte*. Sie lebte und gab sich allem Anschein nach als Jenny Taylor aus. Oder Louise Taylor, um ganz genau zu sein.

»Emmas zweiter Vorname war auch Louise«, sagte Freeman halb zu sich selbst. »Ich fasse es einfach nicht. Ich ...« Sie ließ sich mit der Stirn an die Wand sinken, spürte die Kälte und versuchte, ruhig zu bleiben. »Dann ist unsere Tote also nicht Emma.«

»Sondern Jenny?«

»Wahrscheinlich.« Freeman schaute auf. »Wie sonst hätte Emma ihre Identität annehmen können?«

Gardner atmete tief aus. »Und was nun? Betrachten Sie Emma jetzt als Verdächtige?«

»Sie meinen, ob sie unter Mordverdacht steht?« Freeman zögerte, dann schüttelte sie den Kopf. »Ich kann mir nicht vorstellen, dass sie es getan hat. Einerseits. Andererseits hat sie Jennys Identität angenommen. Sie muss also gewusst haben, dass Jenny tot war. Vielleicht hat Stewart ja recht. Vielleicht war Emma wirklich in der Wohnung.«

»Wenn ja, glauben Sie, dass sie allein gehandelt hat?«

Wieder schüttelte Freeman den Kopf. »Unwahrscheinlich. Sie war doch noch ein halbes Kind. Wie soll sie das allein geschafft haben? Jemand muss ihr dabei geholfen haben.«

»Aber wer? Lucas? Oder Ben?«

»Lucas würde ich ausschließen. Mit dem hatte sie zu dem Zeitpunkt schon nichts mehr zu tun. Aber Ben? Immerhin hatte er ihr schon mal geholfen ...«

»Stimmt«, meinte Gardner. »Aber einer Patientin beim Entzug zu helfen lässt sich wohl kaum mit Beihilfe zum Mord an einer Minderjährigen vergleichen, oder?«

Freeman trat gegen die Wand. »Scheiße!« Sie kapierte es einfach nicht. Die ganze Zeit war sie davon ausgegangen, dass Emma tot war, und hatte sich auf Lucas eingeschossen. Der Gedanke, dass es sich bei der Toten gar nicht um Emma handeln könnte, war ihr kein einziges Mal gekommen.

Sie griff nach ihrem Telefon, zögerte kurz, ehe sie wählte, und überlegte, wie sie die Frage formulieren sollte. Als Angie Taylor sich meldete, kam Freeman ohne lange Vorrede direkt zur Sache.

»Mrs Taylor, hier noch mal DS Freeman. Eine kurze Frage: Hatte Jenny sich irgendwann mal den Arm gebrochen?«

»Ja, warum?«, fragte Angie.

»Den linken oder den rechten?«

»Den linken. Warum?«

Freeman schloss die Augen, ein lautloses »Scheiße« auf den Lippen.

Gardner folgte Freeman mit sichtlichem Unbehagen, während sie den Pathologen telefonisch darum bat, Jennys Patientenakte zu besorgen und die Röntgenaufnahmen mit dem vorliegenden Knochenbefund abzugleichen. Als sie damit fertig war, schnappte sie sich DC Lloyd und trug ihm auf, Gardner, der bereits wieder mit Lawton telefonierte, nach Middlesbrough zurückbringen.

»Fahren Sie jetzt gleich bei Adam Quinn vorbei, ich bin schon auf dem Rückweg. Sagen Sie ihm nichts, erkundigen Sie sich einfach nach seiner Freundin, nach dem Einbruch. Lassen Sie sich irgendwas einfallen und halten Sie ihn auf, bis ich da bin«, sagte er und beendete das Gespräch.

»Das ist DC Colin Lloyd«, stellte Freeman den Kollegen vor, als Gardner sich wieder zu ihnen gesellte. »Er fährt Sie zurück.«

»Und wohin fahren Sie?«

»Zu Ben. Wenn er mit Emma gemeinsame Sache gemacht hat, ist sie vermutlich auf dem Weg zu ihm. Und diesmal entkommt sie uns nicht.«

68

17. Dezember 2010

Lucas ließ sein Glas fallen und setzte Ben nach; er erwischte ihn, noch ehe er an der Straße war, packte ihn und zerrte ihn zurück. Ben wehrte sich, versuchte sich loszureißen, aber Lucas legte ihm einfach den Arm um den Hals und schleifte ihn die Einfahrt hoch, zurück ins Haus.

»Scheiße, Mann, was soll das?«, brüllte er und knalle die Tür hinter sich zu. Das Scheißding klemmte, und er musste zweimal kräftig nachtreten. Dann stieß er Ben vor sich her in die Küche und warf ihn zu Boden. Ben versuchte sich aufzurappeln und ruderte wie blöd auf dem Boden rum.

»Es tut mir leid«, murmelte er und versuchte auf allen vieren aus der Küche zu krabbeln. Lucas schaute sich das einen Moment an, dann war er auch schon hinter ihm, knalle seinen Fuß auf Bens Rücken und drückte ihn zu Boden.

»Bald wird es dir noch viel mehr leidtun«, sagte Lucas und

drehte Ben um, damit der Schwächling ihn anguckte. Er sah die Angst in Bens Augen und merkte, wie ihn das scharf machte. Eigentlich war das hier bloß zum Aufwärmen gedacht, eine kleine Fingerübung, aber er würde trotzdem seinen Spaß haben, definitiv.

Lucas riss Ben an den Haaren hoch und schlug ihm mit der Faust ins Gesicht. Einmal, zweimal, war das geil. Ben hob die Arme, um die Schläge abzufangen, aber Lucas konnte trotzdem ein paar Treffer landen. Ganz gut für den Anfang, aber da war noch mehr drin. Er machte eine kurze Pause, um wieder zu Atem zu kommen, dann packte er Ben und schleifte ihn zum Tisch. Suchend schaute er sich um, dann fiel ihm etwas ein, das er vorhin im Flur gesehen hatte. Er ging raus und holte den Schal, der über dem Treppengeländer hing.

Zurück in der Küche, beugte er sich über Ben, bog ihm die Arme auf den Rücken und band seine Hände am Tischbein fest. Ben brabbelte irgendwas. Lucas hatte keine Ahnung, ob er mit ihm redete oder mit sich selbst. War ihm auch egal. Er zurrte den Knoten fest, dann riss er Bens Kopf hoch und schaute ihm in die Augen.

»Alles klar?«, fragte er grinsend, holte aus und schlug zu. Einmal, zweimal, immer wieder landete seine Faust in Bens Gesicht, dass es nur so krachte. Der Wichser hatte das ganze Gesicht voller Blut, es strömte ihm aus dem Mund, aus der Nase. Nach der ersten Runde legte Lucas eine kurze Pause ein, um sein Werk zu bewundern. Er betrachtete seine Faust, die auch voller Blut war. Bens Blut. Er lehnte sich zurück und atmete tief durch. Bens Brust hob und senkte sich krampfartig, sein Atem ging schnell und flach. Hey, der war am Heulen! Lucas lachte.

»*Buhuuu*, nicht weinen, wir sind noch nicht fertig. Und keine Sorge, das Beste kommt noch.« Er stand auf, fuhr sich mit der Hand übers Gesicht und verschmierte alles mit Blut.

Von oben kam ein Geräusch, ein Knarren der Bodendielen, das

sie beide erstarren ließ. Lucas schaute Ben an. »Versteckst du etwas vor mir, Benji?«, fragte er. »Ist Emma da oben?«

Lucas ging raus in den Flur und lauschte, hörte aber nur Ben, der sich hinter ihm in seinen Fesseln wand und versuchte aufzustehen. »Bitte nicht!«, rief Ben. Lucas ging zur Treppe und spürte, wie ihm das Herz bis zum Hals schlug.

Jetzt.
Jetzt hatte er sie.

Er raste nach oben, immer drei Stufen auf einmal nehmend, stieß die Tür des ersten Zimmers auf – und stutzte. Eine bettlägerige Alte, die Selbstgespräche führte. Als sie merkte, dass jemand an der Tür stand, versuchte sie, sich zu ihm umzudrehen.

»Ben? Ich muss auf die Toilette«, sagte sie.

Lucas ging ins Zimmer und baute sich vor der Alten auf. Sie brauchte einen Moment, bis sie ihn im Blick hatte, dann breitete sich Verwirrung in ihrem Gesicht aus.

»Wo ist Ben?«, fragte sie mit bebender Stimme.

»Der ist nicht da«, sagte Lucas und suchte zwischen den Taschentüchern und Pillendosen auf dem Nachttisch nach einem Telefon. »Wer sind Sie denn?«, fragte er.

»Ich bin seine Mutter. Wo ist er?«

»Nur mal kurz weg«, sagte Lucas.

»Er kann nicht einfach weggehen. Ich muss auf die Toilette«, beharrte die Alte. Sie streckte die Hand nach Lucas aus. »Können Sie mir vielleicht helfen?«

Lucas machte Winke-Winke und sah zu, dass er wegkam. Er schloss die Tür hinter ihrem Gezeter. Ruhe im Karton. Er wollte gerade wieder runtergehen, hielt aber auf halbem Weg inne. Moment. Da waren noch mehr Zimmer, alle Türen geschlossen. Er machte kehrt und stieß die erste auf. Sah aus wie Bens Zimmer. Niemand drin. Hinter der nächsten stapelten sich Großpackungen mit Medikamenten, Windeln und so seniler Schrott. Prima Versteck eigentlich. Lucas warf ein paar Kartons um – nix. Vor der letzten Tür blieb er kurz stehen. Musste das Bad sein. Lautlos drehte er den Griff, machte die Tür auf ...

Verdammt. Auch niemand.

Lucas ließ die Tür offen und lief wieder nach unten, gefolgt vom Gejammer der Alten. In der Küche hockte Ben noch immer zusammengesunken auf dem Boden, die Hände am Tischbein festgebunden. Als Lucas vor ihm stehen blieb, schaute Ben zu ihm hoch.

»Was hast du mit ihr gemacht?«, fragte er.

Lucas war echt versucht, ihm zu sagen, dass er ihr ein Kissen aufs Gesicht gedrückt oder ihr mit einer Handvoll Pillen das Maul gestopft hatte, entschied sich dann aber dagegen, um Bens Fantasie freien Lauf zu lassen. Was man sich so vorstellte, war ja meistens viel, viel schlimmer als die Realität. Meistens.

Die Alte würde ihm keine Probleme machen, die konnte ja kaum noch krauchen. Sehr unwahrscheinlich, dass sie sich plötzlich mit ihrem Stock auf ihn stürzen würde. Und ein Telefon gab's da oben nicht, weshalb sie also auch nicht die Bullen rufen konnte. Alles klar, um sich ganz in Ruhe Ben zu widmen.

Lucas wühlte in den Küchenschubladen. Gleich in der zweiten fand er, was er suchte. Mit vollen Händen drehte er sich um und baute sich vor Ben auf. »Mit welchem wollen wir zuerst spielen?«, fragte er und hielt Ben die Messer hin. Rotz und Blut und Wasser heulend versuchte die Lusche sich freizustrampeln. Lucas musste lachen. »Hey, das macht Spaß, wart's ab«, sagte er.

Jeder Schrei von Ben, jedes Gewinsel war ihm Musik in den Ohren. »Das passiert, wenn man versucht, mich reinzulegen«, sagte er und blickte auf dieses kleine sich sträubende, blutverschmierte Arschloch. »Du und diese kleine Fotze, ihr bekommt beide euer Fett weg. Ihr müsst für das bezahlen, was ihr getan habt, klar?«

Da fing Ben richtig an zu schreien. Mittlerweile war kein Wort mehr zu verstehen, nur noch panisches Geheule. Lucas grinste, aber irgendwann war auch mal gut. Er hielt Ben den Mund zu – und plötzlich hörte er es. Ein Heulen, das aber diesmal von draußen kam. Lucas sprang auf, schaute in den Flur und sah vor dem Haus Blaulicht flackern.

Das Messer noch in der Hand, rannte er los, riss die Hintertür auf und lief um sein Leben, durch den Garten, über den Zaun. Weiter, immer weiter, bloß weg von hier. Er musste sie finden, bevor die Bullen ihn schnappten.

69

17. Dezember 2010

Adam saß im Wohnzimmer; sein Blick wanderte immer wieder zur Uhr, und er fragte sich, wie lange er noch warten musste, bis die Polizei langsam mal in die Gänge kam. Na gut, dann wusste er eben nicht, seit wann genau Louise verschwunden war, aber änderte das etwas an der Tatsache, *dass* sie verschwunden war? Nach allem, was er wusste – und nach allem, was die Polizei wusste, aber das nur am Rande –, konnte sie auch schon länger als vierundzwanzig Stunden weg sein. Nicht zu vergessen das eingeschlagene Fenster. Die junge Beamtin, mit der er gesprochen hatte, war kurz hellhörig geworden, als er das erwähnt hatte, aber nachdem er meinte, nein, es sei nichts gestohlen worden, war ihr Interesse sofort wieder erlahmt. Wahrscheinlich hätte er einfach lügen sollen, die Sache etwas aufbauschen.

Er starrte auf sein Handy und versuchte, es telepathisch zum Klingeln zu bringen. Schön, sie hatte ihres nicht dabei, aber konnte sie sich nicht von einer Telefonzelle aus melden? Wobei – wusste sie seine Nummer überhaupt, ohne ihr Handy? Ehrlich gesagt, wusste er seine Nummer selbst nicht. Ihre auch nicht.

Eigentlich kannte er überhaupt keine Telefonnummern mehr auswendig. Früher, bevor alle mit dem Handy telefonierten, hatte er sich die Nummern immer hinten in seinem Kalender notiert, aber das war ewig her.

Der Kalender.

Adam sprang auf und lief die Treppe hoch ins Schlafzimmer. Louises Taschenkalender lag wie immer neben dem Bett, auf dem Nachttisch. Er nahm ihn zur Hand, blätterte die Seiten einmal schnell durch, hielt das Büchlein dann kopfüber und schüttelte es aus, um zu sehen, ob etwas herausfiel.

Nichts.

Der Zettel mit der Adresse in Alnwick, er war fort. Adam musste daran denken, wie er Louise im kleinen Zimmer überrascht hatte. Sie versuchte, etwas vor ihm zu verbergen, so viel war ihm jetzt klar. Aber was? Und warum? Hatte diese Adresse etwas damit zu tun? War sie vielleicht dort? Aber wen kannte sie denn in Alnwick? Sie hatte den Ort nie zuvor erwähnt. Aber klar, warum auch, wenn sie etwas zu verbergen hatte. Gab es einen anderen? Betrog sie ihn etwa?

Adam legte den Kalender zurück und schüttelte den Kopf. Nein, solche Gedanken wollte er gar nicht erst zulassen; es passte nicht zu ihm. Und es passte nicht zu Louise. Er ging wieder nach unten ins Wohnzimmer, trat ans Fenster und zog den Vorhang zur Seite. Wo steckte sie bloß?

Er ließ den Vorhang wieder fallen und ging in die Küche. Über dem eingeschlagenen Fenster in der Hintertür klebte das Stück Luftpolsterfolie, das er noch schnell angebracht hatte, ehe er Louise suchen gegangen war. Jetzt fragte er sich, ob es ein Fehler gewesen war und er dabei wichtige Spuren vernichtet hatte. Aber schon passiert, und die Polizei kümmerte sich sowieso einen Dreck.

Er machte die Tür auf und schaute hinaus in den Hof. Vielleicht entdeckte er doch noch etwas, das ihm vorhin entgangen war, etwas, womit er zur Polizei gehen und sagen könnte: »Hier, sehen Sie? Meine Freundin wurde doch entführt.« Natürlich war ihm klar, dass man wegen einer erwachsenen Frau, die mal eben ein paar Stunden verschwunden war, nicht gleich eine große Suchaktion starten würde, aber etwas mehr Interesse hätte er sich schon gewünscht. Die junge Beamtin war ja ganz nett und bemüht gewesen, aber jede Wette, dass sie Louise längst schon wieder vergessen hatte.

Adam blieb noch eine Weile dort stehen und sah seinen Atem als weiße Wolken in die Luft steigen. Obwohl er nicht an Gott glaubte, ertappte er sich immer wieder dabei, dass er dachte, *bitte, bitte lieber Gott, lass sie gleich zur Tür hereinkommen.* Es wäre ihm so was von egal, was die Polizei von ihm dachte, wenn er dort anrief, um Bescheid zu sagen, dass seine Freundin jetzt zurück wäre, kein Grund mehr zur Sorge, alles gut. Er würde sich auch nicht mehr aufregen, dass Louise einfach so aus dem Haus gegangen war, ohne ein Wort, ohne eine Nachricht. Dass sie sich nicht gemeldet hatte. Am Anfang hatte er sich geärgert, aber jetzt war es ihm egal. Er wollte nur noch, dass sie zurückkam – nach Hause, zu ihm.

Erst dachte er, er würde es sich bloß einbilden. Aber als es das zweite Mal klopfte, begriff er, dass es bei ihm an der Tür war. Wie ein Blitz raste er durch die Küche, durch den Flur, zur Tür und hoffte und betete, dass auf der anderen Seite Louise stünde, die sich ausgesperrt hatte.

Voller Erwartung riss er die Tür auf – doch als nicht Louise, sondern PC Lawton vor ihm auf der Matte stand, verließ ihn alle Hoffnung. »Was ist passiert?«

»Mr Quinn«, sagte Lawton. »Dürfte ich hereinkommen?«

Adam war, als würde ihm das Blut in den Adern gefrieren. »Ja«, hörte er sich sagen und spürte, wie seine Hände zitterten, als er sie hereinwinkte. Er ging ihr voraus ins Wohnzimmer und blieb dort stehen, um sich ins Unvermeidliche zu fügen.

»Haben Sie zwischenzeitlich von Louise gehört?«, fragte Lawton und schaute sich im Zimmer um, als hätte sie erwartet, sie hier zu finden.

»Nein«, sagte Adam. »Ich dachte ... Sie haben Sie nicht gefunden?«

»Nein«, erwiderte Lawton. »Tut mir leid, das hätte ich gleich als Erstes sagen sollen. Ich fürchte, ich war vorhin etwas kurz angebunden, aber Sie müssen wissen, dass wir derzeit ziemlich unterbesetzt sind, und deshalb ...«

»Sie glauben, ihr könnte etwas zugestoßen sein?«

»Nein«, versicherte Lawton ihm schnell und schüttelte den Kopf. »Oder vielmehr, nein, ich weiß es nicht. Deshalb bin ich hier. Wenn Sie mir noch einmal alles ganz genau schildern könnten, damit wir vielleicht einen Anhaltspunkt finden.«

Adam ließ sich in einen Sessel fallen. Woher jetzt dieses plötzliche Interesse? Irgendetwas stimmte da nicht. Irgendetwas musste passiert sein.

»Mr Quinn?«, fragte Lawton, das Notizbuch in der Hand.

Adam schloss die Augen. »Also gut«, sagte er. Und während er ihr die ganze Geschichte noch mal ganz von vorn erzählte, fiel ihm auf, dass Lawton immer wieder verstohlen zur Uhr schaute.

70

17. Dezember 2010

Freeman war auf dem Weg zu Ben, als Ray anrief. Sie war noch so erschüttert von der jüngsten Wendung der Ereignisse, dass sie beinah in Panik geriet, als sie seinen Namen auf dem Display sah. Natürlich, sie musste ihm sagen, was sie herausgefunden hatten – dass es nicht Emmas Leichnam war, dass seine Tochter gesund

und munter war und seit Jahren unter fremder Identität lebte. Zumindest bis vor ein paar Stunden, denn wer wusste schon, was seitdem geschehen war. Aber das wollte sie nicht so nebenbei am Telefon erledigen. Und Ben hatte erst mal oberste Priorität. Also drückte sie den Anruf weg und wurde sofort von übelsten Schuldgefühlen übermannt. Ja, sie *musste* es Ray sagen, und das bald, er hatte ein Recht, es zu erfahren; aber nicht so. Sie wollte es ihm persönlich mitteilen. Und sie wollte keine unnötigen, verfrühten Hoffnungen wecken. Denn wie es aussah, war auch Lucas Yates hinter Emma her. Es war also noch lange nicht gesagt, dass alles ein gutes Ende nahm.

Sie hatte Gardner gebeten, im Haus in Middlesbrough Fingerabdrücke zu sichern. Wessen Haus überhaupt – Emmas Haus, Jennys oder das von Louise? Sie wusste nicht mehr, wie sie es nennen sollte. Sie wusste nicht mehr, was sie *denken* sollte! Und sie fragte sich, ob Lucas dort gewesen war. Ob er Emma etwas angetan hatte, was wiederum ihr Verschwinden erklären würde. Lawton hatte eine aufgebrochene Tür erwähnt.

Aber woher wusste er es eigentlich? Wie hatte er Emma gefunden? Freeman schwirrte der Kopf. Sie war sich mit Lucas so sicher gewesen und hatte ihre Ermittlungen ganz darauf ausgerichtet, seine Schuld nachzuweisen. Aufgrund seiner Vorgeschichte und nach allem, was zwischen ihm und Emma passiert war, schien es einfach nur logisch. Aber jetzt sah auf einmal alles anders aus; nun, da sie wussten, dass Emma überhaupt nicht tot war.

Gardner hatte die Vermutung in den Raum gestellt, dass Emma und Ben gemeinsame Sache gemacht haben könnten – dass sie es waren, die Jenny umgebracht hatten. Die Tatsache, dass Emma ihre Identität angenommen hatte, bewies immerhin, dass sie vom Tod des anderen Mädchens gewusst hatte. Aber wenn Lucas nicht Jennys Mörder war, warum dann sein Interesse an dem Fall? Warum schnüffelte er herum? Warum ließ er nichts unversucht, um Ben zu finden?

Ihr Bauchgefühl sagte ihr noch immer, dass sie mit Lucas richtiggelegen hatte. Irgendetwas war da faul, und er war einfach der plausibelste Kandidat. Vielleicht hatten Emma und Ben irgendwie davon Wind bekommen, und Lucas wollte sie jetzt zum Schweigen bringen.

Sie versuchte sich zu konzentrieren. Ihre Gedanken jagten kreuz und quer in alle Richtungen. Und immer wieder schoss Ray Thorley dazwischen. Irgendwann würde sie ihn davon in Kenntnis setzen müssen, dass Emma nicht tot war. Aber wie viel sollte sie ihm erzählen? Es würde sein Herz ein weiteres Mal brechen.

Moment. War es nicht möglich, dass Emma zu ihm unterwegs war? Und würde Ray sich nicht bei Freeman melden, wenn die verlorene Tochter plötzlich bei ihm vor der Tür stand? Vielleicht war ja das der Grund seines Anrufs gewesen? Um ihr zu sagen, dass Emma nach Hause gekommen und gesund und munter war. Freeman schaute auf die Uhr. Ach was, Unsinn. Wenn Emma in Schwierigkeiten steckte, würde sie bestimmt nicht dorthin zurückkehren, wo ihre Probleme überhaupt erst angefangen hatten. Sie würde sich an den Menschen wenden, der ihr schon einmal geholfen hatte.

Freeman drückte aufs Gas. Je eher sie Ben erreichte, desto besser.

71

17. Dezember 2010

Mit DC Lloyd im Schlepptau stieg Gardner vor Adam Quinns Haus aus dem Auto und fragte sich, was er dem Mann gleich sagen sollte. Oder was Adam Quinn *ihm* erzählen würde. Er klopfte an die Tür, die kurz darauf von einem schlanken Mittdreißiger geöffnet wurde, in dessen Kielwasser eine sichtlich besorgte, leicht gestresste Lawton auftauchte. Gardner hatte ein schlechtes Gewissen, die junge Kollegin über Gebühr als Wachposten beansprucht zu haben, aber schließlich war es nicht ganz unwichtig, dass Adam Quinn blieb, wo er war. Nicht dass er ihnen auch noch abhandenkam.

»Mr Quinn, das ist DI Gardner«, sagte Lawton, als sie Adams fragenden Blick bemerkte.

Gardner gab ihm die Hand und deutete auf Lloyd. »Und das ist DC Lloyd.« Adam warf nur einen flüchtigen Blick auf den anderen Beamten, ehe er zur Seite trat, um sie beide ins Haus zu lassen.

»Was ist hier eigentlich los?«, fragte er und schloss die Tür hinter ihnen.

Gardner nahm aus der Küche eine Bewegung wahr und erhaschte einen kurzen Blick auf einen ihm vom Sehen bekannten Kollegen der Spurensicherung. Dann wandte er sich wieder an Adam und deutete zum Wohnzimmer. »Könnten wir das in Ruhe besprechen?«

Adam ging ihnen voraus, blieb aber an der Tür des Wohnzimmers stehen. »Bitte, wenn etwas passiert ist …« Er atmete tief aus. »Wenn Sie etwas gefunden haben, wenn Sie Louise gefunden haben …« Mit flehendem Blick schaute er von Lawton zu Gardner.

Mit leichten Schuldgefühlen erkannte Gardner, was Adam für den eigentlichen Grund seines Besuchs hielt. Mit sanftem Nachdruck schob er ihn ins Wohnzimmer, damit sie sich setzen konnten. »Erzählen Sie mir doch noch einmal kurz, was Sie PC Lawton erzählt haben.«

Adam seufzte und fuhr sich mit der Hand durchs Haar. Vermutlich war er es langsam leid, immer wieder dieselbe Geschichte zu erzählen. »Als ich heute gegen Mittag nach Hause kam, war Louise nicht da. Die Hintertür stand offen, das kleine Fenster war eingeschlagen, aber ihre ganzen Sachen waren noch da. Ihr Handy, ihre Tasche, Geld, ihre Jacke, alles. Gestern Nachmittag habe ich noch mit ihr telefoniert, da ging es ihr prima.« Er schaute Gardner an. »Verstehen Sie? Eben war sie noch da, alles ganz normal – und im nächsten Augenblick ist sie verschwunden, einfach so.«

Gardner runzelte die Stirn. »Hat sie in letzter Zeit unglücklich gewirkt? Kann es sein, dass sie Sie verlassen wollte?«

»Nein«, sagte Adam und schüttelte den Kopf. »Es ging ihr prima, ehrlich. Alles war gut. Als wir gestern telefoniert haben, hat sie noch Witze gemacht. Es wäre mir aufgefallen, wenn etwas nicht stimmt.« Er verstummte und senkte den Blick.

»Aber?«, fragte Gardner nach, worauf Adam ihn nur mit großen Augen anschaute und ratlos die Schultern hob. »Mr Quinn, wenn Sie mir nicht alles sagen, kann ich Ihnen auch nicht helfen.«

Adam schwieg einen Moment, sein Kiefer spannte sich, sein Blick blieb am festlich geschmückten Weihnachtsbaum hängen. »Vor ein paar Tagen wirkte sie etwas durcheinander. Unruhig, besorgt. Aber sie wollte mir nicht sagen, was los war.« Adam richtete seinen Blick wieder auf Gardner. »Danach war sie wieder wie immer, als wäre nichts gewesen, und ich habe nicht weiter nachgefragt.«

Gardner wartete. Bevor er Adam die Wahrheit sagte, wollte er gern noch ein bisschen mehr von ihm erfahren. Er wollte wissen, wie viel Adam Quinn über seine Freundin wusste.

»Für Sie mag es wie eine Überreaktion aussehen, sie schon nach ein paar Stunden als vermisst zu melden. Gut, theoretisch könnte sie einfach abgehauen sein, aber das Problem ist, Louise würde so etwas nicht tun. Sie hat nichts mitgenommen, mir keine Nachricht hinterlassen. Und selbst wenn sie mich verlassen haben *sollte*, warum dann so? Und was ist mit der Hintertür?«

»Vielleicht wollte sie bei Ihnen den Eindruck erwecken, ihr wäre etwas zugestoßen. Vielleicht sollte es nur nicht so aussehen, als wäre sie einfach gegangen.«

»Aber warum?«, fragte Adam entgeistert. »Welchen Grund sollte sie dafür haben?«

»Oh, Gründe gibt es immer«, erwiderte Gardner lakonisch.

Adam schaute fragend zu Lawton, die den Blick auf ihre Schuhe gerichtet hatte. »Es passt nicht zu Louise«, beharrte er.

»Erzählen Sie mir doch ein bisschen von ihr«, forderte Gardner ihn auf. »Wo haben Sie beide sich kennengelernt, wie lange sind Sie schon zusammen?«

Adam hob den Blick zur Decke. »Wir sind seit vier, nein seit vier*einhalb* Jahren zusammen.« Gardner zog kurz die Augenbraue hoch, sagte aber nichts. Es überraschte ihn, wie jemand so lange eine Lüge solchen Ausmaßes aufrechterhalten konnte. »Wir haben uns in Sheffield kennengelernt. Ich hatte eine Dozentenstelle an der Uni, Louise hat eine Zeit lang einige meiner Vorlesungen besucht. Später fand ich heraus, dass sie gar nicht eingeschrieben war. Weil sie sich die Studiengebühren nicht leisten konnte, ist sie einfach so zu den Veranstaltungen gekommen und hat gehofft, niemand würde etwas merken.«

»Aber Sie haben etwas bemerkt«, stellte Gardner fest.

»Ja, irgendwann«, sagte Adam. »Sie war immer sehr still, um nur nicht aufzufallen – stellte keine Fragen, meldete sich nie zu Wort –, wodurch sie mir dann erst recht auffiel. Eines Tages habe ich sie nach der Vorlesung angesprochen und mich erkundigt, ob alles in Ordnung sei, ob sie zurechtkomme und so. Sie starrte mich an, wie auf frischer Tat ertappt, was ich mir erst nicht erklären konnte. Ich habe sie nach ihrem Namen gefragt und später im Immatrikulationsverzeichnis nachgeschaut. Sie war überhaupt nicht eingeschrieben. Danach kam sie auch nicht mehr zu den Vorlesungen, aber ungefähr einen Monat später habe ich sie in der Unibibliothek gesehen, bin zu ihr gegangen und habe sie gefragt, ob wir einen Kaffee trinken wollen.« Er zuckte mit den Achseln. »So haben wir uns kennengelernt.«

Gardner nickte. »Und was hat Sie dann beide hierher verschlagen?«

»Der Job«, meinte Adam nüchtern. »In Sheffield hatte ich nur eine halbe Stelle, und als mir an der Teesside University eine unbefristete Festanstellung angeboten wurde, sind wir umgezogen.«

»Und Louise hatte nichts dagegen? Wie lange waren Sie zu dem Zeitpunkt denn schon zusammen?«

»Ungefähr anderthalb Jahre, etwas länger«, sagte er. »Nein, sie hatte nichts dagegen.« Es klang, als wollte er noch etwas sagen, schwieg dann aber.

»Adam?«

»Na ja, sie war am Anfang etwas zurückhaltend.«

»Hinsichtlich des Umzugs?«

»Ganz allgemein«, sagte Adam und wandte den Blick wieder von Gardner ab. »Vorsichtig, zurückhaltend, das ist einfach ihre Art. Die Vorstellung, mit mir zusammenzuziehen, machte sie nervös. Sie fand, wir könnten es vielleicht überstürzen, aber mir erschien das völlig logisch, auch finanziell. Louise verdient nicht so viel, und deshalb ...« Er schüttelte den Kopf. »Tut mir leid, ich schweife ab.«

»Nein, nein, erzählen Sie ruhig weiter«, sagte Gardner.

»Als ich dann die neue Stelle hier bekam, war sie mit dem Umzug einverstanden, auch mit dem Zusammenziehen. Ihr Herz schien nicht an Sheffield zu hängen. Aber von meinem Vorschlag, uns hier gleich ein Haus zu kaufen, war sie dann wieder nicht so begeistert. Ich glaube, sie hat einfach ein Problem damit, sich langfristig zu binden«, sagte Adam und schaute Gardner so erschrocken an, als habe er etwas ausgeplaudert, das er besser für sich behalten hätte. »Ich meine damit, dass sie das Haus zwar im Prinzip auch wollte, aber weil sie nicht so viel Geld hat, kam es ihr vielleicht so vor, als würde sie dadurch in meiner Schuld stehen. Und das wollte sie eben nicht.«

»Gut«, sagte Gardner und nickt bedächtig. »Was ist eigentlich mit ihrer Familie? Könnte es sein, dass sie bei irgendwelchen Verwandten ist?«

Adam schüttelte den Kopf. »Sie hat keine Familie mehr. Ihre

Mum ist früh gestorben und ihr Dad wenige Jahre später auch. Sie spricht nicht oft von ihnen.«

Gardner seufzte. Er konnte es nicht länger vor sich herschieben. Adam Quinn tappte, was die Identität seiner Freundin anging, ganz offensichtlich im Dunkeln. Gardner lehnte sich in seinem Sessel vor und wartete, bis Adam ihn wieder ansah.

»Mr Quinn, es gibt etwas, das ich Ihnen über Ihre Freundin mitteilen muss.« Er sah, wie Adam erstarrte. Gardner griff nach dem Foto, das Lawton vorhin auf der Wache von Adam erhalten hatte. »Das ist sie, richtig?«, fragte er und zeigte auf das Bild der jungen Frau.

»Ja«, sagte Adam. »Das ist Louise.«

Gardner zog das zweite, deutlich ältere Foto heraus, das man ihm aus Blyth geschickt hatte. Er reichte es Adam, der verwirrt die Stirn runzelte.

»Was soll das?«, fragte er.

»Das ist ebenfalls ein Foto von ihr, als sie fünfzehn war. Ihr Vater gab es der Polizei, als er sie damals vermisst gemeldet hat.«

Adam schluckte und begann unruhig zu werden. »Das heißt, sie wurde früher schon mal vermisst?« Sein Blick kehrte zu dem Foto zurück. »Das muss aber doch nichts bedeuten, oder? Es muss nicht bedeuten, dass sie jetzt einfach auf und davon ist.«

»Nein, muss es nicht. Aber auf diesem Bild«, Gardner zeigte auf das Foto, das Adam in der Hand hielt, »sehen wir ein junges Mädchen namens Emma Thorley.« Adam schaute jäh auf. »Ebenso wie auf diesem hier.« Gardner hielt das Foto hoch, das Adam der Polizei gegeben hatte. »Oder anders ausgedrückt, Mr Quinn: Ihre Freundin ist nicht die Person, als die sie sich ausgibt.«

72

17. Dezember 2010

Adam saß da wie vom Donner gerührt. *Ihre Freundin ist nicht die Person, als die sie sich ausgibt.* Mit anderen Worten: Ihre Freundin ist nicht Louise Taylor. Sondern Emma Thorley.

Seine Gedanken überschlugen sich. Wie konnte das sein? Gardner redete weiter, aber er hörte nicht mehr zu. Die Stimme des Detectives war wie weißes Rauschen im Hintergrund. Das musste ein Irrtum sein, sagte Adam sich immer wieder. Er konnte es sich nicht anders erklären. Er kannte sie doch. Er kannte Louise. Wie sollte sie plötzlich jemand anderes sein?

Und doch …

Ihm fielen die Nachrichten der letzten Tage ein. Deshalb kam ihm der Name Emma Thorley so bekannt vor. Gardner hatte ihm erklärt, dass die Polizei zunächst davon ausgegangen war, bei der in Blyth gefundenen Toten handele es sich um Emma Thorley. Doch im Laufe der Ermittlungen habe sich gezeigt, dass es mit großer Wahrscheinlichkeit Jenny Taylor war. Jenny Taylor, seine Freundin. Sie hatte ihm gesagt, dass Jenny ihr erster Vorname sei, aber niemand habe sie je so genannt. Sie sei immer nur Louise gewesen.

Nur dass sie es gar nicht war.

Adam schloss die Augen, presste die Lider ganz fest zu und versuchte, das Gehörte zu verarbeiten, es zu begreifen.

Nun meinte er auch zu verstehen, warum sie in den letzten Tagen so unruhig gewesen war. Aber warum ihn anlügen? Warum überhaupt einen fremden Namen annehmen?

»Adam?«, riss Gardner ihn aus seinen Gedanken.

Adam schaute ihn an. Eine Frage lag ihm auf der Zunge, doch er zögerte, sie laut auszusprechen. Kam das plötzliche Interesse

Gardners daher, dass man Louise nicht länger als Vermisste behandelte, sondern eine Verbrecherin in ihr sah?

»Kennen Sie einen dieser Männer?«, fragte Gardner und hielt ihm zwei weitere Fotos hin. Adam sah sie sich an und fragte sich, wer die beiden sein sollten – was sie mit Louise zu tun hatten.

»Das rechts ist Lucas Yates. Sagt Ihnen dieser Name etwas?«, wollte Gardner wissen.

Adam runzelte die Stirn. »Nein, sollte er? Wer ist das?«

»Emmas Exfreund«, sagte Gardner, worauf Adams Kopf hochschnellte. »Sie sind ganz sicher, dass sie den Namen nicht irgendwann mal erwähnt hat?«

»Nein«, sagte Adam, »hat sie nicht. Nie.«

»Hatte Emma manchmal Besuch – Männer, die Sie nicht kannten?«, fuhr Gardner fort.

»Nein«, sagte Adam. »Was soll das? Wollen Sie andeuten, dass sie sich mit dem Typen noch getroffen hat?«

»Nein, das halte ich für wenig wahrscheinlich. Aber was ist mit dem hier?« Er zeigte auf das andere Bild. »Erkennen Sie diesen Mann?«

Adam sah es sich an, ein wenig schmeichelhaftes Führerscheinfoto. Der Mann war schon älter, weshalb er sich nicht vorstellen konnte, dass es sich bei ihm ebenfalls um einen Exfreund von Emma handelte. Adam schüttelte den Kopf. »Nein, noch nie gesehen«, sagte er. »Wer ist das?«

»Sein Name ist Ben Swales«, sagte Gardner. »Er hat in einer Drogenambulanz in Blyth gearbeitet. Emma war bei ihm in Therapie.«

Drogenambulanz? Adam starrte Gardner entgeistert an. »Wollen Sie damit sagen ...«

»Emma hatte als Teenager Drogenprobleme. Sie war in der Klinik, in der Ben gearbeitet hat, in Behandlung«, sagte Gardner ruhig.

Adam ließ die Worte sacken. Sie konnten hier unmöglich von

ein und derselben Person sprechen. Die Louise, die er kannte, hatte mit diesem Mädchen nichts – aber wirklich gar nichts – gemeinsam. Und genau das war das Problem, oder? Er merkte, wie ihm Louise, *seine* Louise, immer mehr entglitt. Die Frau, die er liebte, war eine Illusion gewesen. Wir alle haben eine Vergangenheit, das eine oder andere Geheimnis, aber *das*? Sie war ein Junkie, eine Ausreißerin, eine Lügnerin.

Eine Mörderin?

Nein, das konnte nicht sein. Er kannte sie. Egal, was die Polizei jetzt behaupten mochte, seine Louise war nicht die Person, als die man sie darzustellen versuchte. Sie hatten keine Ahnung, wer sie war, *wie* sie war. Sie kannten sie nicht, wie er sie kannte.

»Ist Emma manchmal allein weggefahren? Geschäftlich vielleicht ... oder zu Freunden?«, fragte Gardner weiter. »War sie beispielsweise mal in Alnwick?«

»Alnwick?« In Adams Kopf drehte sich alles. Er versuchte die Frage zu begreifen, sich einen Reim auf alles zu machen, was hier über ihn hereinbrach. »Nein, nicht dass ich wüsste.«

»Sind Sie sicher?«, beharrte Gardner. »Könnte es sein, dass sie es Ihnen gegenüber nur nicht erwähnt hat?«

»Wenn sie es nicht erwähnt hätte, könnte ich es ja wohl kaum wissen, oder?«, fuhr Adam ihn an und stand auf. »Wenn Sie mich bitte entschuldigen würden«, sagte er und eilte aus dem Zimmer.

Nachdem er ein paar Minuten in der Küche gestanden hatte, den Kopf an den Kühlschrank gelehnt, kam Gardner herein.

»Alles in Ordnung?«, fragte er.

»Ja, schon gut«, sagte Adam, ohne aufzublicken. Wenn sie doch endlich verschwinden würden! Sie waren ihm keine Hilfe, im Gegenteil. Sie machten keine Anstalten, Louise zu finden. Oder vielmehr Emma. Statt sie ihm zurückzubringen, warfen sie ihm diesen Scheiß an den Kopf, bis er kaum noch wusste, was er denken sollte. Sie stellten Behauptungen auf, die einfach nicht wahr sein konnten. Am liebsten hätte er laut geschrien. Gut, dann hatte sie eben ein paar Fehler gemacht, wer hatte das nicht? Hieß das gleich, dass sie jemanden umgebracht hatte? Er wusste, dass sie keine Mörderin war. Man konnte unmöglich vier Jahre mit jemandem zusammenleben, ohne so etwas zu wissen.

»Was glauben Sie, warum sie es getan hat?«, fragte Adam. »Den Namen dieses Mädchens angenommen?«

Gardner wandte sich kurz nach Lawton um, die hinter ihm in der Tür stand. »Ich weiß es nicht.«

»In den Nachrichten hieß es, man hätte bei der Leiche einen Ausweis gefunden, richtig?«, fuhr Adam fort; Gardner nickte. »Glauben Sie, dass sie … dass Louise ihn absichtlich dort platziert hat?«

Gardner hob die Schultern. »Möglich wäre es.«

»Sie glauben, dass sie dieses Mädchen umgebracht hat, oder?«, beharrte Adam.

Gardner atmete tief aus. »Dazu kann ich zum jetzigen Zeitpunkt nichts sagen. Sicher ist bislang nur, dass ihr Ausweis bei der Leiche gefunden wurde und dass Emma davon gewusst haben muss, denn warum sonst hätte sie Jenny Taylors Identität annehmen sollen? Sie muss also etwas mit dem Mord zu tun gehabt haben – was genau, kann ich Ihnen nicht sagen, das kann nur Emma. Und die ist verschwunden.«

Adam zuckte bei der Erwähnung ihres Namens zusammen. Sie war nicht Emma – ja, sie war nicht mal Jenny. Sie war Louise. Für ihn würde sie immer Louise sein. Und Louise würde niemals jemandem etwas zuleide tun.

»Hören Sie, ich will damit nicht sagen, dass Emma jemanden umgebracht hat«, fuhr Gardner fort. »Aber sie ist nicht ohne Grund untergetaucht. Und welchen Grund sie damals auch gehabt haben mag, eine falsche Identität anzunehmen, es scheint ihr auch jetzt noch Anlass genug, erneut wegzulaufen. Wie es aussieht, hat die Vergangenheit sie eingeholt.«

Adam schüttelte den Kopf. »Aber was, wenn sie überhaupt

nicht weggelaufen ist, sondern entführt wurde? Was, wenn der Mörder dieses Mädchens jetzt hinter *ihr* her ist? Das würde auch den Einbruch erklären.«

Gardner seufzte. »Durchaus möglich. Aber ich fürchte, Emma hatte Grund genug, aus freien Stücken zu verschwinden.«

73

17. Dezember 2010

Lucas saß im Pub und schaute einem Idioten zu, der sein ganzes Geld am Automaten verzockte. Natürlich könnte er einfach warten, bis der Typ aufgab, das Ding dann knacken und ganz locker absahnen. Aber er war nicht in Stimmung. Das mit Ben hatte ihm vorhin echt einen Kick gegeben. Hatte er schon lange nicht mehr gehabt, so richtig heftig. Aber als ihm dann klar geworden war, dass ihn die ganze Aktion seinem eigentlichen Ziel kein bisschen näher gebracht hatte, war der Rausch schnell wieder verflogen.

Er wüsste bloß gern, wer die Bullen gerufen hatte – ob Emma doch plötzlich da aufgetaucht war oder ob er sein Glück irgendwelchen wachsamen Nachbarn zu verdanken hatte. Sei's drum, er hatte sich lieber mal aus dem Staub gemacht. Konnte er jetzt gar nicht gebrauchen, die Bullen am Hals zu haben. Aber was nun? Sollte Emma doch noch irgendwo aufkreuzen, dann ja wohl am ehesten bei Ben. Also musste er zurück zum Haus. Aber wahrscheinlich waren die Bullen noch da und schnüffelten rum. Also abwarten, nachdenken. Was, wenn es doch Emma gewesen war, die die Bullen gerufen hatte? Dann wäre sie jetzt vielleicht bei dem Wichser im Krankenhaus. Okay, da konnte er sich schlecht reinschleichen; Ben würde voll Theater machen. Nee, so kam er nicht an sie ran. Vielleicht konnte er sich irgendwo anders auf die Lauer legen und warten, bis sie ihm in die Fänge ging.

Er kippte den Rest der Cola runter, an der er sich die letzte Stunde hochgezogen hatte, und überließ die Spinner an den Spielautomaten ihrer Pechsträhne.

Draußen zog er sich die Kapuze der Jacke über den Kopf, die er vom Stuhl neben sich hatte mitgehen lassen. Hatte eindeutig wärmer ausgesehen als seine. Er suchte die Taschen nach einer Brieftasche oder Barem ab, fand aber nichts außer einer Busfahrkarte von letzter Woche und einer leeren Zigarettenschachtel. Beides warf er in den Müll und ging über die Straße zum Krankenhaus.

Er würde sie finden – und wenn es das Letzte war, was er tat. Die Schlampe hatte ihn echt einmal zu oft verarscht. Sie hatte es gewagt, ihn zu verlassen. Hatte sein Kind umgebracht. Und jetzt versuchte sie auch noch, ihm einen Mord anzuhängen. Irgendwann war dann auch mal gut. Er würde nicht eher Ruhe geben, bis sie für alles bezahlt hatte.

74

17. Dezember 2010

Kaum war Freeman in Bens Straße eingebogen, sah sie auch schon den Polizeiwagen vor dem Haus stehen. Sie hielt an und stieg aus. Am Haus gegenüber brannte wieder die Festbeleuchtung und tauchte die Straße in gespenstisches Licht. *Verdammt*, dachte Freeman, der kein bisschen feierlich zumute war.

»Was ist passiert?«, fragte sie einen halb erfroren aussehenden Uniformierten. Sie zeigte ihren Ausweis und ließ seine Musterung über sich ergehen – unverschämter Kerl. »Wer ist hier zuständig?«, fragte sie, und er deutete auf einen Mann in einem schlecht sitzenden Anzug, der eben aus dem Haus kam. Freeman ging ihm entgegen und zeigte erneut ihren Ausweis.

»DC French«, stellte er sich vor und gab ihr die Hand. Freeman kam gleich zur Sache und fragte, was passiert war.

»Ein Anruf wegen gewaltsamen Übergriffs. Als wir hier ankamen, haben wir den armen Kerl auf dem Küchenboden gefunden. Ziemlich übel zugerichtet.«

»Ben Swales?«

French nickte. »Schätze ich mal. Sie kennen ihn?« Nun war es Freeman, die nickte. »Er war nicht wirklich in der Verfassung, um eine Aussage zu machen – und vom Angreifer keine Spur.«

»Von wem kam der Anruf?«

French zuckte mit den Achseln. »Keine Ahnung. Anonymer Anruf aus einer Telefonzelle.« Hinter ihnen rief jemand nach ihm. »Entschuldigen Sie mich bitte«, sagte er zu Freeman.

Eine Frau kam, einen riesigen Pulli um sich geschlungen, aus dem Nachbarhaus. »Haben Sie ihn schon gefasst?«

Freeman ging zu ihr und streckte ihr die Hand hin. »Ich bin DS Freeman. Haben Sie gesehen, was passiert ist?«

Die Frau warf einen kurzen Blick auf ihre Hand, machte aber keine Anstalten die Geste zu erwidern. »Maggie Paulson«, sagte sie. »Schlimme Sache, ganz schlimm. Ich hab nur eben gesehen, wie sie ihn rausgetragen haben. Sah übel aus. Und seine Mutter hat's auch erwischt.« Sie schüttelte den Kopf.

»Mist«, murmelte Freeman. So viel also dazu, sich von Williams einen kleinen Gefallen tun zu lassen.

»Wahrscheinlich einer von den Typen, mit denen er gearbeitet hat. Junkies.« Maggie nickte wissend. »Ich weiß nicht, warum er sich das antut. Sieht man ja, was davon kommt.«

»Sie haben gesehen, wer es war?«, fragte Freeman, aber Maggie schüttelte schon den Kopf. Egal, sie wusste auch so, wer es war. »Aber Sie haben gesehen, wie Ben und seine Mutter ins Krankenhaus gebracht wurden, oder? Wissen Sie zufällig, in welches?«

»Müsste das Infirmary sein«, gab Maggie Auskunft.

»Danke.« Freeman hatte sich schon zum Gehen gewandt, als ihr noch etwas einfiel. »Halt, warten Sie«, rief sie, als Maggie gerade die Tür schließen wollte. »Als man Ben weggebracht hat, war da noch jemand dabei? Hat ihn jemand begleitet? Eine junge Frau?«

Maggie schüttelte den Kopf. »Nein.«

Ehe Freeman zurück zu ihrem Auto ging, nannte sie DC French noch Lucas' Namen und wettete um zwanzig Pfund mit ihm, dass er seine Fingerabdrücke im Haus finden würde. French schaute sie an, als hätte sie den Verstand verloren, aber was kümmerte es sie? Wenn Lucas sich noch hier in der Gegend herumtrieb, war seine Festnahme nur noch eine Frage der Zeit. Freeman frohlockte, wenngleich verhalten. Und in der Zwischenzeit würde sie mit Ben sprechen, um endlich herauszufinden, was hier eigentlich gespielt wurde.

75

17. Dezember 2010

Gardners Handy klingelte, und er entschuldigte sich kurz. »Was gibt es? Haben Sie mit Ben gesprochen?«, fragte er Freeman.

»Noch nicht«, sagte sie. »Ben ist im Krankenhaus. Ich bin gerade auf dem Weg zu ihm.«

»Was ist passiert?«

»Noch habe ich keine Beweise, aber ich wage vorsichtig zu behaupten, dass Lucas Yates passiert ist. Ich hoffe, dass Ben ansprechbar ist. Von Emma noch immer keine Spur. Und wie läuft es bei Ihnen?«

»Ich hatte gerade das Vergnügen, Adam Quinn mitzuteilen, dass seine Freundin ihn seit vier Jahren belogen hat.«

»Er hatte keine Ahnung, wer sie wirklich ist?«

»Nicht den leisesten Schimmer.« Gardner seufzte. »Wir nehmen gerade Fingerabdrücke von der Tür in der Küche und dem eingeschlagenen Fenster. Auch das Werk von Yates, oder was meinen Sie?«

»Wahrscheinlich. Sieht aus, als hätte er gerade einen Lauf.«

Gardner schaute durch den Türspalt ins Wohnzimmer, wo Adam mit Lawton und Lloyd saß. Gesprochen wurde nicht mehr, zumindest nichts Wesentliches. Adam stand unter Schock; Lloyd redete übers Wetter.

»Passen Sie auf«, sagte er. »Ich bin hier so weit fertig. Mehr werde ich fürs Erste nicht von Adam erfahren. Wenn Sie wollen, könnte ich jetzt gleich zurückfahren. Offenbar spielt die Musik bei Ihnen da oben.«

»Klar, kein Problem«, meinte Freeman. »Dann treffen wir uns im Krankenhaus, dem Alnwick Infirmary.«

»Gut. Ich bin so bald wie möglich da.« Er legte auf und schaute ins Wohnzimmer. Drei Augenpaare waren erwartungsvoll auf ihn gerichtet.

»Lloyd? Lawton? Könnte ich Sie kurz sprechen?«

Die beiden folgten ihm hinaus in den Flur. »Lloyd, könnten Sie mich noch mal zur Wache bringen? Ich würde dann gleich nach Alnwick weiterfahren und mich dort mit Freeman treffen.«

»Ich kann Sie auch die ganze Strecke mitnehmen.«

»Nein, nein, nicht nötig, Sie müssten mich ja später wieder zurückfahren. Setzen Sie mich einfach an der Wache ab, damit ich meinen Wagen holen kann. Lawton«, sagte er, »könnten Sie solange hier bei Adam bleiben? Ich halte es für wenig wahrscheinlich, aber es wäre gut, wenn jemand hier wäre, falls Emma doch wieder auftaucht.«

Lawton nickte. »Wird gemacht, Sir.«

Als sie zurück ins Wohnzimmer gingen, wäre Gardner fast mit Adam zusammengestoßen, der an der Tür gelauscht hatte.

»Sie wissen, wo sie ist?«, fragte Adam.

»Nein«, sagte Gardner. »Aber wir werden sie finden, versprochen. PC Lawton wird hier mit Ihnen warten. Ich sage Ihnen Bescheid, sowie es Neuigkeiten gibt.« Er nickte Lloyd zu, und sie gingen zur Tür.

»Sie glauben, dass sie in Alnwick ist?«, fragte Adam. »Aber warum?«

Gardner sah ihn nur an. Was hatte er erwartet? Wenn Adam nicht wusste, wer Emma war, würde er wohl auch kaum wissen, was sie in Alnwick wollte, oder?

»Wir bleiben in Verbindung«, sagte er und schloss die Tür hinter sich.

76

17. Dezember 2010

Freeman ließ den Kopf gegen den schartigen Plastikstuhl sinken. Bis sie im Krankenhaus eingetroffen war, hatte sie sich so richtig in Rage gesteigert. Bens Lügen standen ihr bis sonst wo. Aber diesmal würde sie die Wahrheit aus ihm herauskriegen, notfalls auch mit unlauteren Mitteln. Doch statt sie zu ihm zu lassen, sagte man ihr, dass er soeben operiert werde, was ihr ein bisschen den Wind aus den Segeln nahm. *Verdammt, verdammt, verdammt.* Anscheinend hatte sich Lucas ganz schön ins Zeug gelegt.

Nach dem ersten Schreck hatte sie Williams angerufen und nicht allzu freundlich nachgefragt, *warum zum Teufel* Bens Haus nicht überwacht worden war. Fehlende Ressourcen, lautete die lapidare Antwort, und Freeman hätte schreien können. Am Ende scheiterte es immer an den verdammten Ressourcen! Danach hatte sie noch mal mit French gesprochen, aber nein, er hatte die

Fingerabdrücke noch immer nicht abgeglichen. Freeman hätte ihnen allen viel Zeit, Mühe und Nerven sparen können, wenn sie ihr einfach geglaubt hätten, dass sie mit Yates richtiglag. Aber so lief es nun mal nicht, leider. Ohne rechtskräftige Beweise keine Verurteilung.

Also saß sie jetzt hier und wartete. Unter anderem auf Gardner. Und auf Ben, der hoffentlich durchhielt. Sie hatte zwei Tassen abscheulichen Kantinenkaffee getrunken, was sie jetzt bitter bereute. Sie hatte zweimal die Nummer ihrer Ärztin gewählt und sofort wieder aufgelegt. Sie hatte sich noch mal bei Williams gemeldet, sich entschuldigt und gefragt, ob sie Emma und Lucas zur Fahndung ausschreiben könnten. Würde bestimmt nicht schaden.

Irgendwann musste sie eingenickt sein und wurde von Gardners Anruf geweckt.

»Wo sind Sie?«, fragte er.

»Vor dem OP. Und Sie?«

»Am Empfang.«

»Ich komme runter«, sagte sie und rappelte sich hoch. Ein bisschen Bewegung konnte gewiss nicht schaden.

Als sie ihn schließlich fand, telefonierte Gardner schon wieder. »Wie lange ist das her?«, fragte er, hörte zu, seufzte. »Na gut, sagen Sie mir Bescheid, wenn er zurück ist.«

»Was denn nun schon wieder?«, fragte Freeman.

»Adam ist verschwunden. Lawton ist kurz aufs Klo gegangen, und als sie rauskam, war er weg.«

»Super. Wohin?«

Gardner zuckte mit den Schultern. »Lawton meinte, er wäre vorhin kurz im Internet gewesen, aber sie hat seinen Laptop überprüft und keinen Hinweis gefunden – er hat den Browserverlauf gelöscht. Sie hat versucht ihn anzurufen, aber er geht nicht ran. Seit circa einer halben Stunde ist er jetzt weg.«

»Vielleicht braucht er einfach ein bisschen Abstand«, meinte Freeman lakonisch.

»Vielleicht. Haben Sie mit Ben gesprochen?«

»Nein. Als ich hier ankam, hatten sie ihn gerade in den OP gebracht.«

»Ach du Schreck – so schlimm?«, fragte Gardner.

»Anscheinend. Bleibt uns also nur zu hoffen, dass wir Emma finden, bevor Lucas es tut.«

77

17. Dezember 2010

Adam hatte ein schlechtes Gewissen wegen PC Lawton. Sie war so nett zu ihm gewesen, und jetzt bekam sie seinetwegen bestimmt Ärger. Aber er konnte nicht einfach untätig herumsitzen und warten.

Bevor er gegangen war, hatte er noch nach Straßennamen in Alnwick gegoogelt. An die Hausnummer konnte er sich erinnern und dass die Straße mit M anfing. Zum Glück gab es in Alnwick gerade mal eine Handvoll Straßen, deren Name mit einem M begann. Danach brauchte er nur noch zu warten, dass Lawton ihn einen Augenblick allein ließ.

Nachdem er gefühlt Stunden herumgefahren war und sich durchgefragt hatte, fand er endlich die richtige Straße. Er stellte den Wagen ab und lief das letzte Stück zum Haus, blieb aber auf halbem Wege wieder stehen. Was wollte er eigentlich tun, wenn sie dort war? Was sollte er zu ihr sagen? *Ich weiß, dass du eigentlich Emma Thorley bist?* oder: *Die Polizei scheint zu glauben, du hättest jemanden getötet?*

Vielleicht hatte DI Gardner ja recht gehabt. Er wäre besser zu Hause geblieben und hätte darauf gewartet, dass sie zurückkam.

Aber nun war er hier. Er ging hoch zum Haus und klopfte. Als nach ein paar Sekunden niemand aufmachte, klopfte er noch einmal. Er trat ans Fenster, legte die Hände ans Gesicht und versuchte hineinzuschauen, konnte aber wegen der Gardinen und des trüben Lichts nichts erkennen. Allerdings stand ein Auto in der Einfahrt.

Er ging ein paar Schritte zurück, um zu sehen, ob sich oben etwas bewegte. Auch nichts. Dann merkte er plötzlich, dass jemand ihn vom Fenster des Nachbarhauses aus beobachtete. Er wollte gerade rübergehen und klopfen, als er jemanden auf sich zukommen sah.

Lucas spürte seine Füße kaum noch. Wurde Zeit, dass er in die Gänge kam. Stundenlang hatte er bloß hier vorm Krankenhaus rumgehangen, aber sie hatte sich nicht blicken lassen. Mit klammen Fingern schob er den Ärmel seiner Jacke hoch und schaute auf die Uhr. Scheiße, schon so spät. Er war nicht nur bis auf die Knochen durchgefroren, sondern kam fast um vor Hunger. Bestimmt gab es im Krankenhaus eine Cafeteria oder so was, aber wenn er an den Krankenhausfraß bloß dachte, kriegte er jetzt schon das Kotzen. Er konnte sich noch an das Zeug erinnern, das sie seiner Oma aufgetischt hatten. Undefinierbar. War wahrscheinlich gar kein richtiges Essen. Außerdem wollte er noch mal Bens Bude auschecken. Vielleicht waren die Bullen inzwischen abgezogen.

Er schlug den Kragen seiner Jacke hoch – das Teil war echt ein Glücksgriff gewesen – und verließ das Klinikgelände. Okay, das war der Plan: die Lage am Haus sondieren, irgendwo einen Happen essen, dann wieder hierher zurück. Was sollte er sonst machen? Er *musste* sie finden. Jetzt, wo er so nah dran war, konnte er nicht einfach aufgeben.

Er bog in Bens Straße ein und malte sich aus, was er mit ihr anstellen würde, wenn er sie gefunden hatte.

Als er fast beim Haus war, blieb er plötzlich stehen. Da war jemand. Bloß dass es nicht die Person war, mit der er gerechnet hätte.

Adam sah den Mann rasch in seine Richtung kommen. Er ging mit gesenktem Kopf und stemmte sich gegen den kalten Wind. Aber irgendetwas an ihm machte Adam stutzig. Der Mann schaute hoch und fing seinen Blick auf. Plötzlich wusste Adam, wer er war. Gardner hatte ihm ein Foto von ihm gezeigt. Dieser Typ kannte Louise. Ihr Exfreund, hatte Gardner gesagt. Lucas irgendwas.

»Hey«, rief Adam. Der Mann schaute erst nach links, dann nach rechts, dann rannte er los, und zwar in die Richtung, aus der er gekommen war, zurück in die Stadt. »Hey!«, rief Adam noch mal, rannte ihm hinterher die Straße hinunter, und wäre fast auf dem vereisten Asphalt ausgerutscht.

Eine Frau mit Kinderwagen sah sie beide vorbeirennen, und Adam verfehlte sie nur knapp. Aber er konnte nicht stehen bleiben, durfte nicht an Tempo verlieren. Sein Instinkt sagte ihm, dass er den Mann gefunden hatte, der Louise entführt hatte.

Im Laufen versuchte er sein Handy aus der Hosentasche zu ziehen. Er spürte, wie er den Halt unter den Füßen verlor, und streckte die Hände aus, um den Sturz abzufangen. Sein Handy schlitterte über den Asphalt. Adam fluchte, als der Schmerz ihn durchfuhr, die Arme hinauf bis zu den Schultern. Ein paar Leute blieben stehen und guckten, ein älterer Mann kam zu ihm und half ihm aufzustehen.

»Alles klar, mein Junge?«, fragte er. Adam nickte, hob sein Handy auf und ging weiter. Er war zu sehr außer Atem, um sich zu bedanken. Lucas war schon ein ganzes Stück die Straße hinunter und gewann stetig an Vorsprung. Adam sprintete los, aber ein Stechen in seiner Seite zwang ihn langsamer zu laufen. Sie näherten sich dem Stadtzentrum, die Straßen waren jetzt deutlich belebter, was die Verfolgung erschwerte.

Adam biss die Zähne zusammen und legte an Tempo zu. Er durfte ihn nicht aus den Augen verlieren. Der Typ war seine einzige Chance, Louise zu finden. Und um herauszufinden, was hier eigentlich los war.

Den Blick immer auf Lucas geheftet, schlängelte er sich zwischen den Passanten hindurch. Er hatte keine Ahnung, was er tun sollte, wenn er ihn erwischte. Ihn überwältigen, sich auf ihn setzen und warten, bis die Polizei eintraf? Ihm den Arm auf den Rücken drehen, bis er ihm sagte, wo sie war? Adam wusste, dass er keine Chance gegen ihn hätte. Er hatte sich noch nie geprügelt. Also zumindest nicht richtig. Höchstens mal eine Rauferei in der Schule, bei der die Lehrer dazwischengegangen waren, ehe es richtig hart auf hart ging.

Obwohl ihm das Herz bis zum Hals schlug und seine Lunge brannte, rannte er weiter. Und während er lief, versuchte er Gardner anzurufen. Kein ganz leichtes Unterfangen. Zweimal verwählte er sich, einmal hätte er das Telefon fast fallen lassen, bis er es endlich hinbekam. Dabei rauschte ihm das Blut so laut in den Ohren, dass er sowieso kaum etwas hören konnte. Doch, es klingelte noch immer. Warum ging er nicht ran? Mittlerweile war er bestimmt schon in Alnwick, vielleicht ganz in der Nähe.

Weil er kurz abgelenkt gewesen war, hatte er Lucas aus den Augen verloren. Verdammt. Da war er – er sah ihn gerade noch um die nächste Straßenecke verschwinden. Adam mobilisierte seine letzten Kraftreserven und zog noch einmal scharf an, auch wenn ihm das Herz fast schon aus der Brust sprang. Er durfte ihn jetzt nicht verlieren, nicht auf den letzten Metern. Als er um die Ecke bog, kam ihm ein wahrer Menschenpulk entgegen. Er ließ seinen Blick suchend über die Köpfe der Passanten schweifen, ein Meer aus Menschen, in dem er ihn nirgends entdecken konnte.

Er war weg.

Adam blieb stehen, stützte die Hände auf die Knie und versuchte, wieder zu Atem zu kommen. Der Wind brannte ihm in den Augen, und seine Beine fühlten sich an wie Wackelpudding. Er konnte nicht mehr. Dann, endlich, sprang Gardners Mailbox an.

»DI Gardner, Adam Quinn hier«, keuchte er. »Ich bin in Alnwick und gerade diesem Typen über den Weg gelaufen. Lucas wie auch immer er heißt. Er ist hier.« Er ging ein Stück zur Seite und lehnte sich an eine Hauswand, rang nach Luft. Ein paar Passanten musterten ihn mit einer Mischung aus Argwohn und Besorgnis, die meisten gingen einfach vorbei, viel zu sehr mit ihren Weihnachtseinkäufen beschäftigt oder damit, sich einen Weg durchs Gewühl zu bahnen, als dass sie ihn bemerkt hätten. Er ging noch etwas weiter, bis er eine Stelle fand, wo es ruhiger war, wo keine Läden mehr waren, nur noch Gebäuderückseiten, Hinterhöfe und haufenweise Müllsäcke, die auf die Abholung warteten.

»Ich bin hier irgendwo im Stadtzentrum. Er hat mich abgehängt, aber ...« Das Telefon wurde ihm aus der Hand geschlagen. Adam wollte sich gerade umdrehen, als jemand ihm den Arm um den Hals legte, ihn packte und nach hinten zog.

78

17. Dezember 2010

Emma saß in der Cafeteria des Krankenhauses über einen der alten Resopaltische gebeugt und versuchte, sich die Hände an ihrem Kaffeebecher zu wärmen. Sie war völlig durchgefroren. Vorhin, als sie das ganze Stück von Bens Haus gelaufen war, hatte erneut Schneeregen eingesetzt und sie bis auf die Haut durchnässt. Das Geld aus dem Zug hatte noch für einen Kaffee gereicht, aber jetzt war alles weg, und sie fragte sich, was sie tun sollte. Sie hatte kein Geld, keinen Plan. Nichts, wohin sie gehen könnte. Sie fühlte sich genauso wie damals, als sie ihr altes Leben hinter sich gelassen, als sie sich das letzte Mal von ihrem Dad verabschiedet hatte.

Bei dem Gedanken an ihn schnürte es ihr die Brust zu. Als die Polizei noch davon ausging, dass sie es war, dort draußen im Wald, hatte sein Name ein paar Mal in der Zeitung gestanden. Was er wohl gerade durchmachte? Was hatte sie ihm nur angetan, all die Jahre? Sie hatte ihn nie verlassen wollen, nicht so. Nach der Abtreibung war sie in der Annahme nach Hause zurückgekehrt, dass alles gut werden würde. Sie würde wieder zur Schule gehen und versuchen, das Verpasste nachzuholen, würde sich mit ihrem Vater versöhnen und alles wiedergutmachen, was sie ihm angetan hatte. Aber so einfach war es nicht. Nichts war so gekommen, wie sie es sich gedacht hatte. Trotzdem, wie hatte sie nur so egoistisch sein können? Natürlich, sie hatte ihre Mutter verloren – aber er hatte seine Frau verloren, und dann ließ auch noch seine Tochter ihn im Stich, nach allem, was er für sie getan hatte. Ihr Vater hatte sich immer bemüht, aber sie hatte seine Liebe nicht verdient. Sie hatte auch Adams Liebe nicht verdient. Sie war es einfach nicht wert, geliebt zu werden.

Ob Lucas sie hier finden würde? Vielleicht war er noch in der Stadt, hier, ganz in der Nähe, und wartete nur darauf, dass sie sich zeigte. Und Adam? Er würde sich Sorgen machen. Sie sollte ihn anrufen, hätte ihn schon längst anrufen sollen, und ihm sagen, dass es ihr gut ging. Aber was wollte sie eigentlich sagen? Wie es ihm erklären, wo anfangen und wie viel ihm erzählen? Sie wollte nicht, dass ihr Leben mit Adam vorbei war, wollte nicht schon wieder weglaufen und von vorn beginnen, wieder jemand anders werden. Sie war glücklich gewesen. Oder zumindest so glücklich, wie sie es jemals sein konnte. Von ihr aus hätte alles genau so bleiben können, wie es war. Sie fand es gut so, sie wollte nicht, dass sich etwas änderte. Aber nun war es zu spät. *Alles* hatte sich geändert. Ihr Geheimnis war aufgeflogen.

Vielleicht hätte sie, nachdem sie die Polizei verständigt hatte, vor Bens Haus warten sollen. Aber sie war in Panik geraten und weggerannt, so weit weg von Lucas wie nur möglich. Sie könnte jetzt noch zur Polizei gehen. Nein, nicht um sich vor Lucas in Sicherheit zu bringen, sondern um sich ihrer gerechten Strafe für ihre Taten zu stellen. Für alles, was sie ihrem Dad angetan hatte, was sie Adam und diesem Mädchen und ihrer Familie angetan hatte. Und Ben. Sie hatte ihn da erst mit hineingezogen – in ihre Probleme, in ihr eigenes beschissenes Leben. Wäre er ihr niemals begegnet, läge er jetzt nicht halb totgeprügelt im Krankenhaus. Wäre er ihr niemals begegnet, hätte er nicht die letzten elf Jahre in ständiger Angst gelebt, in Gedanken immer das Bild des toten Mädchens vor Augen.

Sie würde sich der Polizei stellen. Sie würde gestehen, was sie getan hatte. Aber Ben würde sie da raushalten. Sie wollte nicht, dass ihre Fehler ihm auch noch den Rest seines Lebens ruinierten. Sie würde zu ihm gehen und ihm erklären, was sie vorhatte. Ihm klarmachen, dass es so das Beste wäre, für alle. Ihre Aussagen durften sich nicht widersprechen, wenn die Polizei sie vernahm. Und man würde sie vernehmen. Aber sie würde ihnen sagen, dass sie es gewesen war, alles. Ihr Plan, ihre Tat. Sie allein hatte Jenny Taylor im Wald vergraben.

79

17. Dezember 2010

Adam blieb die Luft weg, als Lucas ihn gegen die Wand stieß. Er krümmte sich unter dem Schmerz, der, vom Rücken ausstrahlend, durch seinen Körper schoss. Am Ende der Gasse sah er die Füße der Passanten, die vorn, an der hellen, belebten Einkaufsstraße, vorbeieilten. Er hätte um Hilfe rufen können, bezweifelte aber, dass jemand ihn hören würde, selbst wenn er einen Ton herausbekommen hätte.

Er sah Lucas' Faust kommen, noch ehe sie ihm ins Gesicht krachte. Sein Gehirn sagte ihm, dass er etwas tun musste, sich wehren, aber die Reaktionen seines Körpers kamen seltsam verzögert. Der Schlag warf ihn zu Boden, und einen Moment lang lag er einfach da, schaute hinauf in den grauen Himmel, zu den Hausdächern, die sich zu beiden Seiten der Gasse erhoben, bis Lucas sich wieder in sein Blickfeld schob. Er stand über ihn gebeugt und schaute zu ihm herab. Adam sah Speichel in Lucas' Mundwinkeln und hatte nur einen einzigen klaren Gedanken: *Hoffentlich tropft das nicht auf mich runter.*

»Wo ist sie?«

Im ersten Moment dachte er: Hey, ich kann ja doch wieder sprechen, doch dann ging ihm auf, dass Lucas die Frage gestellt hatte.

»Los, sag schon – wo ist sie?«, fragte er noch einmal und zerrte Adam hoch.

»Ich weiß es nicht«, sagte Adam.

Lucas packte Adams Gesicht und drückte es zusammen. »Lüg mich nicht an«, zischte er. »Oder willst du wissen, was ich mit dem letzten Arschloch gemacht habe, das mich angelogen hat?«

Adam gelang es aufzustehen und sich von Lucas loszureißen. »Was haben Sie mit ihr gemacht?«

»Gar nichts«, sagte Lucas und grinste. »Gar nichts hab ich mit ihr gemacht – noch nicht.« Er packte Adams Jacke und stieß ihn wieder gegen die Wand. »Hat sie dir erzählt, was sie getan hat?«, fragte er, sein Gesicht ganz dicht an Adams. »Hat sie dir erzählt, dass sie ein Junkie war? Eine kleine scheißbeschissene Schlampe? Eine Mörderin?«

Adam stemmte sich von der Hauswand ab und versuchte, Lucas loszuwerden. »Quatsch«, sagte er, auch wenn er wusste, dass es wenigstens zum Teil stimmte.

»Aber ja doch, so ein richtig durchtriebenes kleines Luder, eine miese kleine Drogenschlampe.«

Adam ballte die Fäuste. Er hörte schweren, keuchenden Atem, wusste aber nicht, ob es von ihm kam oder von Lucas.

»Ein echt guter Fick, die Kleine, das muss man ihr lassen. Kann ich schon verstehen, dass du sie zurückhaben willst«, sagte Lucas und grinste; Adam holte aus.

Lucas taumelte zurück und lachte. »Nee, tut mir leid, Kumpel. Das solltest du noch ein bisschen üben.« Und dann stürzte er sich auf Adam, verpasste ihm einen Hieb in den Magen, schlug zu, dass Adam sich vor Schmerzen krümmte und zu Boden ging. »Wenn du glaubst, du kannst dich mit mir anlegen, hast du dich geschnitten!«, schrie er und rammte ihm die Faust ins Gesicht. »Du bist genauso blöd wie sie, Arschloch.«

Adam schmeckte Blut und spuckte aus, um den metallischen Geschmack loszuwerden, aber Lucas schlug immer wieder und wieder auf ihn ein. Er versuchte, seinen Kopf mit den Händen zu schützen, doch Lucas hatte das Knie auf seinen Arm gedrückt und hielt ihm den anderen mit eisernem Griff fest, grub die Finger in seine Haut, bis er spürte, wie das Blut sich in seiner Hand staute. Über sich hörte er Lucas schnell atmen, keuchen, und als er sich einen Moment aufsetzte, um nach Luft zu schnappen, riss Adam sein Knie hoch und sah, wie Lucas erbleichte. Er stieß ihn von sich, kam auf die Knie und versuchte aufzustehen, aber Lucas war schon wieder auf den Beinen, holte mit dem Fuß aus und traf Adam unter dem Kinn.

Adam kippte vornüber; jetzt brauchte er das Blut gar nicht mehr auszuspucken, es floss von ganz allein. Er würgte, meinte daran zu ersticken und wurde zur Seite geschleudert, als Lucas ihm mit dem Stiefel in die Rippen trat.

Irgendwo hinter sich hörte er ein Geräusch, die Stimme einer Frau, dann Schritte, die über den Asphalt hämmerten. In seinem Kopf drehte sich alles. Er schloss die Augen, und als er sie wieder aufmachte, sah er zwei Frauen mit teuer aussehenden Schals über ihm stehen. Die eine wühlte in ihrer Handtasche, die andere schaute ihn nur mit großen, entsetzten Augen an. Ein Wunder, dass sie überhaupt gekommen waren. Sie sahen ihm eher so aus, als würden sie um jede Prügelei einen großen Bogen machen.

Als er sich nach Lucas umschaute, schoss ein stechender Schmerz durch seinen Kopf; er konnte Lucas nirgends mehr sehen, und da begriff er – die hämmernden Schritte, das war Lucas gewesen, der wegrannte, nicht die beiden Frauen, die Adam zu Hilfe eilten.

»Warten Sie, ich rufe die Polizei«, hörte er die eine sagen. »Herrje, wo hab ich denn bloß mein Handy?«

Adam rollte sich auf den Rücken und tastete nach seinem Telefon, das neben ihm auf dem Boden lag. Er suchte Gardners Nummer heraus. »Schon gut«, sagte er, mit von Schmerz belegter Stimme. »Danke, aber das schaffe ich schon.«

Als er sich zur Seite drehte, um das Blut auszuspucken, begann sein Handy zu klingeln.

80

17. Dezember 2010

Gardner folgte Freeman in die Kantine, in die sie ihn mit der Aussicht auf einen mittelprächtigen Kaffee gelockt hatte. Sie sah ziemlich fertig aus, aber Gardner hütete sich, ihr das zu sagen. Als der Arzt ihnen mitgeteilt hatte, dass Ben wohl noch ein paar Stunden im OP bleiben würde, hatte sie so gereizt reagiert, dass er keine Lust hatte, die Stimmung noch mehr zu vermiesen.

»Und was jetzt?«, fragte er relativ unverfänglich, als sie ihm einen Plastikbecher mit brauner Plörre reichte.

»Abwarten, schätze ich mal«, sagte sie und ließ sich auf den nächstbesten Stuhl fallen. »Williams hat mir versichert, dass die Fahndung nach Lucas und Emma läuft. Also warten wir, bis wir einen oder beide haben, beziehungsweise bis Ben in der Lage ist, uns ein bisschen was zu erzählen ...« Sie vergrub das Gesicht in den Händen und stöhnte.

»Das wird schon«, meinte Gardner.

»Ach ja?« Sie schaute ihn an. »Ich habe es völlig gegen die Wand gefahren.«

Gardner hätte ihr gern mit goldenen Worten versichert, dass dem nicht so sei, aber wusste er es? Sie steckte in dem Fall drin, er nicht. Ihm war bislang eigentlich nur klar, dass Emma irgendwie an Jennys Tod beteiligt gewesen sein musste, auch wenn sie Jenny nicht selbst umgebracht hatte. Blieben also noch Ben und Lucas.

Lucas schien ihm der aussichtsreichere Kandidat, allerdings nicht zusammen mit Emma. Gingen sie hingegen davon aus, dass Ben und Emma gemeinsame Sache gemacht hatten, blieb die Frage, warum Lucas sich so brennend für die beiden interessierte. Dass er Jenny rächen wollte, hielt Gardner für eher unwahrscheinlich.

Freemans Handy klingelte, sie warf einen Blick darauf, stand schwerfällig auf und entschuldigte sich. Gardner nutzte die Zeit, um sein eigenes Handy zu checken, und sah, dass er eine neue Nachricht auf der Mailbox hatte. Jemand musste ihn angerufen haben, als sie vorhin oben auf der Station waren, wo es keinen Empfang gab. Er hörte die Nachricht gerade ab, als Freeman zurückkam.

»Das war Tom, der Pathologe«, sagte sie und schien nicht zu merken, dass er gerade selbst am Telefon war. »Er hat soeben die alten Röntgenaufnahmen bekommen, und es sieht richtig gut aus. Beziehungsweise schlecht, je nachdem wie man es betrachtet. Der Befund stimmt mit Jenny Taylor überein.«

»Scheiße«, murmelte Gardner.

»Wenigstens wissen wir jetzt Bescheid.«

»Nein, nein«, winkte Gardner ab. »Das war Adam Quinn. Er ist in Alnwick – und er hat Lucas Yates gefunden.«

»Was?! Was ist passiert?«

»Das weiß ich nicht. Die Verbindung war plötzlich weg«, sagte er und rief Quinn zurück. »Aber es würde mich nicht wundern, wenn er jetzt ebenfalls auf dem Weg hierher wäre.«

81

17. Dezember 2010

Lucas drängelte sich durch den Pub, vorbei an der Meute aus Weihnachtsshoppern und Feierabendtrinkern. Seine Hand pochte und hämmerte wie der Bass, der aus den Lautsprechern dröhnte. Auf dem Klo schloss er sich in eine der Kabinen ein und nahm den Schaden in Augenschein. Die ganze Hand war voller Blut, und dass es größtenteils nicht seins war, machte die Sache nur geringfügig besser.

Er hatte sie verloren, das war ihm jetzt klar. Sie war ihm ein weiteres Mal entwischt, konnte überall sein, längst über alle Berge, und jetzt suchten nicht nur die Bullen nach ihr, sondern auch ihr Scheißstecher. Kurz hatte er überlegt, den kleinen Wichser laufen zu lassen, um ihm heimlich zu folgen, damit er ihn zu ihr führte, aber der Depp schien auch keine Ahnung zu haben, wo sie steckte.

Lucas ballerte mit der Faust an die Klotür – sofort schoss ein stechender Schmerz seinen Arm hoch, bis in den Kopf. Scheißegal, Schmerz war geil, vor allem der, den er Emma zufügen würde. Er hämmerte noch immer an die Tür, als er ein paar Typen laut lachend und grölend reinkommen hörte. Falls sie sein Gehämmere hörten, war es ihnen egal. Er ließ sich mit dem Rücken gegen die Tür sinken, hörte die Typen pissen und ohne sich die Hände zu waschen wieder verschwinden, die alten Dreckschweine.

Als sie weg waren, sperrte Lucas die Tür auf und ging zum Waschbecken, spülte sich das Blut von den Knöcheln und starrte in den Spiegel. Eine Sekunde lang meinte er zu sehen, wie das Blut durch seine Adern pumpte, wie es gegen die Haut presste, sie anschwellen ließ. Jetzt *hörte* er es sogar in seinem Kopf rauschen. Er blinzelte, bis das Geräusch wegging.

Nein, er würde nicht aufgeben, er nicht. Noch mal würde sie ihm nicht davonkommen, die kleine Schlampe. Er hieb seine Faust in den Spiegel, sah das Glas splittern wie einen Stern; den Schmerz spürte er mit leichter Verzögerung. Lucas starrte auf die rote Lache, die sich in dem schmuddelig-weißen Waschbecken sammelte, spürte den Schmerz durch seinen ganzen Körper ausstrahlen. Er würde sie finden, jetzt erst recht.

Zwischendurch waren ihm Zweifel gekommen, ob Emma überhaupt nach Alnwick wollte, zu Ben. Vielleicht war sie ganz woanders. Aber nachdem er dann ihren luschigen Freund gesehen hatte, war die Sache für ihn klar gewesen. Sie war hier, in der Stadt, vielleicht ganz in der Nähe. Warum sollte der Typ sonst hier sein?

Er ging wieder raus und wühlte sich durch den Pub, rempelte Leute an, die viel zu betrunken waren, um deshalb Theater zu machen. Und dann ... Scheiße. An der Tür sah er ein paar Bullen stehen, die bei zwei Tussen dazwischengingen, die sich derbe anzickten. Lucas machte sofort kehrt und suchte einen anderen Ausgang. Um sicherzugehen, dass sie ihn nicht gesehen hatten, drehte er sich noch mal um, sah, wie eine der Tussen sich auf die andere stürzte und die zurücktaumelte. Da, jetzt, seine Chance. Lucas wich geschickt aus und versuchte, sich ungesehen vorbei und zur Tür zu schieben.

»Alles klar, Kumpel?«

Lucas hielt den Kopf gesenkt und tat so, als hätte er nichts gehört, aber der Bulle versperrte den Ausgang.

»Alles klar«, sagte Lucas und versuchte, an ihm vorbeizukommen, aber der Typ war voll der Schrank und dachte gar nicht daran, ihn durchzulassen. Der andere war hinter ihm mit den beiden Mädels beschäftigt, da sah Lucas draußen noch einen Polizeiwagen vorfahren. *Scheiße*. Er musste raus hier, sofort.

»An deiner Stelle würd' ich das nähen lassen«, sagte der Bulle und deutete mit dem Kinn auf Lucas' Hand. »Sieht übel aus.« Dann schaute er an Lucas vorbei zu seinem Kollegen, der mit einem der beiden Mädels ankam. Ihr Gesicht war total voll Blut, wahrscheinlich die Nase gebrochen. Von wegen übel, aber hallo. »Okay, sieht nach Notaufnahme aus«, sagte der Bulle an der Tür. »Wenn du willst, nehmen wir dich gleich mit, ist ein Weg.«

Lucas' Magen krampfte sich zusammen. Scheiße, Mann, warum konnte der schwule Wichser ihn nicht in Ruhe lassen? Die Polizei, dein Freund und Helfer, oder was?

»Hier haben wir noch so einen Kandidaten«, sagte der Typ zu seinem Kollegen, der das Mädel raus zum Wagen brachte. »Na los, steig ein«, sagte er zu Lucas. Lucas zögerte; dann sah er die Bullen aus dem zweiten Wagen steigen und vor dem Pub eine richtige Ausweiskontrolle abziehen.

»Ja, klar ... super, danke«, sagte Lucas und grinste. Wenn der Idiot ihn mit zum Krankenhaus nehmen wollte, sollte ihm das nur recht sein. Besser als laufen, oder?

82

17. Dezember 2010

Gardner rief Adam Quinn zurück. Als auch nach mehrmaligem Läuten niemand dranging, begann er unruhig mit dem Fuß zu wippen. Er wollte gerade auflegen, als Adam sich mit verwaschener Stimme meldete. »Adam? Detective Gardner hier. Alles klar bei Ihnen?«

»Ja«, sagte Adam, dann war ein Geräusch zu hören, als würde er ausspucken, ehe er wieder dran war. »Ich bin hier, in Alnwick.«

»Ja, ich weiß, ich habe Ihre Nachricht bekommen. Was soll das? Ist irgendwas passiert? Ich hatte Sie extra gebeten, zu Hause zu warten.«

»Ich konnte nicht einfach bloß rumsitzen. Ich musste irgendwas tun, also habe ich beschlossen, nach Alnwick zu fahren und selbst nach ihr zu suchen. Vor ein paar Tagen habe ich in ihrem Kalender einen Zettel mit einer Adresse gefunden. Als Sie vorhin Alnwick erwähnten, fiel mir das wieder ein, und ich dachte mir, warum nicht einfach hier anfangen?«

»Und warum haben Sie das mir gegenüber nicht erwähnt?« Am anderen Ende der Leitung hörte Gardner erneut Spucklaute und hielt sich das Telefon vom Ohr. Eine Antwort auf seine Frage schien Adam ihm nicht geben zu wollen, also schwenkte er um. »Und was war das mit Yates? Wo ist er jetzt?«

»Ich weiß es nicht«, sagte Adam. »Ich hatte ihn da in der Straße, bei dieser Adresse, gesehen und bin ihm gefolgt. Es kam zu einer kleinen Auseinandersetzung, danach ist er weggerannt.«

»Eine kleine Auseinandersetzung, sagen Sie? Sind Sie verletzt?«, hakte Gardner nach und fing Freemans fragenden Blick auf.

»Nein, alles gut«, kam die Antwort, was Gardner dann doch

stark bezweifelte, denn jetzt war ihm auch klar, was diese elendige Spuckerei zu bedeuten hatte. »Er wollte von mir wissen, wo Louise steckt«, fuhr Adam fort. »Er scheint sie also nicht zu haben. Wo sind Sie?«

»Im Krankenhaus. Der Typ, dessen Adresse Sie auf dem Zettel gefunden haben, das ist Ben, der Drogenberater, von dem ich Ihnen erzählt habe. Er ist gerade im OP – scheint ziemlich langwierig zu sein. Lucas Yates hat ihn ebenfalls erwischt. Wie schlimm sind Sie verletzt? Müssen Sie ins Krankenhaus?«

»Geht schon«, sagte Adam.

»Wo sind Sie?«

»Irgendwo im Stadtzentrum. Ich hab völlig die Orientierung verloren und keinen Schimmer, wo mein Auto steht.«

Gardner rieb sich die Augen. »Also gut, passen Sie auf, Adam, Sie bleiben jetzt, wo Sie sind, und rühren sich nicht von der Stelle. Wir kommen gleich und bringen Sie zu Ihrem Auto. Wo genau sind Sie?«

Adam zögerte. »Gute Frage. Moment, da vorn ist ein Pub.«

»Okay«, sagte Gardner, nachdem Adam ihm den Namen des Pubs genannt hatte. »Sie rühren sich nicht vom Fleck, bis wir da sind.«

»In Ordnung.«

»Und gehen Sie *nicht* mehr allein bei Bens Haus vorbei. Ich glaube zwar nicht, dass Yates sich noch mal da blicken lässt, aber lassen Sie es lieber nicht drauf ankommen, ja? Wir fahren jetzt los und sind so schnell wie möglich bei Ihnen.« Er legte auf und schaute Freeman an, die ihn keine Sekunde aus den Augen gelassen hatte.

»Und?«, fragte sie. »Ist alles okay mit ihm?«

»Behauptet er zumindest.«

»Und Lucas?«

»Auf und davon. Mal wieder.«

»Verdammt«, fluchte Freeman. »Also, was ist passiert?«

Gardner schüttelte den Kopf. »Adam hat beschlossen, auf eigene Faust nach Alnwick zu fahren und Detektiv zu spielen, dabei ist ihm Lucas über den Weg gelaufen, und es kam zu einer kleinen Auseinandersetzung. Ich schätze mal, dass Lucas als Sieger daraus hervorgegangen ist. Aber eins hat Adam immerhin herausgefunden.«

»Und das wäre?«

»Lucas hat Emma nicht. Er hat keinen blassen Schimmer, wo sie ist.«

83

17. Dezember 2010

Lucas gab in der Notaufnahme einen falschen Namen an und winkte seinem Freund und Helfer zum Abschied zu. *Bye-bye* und zurück auf die rauen Straßen von Alnwick. Klar, war bald Weihnachten, da flippten alle aus. Er ließ seinen Blick über den Wartebereich schweifen, über die senilen Alten, die mit offenen Mündern auf ihren Stühlen hingen, schon halb hinüber, und dann die Besoffenen, die sich schon nachmittags vollkotzten, echt peinlich, aber die Tante an der Anmeldung zuckte nicht mal mit der Wimper. Total abgebrüht, die konnte nichts mehr schocken. Lucas überlegte kurz, ob er sich ganz beiläufig nach seinem Kumpel Ben erkundigen sollte. Die könnte ihm bestimmt sagen, wo er lag, wie es ihm ging. Aber nein, keine gute Idee, hier unnötig Aufmerksamkeit auf sich zu lenken. Also setzte er sich und wartete ganz brav, bis er an der Reihe war.

Nachdem der junge Doktor ihn verarztet hatte, sah Lucas zu, dass er wegkam. Draußen unter dem »Bitte nicht rauchen«-Schild blieb er stehen, zündete sich erst mal eine an und überlegte, was er als Nächstes tun solle. Und wie er da so stand, lässig an die Wand gelehnt, fiel ihm etwas ins Auge.

Keine hundert Meter entfernt sah er DS Freeman aus einem Auto steigen. Lucas schnippte die Kippe weg und verzog sich hinter einen Wandpfeiler. Was wollte die denn hier? Hatte sie das mit Ben spitzgekriegt? Oder hatte ihn da drinnen jemand erkannt?

Dann sah er noch einen zweiten Bullen aus dem Wagen steigen, der ihm auch irgendwie bekannt vorkam, gefolgt von Emmas Freund. Augenblicklich war Lucas wieder in der Notaufnahme und versteckte sich hinter einem Verkaufsautomaten, von wo aus er die drei zum Eingang marschieren sah. Sie blieben kurz draußen stehen, Freeman sagte was zu Emmas Typen, dann gingen sie rein. Als er sicher war, dass sie weg waren, huschte er wieder nach draußen. Ein Glück, dass der Laden mehr als einen Eingang hatte. Während er sich umschaute, wie er jetzt möglichst unbemerkt reinkommen könnte, hatte er plötzlich das Gefühl, als wäre sein Herz an so einen Elektroschocker angeschlossen, wie man das im Fernsehen sah. *Wummm!* Er traute seinen Augen kaum. Sein Mund wurde trocken, er war wie gelähmt.

Emma.

Sie hielt den Kopf gesenkt und hatte die Arme um sich geschlungen. Sah aus, als hätte sie geheult. Am liebsten wär er gleich rübergerannt, hätte sie bei den Haaren gepackt und ihr eine reingehauen. Aber das musste warten. Nicht hier, nicht jetzt.

Er sah sie Richtung Hauptstraße gehen; Lucas hinterher. Sein Herz raste, und er sah seinen Atem weiß und wolkig vor seinem Gesicht. Sie drehte sich kein einziges Mal um, schien gar nicht zu merken, dass ihr jemand folgte.

Er blieb auf Abstand, gerade so, dass er sie nicht aus den Augen verlor. Sie war schon fast vorn an der Hauptstraße, als sie plötzlich stehen blieb, sich umdrehte und mit bangem Blick zum Krankenhaus hochschaute. Total verstört, als würde sie gleich wieder heulen. Tja, vielleicht war der liebe Ben ja gestorben?

Und dann senkte sie den Blick, sah ihn, und er merkte richtig, sah es in ihrem Gesicht, wie ihr mit einem Schlag klar wurde, wovor sie *eigentlich* Angst hatte. Was Angst überhaupt war. Ein paar Sekunden stand sie einfach nur da, wie erstarrt.

»So sieht man sich wieder«, sagte Lucas.

Er packte Emma beim Arm, zog sie die Straße runter und hielt nach einem geeigneten Auto Ausschau. Beim Krankenhaus waren sie zwei, drei Leuten begegnet, aber kein Problem. Alle rannten mit gesenktem Kopf durch die Gegend, um sich vor dem kalten Wind zu schützen. Emma hatte einmal versucht, um Hilfe zu rufen, da hatte er ihr einfach den Arm um den Hals gelegt, als wären sie frisch verliebt, und ihr den Mund zugehalten. Total unauffällig, aber schaute sowieso keiner her. Klar, sie hatte sich gesträubt, hatte ihm ihren spitzen Ellbogen in die Rippen gebohrt, aber er blieb ganz cool. Festhalten, Klappe halten, dann guckte auch keiner.

Ein Auto kam ihnen entgegen, Lucas blieb stehen. Erst jetzt fiel ihm auf, dass sie heulte. Als das Auto fast auf ihrer Höhe war, riss Emma sich los und lief auf die Straße. Der Fahrer hupte und riss das Lenkrad herum. Lucas packte sie sich und zog sie zurück. Der Fahrer warf die Arme hoch und schrie irgendwas durchs Fenster, fuhr aber weiter.

Lucas hatte sie an beiden Armen gepackt und hielt sie fest umschlungen, als hätte er ihr gerade das Leben gerettet. Sie versuchte schon wieder, sich loszureißen, aber er hatte sie fest im Griff, das Gesicht ganz dicht an ihrem.

»Das war sehr dumm«, flüsterte er. »Versuch so was noch mal, und ich bringe nicht nur dich um, sondern hole mir auch noch deinen Freund. Hatte ich schon erwähnt, dass wir uns vorhin begegnet sind?« Emma wimmerte. Boah, wie ihn das nervte! Er hätte ihr eine reinhauen können, echt, stattdessen stieß er sie über die Straße, wo – er konnte sein Glück kaum fassen – irgendein Depp seinen Wagen *mit laufendem Motor* abgestellt hatte, um schnell was auszuliefern. Na, der würde sich wundern. Lucas hatte schon bereut, dass er den Wagen aus Middlesbrough vorhin einfach stehen lassen hatte, aber wahrscheinlich war die Kiste jetzt sowieso schon zu heiß. Ein kleiner Fahrzeugwechsel konnte also nicht schaden.

Als er die Tür des Wagens aufmachte, stieß Emma ihn zurück und fing an zu schreien. Auf der anderen Straßenseite drehten sich zwei Frauen um. Eine machte Anstalten, zu ihnen rüberzukommen, hielt sich dann aber nur entsetzt die Hand vor den Mund.

Lucas versuchte Emma wieder in den Griff zu kriegen, aber sie wehrte sich mit Händen und Füßen. Als sie flüchten wollte, streckte er das Bein aus und ließ sie stolpern. Mit der einen Hand öffnete er den Kofferraum, mit der anderen packte er Emma hinten beim Pulli. Schön blöd, da war sie genau in die falsche Richtung gerannt – für ihn natürlich sehr praktisch. Plötzlich tauchte der Fahrer wieder auf, ließ sein Paket fallen und sprintete zu seinem Wagen.

Okay, dachte Lucas, ganz cool bleiben. Er sah die Tussen auf der anderen Straßenseite ihre Handys rausholen. Es juckte ihn in den Fingern, den neugierigen Schnallen eine Lektion zu erteilen, aber keine Zeit. Er musste los, jetzt sofort. Keine Zeit für solche Späße.

Er warf Emma in den Kofferraum, knallte den Deckel zu und sprang hinters Steuer. Der Fahrer hinterher; er packte Lucas und versuchte, ihn aus dem Wagen zu zerren. Lucas hieb ihm die Faust ins Gesicht und stieß ihn mit einem Tritt auf die Straße. Dann sah er die beiden Weiber zu einem Schrank von Kerl rennen und halb hysterisch rüber zum Auto zeigen; Lucas zog die Fahrertür zu – und los.

Als der Typ über die Straße gehechtet kam, drückte Lucas kräftig aufs Gas. Er sah den Mann nach dem Heck greifen, aber zu spät. Lucas bog mit quietschenden Reifen um die nächste Ecke und spürte wieder diesen Kick, wie ein Rausch. Verdammt knapp.

Fast hätte er es verbockt. Aber nur fast. Er lachte laut auf. Das war ja gerade der Spaß bei der Sache. *No risk, no fun.*

84

17. Dezember 2010

Die Schwester am Empfang hätte fast die Augen verdreht, als Freeman schon wieder angetanzt kam – diesmal sogar mit noch einer weiteren Person im Schlepptau.

»Schon was Neues?«, fragte Freeman, und die Schwester seufzte.

»Er ist gerade aus dem OP gekommen. Aber bis er zu sich kommt, wird es noch eine Weile dauern, also ...« Sie schloss mit einem Achselzucken, das Freeman als ein »*Verziehen Sie sich endlich und hören Sie auf, mir Fragen zu stellen*« deutete.

»Danke.« Sie wandte sich zum Gehen.

»Der Typ ist ja echt begehrt«, hörte sie die Schwester hinter sich murmeln.

Freeman drehte sich um. »Wie bitte?«

»Da hat sich eben noch jemand nach ihm erkundigt.«

»Wer?«, fragte Freeman scharf. »Ein Mann?«

»Nein, eine junge Frau.«

Freeman schaute Gardner und Adam an. Sie wollte der Frau gerade das Foto von Emma zeigen, aber Adam kam ihr zuvor und zückte sein Handy. »War sie das?«

Die Schwester schaute auf das Display, dann etwas perplex von Adam zu Freeman. »Aber ja, das war sie. Warum?«

»Wann war sie hier?«, fragte Freeman und wurde wieder mit einem Achselzucken bedacht.

»Ist noch nicht lang her«, meinte die Empfangsschwester. »Vor zwanzig Minuten vielleicht.«

Freeman bat den Mann vom Sicherheitsdienst, eine halbe Stunde zurückzugehen und mit den Kameras in der Nähe der Ausgänge zu beginnen. Zumindest war der Typ – Wayne, wenn sie sich nicht verhört hatte – hilfsbereit, wenn auch etwas übereifrig. Sein wortkarger Kollege schien mehr daran interessiert, sein Curry zu futtern.

Sie versuchte, Waynes Erklärungen der technischen Besonderheiten des Videoüberwachungssystems auszublenden und sich auf das Geschehen auf dem Bildschirm zu konzentrieren. Dutzende Leute gingen ein und aus, aber bislang keine Emma. Der Film lief im Schnelldurchlauf, und nach einer Weile konnte sie kaum noch mit dem Blick folgen. Alles erschien ihr wie ein Wimmelbild emsiger Betriebsamkeit.

»Halten Sie hier mal bitte an«, meinte sie. »Ein bisschen zurück und dann in normaler Geschwindigkeit weiter.«

Wayne spulte das Band zurück und ließ es erneut ablaufen. »Wen suchen wir denn?«, fragte er, worauf Freeman am liebsten geantwortet hätte: »*Wir* suchen überhaupt niemanden.«

»Junge Frau Mitte zwanzig, circa eins sechzig, braune Haare«, sagte sie stattdessen und scannte das nicht gerade bestechend scharfe Menschengewühl nach Emma ab, konnte sie aber nirgends entdecken. Ob Emma an die Überwachungskameras gedacht hatte? Wenn ja, hatte sie vielleicht versucht, sich in einer größeren Menschenmenge zu verstecken.

Freeman suchte mit angestrengtem Blick den Bildschirm ab, fand aber nichts Auffälliges. Die Gruppe zerstreute sich, keine Emma. Plötzlich war der Flur bis auf einen Arzt, der telefonierend auf und ab ging, menschenleer.

»Soll ich wieder schneller laufen lassen?«, fragte Wayne, und Freeman nickte. Ihre Augen schossen hin und her, als vereinzelte Gestalten wie Zeichentrickfiguren über den Gang flitzten. »Halt«, rief sie und legte ihre Hand auf Waynes. »Spulen Sie zurück und *langsam*.« Auf dem Bildschirm kam eine junge Frau ins Blickfeld, den Kopf gesenkt und schnellen Schrittes, als wäre sie in Eile. »Halten Sie hier mal an.« Wayne kniff die Augen zusammen und versuchte etwas zu erkennen. »Das könnte sie sein«, sagte Freeman. »Weiter.« Wayne ließ das Band weiterlaufen, und sie sahen die Frau um eine Ecke biegen und verschwinden.

»Wo ist die nächste Kamera?«, fragte Freeman, aber Wayne fummelte bereits an ein paar Knöpfen herum und murmelte etwas vom Timecode.

»Okay, hier haben wir sie wieder«, sagte er und zeigte auf eine kleine, dunkle Gestalt auf dem Bildschirm. »Sie ist jetzt auf dem Hauptkorridor, der direkt zum Ausgang führt.«

Freeman beugte sich vor. Das Bild war noch immer körnig und etwas unscharf, aber als die Person auf die Kamera zuging, war deutlich zu erkennen, dass es sich um Emma Thorley handelte.

»Jetzt verlieren wir sie gleich wieder aus den Augen, wenn sie nämlich dort bei den Pfeilern vorbeigeht, aber draußen ist dann schon die nächste Kamera, einen Moment ...« Wayne spielte wieder an ein paar Steuerungsknöpfen herum, ließ die Aufnahme aus dem Flur aber noch ein Stück weiterlaufen.

»Halt, warten Sie«, sagte Freeman und zeigte auf den Bildschirm, als die Außenaufnahme gerade angefangen hatte. »Hier.« Sie sah einen Mann, der sich aus dem Schatten der Pfeiler löste und auf Emma zuging. »Verdammter Mist«, murmelte sie.

85

17. Dezember 2010

Lucas hörte Emma im Kofferraum Krach schlagen. Das ging ihm so was von auf den Sack, dieses ewige Geheule und Geklopfe. Die Frage war ja auch, wer das sonst noch mitbekam. Er fuhr jetzt schon ewig mit ihr durch die Gegend, um einen geeigneten Ort zu finden. Diesmal würde er es richtig machen. Ihr zeigen, was sie davon hatte, wenn sie ihm blöd kam. Aber überall waren Leute, und er hatte keinen Plan, wo er war. Der Tank war auch bald leer, und wenn die Bullen nicht totale Idioten waren, müssten sie längst an ihm dran sein. Überhaupt ein Wunder, dass er unbehelligt aus der Stadt rausgekommen war, nachdem diese beiden Weiber einen auf wichtig gemacht und sich eingemischt hatten.

Der Verkehr rauschte an ihm vorbei, aber nirgends Polizei, sehr gut. Auf den kleinen Nebenstraßen waren dann immer weniger Autos unterwegs, noch besser. Er fuhr weiter, bis der Motor fast keinen Saft mehr hatte und schon ziemlich unrund lief. Kein Problem, hier konnte er anhalten. Weit und breit niemand zu sehen, seit zehn Minuten kein anderes Auto mehr, dafür Wald ohne Ende. Er drosselte das Tempo und hielt seitlich am Straßenrand. Gut möglich, dass er den perfekten Ort gefunden hatte.

Emma wollte sich tot stellen? Das konnte sie haben, aber diesmal in echt. Er würde ihr geben, was sie wollte, und sich dann aus dem Staub machen. Für immer, frei von allem. Endlich den ganzen Scheiß loswerden. Und niemand – schon gar nicht Emma Thorley, Detective Freeman oder irgendeine andere Nervensäge, die glaubte, sie könnte ihn austricksen – würde ihm jemals wieder blöd kommen.

Er würde Emma im Wald verscharren, genauso wie sie es mit Jenny getan hatte.

Als Freeman aus dem Büro des Sicherheitsdienstes stürmte, wäre sie fast mit Gardner zusammengestoßen, der schon wieder am Telefon hing.

»Lucas war hier, er hat sie gefunden«, sagte sie.

»Ich weiß.« Gardner deutete auf sein Handy und folgte Freeman zum Ausgang. »Bei der örtlichen Polizei ist vor vierzig Minuten ein Anruf eingegangen: Passanten wollen unweit des

Krankenhauses eine Entführung beobachtet haben. Zwei Frauen haben ein Paar lauthals streiten sehen. Der Mann hat die Frau, die geschrien und sich gewehrt hat, zu einem Auto gezerrt, sie in den Kofferraum geworfen und ist mit ihr weggefahren.«

»Beschreibung?«

»Passt auf Lucas und Emma«, sagte Gardner und wich einer alten Dame aus, die etwas in ihrer Handtasche suchte.

»Haben wir das Autokennzeichen?«

»Ja, dem Fahrer sei es gedankt, den Lucas, so er es denn war, wovon wir jetzt mal ausgehen, vor seiner Flucht übrigens auch noch kurz attackiert hat. Der Wagen wurde vor einer Viertelstunde auf der B 1340 in nördlicher Richtung gesehen.«

»Dann nichts wie hinterher«, sagte Freeman, als sie hinauf in die Kälte liefen.

»Haben Sie sie gefunden?«, ließ eine Stimme hinter ihnen sie wie angewurzelt stehen bleiben.

Freeman und Gardner drehten sich zu Adam um, der sie mit bangem Blick ansah.

»Ich hatte Ihnen doch gesagt, Sie sollten oben warten«, meinte Gardner und ging weiter zum Auto.

»Wir sind ihr gerade auf der Spur«, ließ Freeman Adam wissen und öffnete ihre Tür.

»Wo ist sie?«, beharrte Adam, dem die Angst ins Gesicht geschrieben stand.

»Wir sagen Ihnen Bescheid, sobald wir mehr wissen«, sagte Gardner und stieg auf der Beifahrerseite ein. »Gehen Sie wieder nach oben und warten Sie dort auf uns.«

Als Freeman losfuhr, sah sie Adam völlig verloren auf dem Parkplatz stehen und ihnen hinterherschauen.

86

17. Dezember 2010

Adam betrat das Patientenzimmer und blickte zu Ben Swales hinüber. Er hatte die Schwester einfach angelogen und behauptet, er wäre sein Bruder.

Er sah Bens Augenlider flattern. Langsam, ganz leise trat er ans Bett, zog sich einen Stuhl heran und setzte sich. Verglichen mit Ben war er bei seiner Auseinandersetzung mit Lucas Yates wohl noch glimpflich davongekommen. Fast hätte er Erleichterung empfinden können, wäre da nicht der Gedanke, dass sie jetzt irgendwo dort draußen war, mit ihm. Was würde er ihr antun?

Ben hustete, und Adam schaute sich nach einer Schwester um, dann sah er wieder Ben an. »Brauchen Sie irgendetwas? Soll ich jemanden rufen?«

Ben schüttelte den Kopf. »Wer sind Sie?«, fragte er.

»Adam. Ich bin Louises ... Emmas Freund.«

»Emma?« Ben hob den Kopf und schaute an Adam vorbei. »Ist sie hier?«

»Nein«, sagte Adam. »Aber sie war hier.« Er sah zum Fenster hinaus. Ehrlich gesagt, hatte er keine Ahnung, wer dieser Typ war, was er mit der ganzen Sache zu tun hatte. Was er jedoch wusste, war, dass dieser Mann Louise – oder Emma, oder wie immer sie nun hieß – besser kannte als er. Er kannte ihre Vergangenheit, ihre Familie, ihre Geheimnisse. Was blieb da noch für ihn?

»Wo ist sie jetzt?«, fragte Ben.

»Er hat sie entführt. Die Polizei sucht nach dem Wagen.«

Ben versuchte mühsam sich aufzusetzen. »Lucas hat sie gefunden?!«

Adam nickte. »Ich habe die beiden Detectives miteinander reden hören. Jemand hat den Wagen entdeckt, und sie sind ihnen jetzt auf der Spur. Detective Freeman. Und Gardner.«

Ben sah aus, als wollte er am liebsten aus dem Bett springen und die Verfolgung eigenhändig aufnehmen. »Er bringt sie um«, murmelte er und schloss die Augen. »Er wird sie umbringen.«

Jetzt konnte Adam sich nicht länger zusammenreißen. Die Tränen kamen einfach und ließen ihn nach Atem ringen. Er kam sich so nutzlos vor. Er hatte sie im Stich gelassen. Irgendetwas hätte er bestimmt tun können. Er hätte Yates aufhalten sollen, als er die Gelegenheit dazu hatte. Vor allem hätte er doch merken müssen, dass etwas mit ihr nicht stimmte. Aber er hatte nichts getan, nichts. Er fühlte sich so hilflos, so ohnmächtig. Kein Wunder, dass sie ihm nicht vertrauen konnte und ihm nicht die Wahrheit gesagt hatte.

»Sie hat nichts Falsches getan«, sagte Ben leise.

Adam schaute ihn an, sein Gesicht brannte vor Tränen. Er schüttelte den Kopf. »Sie hat mich angelogen. All die Jahre hat sie sich als etwas ausgegeben, das sie gar nicht ist. Die Polizei nimmt an, dass sie dieses Mädchen umgebracht hat.«

Jetzt hatte auch Ben Tränen in den Augen. »Sie ist ein guter Mensch«, sagte er. »Wenn sie dich angelogen hat, dann nur, um dich vor der Wahrheit zu beschützen. Alles, was sie getan hat, hat sie nur getan, um ihm zu entkommen. Lucas. Die Polizei *muss* ihn finden. Sie müssen ihn aufhalten.«

Seine Worte waren wie ein Stich in Adams Herz. *Sie* hatte *ihn* beschützen wollen? Eigentlich hätte es doch genau umgekehrt sein sollen. Er sah aus dem Fenster, hinunter auf den Parkplatz, über den sich eine feuchte Schneedecke gelegt hatte. Adam schob seinen Stuhl zurück und bedankte sich bei Ben, ehe er hinaus auf den Stationsflur und zur Treppe rannte. Vielleicht war es ja noch nicht zu spät. Vielleicht konnte er doch noch etwas tun.

87

17. Dezember 2010

Lucas schleifte Emma durch den Wald, den einen Arm um ihre Taille gelegt, in der anderen Hand einen Spaten. Der Wagen, den er gestohlen hatte, war voll mit so Gartenscheiß gewesen – Spaten, Hacken, was du willst. Ben hätte jetzt wahrscheinlich gesagt, dass sein Schutzengel über ihn wachte. Lucas grinste. Er hätte es nicht besser sagen können.

Nervig waren die Äste, die ihm ins Gesicht schlugen und sich in Emmas Haaren verfingen. Bäume, Bäume, nichts als Bäume. Wald eben. Aber genau richtig. Er hatte sie mit einem alten Lumpen und einer Schnur aus dem Auto geknebelt, konnte aber noch immer ihre erstickten Schreie hören. Weiter vorn sah er Lichter, war sich aber sicher, dass die Straße *hinter* ihnen war. Nicht gut. Er änderte leicht seinen Kurs, weg von den Lichtern. Jetzt war er schon so weit gekommen, da hatte er keinen Bock, dass ihm jemand auf den letzten Metern die Bullen auf den Hals hetzte.

Emma sträubte sich, grub die Hacken in den Boden, wodurch sie nur langsam vorankamen. Der Boden war rutschig, Matsch und Schneeregen spritzten an seiner Jeans hoch. Mittlerweile schneite es wieder, aber die Kälte konnte ihm nichts mehr. Wenn er hier fertig war – wenn er *mit Emma* fertig war – konnte ihm nichts und niemand mehr was anhaben. Er würde abtauchen und noch mal von vorn anfangen, irgendwo.

Sie kamen an eine Lichtung, nicht groß, vielleicht zwei mal drei Meter, aber groß genug und zudem noch ausreichend von Bäumen geschützt. Auch wenn es ziemlich unwahrscheinlich war, dass ihn hier irgendwer sah. Wer war denn bei diesem Wetter schon im Wald unterwegs? Höchstens jemand, der selbst eine Leiche beseitigen wollte, na also.

Lucas ließ Emma los, warf sie auf den Boden. Sie landete mit dem Gesicht voraus, streckte die Hände aus, um den Sturz abzufangen, rappelte sich hoch und versuchte wegzulaufen.

»Nichts da«, sagte er und packte sie sich. Er hielt sie fest im Griff, aber sie wehrte sich wie blöd und versuchte, ihm ihren Ellbogen in den Bauch zu rammen, das miese Luder. Lucas stieß sie zu Boden, hockte sich auf sie und holte den Rest Schnur aus seiner Tasche. Sie ging mit ihren Krallen auf ihn los, versuchte ihn zu kratzen. Er knallte ihr eine, schön mit der Faust, und Ruhe war. Dann fesselte er ihre Handgelenke. Sie strampelte mit den Beinen und robbte im Matsch herum. Er schaute sich das einen Moment an und lachte, weil es einfach zu komisch aussah, dann bückte er sich und band ihr auch die Füße zusammen. Als er damit fertig war, hockte er sich auf sie. Keine Ahnung, ob sie heulte oder ob das der Regen war, aber das in ihren Augen war eindeutig Angst, panische Angst, und mehr wollte er gar nicht. Er drückte sich an sie und beugte sich vor, bis sein Mund ganz dicht an ihrem Ohr war.

»Das Letzte, was du in diesem Leben sehen wirst, ist die Erde, die ich auf dein Gesicht werfen werde«, flüsterte er, worauf sie wieder anfing, sich unter ihm zu winden. Er lachte und stand auf, zog sie hoch, bis sie saß, und lehnte sie an einen Baum. Dann noch ein letzter Blick in alle Richtungen; jetzt waren keine Lichter mehr zu sehen. Gut so. Sie waren allein. Ganz allein, nur sie beide. Er fing an zu graben. Unter dem Schneematsch war der Boden steinhart gefroren. Jeder Spatenstich jagte dumpfe Erschütterungen durch seine Arme. Und mit jedem Stich steigerte sich seine Erregung, er grub sich in einen richtigen Rausch. Während er grub, hatte er sie immer schön im Blick und genoss die Panik in ihren Augen. Aber immer der Reihe nach. Erst musste er ihr Grab schaufeln, das hatte absolute Priorität. Wenn das geschafft war, blieb ja vielleicht noch Zeit, um sich ein bisschen zu vergnügen.

88

17. Dezember 2010

Gardner schaute auf die Straßenkarte in seiner Hand, als Freeman auch schon mit Schwung die nächste Kurve nahm. Ihr Gesicht hatte diesen zu allem entschlossenen, dabei leicht euphorischen Ausdruck, der sich stets einstellte, wenn die Dinge endlich ins Rollen kamen und sich eins zum anderen fügte. Er kannte das nur zu gut, hatte es bestimmt hundert Mal gesehen. Wahrscheinlich sah er selbst genauso aus.

»Bislang haben wir sie dreimal vor die Kameras bekommen. Erst auf der B 1340 in nördlicher Richtung, dann haben sie einen Schwenk nach Westen gemacht und danach weiter auf der B 6346 nach Norden. Das war vor fast einer halben Stunde. Einheiten sind dorthin unterwegs, aber bis jetzt nichts«, sagte Freeman.

»B 6346«, sagte Gardner und breitete die Karte vor sich aus. »Viel Wald in der Gegend ...« Er verstummte, als Freemans Telefon klingelte.

»Man hat das Fahrzeug gefunden«, sagte sie, nachdem sie kurz mit jemanden am anderen Ende gesprochen hatte. »Ein Kollege hat den Wagen untersucht, aber er war leer.«

»Wie weit von hier?«

»Ungefähr zehn Minuten.«

»Na dann mal nichts wie hin«, meinte Gardner und hielt sich gut fest, als Freeman eine scharfe Wendung hinlegte und in die Gegenrichtung davonbrauste.

Adam schaute auf die Straßenschilder und versuchte sich zu orientieren. Er hatte Gardner sagen hören, dass der Wagen auf der B 1340 gesichtet worden sei. Aber das war jetzt auch schon eine Weile her. Mittlerweile konnten sie sonst wo sein. Aber irgendjemand würde doch wohl etwas gemerkt haben, oder? Emma würde sich gewehrt haben, geschrien. Adam versuchte nicht daran zu denken, was Lucas ihr zwischenzeitlich alles angetan haben könnte.

Im ersten Moment war er fast erleichtert gewesen, als er erfahren hatte, was passiert war. Immerhin wusste er jetzt, dass sie ihn nicht verlassen hatte, nicht mit diesem Lucas durchgebrannt war. Das war eine Riesenerleichterung gewesen. Einerseits – und Adam schämte sich fast dafür, aber so war es eben. Mittlerweile jedoch wäre es ihm beinah lieber, wenn sie freiwillig mit Lucas gegangen wäre. Dann hätte er zumindest Gewissheit, dass sie nicht in Gefahr war. Und dass sie noch lebte.

Adam schluckte. Nein, daran durfte er gar nicht denken. Aber diese Gedanken kamen ihm von ganz allein, Schreckensbilder davon, wie sie irgendwo ganz allein sterben musste, in dem Glauben, er hätte nichts getan, um ihr zu helfen, er hätte sie im Stich gelassen, als sie ihn am meisten brauchte. Das durfte nicht sein. Er *musste* sie finden. Adam hielt am Straßenrand, schnappte sich sein Telefon und rief Gardner an. Als der Detective sich meldete, hörte Adam im Hintergrund Verkehrsrauschen.

»Und, haben Sie sie gefunden?«, kam er gleich zum Punkt.

»Noch nicht, aber der Wagen, in dem sie unterwegs waren, wurde vor ein paar Minuten in einem Waldgebiet entdeckt. Wir sind gerade auf dem Weg dorthin. Sie bleiben schön bei Ben, und ich melde mich, wenn es etwas Neues gibt, okay?«

Adam hörte schweigend zu und spitzte die Ohren, als er Freeman im Hintergrund Verstärkung nach Shipley Woods anfordern hörte. Na bitte, das hatte er wissen wollen. »Okay«, sagte er, legte auf und nahm sich die Straßenkarte vor.

Er versuchte, sich nur auf sein Ziel zu konzentrieren und nicht daran zu denken, wie lange sie jetzt schon in Lucas' Gewalt war. Wie lange sie schon hatte leiden, was sie alles hatte ausstehen müssen, mutterseelenallein. Wenigstens war die Polizei ihr jetzt auf der Spur. Sie würden sie finden, es war nur noch eine Frage der Zeit. *Er* würde sie finden. Blieb nur zu hoffen, dass er nicht zu spät kam.

89

17. Dezember 2010

Lucas wischte sich mit kalten Händen den Schweiß vom Gesicht. Besonders tief war er nicht gekommen – vielleicht dreißig Zentimeter, wenn überhaupt. Wer hätte gedacht, dass es so scheißschwer war, ein Grab zu schaufeln? Er trat zurück und überlegte, ob er sie einfach hierlassen sollte, scheiß auf das Grab. Die Bullen müssten ihm längst auf der Spur sein. Also war es sowieso unwahrscheinlich, dass sie genauso lange hier liegen und verrotten würde wie Jenny.

Er drehte sich zu Emma um und sah sie an ihren Fesseln zerren. Mann, er schwitzte wie ein Schwein, trotz der Kälte. Wieder fuhr er sich übers Gesicht. Stockfinster war es mittlerweile auch, und er konnte kaum noch weiter gucken als bis zu dem Baum, an dem sie hockte. So hatte er sich das große Finale irgendwie nicht vorgestellt.

Als er den Spaten auf den Boden warf, musste er wieder an alles denken, was sie ihm angetan hatte. Wie sie ihn abgewiesen hatte, sein Kind hatte abtreiben lassen. Wie sie wegen jedem Scheiß zum lieben Ben gerannt war, die Schlampe. Wie sie ihn am Ende ausgetrickst hatte.

Er schaute zu Emma rüber, die noch immer versuchte, sich von ihren Fesseln zu befreien, die trotz dem Knebel am Heulen war. Sie hatte geglaubt, sie wäre besser als er, aber das war sie nicht. Im Gegenteil. Sie hatte genauso Schuld wie er. Mehr noch eigentlich. Wie ein Aasgeier hatte sie sich auf das tote Mädchen gestürzt, hatte sie für ihre eigenen Zwecke ausgeschlachtet.

Lucas ging zu ihr, blieb ganz dicht vor ihr stehen, schaute auf sie runter. Emma hörte auf zu strampeln und saß völlig reglos. Er hockte sich vor sie hin, überlegte, ob er ihr den Knebel rausnehmen sollte, hatte aber Angst, dass sie anfing zu schreien, dass jemand sie hörte und angerannt kam. Trotzdem, er brauchte Antworten.

»Hast du wirklich gedacht, du würdest damit durchkommen, Em?«, fragte er. »Hast du wirklich geglaubt, ich würde nicht dahinterkommen, dich nicht finden?«

Emma wimmerte und stöhnte; er machte den Knebel los.

»Du hast dich immer für was Besseres gehalten. Besser als ich, besser als die andern. Bist du aber nicht. Du bist genauso schlimm, vielleicht noch schlimmer. Eine Lügnerin, das bist du – eine Mörderin und Betrügerin.«

»Ich habe sie nicht umgebracht«, sagte sie mit bebender Stimme.

Lucas boxte sie in den Bauch, dass sie aufschrie und sich krümmte; er packte sie am Hals, würgte sie. »Lüg mich nicht an, Schlampe.« Speichel flog, als er ihr ins Gesicht schrie. Er ließ sie los, lehnte sich zurück und wischte sich den Mund ab. »Und mir dafür die Schuld in die Schuhe schieben wollen«, zischte er und zerrte sie hoch, stieß sie gegen den Baum.

»Woher wusstest du eigentlich, was mit uns los war? Warum Jenny?«, fragte er, aber sie schaute ihn bloß an, als hätte sie keinen Schimmer, wovon er sprach. »Ich weiß, dass du es warst. Und als sie tot war, hast du ihr deinen Ausweis zugesteckt, damit es aussah, als wär ich es gewesen. Hast du doch, oder? Du wolltest, dass ich die Scheiße ausbade.«

»Ich wollte einfach bloß weg«, sagte Emma.

»Aber woher wusstest du das von uns beiden? Woher wusstest du, dass du dir *sie* vornehmen musstest?«

»Ich weiß nicht, wovon du redest ... ehrlich«, stieß sie zwischen ihrem Geheule hervor. »Wir haben sie gefunden. Ben hat bloß versucht, ihr zu helfen. Wir hatten nach ihr gesucht und sie ... sie in dieser Wohnung gefunden.«

»Und dann habt ihr sie umgebracht, du und die alte Schwuchtel. Tolle Hilfe. Ihr habt ihr den Rest gegeben, ja? Habt zu Ende gebracht, was ich angefangen habe.«

»Nein, so war es nicht. Wie haben sie so gefunden, auf dem Bett, in der Wohnung. Sie war schon tot.« Emma schüttelte verwirrt den Kopf, bis es ihr plötzlich dämmerte. »Du warst das. *Du* hast sie umgebracht. Du hast Jenny umgebracht!«

Na bitte. Lucas lehnte sich zurück, die Arme hinter dem Kopf verschränkt. Nach all den Jahren wusste er es endlich. Er war sich nie sicher gewesen, nicht ganz. Jetzt schaute er Emma an, musste sich anstrengen, um ihr Gesicht im Dunkel noch zu erkennen. Aber es lohnte sich, dieser Ausdruck in ihrem Gesicht! Köstlich. Jetzt war ihm alles klar. Sie wussten es beide. Endlich, nach all den Jahren, waren sie sich mal einig. Lucas fing an zu lachen.

90

8. Juli 1999

Emma sprang erleichtert auf, als Ben aus der Klinik kam. Sie hätte ja lieber drinnen gewartet, als hier den halben Tag draußen rumzuhängen, aber Ben hatte außer ihr eben noch andere Patienten und konnte nicht rund um die Uhr auf sie aufpassen. Und seine Kollegen hatten schon angefangen, blöde Bemerkungen zu machen, nachdem sie stundenlang im Wartezimmer gesessen hatte. Sorry, aber das brauchte sie dann auch nicht. So viel zu den Helfern in der Not.

Gestern war sie noch ewig durch die Stadt gelaufen, ehe sie sich durchringen konnte, zu Ben zu gehen und ihm das mit Lucas zu erzählen. Wo hätte sie auch sonst hingehen sollen? Nach Hause konnte sie nicht. Nicht nachdem Lucas gedroht hatte, ihrem Dad etwas anzutun. Sie konnte es nicht verantworten, dass ihrem Vater etwas passierte. Ben hatte sie überreden wollen, zur Polizei zu gehen. Aber wozu? Die unternahmen ja doch nichts. Lucas würde eine Verwarnung bekommen, und dann wäre er wieder auf freiem Fuß, und alles würde von vorn anfangen. Wäre dieser Mann vorgestern nicht zufällig aus dem Wettbüro gekommen, hätte Lucas ihr etwas Schlimmes angetan, ganz sicher. Sie hatte Lucas schon öfter wütend erlebt, aber nicht so. Mittlerweile schien das bei ihm so was wie ein Dauerzustand zu sein. Aber jetzt war es anders als sonst. Schlimmer. Sie hatte *richtig* Angst bekommen. In seinen Augen hatte etwas aufgeblitzt, ein Hass, der früher nicht da gewesen war, und auf einmal war ihr klar geworden, dass er niemals aufgeben würde. Er würde sie nie in Ruhe lassen, niemals. Ob Ben sie vor Lucas beschützen könnte, schien ihr zwar auch fraglich, aber wenigstens wäre sie dann nicht allein.

Ben nickte ihr zu und warf einen Blick über die Schulter auf seine Chefin, die hinter ihnen die Klinik abschloss. Emma ging zu ihm rüber. Seine Chefin versuchte so zu tun, als würde sie nichts mitbekommen, aber Emma konnte sie nichts vormachen. Sie wandte der Frau den Rücken zu. »Können wir jetzt los?«, fragte sie.

»Bis morgen, Ben«, rief seine Chefin, als sie an ihnen vorbeiging.

»Mach's gut, Jessie«, sagte Ben und wartete, bis sie außer Hörweite war. »Ich muss noch kurz was erledigen. Warum gehst du nicht so lange nach Hause?«

»Nein«, beharrte Emma. »Da kann ich nicht hin.«

Ben sah beiseite, und sie fragte sich, ob sie ihn nicht besser in Ruhe lassen sollte. Er hatte schon so viel für sie getan. Lucas hatte ihn ihretwegen schon einmal angegriffen, und sie wollte nicht, dass es noch mal geschah. Aber sie hatte Angst. Und sie wusste nicht, an wen sie sich sonst wenden oder wie sie das allein schaffen sollte. Wie konnte sie sicher sein, dass Lucas sie nicht doch wiederfand, irgendwann?

»Ich muss erst noch nach jemandem schauen«, sagte Ben. »Auch ein Mädchen, das hier in Behandlung ist«, fügte er hinzu, damit sie auch ja begriff, dass sich nicht alles um sie drehte. »Sie war ein paar Tage nicht da. Ich mache mir Sorgen um sie.«

»Kein Problem, dann begleite ich dich eben.«

Ben seufzte, schien aber nicht mehr die Kraft zu haben, ihr zu widersprechen. Vielleicht wusste er auch, dass er nicht gewinnen konnte. Seltsam, dachte Emma, auf einmal die Kontrolle über eine Situation zu haben. Aber eigentlich ein gutes Gefühl.

»Es könnte aber etwas dauern«, versuchte Ben es erneut. »Ich weiß nicht mal genau, wo sie wohnt. Jemand meinte, er hätte sie drüben in Lime Court gesehen. Du kennst sie nicht zufällig, oder? Jenny Taylor?«

Emma wich Ben nicht von der Seite, während er in der Asi-Siedlung herumfragte. Ein paar bekannten Gesichtern waren sie schon über den Weg gelaufen – Kunden von Lucas. Emma hielt den Kopf gesenkt und versuchte, sich unsichtbar zu machen. War vielleicht doch keine gute Idee gewesen herzukommen. Was, wenn einer von denen sie erkannte und Lucas steckte, dass sie hier war? Und Ben erzählte sowieso keiner was. Hier hielten alle dicht, an Orten wie Lime Court war Ben nun mal der Feind. Es war totale Zeitverschwendung. Und Jenny hatte ihr gerade noch gefehlt.

»Da oben?«, fragte Ben und riss sie aus ihren Gedanken. Emma sah einen kleinen Jungen, bestimmt erst sechs oder sieben Jahre alt, der sich grinsend einen Zehner in die Hosentasche stopfte und schnell wegrannte. »Komm«, sagte Ben, und sie stieg hinter ihm die Betonstufen hinauf. Überall wäre sie jetzt lieber gewesen als hier. Aber was sollte sie tun?

Ben klopfte an die Wohnungstür, die sich mit einem leisen Knarren öffnete. Emma zuckte zusammen, als eine Fliege dicht an ihrem Gesicht vorbeiflog und ein fauliger Geruch sie streifte, der aus der Wohnung zu kommen schien, schlimmer als der ganze andere Mief in Lime Court zusammen. Und nebenan stand ein Typ am Fenster und beobachtete sie – gruselig. Sie kam sich vor wie im falschen Film.

»Du wartest hier«, sagte Ben zu ihr, als er die Wohnung betrat. Aber Emma hatte keine Lust, hier draußen allein rumzustehen, also folgte sie ihm. Oh Mann, hier drinnen stank es wirklich bestialisch. Sie hielten sich beide Mund und Nase zu und gingen langsam weiter.

»Jenny?«, rief Ben, aber so leise, dass es kaum zu hören war. Emmas Magen krampfte sich zusammen. Es war nicht nur der Geruch. Da war noch etwas. Ein Gefühl, ganz seltsam, wie eine Vorahnung.

Sie folgte Ben zu einer Tür ganz hinten, die halb offen stand. Schon von hier konnte sie das Geräusch hören. Kein Summen, eher ein Brummen. Eindeutig mehr als eine einzige Fliege, die sich in die Wohnung verirrt hatte.

Ehe sie etwas sehen konnte, hörte sie Bens erstickten Schrei. Er drehte sich um, total bleich im Gesicht, und jetzt sah Emma sie auch. Sie lag auf dem Bett, die blonden Haare über das Kissen gebreitet – wie Dornröschen, das in einen hundertjährigen Schlaf gefallen war. Nur dass Jenny nicht schlief. Ihr Gesicht war eingeschlagen, so übel, dass sie kaum noch zu erkennen war. Fliegen hatten sich auf ihrem toten Körper häuslich niedergelassen. Ben drängte sich an Emma vorbei und rannte hinaus, irgendwo hinter sich hörte sie ihn würgen.

Irgendetwas passierte mit ihr. Sie konnte sich nicht vom Fleck rühren und starrte wie hypnotisiert auf die Tote. Etwas an ihr zog sie in seinen Bann, sie wusste nicht, was. Das Grauen des übel zugerichteten Körpers? Ihr Haar, das in den Sonnenstrahlen, die durch den Vorhang hereinfielen, hell, fast silbrig schimmerte? Jenny, dieses derbe, laute Mädchen, das ihr immer so bedrohlich erschienen war, um das sie nach Möglichkeit einen weiten Bogen gemacht hatte, war tot, und sie hatte nur einen einzigen klaren Gedanken: *So würde ich aussehen, wenn ich tot wäre. Genau so.*

Sie spürte, wie Ben hinter sie trat. Behutsam fasste er sie beim Ellbogen, wollte sie zum Gehen bewegen. »Wir müssen die Polizei rufen«, sagte er. »Komm.«

Emma rührte sich nicht. Ihr war, als hätte sie einen Blick in ihre eigene Zukunft erhascht.

»Emma?«

»Das könnte ich sein«, sagte sie. »Genau das wird Lucas auch mit mir machen, wenn er mich findet.«

Ben trat vor sie und verstellte ihr den Blick auf Jenny. »Komm, wir müssen jetzt gehen«, sagte er. »Du hättest das gar nicht sehen sollen.«

»Das könnte ich sein«, sagte sie noch einmal, schob sich an ihm vorbei und betrachtete das tote Mädchen auf dem Bett. Das, was von ihr noch zu erkennen war.

»Nein«, sagte Ben. »So weit wird es nicht kommen. Wir rufen jetzt die Polizei, erzählen ihnen das mit Lucas. Ich passe schon auf, dass dir nichts passiert.«

»Du hast mich nicht verstanden«, sagte sie und sah Ben schließlich doch an. »Das könnte ich sein.«

91

17. Dezember 2010

Lucas beugte sich vor, legte Emma seine Hand auf die Wange und konnte gar nicht mehr aufhören zu grinsen. »Das ist das Beste, was du jemals für mich getan hast, Em. Du hast die Leiche beseitigt und alle Beweise vernichtet. Keine Spur mehr, dass ich überhaupt dort war – was will man mehr? Hättest du dich da schön rausgehalten, würde ich jetzt wahrscheinlich im Knast sitzen. Doch stattdessen«, schloss er mit einem Lächeln, »sind wir hier, nur wir beide. Denk da noch mal drüber nach, bevor du stirbst.«

»Du hast sie umgebracht«, wiederholte sie und schaute an ihm vorbei auf das Grab, das er ihr gegraben hatte. Dann, wie aus dem Nichts, krachte ihr Ellbogen in sein Gesicht. Er hatte es nicht kommen sehen, keine Chance zu reagieren. Es legte ihn rücklings hin, und sie trat nach ihm, das kleine Biest, trat und stieß ihn von sich.

Lucas schaute zu, dass er wieder auf die Beine kam, da sah er auch schon den nächsten Tritt kommen und – schlimmer noch – die Schnur an ihren Füßen, die langsam durchscheuerte. Er stürzte sich auf sie, und ihr Fuß traf ihn voll am Kiefer. »Du Scheißschlampe!«, schrie er und packte ihre Beine. Sie stieß mit dem Kopf nach ihm und erwischte ihn an der Schläfe. Er kippte zur Seite, und sie riss mit einem Ruck die Beine auseinander, zerriss die Schnur und krabbelte auf die Füße.

Aber Lucas schnappte sie sich, erwischte sie am Knöchel und brachte sie gleich wieder zu Fall. Sie trat nach ihm, aber er war klar im Vorteil, holte aus und trat ihr in den Rücken. Sie schrie auf, fing wie blöde an zu kreischen, also drückte er ihr das Gesicht runter, in den Matsch. »Schnauze«, knurrte er, drehte sie zur Seite und rutschte mit ihr in die Grube. Er hielt sie unten, streckte dann die Hand nach dem Spaten aus und hob ihn hoch über den Kopf. Sie duckte sich unter ihm weg, als er aus dem Grab stieg. Scheiße, war das Ding flach, aber gut, musste reichen. Er holte aus, ließ den Spaten niedersausen und spürte die Vibration bis in seinen Arm hinaufpulsieren, als das Metall auf ihren Schädel traf.

Danach war Ruhe, sie rührte sich nicht mehr.

Lucas blieb einen Moment über ihr stehen und schnappte keuchend nach Luft. Hatte er da nicht eben ein Geräusch irgendwo hinter sich gehört? Wie weit war es eigentlich zur Straße?

Egal, er musste hier erst noch was zu Ende bringen. Er drehte sich um und begann, das Grab zuzuschaufeln, sah, wie sie langsam unter der dunklen Erde verschwand.

92

8. Juli 1999

Emma saß im Bus und versuchte, die Tränen zurückzuhalten. Mit der einen Hand hielt sie die Tasche, in der sich alles befand, was sie jetzt noch besaß – Jennys Ausweis und die Unterlagen für die Sozialhilfe, Bens Ersparnisse und die Adresse seiner Mutter in Alnwick –, mit der anderen fuhr sie sich immer wieder an den Hals, wo eigentlich die Kette ihrer Mutter hätte sein sollen. Ben hatte Emmas Schülerausweis und ihren Jahrespass für den Bus in Jennys Jackentasche gesteckt. Das sei noch nicht überzeugend genug, fand er und hatte sie um die Goldkette gebeten, die sie von ihrer Mutter bekommen hatte und seitdem immer trug. Das wäre wichtig, beharrte er. Erst wollte sie nicht, aber andererseits gab sie ja auch sonst alles auf. Sie gab es auf, Emma Thorley zu sein. Also gab sie ihm die Kette, wenn es denn sein musste. Und es musste sein. Wenn sie Lucas entkommen, wenn sie *leben* wollte, gab es nur eine Möglichkeit – abzutauchen und Emma Thorley sterben zu lassen.

Am Ende war es ihr gelungen, Ben von ihrem Plan zu überzeugen. Doch, es würde funktionieren, hatte sie ihm versichert. Weil sie adoptiert war und keine leiblichen Verwandten bekannt waren, würde man auch die Identität der Toten nicht per DNA nachweisen können. Endlich war es mal zu etwas gut, dass sie keine richtige Familie hatte. Nicht dass es das leichter gemacht hätte. Ihr Dad wäre dennoch am Boden zerstört, er würde bestimmt umkommen vor Kummer. Sie versuchte sich einzureden, dass es trotzdem sein müsse, dass es keine andere Möglichkeit gab und sich sicher bald eine Gelegenheit finden würde, ihm mitzuteilen, dass es ihr gut ging und er sich keine Sorgen zu machen brauche. Aber was, wenn die Gelegenheit sich nie ergab?

Und was war mit Ben? Sie hatte es mal wieder ihm überlassen, für sie den Karren aus dem Dreck zu ziehen. Nur dass es diesmal nicht um das Überbringen von ein paar Nachrichten ging. Nein, diesmal würde er das Gesetz brechen. Während sie längst auf und davon war, würde er Jenny begraben.

Emma merkte erst, dass sie weinte, als die alte Dame neben ihr nach einem Taschentuch suchte und es ihr reichte.

Was hatte sie bloß getan?

Sie stand auf und ging vor zum Fahrer. »Könnten Sie hier irgendwo halten? Ich muss aussteigen.«

»Keine außerplanmäßigen Stopps, junge Dame«, sagte er, ohne sie anzusehen.

»Es ist ein Notfall«, sagte sie. »Bitte.«

»Der nächste Halt ist Sheffield. Und jetzt setzen Sie sich wieder hin.«

Emma ging zurück an ihren Platz. Dann würde sie eben in Sheffield aussteigen und von da zurückfahren. Sie musste Ben aufhalten. Sie musste verhindern, dass er sein Leben ruinierte.

Sie lehnte den Kopf gegen das Fenster und dachte an ihren Dad.

Bestimmt machte er sich schon Sorgen. Ben hatte sie wiederholt gefragt, ob sie das wirklich durchziehen wollte. Erst hatte er ihr gar nicht glauben wollen, und als er merkte, dass es ihr ernst war, hatte er versucht, ihr ins Gewissen zu reden. Es gäbe immer auch andere Möglichkeiten. Ob sie das wirklich schaffen würde, ganz allein, ihr altes Leben einfach so hinter sich zu lassen? Wollte sie das? Ja, denn sie hatte keinen anderen Ausweg gewusst und war sich so sicher gewesen. Aber jetzt?

Sie schaute auf die Uhr. Es war schon spät. Wo Ben wohl gerade war? War er schon in die Wohnung zurückgekehrt und hatte angefangen? Bei dem Gedanken, wie er Jenny begraben würde, fing sie wieder an zu weinen. Wie hatte sie sich nur darauf einlassen können? Was hatte sie ihm da aufgebürdet?

Ben hatte ihr versprochen, sich um alles zu kümmern, aber was, wenn man die Leiche früher als erwartet fand und feststellte, dass es sich nicht um Emma handelte? Aber bis dahin wäre sie schon weit weg – untergetaucht, verschwunden. Und Lucas hätte sie vielleicht längst vergessen, sich ein anderes Opfer gesucht.

Und was war schon so toll daran, Emma Thorley zu sein? Gut, dann hatte sie eben ihr eigenes Leben aufgegeben, na und? Dafür würde sie frei sein.

93

17. Dezember 2010

Gardner schaute vielsagend zu Freeman hinüber, als sie sich dem Einsatzort näherten. Die örtliche Polizei war eine große Hilfe gewesen, und es war auch einer der hiesigen Kollegen, der das Fluchtauto entdeckt hatte, aber was sie jetzt sahen, war wohl kaum das Aufgebot für eine große Suchaktion. Ein einziger Streifenwagen stand am Straßenrand, neben dem ein reichlich durchgefroren aussehender Polizist die Stellung hielt. Freeman hielt an, und Gardner sprang aus dem Wagen.

»Wie ist die Lage?«, fragte er den Uniformierten.

»Ich habe das Fahrzeug überprüft, Sir. Es war bereits leer. Keine sichtbaren Anzeichen, die auf einen Schaden hindeuten, aber bei den Lichtverhältnissen schwer zu sagen.« Gardner nickte und hörte Freeman herankommen.

»Könnten Sie hier beim Wagen warten?«, bat Gardner den Polizisten, der so ergeben nickte, als habe er reichlich Erfahrung darin, sich neben irgendwelchen Fahrzeugen die Beine in den Bauch zu stehen.

»Wo bleibt die Verstärkung?«, fragte Freeman mit einem Blick auf die Uhr. »Wir haben keine Zeit zu verlieren.«

Gardner seufzte und schaute die Straße hinauf und hinab. Nichts. Er wandte sich wieder an den Uniformierten. »Wir hatten vor circa einer Viertelstunde Verstärkung angefordert. Wenn die hier auftauchen, sagen Sie ihnen, wir wären bereits vorgegangen, ja? Ihre Kollegen sollen zuerst das Gelände sichern und sich dann an die Suche machen.«

Gardner ging weiter und warf einen kurzen Blick in das Fluchtfahrzeug, leuchtete mit der Taschenlampe in den Innenraum, aber wie der Beamte bereits gesagt hatte, auf den ersten Blick gab es nichts Auffälliges. Dann drehte er sich um und nahm den Zaun in Augenschein, der den Wald zur Straße hin begrenzte. »Sollen wir?«

Er kletterte zuerst hinüber und reichte dann Freeman die Hand, was er sich hätte sparen können, denn schon im nächsten Moment war sie mit einem beherzten Sprung neben ihm gelandet. Obwohl sie beide mit Taschenlampen den Weg leuchteten, konnten sie kaum mehr als ein, zwei Meter weit sehen. Die Bäume waren sehr dicht gepflanzt, und obwohl die Äste winterlich kahl waren, hingen sie tief unter der Last des frisch gefallenen Schnees.

Hinter sich hörte er Freeman fluchen, als ihr schon wieder ein Zweig ins Gesicht schlug. Dafür sanken seine Schuhe bei jedem Schritt in den vom Schneeregen durchweichten Boden, und er spürte, wie Nässe und Kälte langsam durchsickerten. Jedes Mal, wenn er mit dem Fuß an einen Stein stieß oder auf eine Wurzel trat, leuchtete er mit der Taschenlampe nach unten und atmete erleichtert auf, dass es nicht Emma war.

»Da drüben ist ein Licht«, sagte Freeman und zeigte nach links.

»Wahrscheinlich von einem Auto.« Er drehte sich nach der Straße um. Obwohl sie erst ein paar Minuten gegangen waren, konnte er sie durch das Dunkel des Waldes nicht mehr erkennen. Ja, er hätte nicht mal mit Sicherheit sagen können, dass er in die richtige Richtung schaute. Verdammt, wo blieb bloß die Verstärkung? Hier waren mehr als zwei Paar Augen gefragt. Sie bräuchten mindestens noch ein weiteres Team, um das Gelände von der anderen Seite anzugehen. Mindestens. Je mehr Suchtrupps sie hatten, desto größer waren ihre Chancen, Emma schnell – also nach Möglichkeit lebend – zu finden. Er hatte aus dem einfachen Grund hier angefangen, weil es naheliegend schien, zuerst dort zu suchen, wo das Auto abgestellt worden war. Aber das musste nichts bedeuten. Die beiden konnten sonst wo sein. Vielleicht war Emma gar nicht hier. Nicht mehr oder sogar nie gewesen. Und was dann?

»Haben Sie das gehört?«, riss Freeman ihn aus seinen unerquicklichen Gedanken und blieb stehen. Sie leuchtete mit ihrer Taschenlampe nach rechts und bewegte den Lichtstrahl langsam hin und her. »Mir war, als hätte ich etwas gehört ...«

Gardner blieb stehen und sah sich um. »Sie sollten weniger Horrorfilme schauen«, meinte er. Dann plötzlich ein Rascheln. »Ah ... Okay, jetzt habe ich es auch gehört«, sagte er und spürte sein Herz schneller schlagen.

Freeman ging in die Richtung, aus der das Geräusch gekommen war; Gardner folgte ihr. Von Emma und Lucas keine Spur, aber etwas weiter vorn tat sich eine kleine Lichtung auf. Freeman drehte sich nach Gardner um.

»Schon gesehen«, sagte er, und sie liefen los. Am Rand der Lichtung blieb Freeman stehen; der Schein ihrer Lampen fiel auf einen frischen Erdhügel. »Scheiße«, sagte Freeman und ließ den Lichtstrahl über ein Stück Schnur wandern, das ganz zuoberst auf der Erde lag, als hätte jemand es fallen lassen.

Gardner sah sich nach allen Seiten um – so weit er eben schauen konnte im Schein seiner Lampe. Dann blieb er reglos stehen und lauschte angestrengt, ob sich irgendwo etwas bewegte. Nichts. Kein Rascheln mehr. Nur noch sein eigener Atem und Freeman, die sich hingehockt hatte und den Boden inspizierte.

»Gardner?«, sagte sie leise. Er drehte sich um und sah, was sie meinte. Ein Arm ragte aus dem Dunkel der Erde hervor.

Mit bloßen Händen schaufelte er Schnee und Matsch fort, drehte Emma auf die Seite und überließ es Freeman, nach Lebenszeichen zu suchen. »Sie lebt«, sagte sie nach quälend langen Sekunden, »aber ihr Puls ist sehr schwach, ich spüre ihn kaum.«

Gardner griff nach seinem Telefon und rief einen Krankenwagen. »Sehen wir zu, dass wir sie schleunigst von hier wegbringen, runter zur Straße«, meinte er und bückte sich, um Emma hochzuheben. »Ich schätze, dass er hier noch irgendwo ist. Denn lange kann sie da nicht gelegen haben – nicht bei der Kälte.«

»Kümmern Sie sich um sie, ich suche weiter nach Lucas«, sagte Freeman.

»Nein, das mache ich«, widersprach Gardner, doch Freeman schüttelte den Kopf.

»Nein, Sie bringen Emma in Sicherheit. Oder glauben Sie, *ich* könnte sie tragen?«

Ganz automatisch warf Gardner einen Blick auf Freemans Bauch – ein blöder Reflex, schon klar, aber er konnte einfach nicht anders.

»Keine Sorge, ich komme schon zurecht«, sagte sie. »Los, gehen Sie.«

Gardner hob Emma hoch und trat den Rückzug an. Er hoffte wirklich, dass er den Weg zur Straße finden und sich nicht im Wald verlaufen würde, wie peinlich wäre das denn? Das Mädchen brauchte zudem einen Arzt, und das schnell. Nach ein paar Schritten warf er einen Blick zurück auf Freeman, die längst im Dunkel des Waldes verschwunden war. Hin und wieder sah er ihre Taschenlampe zwischen den Bäumen aufblitzen – ihr einziger Schutz gegen die Dunkelheit und, wenn ihn nicht alles täuschte, auch ihre einzige halbwegs zur Verteidigung taugliche Waffe. Gardner konnte nur hoffen, dass es so weit nicht kommen würde.

94

9. Juli 1999

Seit Tagen machte er sich jetzt einen Kopf. Am Morgen danach konnte er sich an nichts erinnern, echt nicht, alles ein einziger Nebel, Nachwirkungen vom Wodka. Aber dann kamen immer mehr Erinnerungsfetzen hoch, und das gab ihm dann doch zu denken. Er dachte praktisch an nichts anderes mehr, nur noch an sie. Was an dem Abend passiert war. Was er mit ihr gemacht hatte. Und ob er sich das bloß einbildete.

Er erinnerte sich, dass er sie im Pub getroffen hatte. Kurz nach der Aktion mit Emma. Hatte er sie endlich erwischt, die kleine Schlampe. Aber dann war Mikey dazwischengekommen, und sie war abgehauen, und er? Stand blöd da und hatte keinen Schimmer, wohin mit seiner Wut, seinem Hass. Aber dann im Pub – Jenny, mal wieder total dicht. Tja, die Besuche beim lieben Ben schienen wohl nicht viel zu fruchten. Kaum hatte sie ihn gesehen, hing sie schon an ihm dran und quatschte ihm das Ohr ab. Sollte sie doch labern.

Dann saß er da im Pub, zwischen den ganzen Versagern, die ihm seinen Lebensunterhalt finanzierten, und merkte, wie es in ihm kochte. Er hörte weder die Musik noch das blöde Geschwätz um ihn rum oder das Klackern der Spielautomaten. Hörte nur das Blut in seinen Ohren rauschen, spürte es in seinen Adern pumpen, *bumm-bumm-bumm*.

Irgendwann hatte er es nicht mehr ausgehalten, war aufgestanden und gegangen; sie ihm hinterher. Er wusste, dass sie hinter ihm war, knallte ihr trotzdem die Tür vor der Nase zu. Aber sie schnallte es einfach nicht, war ihr scheißegal, so was. Kam immer wieder an, weil sie wusste, dass sie von ihm kriegte, was sie wollte.

»Verpiss dich, Jenny«, sagte er und steckte sich noch eine Zigarette an.

»Wo gehst du hin?«, fragte sie und rannte ihm hinterher. Ohne zu fragen, schnappte sie ihm die Fluppe aus der Hand, nahm einen Zug, gab sie ihm zurück; er warf sie angewidert weg.

»Verpiss dich«, sagte Lucas.

»Ich blas dir einen«, sagte sie und hüpfte vor ihm auf und ab. Er ballte die Hand zur Faust. Die dachte echt, sie wär sexy, war sie aber nicht. Trug einen Fummel, in dem keine Nutte sich tot hätte sehen lassen, und dadrüber ihre versiffte rosa Trainingsjacke. Dreckschlampe. Wobei – sie hatte ihre Haare nachfärben lassen, keine dunklen Wurzeln mehr. Wovon sie das wohl bezahlt hatte? Wahrscheinlich den halben Block durchgevögelt, um sich das leisten zu können.

»Los, verzieh dich«, sagte er und ging zurück. Vielleicht sollte er noch mal bei Emma vorbeischauen. Ihr zeigen, dass alles genau so gemeint war, wie er es gesagt hatte. Ihr klarmachen, dass sie mit so was nicht durchkommen würde, nicht bei ihm.

Jenny tauchte wieder hinter ihm auf, schlang den Arm um ihn

und legte ihre Hand auf seine Brust. »Komm schon, Lucas«, sagte sie. »Du willst es doch auch.«

Lucas packte sie und riss sie an sich, dass ihre Füße über den Boden schleiften. Ganz kurz sah er Angst in ihren Augen, aber die war gleich wieder weg. Lachend zog sie ihn mit sich zur Siedlung.

»Jetzt komm schon«, sagte sie.

Lucas blieb stehen, und sie schnellte zurück wie an einem Gummiband. Er schaute sie an. Gut, warum nicht? Er hatte es schon früher mit ihr getrieben, sie benutzt, wenn Emma nicht da war. Dazu war so eine wie Jenny immer gut.

Er sah ihre gebleichten Haare, das verzweifelte Lächeln, und da passierte etwas in ihm. Es war fast, als würde er sie wollen, irgendwie.

Kichernd zog sie ihn die Treppe hoch, zerrte ihn hinter sich her zu dem Loch, in dem sie hauste. Er stieß sie hinein, und sie taumelte gegen die Wand, noch immer wie blöde am Kichern. Er packte sie und warf sie aufs Bett.

»Emma«, flüsterte er.

»Von mir aus«, sagte Jenny und ließ sich von ihm in die Matratze drücken.

Und dann – alles schwarz. Totaler Blackout, bis er die nach Pisse stinkende Treppe wieder runterrannte. Unten fummelte er sich eine Zigarette aus der Schachtel und suchte in seiner Jacke nach dem Feuerzeug. Es war nicht da. Scheiße. Er musste es in der Wohnung gelassen haben. Aber deswegen würde er da nicht noch mal hochgehen.

Er lief durch die Siedlung zurück, ignorierte alle, die was von ihm wollten, die ganzen Flachwichser. Kein Problem, er konnte sich das leisten. Die würden immer wiederkommen. In seinem Business war der Kunde nicht König, in seinem Business war der Kunde der letzte Dreck. Und die meisten hatten sich so abgeschossen, dass sie in ein paar Stunden sowieso nicht mehr wussten, was los war.

Der Laden an der Ecke hatte noch offen. Lucas ging rein, ein Feuerzeug besorgen, und überlegte, ob sein Geld noch für eine Flasche Alk reichte.

Er schob das Feuerzeug rüber und zeigte auf das Regal hinter der Kasse. »Eine von denen«, sagte er und deutete mit dem Kinn in Richtung Wodka. Scheißegal, was es war, Hauptsache vergessen. Vergessen, was gerade passiert war.

Er trank in letzter Zeit kaum noch. Aber das mit Emma vorhin, da war irgendein Schalter bei ihm umgelegt worden. Wäre sie nicht gewesen, wär er jetzt nicht so wütend. Wenn sie nicht wär, würde er sich hier nicht wie ein Penner mit billigem Wodka besaufen.

Er schraubte den Deckel ab und warf ihn über einen Zaun. Unwahrscheinlich, dass er *den* nachher noch brauchte. Er trat einen Müllsack über die Straße, aus dem es nach Döner und dreckigen Windeln stank.

Scheiße, Mann, wie er das hier hasste! Er musste raus hier, bloß weg aus diesem Dreckloch. Irgendwo neu anfangen, Emma vergessen. Die Biege machen, bevor die Bullen nach ihm suchten, blöde Fragen stellten. Und das würden sie, es war bloß noch eine Frage der Zeit.

Jetzt, drei Tage später, fühlte er sich immer noch kotzschlecht, und das lag nicht am Wodka. Da gab's nur eins: nachschauen.

Er lief rüber zur Siedlung, sondierte die Lage, aber nichts los so früh. Die Penner schliefen alle noch ihren Rausch aus. Er wollte eigentlich nur wissen, ob es schon jemand gemerkt hatte. Ob es von Bullen wimmelte, alles abgesperrt und Blaulicht. Fragen, Fragen, Fragen. Aber nichts. Keine Menschenseele.

Er ging die Treppe rauf, wich einem Kackehaufen aus, vermutlich von einem Hund, wahrscheinlich aber eher nicht, und ging zur Wohnung. Die Tür war nicht abgeschlossen. Er stieß sie mit dem Ellbogen auf – sicher ist sicher, auch wenn es für solche Vorsichtsmaßnahmen vielleicht *etwas* zu spät war. Er hätte gar nicht herkommen sollen, war er blöd, oder was? Hätte längst weg sein sollen, weit weg, irgendwo, bloß nicht hier in diesem Scheißkaff.

Er wollte sich selbst vergewissern, was passiert war. Er musste wissen, was er getan hatte, wollte es mit eigenen Augen sehen.

Also ging er rein. Drinnen hing ein echt fieser Geruch, aber er hätte nicht sagen können, ob schlimmer als sonst. Irgendwie stank's hier immer. Er ließ das Wohnzimmer links liegen, die Küche, das versiffte Bad. Vor dem Schlafzimmer blieb er stehen. Sein Mund war trocken, mit einem bitteren Geschmack hinten im Rachen.

Was, wenn er recht hatte?

Er stieß die Tür auf und machte sich darauf gefasst, sie dort zu sehen, ihren halb nackten, verrottenden Körper auf dem Bett.

Aber da war nichts.

Keine Tote.

Lucas atmete tief aus. Hey, er hatte sich das doch bloß alles eingebildet! Er hatte sie gar nicht umgebracht.

Es gab kein totes Mädchen – nirgends.

95

17. Dezember 2010

Lucas lief weiter. Die Lichter hatten ihm einen Scheißschreck eingejagt. Das mussten die Bullen sein; wer sonst würde hier im Dunkeln rumrennen? Aber wenn Polizei da war, wie sollte er zurück zum Auto kommen? Klar, er könnte laufen, in die andere Richtung, aber er hatte keinen Schimmer, wo er war, und keinen Bock, sich hier den Arsch abzufrieren, bevor er wieder zurück in die Zivilisation kam.

Hinter sich hörte er etwas. Bewegung, Schritte. Da rannte jemand. Sie waren hinter ihm her; sie würden ihn finden. *Fuck*. Und sie. Sie würden *sie* finden und da rausholen, und das war es dann, von wegen tot. Er hätte einfach kurzen Prozess mit ihr machen sollen, ihr den Schädel einschlagen und gut. *Fuckfuckfuck*. Er hieb mit dem Spaten aufs Gestrüpp ein, schlug ein paar Äste zur Seite.

Die ganze Zeit hatte er geglaubt, dass er wegen Jenny falschgelegen hätte. Hatte gedacht, sie wäre okay, irgendwohin abgehauen vielleicht, und dass seine Fantasie mit ihm durchgegangen war. Dass er sich vielleicht bloß *gewünscht* hatte, er hätte es getan. Aber so konnte man sich täuschen. Er hatte sie tatsächlich umgebracht. Erst als DS Freeman ihm das Foto von der Trainingsjacke gezeigt hatte, war die Sache klar gewesen. Plötzlich hatte er alles wieder ganz deutlich vor Augen gehabt, seine Fäuste, die auf ihr Gesicht einschlugen, immer wieder, bis Ruhe war, und dann das Blut, das auf das schmuddelige rosa Polyester ihrer Jacke spritzte. Aber wie war sie da im Wald gelandet? Das war es, was er nicht kapiert hatte. Zunächst – bis es plötzlich klick gemacht hatte. Man hatte Emmas Kram bei der Leiche gefunden; der war da nicht zufällig hingekommen. Sie hatte ihn reingelegt, das kleine Luder. Am Anfang hatte er noch gedacht, sie wär endlich taff geworden, so wie sie immer sein wollte, hätte sein Werk ganz cool zu Ende gebracht. Aber nichts da, das hatte er schon ganz allein geschafft. Sie hatte bloß hinter ihm aufgeräumt, sein Glück. Vielleicht hatte Ben ja doch recht mit seinen dämlichen Schutzengeln.

Er hörte Stimmen hinter sich, die ihn in die Gegenwart zurückholten. Höchste Zeit, dass er hier wegkam. Er lief schneller. Irgendwo weiter vorn sah er Licht, hatte aber völlig die Orientierung verloren. Lief er zurück zur Straße? Gut möglich, dass es eine Falle war.

Lucas schob sich weiter durchs Gebüsch, und tatsächlich, nach ein paar Minuten war er wieder bei der Straße, auf der er vorhin gehalten hatte. Er sah Warnlichter blinken, duckte sich und huschte am Zaun entlang, um zu schauen, mit wie vielen er es aufnehmen müsste. Links sah er seinen Wagen am Straßenrand stehen, vielleicht dreißig Meter entfernt. Rechts, viel näher, ein Polizeiauto und direkt dahinter noch eins. Das würde er nie schaffen. Obwohl …

Seine Hand schloss sich fester um den Griff des Spatens. Ein Bulle auf verlorenem Posten, sonst aber niemand zu sehen. Wahrscheinlich waren alle im Wald, suchten nach ihm, nach Emma. Er drehte sich um, checkte die Lage, sah aber keine Lichter mehr in seine Richtung kommen. Alles klar. Jetzt oder nie.

Ohne den Schupo aus den Augen zu lassen, schlich er sich am Zaun entlang näher. Als er direkt hinter ihm war, blieb er stehen. Ein Zweig knackte unter seinem Fuß, der Bulle drehte sich um.

»Hey«, sagte er und kam auf Lucas zu. Lucas ließ seinen Arm vorschnellen und den Spaten niedersausen. Das Blatt krachte mit einem dumpfen, metallischen Laut gegen den Schädel, der Schupo taumelte zurück. Lucas sprang über den Zaun und stellte sich über den Cop. Dann hob er den Spaten noch mal und ließ ihn runterkrachen; das Geräusch hallte auf der leeren Straße wider. Der Bulle stürzte, blieb liegen, eine Blutlache sammelte sich unter seinem Kopf. Lucas blieb noch einen Moment über ihm stehen, sah seine Lider flackern. Dann drehte er sich um und rannte zum Auto.

Er war fast da, als er hinter sich Geräusche hörte, aus dem Wald. Er fuhr herum und sah jemanden über den Zaun klettern, klein, schmal, eine Frau. Ganz kurz dachte er, *sie* wäre es, Emma, auferstanden von den Toten – ein so gruseliger Gedanke, dass er stolperte. Quatsch. Er fing sich und rannte weiter, gleich geschafft, dann nichts weg. Hinter sich hörte er die Frau rufen.

Scheiße. Freeman.

Plötzlich sah er Scheinwerferlicht seitlich auf seinen Wagen fallen. Ein Auto, das direkt auf sie zusteuerte. Noch mehr Bullen, oder was? Er stieg ein und sah im Rückspiegel, wie Freeman angerannt kam. Lucas versuchte, den Wagen zu starten, aber die Kiste hinter ihm hielt nicht an, sondern beschleunigte noch. *Scheiße, Mann, was zum ...?* Lucas wurde von dem Aufprall nach vorn geschleudert, als die andere Karre ihm hinten reinkrachte. Sein Kopf knallte gegen die Windschutzscheibe, die wie Spinnweben splitterte, der Wagen wurde ein Stück die Straße runtergeschoben, Blut, alles drehte sich.

Moment, kannte er den Typen in dem anderen Auto nicht? Doch, klar, das war Emmas Freund. Was wollte der denn hier? Dann sah er Freeman auf sich zukommen. Flackerndes Blaulicht. Dann drehte sich wieder alles, aber Emma, die sah er noch, wie man sie aus dem Wald trug – und da wusste er, dass es vorbei war. Aus, kaputt.

Sie war ihm wieder mal entkommen.

96

17. Dezember 2010

Gardner stand vor der Qual der Wahl, wen er zuerst besuchen sollte. Adam wurde wegen eines Schleudertraumas behandelt. Er hätte gar nicht so zu rasen brauchen, ein kleiner Stupser gegen die Stoßstange hätte völlig genügt, um Freeman Zeit zu geben, Lucas zu fassen. Aber Gardner vermutete, dass es Adam auch gar nicht darum gegangen war, Freeman zu helfen. Der Arzt hatte auch gleich noch Adams Platzwunden und Prellungen versorgt, die er sich bei der vorherigen Begegnung mit Lucas eingehandelt hatte; die Erklärung, die Verletzungen stammten von einem früheren Unfall, hatte er stillschweigend hingenommen.

Emma wurde wegen eines Schädel-Hirn-Traumas behandelt sowie diverser Schnitte und Prellungen unterschiedlichen Schweregrads. Von dem Schlag auf den Kopf würde sie wohl keinen bleibenden Schaden davontragen, aber Gardner wagte sich kaum auszumalen, was die Erfahrung als solche in ihr angerichtet hatte. Bei allem Glück im Unglück, was könnte traumatischer sein, als *lebendig begraben zu werden?* Von allem anderen ganz zu schweigen.

Ben lag noch auf der Station, und Freeman war vorhin oben gewesen, um ihm zu sagen, dass sie Emma gefunden hatten und es ihr gut gehe. Sie hatte sich bereit erklärt zu warten, um seine Aussage aufzunehmen. Bens behandelnder Arzt hatte angeboten, die Schürfwunden zu versorgen, die Freeman sich von den tief hängenden Ästen im Wald zugezogen hatte, aber sie hatte dankend abgelehnt – halb so wild.

Lucas war noch in der Notaufnahme, aber leider mit dem Leben davongekommen. Bis jetzt hatte er kein Wort gesagt, was vielleicht auch ganz gut war. Die Ärzte hatten ihm starke Schmerzmittel verabreicht, und Gardner bezweifelte, dass ein Geständnis unter dem Einfluss von Betäubungsmitteln zulässig wäre.

Der von Lucas zusammengeschlagene Polizist befand sich ebenfalls in Behandlung, würde laut Aussagen seiner Frau aber bald wieder auf dem Damm sein und war eigentlich ganz froh, endlich auch mal etwas Aufregendes zu erzählen zu haben.

Nur um Gardner hatte sich kein Arzt gekümmert – dabei brachte ihn sein Rücken schier um, nachdem er Emma gefühlt einen halben Kilometer durch den Wald getragen hatte, aber er würde sich hüten, das zu erwähnen, könnte es doch so aussehen, als versuche er selbstmitleidig nach Aufmerksamkeit zu heischen. Lieber biss er ganz heroisch die Zähne zusammen.

Er sah Freeman den Flur hinunter- und auf sich zukommen. Sie sah erschöpft aus und ließ sich auch sofort auf einen der Stühle fallen, vor denen Gardner wie ein Tiger im Käfig auf und ab ging.

»Sie behalten Adam noch bis morgen da«, sagte sie. »Er wüsste nicht, wo er hier in Alnwick mitten in der Nacht hinsollte, und sein Auto ist Schrott, also kommt er in den Genuss der Hotelbehandlung.«

»Und Emma?«, fragte Gardner.

Freeman schüttelte den Kopf. »Der Arzt ist immer noch bei ihr. Ich habe sie noch nicht gesprochen.«

»Na gut. Lucas ist mit Schmerzmitteln vollgepumpt. Aus dem bekommen wir heute auch nichts Vernünftiges mehr heraus.«

»Was haben Sie jetzt vor?«, fragte Freeman.

»Hier warten, schätze ich mal«, meinte Gardner und setzte sich neben sie. »Hat Adam Emma schon gesehen?«

»Ich glaube, sie haben ihn mal kurz zu ihr reinschauen lassen, damit er sich vergewissern kann, dass es ihr so weit gut geht. Aber ein großes Wiedersehen gab es noch nicht, nein.« Sie zögerte. »Glauben Sie, die beiden bleiben zusammen? Nach allem, was passiert ist?«

Gardner zuckte mit den Schultern. »Warum nicht? Er hat schließlich nichts unversucht gelassen, um sie zu finden.«

Freeman schloss die Augen und nickte matt.

»Und Sie? Bei Ihnen alles in Ordnung?«, fragte er.

Sie öffnete ein Auge. »Mir geht's gut. Kaum zu glauben, oder? *Obwohl* ich schwanger bin.« Gardner nickte, hielt aber lieber den Mund. »Das wussten Sie natürlich längst«, setzte sie nach.

»Stimmt, nach dem kleinen Intermezzo heute früh am Straßenrand hatte ich so eine Vermutung.« Er zögerte, denn eigentlich tat es nichts zur Sache und war auch nicht seine Angelegenheit. »Es geht mich ja nichts an, aber wollen Sie sich nicht kurz durchchecken lassen, dass alles in Ordnung ist?«

»Wozu?«, sagte sie und schloss die Augen wieder.

Danach saßen sie eine Weile schweigend da, und Gardner dachte schon, sie wäre eingenickt, als ein Pfleger ein Bett vorbeirollte. Sie schaute ihm kurz hinterher, streckte sich und schien wieder halbwegs ansprechbar.

»Was hat McIlroy Ihnen jetzt eigentlich über mich erzählt?« fragte er, auch wenn er es sich fast schon denken konnte.

»Nicht viel«, wich Freeman aus, und ihm war klar, dass sie log. »Was passiert ist, ist passiert. Aber um es ganz knapp auf den Punkt zu bringen – McIlroy hält Sie für ein Riesenarschloch, was ich an seiner Stelle aber nicht zu laut sagen würde, könnte es doch so aussehen, als würde er von sich auf andere schließen. Zumal er der Depp ist, der sich von Lucas Yates um seinen Dienstausweis hat bringen lassen, weshalb er sowieso nichts mehr zu melden hat.« Schließlich sah sie Gardner direkt an. »Und wissen Sie was – auf mich machen Sie eigentlich einen ganz guten Eindruck.«

Gardner lächelte. Danach saßen sie wieder eine Weile schweigend da. Insgeheim hatte er gehofft, dass sie ihm mehr zusetzen, mehr nachfragen würde. Insgeheim wollte er es auch endlich loswerden. Vielleicht würde sie ihn verstehen, ihm gar verzeihen – ihm Absolution erteilen.

Doch sie schwieg.

Gardner atmete tief durch und fing an, ihr die ganze unselige Geschichte zu erzählen, ohne auch nur einmal den Blick von der gegenüberliegenden Wand zu wenden. Dafür, dass die Affäre die letzten elf Jahre seines Lebens überschattet hatte, war sie ziemlich schnell erzählt.

»Ich hatte das Gefühl, dass manche durchaus der Meinung waren, Wallace hätte es verdient, deswegen in den Knast zu wandern. Ein paar Kollegen sahen das anders, aber selbst bei denen, die es im Prinzip *richtig* fanden, ihn anzuzeigen, kam es mir immer so vor, als würden sie meine Motive anzweifeln. Hätte ich genauso gehandelt, wäre es nicht gerade um Wallace gegangen?«

»Und, hätten Sie?«, fragte Freeman, nachdem sie bislang nur schweigend zugehört hatte.

Gardner schüttelte den Kopf und sah sie an. »Gute Frage. Ich weiß es, ehrlich gesagt, nicht«, gestand er. »Ich habe in meinem

Berufsleben schon so einiges gesehen, Kollegen, die Dinge tun, die sie besser nicht tun sollten – ich schließe mich da keineswegs aus –, und ich habe jedes Mal weggeschaut. Aber das waren Bagatellen, nicht zu vergleichen mit dem, was Wallace sich geleistet hat. Trotzdem, vielleicht habe ich ja mit zweierlei Maß gemessen. Vielleicht macht mich das zum Heuchler, zum Kollegenschwein.« Er schüttelte erneut den Kopf. »Aber ich wollte nicht, dass es so weit kommt – ich wollte nicht, dass er mit seinem Leben bezahlt. Nein, das wollte ich nicht.«

»Es war auch nicht Ihre Schuld. Das hat er sich selbst eingebrockt. Er hätte den Jungen nicht zum Krüppel zu treten brauchen. Er hätte sich nicht umzubringen brauchen. Es waren *seine* Entscheidungen. Das braucht Ihnen nicht leidzutun.«

»Tut es auch nicht«, versicherte ihr Gardner. »Ich tue mir auch nicht selber leid. Oder zumindest nicht so richtig, nicht mehr. Die Versetzung damals – kein Problem. Ich weine Blyth keine Träne nach.«

»Wer würde das schon?«, meinte Freeman trocken.

»Zumal es bedeutete, dass ich Annie nicht mehr zu sehen brauchte. Ich war Typen wie McIlroy los. Ich konnte noch mal frisch anfangen. Aber um *sie* hat es mir leidgetan – Heather, Wallace' Tochter. Sie war zwölf, als er sich umgebracht hat. Ihretwegen wünsche ich mir manchmal, dass ich damals anders gehandelt hätte. Ich halte es noch immer für richtig, gegen Wallace ausgesagt zu haben, aber hätte ich gewusst, was passieren würde, hätte ich es vermutlich nicht getan. Allein aus dem Grund, damit dieses Mädchen seinen Vater nicht verliert.«

»Und Sie glauben, dass sie Ihnen die Schuld gibt?«, fragte Freeman.

»Davon gehe ich aus.«

»Sie sollten versuchen, es herauszufinden. Wie alt ist sie jetzt, zweiundzwanzig, dreiundzwanzig? Alt genug, um die Zusammenhänge zu verstehen. Reden Sie mit ihr.«

»Nein, nein«, wehrte Gardner ab und schüttelte den Kopf. »Ich hatte auch schon mal daran gedacht, aber ich glaube, es würde keinem von uns beiden etwas bringen.«

»Das können Sie nicht wissen«, erwiderte sie, als sein Telefon klingelte.

»Entschuldigen Sie mich. Gardner«, meldete er sich und ging ein paar Schritte den Flur hinab.

Am anderen Ende quatschte Harrington ihn bestimmt eine Minute zu, ehe er auflegte. Im Hintergrund hatte Gardner laute Stimmen und Lachen hören können. Richtig, Lawtons Party. Die Party, auf der er jetzt eigentlich hätte sein sollen. »Mist«, murmelte er und setzte sich wieder.

»Probleme?«, fragte Freeman.

»Nicht so wichtig«, sagte er. »Bloß eine Feier, bei der ich heute Abend hätte sein sollen.«

Freeman zog eine Augenbraue hoch. »Vermutlich mit Ihrer jungen Kollegin – PC Lawton, richtig? Sind Sie beide …«

»Nein, sind wir nicht«, sagte Gardner. »Sie hat heute Geburtstag. Das ganze Team feiert gerade im Pub. Ich hatte versprochen, dass ich komme.«

»Dann sind Sie jetzt aber in Ungnade gefallen«, stellte Freeman leicht belustigt fest. »Wissen Sie was? Ich glaube, sie mag Sie. Sie hätten mal sehen sollen, wie Lawton Ihr Revier verteidigt hat, als ich heute Morgen so dreist an Ihrem Schreibtisch rumgelungert habe.«

Gardner runzelte leicht gereizt die Stirn. Er hätte es gar nicht erwähnen sollen. Glücklicherweise ließ Freeman es damit gut sein, stand auf und streckte sich.

»Na schön, ich gehe mal schauen, ob Emma jetzt zu sprechen ist. Kommen Sie mit?«

Gardner nickte.

»Oh, und wegen Blyth«, sagte sie beiläufig. »Sie sollten sich das nicht so zu Herzen nehmen. Es mag ein Fehler gewesen sein, ja. Aber es ist Geschichte. Und wenn wir ehrlich sind, haben wir doch alle irgendeine Leiche im Keller.«

97

18. Dezember 2010

Gardner und Freeman saßen Lucas gegenüber und warteten darauf, dass er endlich auspackte. Emmas Teil der Geschichte kannten sie bereits, jetzt wollten sie seine Version hören – am besten gleich mit Geständnis und allem. Dass er schon vernehmungsfähig war, verdankte sich dem Umstand, dass die meisten seiner Verletzungen rein oberflächlicher Natur und somit harmlos gewesen waren. Auf seiner Stirn prangte zwar ein von dem Zusammenstoß mit der Windschutzscheibe stammender, böse aussehender rotblauer Bluterguss, der aber weiter keinen Schaden angerichtet hatte, als seiner Attraktivität einen gewissen Abbruch zu tun. Dass in seinem Kopf ganz generell etwas nicht stimmte, war dann wieder ein ganz anderes Thema, dachte Freeman trocken. Aber zumindest konnte man seinen Dachschaden nicht der gestrigen Kollision anlasten. Trotz einer schmerzhaft aus- und wieder eingerenkten Schulter hatte das Krankenhaus ihn also bereits heute in die Obhut der Polizei entlassen. Wahrscheinlich war das Pflegepersonal ihn genauso gründlich leid gewesen wie die Detectives. Seit über einer Stunde saßen sie schon hier und von Lucas noch kein einziges vernünftiges, verwertbares Wort. Er hatte zwar keinen der vorläufigen Anklagepunkte geleugnet – Entführung, versuchter Mord, Körperverletzung, Einbruch, Diebstahl –, alles wurde von ihm mit einem Achselzucken quittiert, aber zum De-facto-Mord an Jenny Taylor kein Wort. Sie hatten genügend Beweise, um ihn in allen oben genannten Punkten schuldig zu sprechen, weshalb es auf seine Aussage im Fall Taylor im Grunde gar nicht mehr ankam. Er würde auch so eine ganze Weile in den Knast wandern.

Aber Freeman fuchste es, dass sie kein Geständnis, rein gar nichts aus ihm herausbekam. Sie wollte wissen, was passiert war. Es war *ihr* Fall, und sie wollte ihn abschließen, zu einem Ergebnis kommen, herausfinden, was wirklich mit Jenny Taylor geschehen war. Einen Teil der Geschichte hatten sie ja schon von Ben und Emma erfahren, auch wenn deren Darstellungen in einigen Punkten voneinander abwichen. So beharrte Emma darauf, dass alles ihre Idee gewesen war, Ben wiederum behauptete, nein, es sei seine gewesen und Emma hätte bereits im Bus gesessen und die Stadt verlassen, als er die Leiche aus der Wohnung geschafft hatte. Freeman war klar, dass sie nur versuchten, den anderen zu entlasten; eigentlich ja sehr rührend, aber der Wahrheitsfindung nicht gerade zuträglich. Sie würde dranbleiben und die beiden weiter bearbeiten. Trotzdem fehlten ihnen noch einige wichtige Teile des Ganzen. So hatten sie zwar Emmas Aussage, dass Lucas während ihres Showdowns im Wald zugegeben hatte, Jenny getötet zu haben, aber das nützte ihnen herzlich wenig, wenn Lucas – so wie jetzt – beharrlich dazu schwieg.

»Also, Lucas, warum haben Sie sie umgebracht?«, fragte Freeman erneut, und wieder ließ er sie auflaufen, schaute sie bloß mit diesem leisen Lächeln im Gesicht an, von dem sie sich aber *nicht* provozieren lassen würde, da konnte er lange warten. »Wir wissen, dass Sie es waren. Emma hat uns erzählt, was Sie gestern, im Wald, ihr gegenüber gesagt haben. Wir haben Emmas Aussage, Lucas – ich will von Ihnen bloß noch wissen, warum.«

Freeman beobachtete ihn, sah, wie er sich die Fingernägel in die Haut grub, wie die Haut sich weiß über den Knöcheln spannte. *Verdammt, wo ist das Problem?*, fragte sie sich. Sie würden ihn so oder so verknacken, selbst wenn sie ihn nicht wegen des Mordes drankriegen konnten.

»Ich habe sie nicht umgebracht«, sagte Lucas schließlich. »Zeigen Sie mir auch nur einen Beweis, dass ich es war.« Er lächelte süffisant. »Eben. Weil ich's nämlich nicht war. Die beiden haben versucht, mir das anzuhängen, haben Jenny ihren Ausweis zugesteckt, haben sie vergraben. Sieht für mich irgendwie so aus, als hätten sie sie auch umgebracht – wozu sonst das Theater?«

»Die Obduktion hat ergeben, dass Jennys Mörder Linkshänder war. Sie sind Linkshänder, nicht wahr, Lucas?«

»Und wenn schon«, meinte er achselzuckend. »Da bin ich ja wohl kaum der Einzige.«

»Mittlerweile liegt uns auch der Laborbefund von Jennys Trainingsjacke vor. Es fanden sich Spuren von Sperma darauf, das eindeutig von Ihnen stammt, Lucas.«

Lucas musterte sie aus schmalen Augen, als wollte er abschätzen, ob sie bluffte. »Na und?«, meinte er. »Wir haben gefickt. Heißt ja nicht gleich, dass ich sie auch umgebracht hab.«

Freeman schaute ihn an, bis er den Blick abwandte. Sie wusste, dass er log, aber sie wusste auch, dass er recht hatte. Außer Emmas Aussage hatte sie nichts Verwertbares gegen ihn in der Hand, nichts, womit sie ihm den Mord an Jenny eindeutig nachweisen könnten – nichts, das vor Gericht Bestand hätte. Und das wusste er. Er würde nicht reden. So kamen sie nicht weiter, sie würden kein Geständnis von ihm bekommen. Sie stand auf und wandte sich zum Gehen; Gardner folgte ihr.

»Sagen Sie Emma, dass sie verloren hat«, meinte Lucas, als sie schon an der Tür waren.

»Das sehe ich etwas anders, Lucas«, sagte Freeman und drehte sich um. »Emma ist frei, Sie sitzen hier. *Sie* haben verloren, Lucas.«

98

19. Dezember 2010

Adam fuhr Emmas Anweisungen folgend durch die Siedlung. Sie war die ganze Fahrt über recht schweigsam gewesen, aber je näher sie Blyth kamen, desto stiller wurde sie. Nachdem sie Ben im Krankenhaus besucht, sich von ihm verabschiedet und versprochen hatte, mit ihm in Kontakt zu bleiben, hatte sie Adam gebeten, sie nach Hause zu bringen. Er hatte gedacht, sie meinte Middlesbrough, in ihr gemeinsames Haus, aber nein, sie meinte Blyth, zu ihrem Dad. Detective Freeman hatte ihr versichert, dass ihr Vater außer sich sei vor Freude und sie am liebsten sofort sehen wollte, aber Emma hatte dennoch Angst, er könne wütend auf sie sein. Traurig, enttäuscht. Sie hatte ihn vor elf Jahren im Stich gelassen, einfach so, warum also sollte er sie jetzt mit offenen Armen empfangen? Aber je länger sie es vor sich herschob, desto schwieriger würde es sein. Und sie musste es tun, sie wollte es ja auch. Es wäre einer von vielen Schritten, vielleicht der wichtigste, um wieder Emma Thorley zu werden.

Emma. Er würde sich erst noch daran gewöhnen müssen, sie so zu nennen. Jedes Mal, wenn er den Mund aufmachte, rutschte ihm doch wieder »Louise« heraus, und er musste sich schnell verbessern. Er fragte sich, wie lange es wohl dauern würde, bis er sich daran gewöhnt hatte. Und ob Louise ... nein, *Emma* überhaupt so lange bei ihm bleiben würde.

»Hier«, sagte sie und zeigte auf ein kleines graues Haus mit verwildertem Vorgarten. Adam hielt am Straßenrand, und sie sahen schweigend zum Haus hinüber. Schließlich schaute Adam sie an und wusste nicht, wer von ihnen beiden mehr Angst hatte. Was würde passieren, wenn sie dieses Haus betrat? Emma hatte Angst vor der Reaktion ihres Vaters, aber er, Adam, hatte Angst vor dem, was danach käme. Darüber hatten sie noch kein einziges Mal gesprochen. Wenn sie erst mal wieder Emma wäre, was dann? Würde sie dann noch mit ihm zusammen sein wollen? Oder wollte sie lieber hierher zurückkehren, um bei ihrem Dad zu sein? Sie hatte es vorhin schon Zuhause genannt.

Er wusste auch, dass sie eine Riesenangst davor hatte, was ihr und Ben noch blühen könnte. Sie hatte geweint, als sie sich im Krankenhaus von ihm verabschiedet hatte. Allem Anschein nach hatte Ben die Wahrheit gesagt, als er meinte, er allein habe Jenny im Wald vergraben. Er habe Emma zum Bus gebracht und sei allein in die Wohnung zurückgekehrt, um sich um alles zu kümmern. Adam musste gestehen, dass er darüber ehrlich erleichtert war. Damit klarzukommen, dass seine Freundin jemand ganz anderes war, als er dachte, war das eine; die Vorstellung, dass sie im Wald Leichen vergrub, etwas völlig anderes. Das hätte er wohl nicht verkraftet. Ben hatte der Polizei erzählt, dass Emma nichts mit alledem zu tun hätte, und sosehr sie auch dagegenhielt und beharrte, es sei aber doch *ihr* Plan gewesen, schien Ben fest entschlossen, die Sache durchzuziehen und die alleinige Schuld auf sich zu nehmen. Er wollte, dass Emma einen Schlussstrich unter alles zog, dass sie ihr Leben lebte und endlich das Glück fand, nach dem sie so lange gesucht hatte. Er hingegen schien eine gerechte Strafe für seinen Seelenfrieden zu brauchen, um mit sich und seinem Tun ins Reine zu kommen. Auch darüber war Adam insgeheim erleichtert. So leid ihm Ben auch tat, hoffte er doch, dass Emma sich seinem Plan nicht weiter widersetzte. Er wollte sie nicht gleich wieder verlieren.

Ob sie nun Louise oder Emma war, das war ihm schnuppe. Er liebte sie. Als er seine Hand auf ihre legte, sah sie ihn endlich an. »Ich will, dass du eins weißt – ich werde für dich da sein, was auch immer geschieht«, sagte er, was Emma jedoch nur noch mehr zu beunruhigen schien, weshalb er sich beeilte, etwas deutlicher zu werden: »Ich will dich nicht verlieren. Was vorher passiert ist, ist mir egal. Ich liebe dich, und ich will nicht, dass uns das auseinanderbringt.«

Emma lächelte ihn an. »Das will ich auch nicht«, sagte sie, lehnte sich zu ihm rüber und küsste ihn. »Aber ich hätte gedacht, dass du vielleicht ... jetzt, wo ich ...«

»Nein«, sagte er. »Niemals.«

»Und all die Lügen, die ich dir erzählt habe? Ich habe dich hintergangen, dich getäuscht ... dich in Gefahr gebracht. Schau nur, was dir meinetwegen passiert ist«, sagte sie und strich mit den Fingern über sein Gesicht.

»Das ist jetzt vorbei«, sagte er. »Und deshalb ist es mir egal. Ich will mit dir zusammen sein, wer auch immer du bist.«

Sie lächelte erneut, dann wandte sie sich zum Haus. »Würdest du mit mir reinkommen?«, fragte sie, und er nickte.

Sie klopften an die Tür, und Emma drückte seine Hand, während sie warteten. Als ihr Dad aufmachte, fiel sein Blick erst auf Adam, dann auf Emma. Sie lächelte ihn an. »Hallo, Dad«, sagte sie. Er strahlte übers ganze Gesicht und schloss sie in seine Arme.

»Kommt rein, ihr zwei, kommt herein«, sagte er und trat beiseite, um sie ins Haus zu lassen. »Ich war gerade dabei, Tee zu machen. Du hättest ruhig selbst aufschließen können, Kindchen.« Er schloss die Tür hinter ihnen. »Und das ist dann wohl dein neuer Freund«, meinte er und griff nach Adams Hand. »Ich hoffe, Sie passen gut auf mein kleines Mädchen auf.«

»Ich gebe mir Mühe«, versicherte ihm Adam, woraufhin ihr Vater sie erneut in seine Arme schloss.

»Ich habe dich so vermisst, Em«, schluchzte er.

Emma hielt ihren Vater ganz fest, und Adam lächelte sie gerührt an. »Gut, dann mach ich mal den Tee«, sagte Ray schließlich und schlurfte in die Küche. Adam nahm Emmas Hand. Eine Träne lief ihr über die Wange, als ihr Vater anfing, übers Wetter zu reden.

Es war, als wäre sie nie fort gewesen.

Alles würde gut werden, sagte sie sich. Manches war einfach zu unbegreiflich. Es konnte einem nur vergeben werden.

99

23. Dezember 2010

Gardner stellte den Wagen auf dem Parkplatz ab, blieb noch einen Moment sitzen und schaute zum Polizeigebäude hinüber. Obwohl er erst vor einer Woche hier gewesen war, hatte er plötzlich das Gefühl, als fiele der lange Schatten der Vergangenheit auf ihn. Er wusste selbst nicht, warum er noch mal hergekommen war. In den letzten Tagen hatte er oft darüber nachgedacht, was Freeman gesagt hatte, und war schließlich zu der Überzeugung gelangt, dass sie recht hatte. Aber nun kamen ihm Zweifel, ob es tatsächlich eine so gute Idee gewesen war. Vielleicht hätte er lieber zu Hause bleiben sollen.

Gardner sah einige Leute kommen oder gehen, erkannte aber niemanden. Die Frage war ja, wie viele der alten Kollegen überhaupt noch hier waren und wem er tatsächlich begegnen würde. Klar, McIlroy war noch da, wenngleich es ihm ein Rätsel war, warum. Gutes Sitzfleisch wahrscheinlich. Der Typ hatte seinen Job schon damals nicht auf die Reihe gekriegt, und es stand zu bezweifeln, dass der alte Fettsack im Laufe der Jahre besser geworden war.

Gardner sah die Uhr am Armaturenbrett von 10:28 auf 10:29 springen. Um halb würde er reingehen. Oder einfach umkehren und nach Hause fahren. Da gab es ja auch noch einige Baustellen. Lawton beispielsweise. Er hatte sich zwar sehr wortreich dafür entschuldigt, ihre Party verpasst zu haben, und sie hatte ihm versichert, kein Problem, das wäre schon okay – aber das war es ganz offensichtlich nicht. Sie schien zu glauben, dass er von Anfang an nicht die Absicht gehabt hatte zu kommen, und vielleicht hatte sie ja recht. Als er ihr sein Geschenk überreichte – er hatte sich schließlich für einen Schal entschieden –, war sie ein bisschen aufgetaut, hatte ihm aber noch immer nicht völlig verziehen, was er unter anderem daraus schloss, dass sie ihm seitdem noch kein einziges Mal Kaffee gemacht hatte. Da lag also noch so einiges an Arbeit vor ihm.

Er schaute erneut auf die Uhr. 10:30. »Also gut«, murmelte er, stieg aus und ging langsam auf den alten Backsteinbau zu.

Drinnen noch immer derselbe Mief und abblätternde Farbe an den Wänden, in den Mienen dieselbe Resignation, an die er sich von früher erinnerte, auch wenn er keines der Gesichter kannte. Er ging zu den Büros, in denen er so viele Stunden seines Lebens zugebracht hatte, in denen er mit den Kollegen gelacht und gelästert hatte. Er fand den Weg auf Anhieb, als wäre er nie fort gewesen und ganz normal auf dem Weg zur Arbeit. Jemand hielt ihm die Tür auf; vielleicht verwechselte er ihn mit jemandem, der – im Gegensatz zu ihm – hierhergehörte. Der das Recht hatte, hier zu sein.

An der Tür blieb er stehen und ließ seinen Blick durch den Raum schweifen, aber niemand schaute von seiner Arbeit auf. Telefone klingelten, Detectives schaukelten auf ihren Stühlen, während sie in Warteschleifen hingen; das Klackern der Computertastaturen klang anders als früher, schneller, fließender – niemand hackte sich mehr mit nur einem Finger durch seine Berichte. Er hielt nach seinem alten Schreibtisch Ausschau. Ein Glatzkopf, den er noch nie gesehen hatte, saß jetzt dort und machte sich mit konzentrierter Miene Notizen.

»Hi.«

Gardner drehte sich um und sah Freeman mit einem Stapel Ordner unter dem Arm und einem Becher Kaffee in der Hand vor ihm stehen.

»Hi«, sagte Gardner.

Freeman bedeutete ihm, mit an ihren Platz zu kommen, und zog ihm vom Schreibtisch hinter sich einen Stuhl heran. »Was kann ich für Sie tun?«

Gardner schaute sich noch mal um, ehe er sich setzte. Es war niemand da, den er von früher kannte, ein Glück. Sich den Geistern der Vergangenheit zu stellen, war eindeutig leichter, wenn sie nicht da waren.

»Ich habe noch einmal über das nachgedacht, was Sie gesagt haben ... Als Sie meinten, ich solle mit Heather Wallace reden. Ich wollte Sie fragen, ob Sie mich vielleicht begleiten würden.« Freeman wirkte überrascht. »Nein?«, fragte Gardner. »Sie finden, ich sollte allein zu ihr gehen?«

»Würde ich mal sagen, ja. Wenn Sie möchten, können wir danach noch was trinken gehen, und Sie erzählen mir, wie es gelaufen ist.«

Gardner nickte, und sie verblieben so, dass er sich melden würde. Auf dem Weg nach draußen kam ihm Adrian Hingham im Flur entgegen, der zu Gardners Zeit ein junger Constable, frisch in Uniform, gewesen war, jetzt aber einen schicken und offensichtlich nicht ganz billigen Anzug trug. Wenn er sich recht entsann, hatte Hingham verschiedentlich mit Wallace zusammengearbeitet, und Gardner machte sich schon auf das Schlimmste gefasst.

»Michael Gardner«, sagte Hingham und streckte ihm die Hand hin. »Hab schon gehört, dass Sie im Haus sind. Wie geht es Ihnen?«

Gardner schüttelte ihm die Hand und versuchte, sich seine Überraschung nicht anmerken zu lassen. »Oh, gut. Danke. Und selbst? Die Beförderung scheint sich ja auszuzahlen«, meinte er mit einem vorsichtigen Lächeln und deutete auf den Anzug.

»Ja, ich bin jetzt in die schwindelnden Höhen eines Detectives aufgestiegen. Aber der Anzug war ein Geschenk von meiner Frau. Sie findet, ich hätte einfach einen furchtbaren Kleidergeschmack.

Früher, in der Uniform, konnte ich ja nicht viel falsch machen, aber jetzt ...« Er grinste. »Ich muss weiter, aber war schön, Sie mal wiedergesehen zu haben.«

Hingham trabte den Flur hinunter, und Gardner blieb noch immer etwas verblüfft zurück. War es wirklich so leicht, die Geister der Vergangenheit auszutreiben? Vielleicht würde die Begegnung mit Heather Wallace ja halb so schlimm. Vielleicht aber forderte er sein Glück auch bloß heraus.

Er stieg wieder ins Auto und fuhr zu dem Haus, in dem Heather damals mit ihrer Mutter gelebt hatte. Sie müsste jetzt zweiundzwanzig, dreiundzwanzig sein. Wahrscheinlich wohnte sie gar nicht mehr zu Hause. Vielleicht war auch ihre Mutter weggezogen. Er hielt auf der anderen Straßenseite und schaute zum Haus hinüber. In der Einfahrt stand ein Auto, weshalb also zumindest *irgend*wer zu Hause sein musste. Er blieb noch einen Moment sitzen und machte einen Deal mit sich: Er würde jetzt hinübergehen und klopfen – wenn sie da war, würde er mit ihr reden; wenn nicht, würde er nach Hause fahren und die ganze Sache einfach vergessen. Schlafende Hunde sollte man nicht wecken. Er stieg aus, überquerte die Straße und klopfte an die Tür.

Als ihm eine junge Frau öffnete – groß, sehr schlank, rothaarig –, hätte er am liebsten auf dem Absatz kehrtgemacht. Er erkannte sie sofort wieder; sie hatte sich kaum verändert, außer dass sie größer und glücklicher war als beim letzten Mal, da er sie gesehen hatte.

»Ja?«, fragte Heather mit einem freundlichen Lächeln. Kurz überlegte er, sich irgendwie aus der Affäre zu ziehen, sich zu erkundigen, ob sie noch mit ihrem Stromanbieter zufrieden sei oder vielleicht mit ihm über Gott reden wolle.

»Heather Wallace?«, fragte er schließlich; sie nickte, und ihr Lächeln erlosch langsam. »Ich bin Michael Gardner. Ich war früher hier bei der Polizei und ...«

»Ich weiß, wer Sie sind«, unterbrach sie ihn kühl. Ihr Lächeln war verschwunden, und sie hatte die Arme vor der Brust verschränkt.

»Ah ja, genau«, sagte er. »Ich wollte nur ... Ich bin jetzt in Middlesbrough, habe gerade bei einem Fall mit den hiesigen Kollegen zusammengearbeitet, und bei der Gelegenheit, dachte ich mir, komme ich mal kurz vorbei und ...« Ja, was eigentlich? Was hatte er sich gedacht? Was wollte er von ihr? Sie schaute ihn bloß an und schien darauf zu warten, dass er endlich auf den Punkt kam. »Ich wollte mich nur vergewissern, dass es Ihnen gut geht, und Ihnen sagen, wie leid mir das mit Ihrem Vater tut. Damals fand sich einfach keine Gelegenheit dazu, Ihnen das zu sagen, aber es tut mir wirklich leid, was passiert ist.« Er wartete darauf, dass sie etwas sagte, doch den Gefallen tat sie ihm nicht; sie stand einfach nur da, schweigend, und sah ihn an. Also redete er weiter, einfach bloß, um etwas zu sagen – und bekam eine ungefähre Ahnung davon, wie ein Verdächtiger sich beim Verhör fühlen musste. »Ich wollte nicht, dass es so weit kommt, und wenn ich es jetzt noch ändern könnte, würde ich es tun. Wirklich, ich bereue zutiefst, dass es so gekommen ist. Ich wollte Ihnen nur sagen, dass ...«

»Was wollen Sie von mir hören?«, fiel Heather ihm ins Wort. »Dass ich Ihnen verzeihe?«

»Nein. Ich wollte ...«

»Gut. Denn das werde ich auch nicht«, sagte sie und knallte ihm die Tür vor der Nase zu. Gardner stand da und fühlte sich, als hätte er einen Schlag in die Magengrube bekommen. Seine Hände zitterten. »Es tut mir leid«, sagte er, und als er sich umdrehte, um zurück zu seinem Wagen zu gehen, stolperte er über eine Gartenfigur, einen winkenden Schneemann, der umkippte und ihm mit blecherner Stimme frohe Weihnachten wünschte.

Als er wieder ins Auto stieg, schlug ihm das Herz bis zum Hals. Er hätte nicht herkommen sollen, es war eine blöde Idee gewesen.

Was hatte er erwartet? Er hatte weder ihr noch sich selbst einen Gefallen damit getan. Nein, er hätte nicht kommen sollen. Manches wog einfach zu schwer, als dass es zu verzeihen wäre.

100

23. Dezember 2010

Gardner sah sie an einem der Ecktische sitzen. Inmitten der allgemeinen Weihnachtsstimmung wirkte sie etwas verloren. Sie nickte ihm zu, und er stellte fest, dass sie auch schon die Getränke besorgt hatte.

»Hier, die Cola ist für Sie, ich war mir nicht sicher, was Sie wollen«, meinte sie, als er herüberkam.

»Ich könnte jetzt wirklich etwas Stärkeres gebrauchen«, sagte er und warf seinen Mantel auf den Platz neben sich.

»Vorausgesetzt, Sie wollen die Nacht nicht bei mir verbringen – wovon ich nicht ausgehe –, müssen Sie heute noch nach Hause fahren«, erinnerte sie ihn. Gardner hob fragend eine Augenbraue, und Freeman schob ihm achselzuckend das Bier zu. »Und?«, meinte sie. »Wie ist es gelaufen?«

»Genau wie zu erwarten«, erwiderte er. »Ich hätte nicht hingehen sollen. Schon gar nicht jetzt, kurz vor Weihnachten.«

»Also kein Frieden auf Erden? Schade. Einen Versuch war es wert.«

»Meinen Sie? Ich fühle mich jetzt, ehrlich gesagt, noch beschissener als vorher. Vielleicht sollte ich mir künftig dreimal überlegen, ob ich von Ihnen einen Rat annehme.«

Freeman mühte sich hinter ihrem Colaglas ein Lächeln ab. »Ich bin wahrscheinlich auch die Letzte, die gute Ratschläge verteilen sollte.« Sie wandte den Blick ab und schaute zu einer Gruppe

Männer und Frauen hinüber, die an der Bar wild durcheinanderredeten, kreischten und lachten. Vermutlich Kollegen, die ihre Weihnachtsfeier in den Pub verlegt hatten.

»Tut mir leid«, sagte er. »Ich hätte nicht herkommen sollen, um meine Probleme bei Ihnen abzuladen.«

Freeman schüttelte den Kopf. »Schon okay. Sie haben es hinter sich gebracht – ich übrigens auch.«

»Was ... oh. Das tut mir leid.«

»Mir nicht«, sagte sie und fing an, einen Bierdeckel in kleine Schnipsel zu zerreißen.

»Hat der Kindsvater Sie begleitet?«

Freeman lachte. »Der Kindsvater! Der hätte mir dabei gerade noch gefehlt.« Sie warf die Schnipsel über den Tisch. »Nein, ich hatte es ihm gar nicht gesagt.«

»Er ist also endgültig aus dem Rennen, oder wie?«

»Schon lange. Wir hatten uns bereits getrennt, als ich es herausgefunden habe.«

»Oh.«

»Was ›oh‹? Jetzt schauen Sie mich nicht so an.«

»Wie schaue ich denn?«

»So, als wollten Sie sich gleich ein Urteil anmaßen. Brian war ein Idiot. Er hat mich betrogen.«

»Na ja, aber trotzdem«, meinte Gardner und bereute es sofort, sich auf das Thema eingelassen zu haben, als Freeman sich aufsetzte, als sei sie auf einen handfesten Streit aus.

»Sie finden, ich hätte mich falsch verhalten. Dass ich es ihm hätte sagen sollen. Dass es total mies und egoistisch von mir war, ihn nicht in die Entscheidung mit einzubeziehen.«

»Halt, jetzt mal halblang.« Gardner hob beschwichtigend die Hände. »Das wollte ich damit nicht sagen. Es geht mich auch nichts an. Vergessen wir es einfach, okay?«

»Stimmt, es geht Sie nichts an.«

Danach schwiegen sie sich eine Weile an. Gardner trank sein

Bier aus und überlegte, ob er gehen sollte, nachdem er seine Sozialkompetenz ja wieder mal sehr erfolgreich unter Beweis gestellt hatte. Er trommelte mit den Fingern auf der Tischkante und versuchte abzuschätzen, ob er jetzt gefahrlos etwas sagen konnte – und wenn ja, was? –, ohne dass sie ihm gleich wieder an die Gurgel ging. Aber sie kam ihm zuvor.

»Ich hatte mich längst entschieden, und egal, was Brian gesagt hätte, es hätte nichts geändert. Wozu dann also?«

Gardner ging davon aus, dass die Frage rein rhetorisch gemeint war. Aus seiner Zusammenarbeit mit Freeman hatte er den Eindruck gewonnen, dass sie sehr gut allein zurechtkam. Sie brauchte niemanden, der ihr den Rücken stärkte und sie ständig bestätigte. Aber bei aller Stärke, die sie jetzt zur Schau stellte, dürfte es keine einfache Entscheidung gewesen sein. Er wusste das. Er hatte das selber durchgemacht – im letzten Studienjahr, mit seiner ersten großen Liebe. Holly Hughes. Zehn Minuten vor Vorlesungsbeginn hatte sie es ihm gesagt, war in Tränen ausgebrochen und weggerannt. Während er dann dasaß und sich anderthalb Stunden lang irgendwelches Geschwafel über Shakespeare angehört hatte, waren seine Gedanken pausenlos um die immer selben Fragen gekreist: War es das jetzt? Was sollte er tun? War sein Leben damit besiegelt? Und wie sollte er es nur seiner Mutter beibringen, die Holly noch nicht einmal kennengelernt hatte? Am Ende der Vorlesung war er dann zu dem Schluss gelangt, dass sie das schon hinkriegen würden. Doch, es würde schon irgendwie klappen. Vielleicht würde es sogar gut werden, richtig gut. Er hatte, ehrlich gesagt, noch keinen Plan, was er nach der Uni machen sollte, warum dann also kein Kind kriegen? Wurde er eben Vater, es gab Schlimmeres. Holly hingegen hatte Pläne, und Kinder kamen darin nicht vor. Sie kümmerte sich um alles selbst. Ihm blieb nur noch, sich zum vereinbarten Termin von einem Freund das Auto zu leihen und sie ins Krankenhaus zu fahren. Sie hatte sich entschieden und fertig.

Danach hatte sie sich dauernd bei ihm erkundigt, ob er deswegen jetzt sauer auf sie sei. Nein, war er nicht. Na ja, nicht richtig. Klar, es war die richtige Entscheidung gewesen – nur eben nicht seine. Ende der Geschichte: Drei Monate später hatte Holly mit ihm Schluss gemacht. Aber damit wollte er Freeman jetzt nicht auch noch vollquatschen.

»Stimmt, Sie haben völlig recht.« Er stand auf und suchte in seiner Tasche nach Kleingeld. »Noch was zu trinken?«

Er kam mit zwei weiteren Colas zurück und stellte die Gläser auf dem Tisch ab; seins schwappte dabei über.

»Gestern habe ich noch Ray Thorley getroffen«, sagte Freeman. »Emma ist gerade bei ihm. Ray war kaum wiederzuerkennen, das hat mich wirklich gefreut.«

»Sehr schön. Und Adam? Ist er noch mit Emma zusammen?«

Freeman nickte und trank vorsichtig einen Schluck aus ihrem randvollen Glas ab. »Ja, die beiden sind auch über Weihnachten hier in Blyth, bei Emmas Vater. Und die gute Nachricht: Sie hat ihre Aussage noch mal geändert.«

»Ach?«

»Allerdings. Jetzt liegt sie ganz mit Ben auf einer Linie, will sagen, bevor die Tote überhaupt weggeschafft wurde, saß sie längst im Bus und hatte die Stadt verlassen.«

»Aber sie war dennoch beteiligt«, meinte Gardner. »Sie hat davon gewusst. Sie hat Jennys Identität angenommen.«

»Ja, natürlich, so ganz aus dem Schneider ist sie noch nicht. Dennoch dürften das deutlich mildernde Umstände sein.«

»Und Ben Swales?«

Freeman zuckte mit den Schultern. »Er wurde aus dem Krankenhaus entlassen, aber für ihn ist die Sache noch lange nicht ausgestanden. Auf mich macht es fast den Eindruck, als würde er sich *wünschen*, ins Gefängnis zu kommen. Er glaubt, die Strafe verdient zu haben. Und in gewisser Weise hat er das ja auch. Auch wenn ich kaum glauben kann, dass er Jenny die Zähne ausgeschlagen hat. Das hätte ich ihm nicht zugetraut, ehrlich nicht.«

»Sie gehen aber weiterhin davon aus, dass er die Wahrheit sagt? Dass er die Leiche bloß beseitigt, Jenny aber nicht getötet hat?«

»Sie etwa nicht?«

Gardner hob etwas ratlos die Schultern. »Ich weiß nicht. Es kam den beiden ja schon sehr gelegen: ein totes Mädchen zu finden, wenn man gerade eins braucht. Ich frage mich eben: Wie wahrscheinlich ist das?«

»Ich würde sagen, wenn man, so wie Ben, beruflich mit Drogenabhängigen zu tun hat, kann so was schon mal vorkommen. Ein Berufsrisiko sozusagen«, meinte Freeman. »Zumal wenn die betreffende Person dann auch noch Lucas Yates kannte. Nein, ich finde es kein bisschen unwahrscheinlich.«

»Was wird jetzt aus Yates?«, fragte Gardner. »Verweigert er noch immer die Aussage?«

»Ja. Aber mein Bauchgefühl sagt mir, dass er es war. Nur leider, leider«, meinte sie achselzuckend, »hilft uns das nicht weiter. Wir haben nicht genügend gegen ihn in der Hand. Emmas Aussage, dass er den Mord ihr gegenüber gestanden hat, bringt uns nicht weiter. Bei ihrer Vorgeschichte dürfte Emma kaum als zuverlässige Zeugin durchgehen. Sein Sperma auf Jennys Klamotten können wir auch vergessen. Das beweist nur das, was er uns schon gesagt hat, aber keinen Mord.« Sie seufzte. »Ich wüsste zu gern, was *wirklich* geschehen ist. Es wurmt mich, den Fall nicht richtig abschließen zu können.«

Gardners Handy summte, und er prüfte seine Nachrichten. Eine E-Mail von der Dating-Website. Eine Frau als Guisborough hatte sich gemeldet – ob sie mal was trinken gehen wollten? Gardner lächelte.

»Was ist?«, wollte Freeman wissen.

»Nichts«, sagte er und steckte das Telefon wieder weg.

Danach saßen sie schweigend da und lauschten den Klängen

von *Fairytale of New York*. Als ein paar Leute an der Bar anfingen mitzusingen, tranken Freeman und Gardner ihre Gläser aus und gingen.

Epilog

6. Juli 1999

Sie ließ sich zurück auf die durchgelegene Matratze fallen und tastete mit den Fingern nach ihrem Hals, wo er gerade seine Hände gehabt hatte. Er hatte sie so hart rangenommen und ihr dabei die Hand um den Hals gelegt, dass sie ganz kurz Schiss gehabt hatte, er könnte sie umbringen. Sie war echt keine, die sich blöd anstellte, aber so einen Scheiß brauchte sie dann doch nicht. Das war kein Sex mehr – das war Aggression. Totaler Hass.
Schlampe. Junkie. Hure. Miststück.
Emma.
Zwischen dem ganzen Hass hatte er sie immer wieder Emma genannt. Dann hatte er einen Moment fast zärtlich geklungen, bis die Wut wieder hochgekocht war und der Name denselben verächtlichen Klang hatte wie all die anderen Schimpfworte, die Beleidigungen, die ganze Scheiße, die er ihr ins Gesicht spuckte.
Und dann war es vorbei. Er rutschte aus ihr raus und zog sich das Laken über die Beine; scheißegal, dass *sie* nackt war. Er zündete sich eine Zigarette an und warf das Feuerzeug zwischen ihnen aufs Bett. Sie wartete einen Moment, ehe sie was sagte. Der sollte erst mal runterkommen, sich beruhigen. Warten, bis das Nikotin einkickte.
Wenn sie schluckte, tat es scheiße weh. Der Typ war voll das Tier. Aber eigentlich auch nix Neues, oder? Sie erwartete schon gar nichts anderes mehr. Das hatte sie sich schon lange abgeschminkt, da noch irgendwas zu erwarten. Ihr Leben war bloß noch Schmerz, unterbrochen von Lust. Viel von dem einen, wenig von dem andern. Aber dafür was für eine Lust.
Als er die Augen schloss, fand sie, dass sie lang genug gewartet hatte.

»Und, hast du jetzt was dabei?«, fragte sie und kriegte die Worte kaum raus, weil ihr Hals so wehtat. Sie zerrte ihre rosa Trainingsjacke unter ihm hervor und zog sie sich wieder an.

Er machte die Augen auf, als hätte er ganz vergessen, dass sie auch noch da war. Einen Moment lang schaute er sie bloß an, mit total leerem Blick, dann griff er nach seiner Jacke und zückte das kleine Päckchen. Ihr Herz begann schneller zu schlagen. Ihre Lust, ihr Glück, ihr alles. Sie wollte es sich schnappen, aber er zog seine Hand zurück, hielt sie so, dass sie nicht rankam.

»Hey, gib's her«, sagte sie, ihre Stimme jetzt schon deutlich stärker.

Als er ihr eine klebte und ihre Wange brannte wie Feuer, wusste sie, dass sie zu forsch gewesen war.

»So nicht«, zischte er, packte ihr Gesicht mit einer Hand und drückte es zusammen. Dann ließ er sie los, warf ihr das Päckchen zu und stieg aus dem Bett. Als er sich seine Jeans anzog, fluchte er vor sich hin: »Scheißblöde Fotzen, echt. Ich hab so die Schnauze voll von euch Scheißweibern.«

»Oh, armer Lucas. Hat deine kleine Freundin dich abserviert?« Kichernd setzte sie sich auf und öffnete den winzigen Plastikbeutel.

»Halt's Maul«, sagte er und ging zur Tür.

»Armer, armer Lucas«, trällerte sie weiter. »Hat sie dich nicht mehr lieb?«

Im Bruchteil einer Sekunde war er zurück, schnell wie der Blitz. Ihr Kopf schlug dumpf auf die Matratze, als er sich auf sie stürzte.

»Untersteh dich«, flüsterte er.

Seine Hände schlossen sich um ihren Hals, lagen heiß auf ihrer Haut. Sie konnte sich in seinen Augen sehen, zwei winzig kleine Spiegelbilder. Sie wollte ihm sagen, dass er aufhören sollte – ihn *anflehen*, aufzuhören –, brachte aber kein Wort heraus. Bunte Flecken tanzten ihr vor Augen, schwarze Punkte. Sein Körper lag schwer auf ihr; sie sah die Adern an seinem Hals anschwellen, versuchte, ihn wegzustoßen, trat nach ihm und traf ihn voll in die Eier. Er kippte von ihr runter, sie sprang auf und rannte los, rannte um ihr Leben, und stolperte über ihre Schuhe, die sie achtlos auf den Boden geworfen hatte.

Sie schrie, als er sie wieder packte, sie zurück aufs Bett warf. »Scheißschlampe.« Er donnerte ihr die Faust ins Gesicht, immer wieder, jeder Schlag von einem hasserfüllten »Emma« begleitet. *Emma. Emma. Emma.* Sie wollte schreien, um Hilfe rufen, und brachte keinen Ton heraus; sie wehrte sich, versuchte ihn aufzuhalten, aber er hörte nicht auf. Er machte weiter wie besessen, bis sie nichts mehr sehen konnte und ihr Gesicht brannte vor Blut und Tränen.

Ihre Lider flatterten, und plötzlich – war da nichts mehr. Sie spürte, wie die Welt sich verdunkelte und seine Hände von ihr abfielen. Alles weg. Dabei konnte sie ihn noch spüren, spürte den Abdruck seiner Finger auf sich, spürte, wie das Leben aus ihr wich und der Tod über sie kam.

Zum ersten Mal seit Langem sehnte sie sich nach ihren Eltern. Sie fragte sich, ob sie es je erfahren würden. Ob es sie überhaupt interessierte.

Dann hörte sie eine Tür zuschlagen.

Sie war allein.

Ganz allein.

Als sie schließlich, ein letztes, ein allerletztes Mal, ihre Sprache wiederfand, kam ihr nur ein einziger Satz über die Lippen: »Ich heiße nicht Emma.«

Danksagung

Ein Dank an alle, die bei der Entstehung dieses Buchs geholfen haben. Bestimmt werde ich gleich jemanden vergessen, wofür ich mich jetzt schon entschuldige, aber ein besonderer Dank an:

Mam, Dad, Donna und Christine.

Meine inoffiziellen Distributoren Jonathan (Yorkshire und Bulgarien) und Maria (Nordosten und Australien).

Diane (die beste Chefin überhaupt), Andrea und Barbara, die meinen Figuren ihre Namen geliehen haben – wobei die echte Andrea Round keinerlei Ähnlichkeit mit der fiktiven hat und es überhaupt nicht mag, Anders genannt zu werden.

Alle im James Cook Hospital, die mich unterstützt haben und stets wissen wollten, wie es mit dem nächsten Buch läuft.

New Writing North und Moth Publishing für die fortwährende Unterstützung.

Alle krimischreibenden Freunden, die ich in den letzten Jahren gefunden habe – ihr seid wunderbar.

Alle bei Mulholland/Hodder, die an meine Arbeit glauben und mir bei der Umsetzung helfen, insbesondere meine Lektorin Ruth Tross. Nachdem sie mir ihr Faible für *Buffy – Im Bann der Dämonen* gestanden hatte, wusste ich sofort, dass wir uns bestens verstehen würden.

Meinen großartigen Agenten Stan, der mich unter anderem mit Feedback und Cider versorgt hat, was dem Buch in vielerlei Weise auf die Sprünge geholfen hat.

Cotton, der irgendwann einmal in irgendeinem meiner Bücher auftauchen wird.

Und nicht zuletzt Stephen, für alles, was du bist und alles, was du tust – ganz vielen Dank. xx

Ein tragischer Unfall. Und niemand hätte etwas machen können ... oder doch?

Clare Mackintosh
MEINE SEELE SO KALT
Psychothriller
Aus dem Englischen
von Rainer Schumacher
480 Seiten
ISBN 978-3-404-17292-4

Ein regnerischer Abend in Bristol. Der 5-jährige Jacob ist mit seiner Mutter auf dem Weg nach Hause, plötzlich reißt er sich los und stürmt auf die Straße. Das Auto, das wie aus dem Nichts erscheint und ihn erfasst, ist ebenso schnell wieder verschwunden. Für den kleinen Jungen kommt jede Hilfe zu spät.

Jenna Gray flieht vor den Ereignissen in die Einsamkeit eines walisischen Dorfes. Aber die Trauer um ihr Kind und die Erinnerungen lassen sie selbst dort nicht los. Schon bald ist sie sich sicher, dass nicht nur die Vergangenheit sie erbarmungslos verfolgt ...

Bastei Lübbe

Die Community für alle, die Bücher lieben

Das Gefühl, wenn man ein Buch in einer einzigen Nacht verschlingt – teile es mit der Community

In der Lesejury kannst du
- ★ Bücher lesen und rezensieren, die noch nicht erschienen sind
- ★ Gemeinsam mit anderen buchbegeisterten Menschen in Leserunden diskutieren
- ★ Autoren persönlich kennenlernen
- ★ An exklusiven Gewinnspielen und Aktionen teilnehmen
- ★ Bonuspunkte sammeln und diese gegen tolle Prämien eintauschen

Jetzt kostenlos registrieren: www.lesejury.de
Folge uns auf Facebook:
www.facebook.com/lesejury